La faute

Du même auteur,
chez le même éditeur

Avec les pires intentions, 2006
(et « Piccolo » n° 128)

Persécution, 2011
(et « Piccolo » n° 152)

Inséparables, 2012
(et « Piccolo » n° 153)

Là où l'histoire se termine, 2017
(et « Piccolo » n° 164)

Alessandro Piperno

La faute

Traduit de l'italien
par Fanchita Gonzalez Batlle

Liana Levi

Traduit avec le concours du Centre national du livre

Ce livre a été traduit grâce à une aide du ministère italien des Affaires étrangères et de la Coopération internationale /
Questo libro è stato tradotto grazie a un contributo del Ministero degli Affari Esteri e della Cooperazione Internazionale italiano

Titre original : *Di chi è la colpa*

ISBN : 979-10-349-0710-6

www.lianalevi.fr

À mes parents

Là où l'on juge il n'y a pas de justice.
Léon Tolstoï

ON MEURT COMME DES EXPRESSOS

1

Et les autres ? Oh, les autres étaient là pour le décor, comme les cactus dans les westerns.

Quant à moi, en brave petit animal incapable de concevoir d'autres mondes que la cage dans laquelle il vit reclus depuis toujours, je n'avais pas de raison de douter que l'univers se réduisait à ça : moi, lui, elle et les chers vieux barreaux qui rendaient la détention inexorable et les paysages aussi bouleversants.

L'école s'est chargée de miner l'intégrité de cette autarcie originelle : aussi étrange que cela paraisse, les vies de mes camarades, même les plus fades, grouillaient de grands-parents, de frères et de jeunes cousines romantiques.

C'est ainsi que j'ai commencé à me méfier des avantages de l'autosuffisance et à me poser beaucoup de questions du genre : qu'étaient-ils tous devenus ? Comment diable avaient-ils fini ?

À la manière dont mes parents en parlaient – ou plutôt évitaient le plus souvent d'en parler – notre lignée pouvait s'être éteinte depuis des millions d'années. Ce qui expliquait au moins pourquoi mon père maniait ses souvenirs d'enfance avec la circonspection que les paléontologues réservent aux fossiles ressurgis d'un passé préhistorique ; et pourquoi ma mère agissait comme si elle n'avait même pas d'enfance, de passé, d'histoire.

L'homme est un animal social. C'est Aristote qui le dit. *Ipse dixit.* Je veux bien, mais s'il avait eu des parents comme les miens, jamais il ne l'aurait dit. En revanche, rigide et pédant comme il l'était, il se serait méfié de la notion de « cocon familial », tellement inadaptée dans sa mièvrerie à décrire la tanière dans laquelle j'ai grandi : en ce qui me concerne, je ne me souviens pas de paille sur laquelle faire un somme ni de hamacs d'où profiter du coucher du soleil, mais seulement de lits défaits, d'obscures cavités prêtes à vous phagocyter. N'est-ce pas là, entre draps emmêlés et noir d'encre, que commencent les histoires ? Eh bien, je ne permettrai pas à celle-ci de faire exception, bien qu'elle me concerne si peu désormais.

2

Je n'étais guère plus qu'un oisillon la première fois que j'ai été certain que mon père gisait sur son lit raide mort. Et je ne m'étendrais pas autant si la nuit qu'il avait choisie pour mourir n'avait pas couronné le jour où il m'avait appris à vivre.

Je conserve de ce matin-là des souvenirs vagues et désagréables. Je sais qu'il avait débuté de la pire façon, marqué par l'instinct primaire que même une existence paisible et riche de satisfactions ne pourra pas apaiser : la peur. Puisque nous sommes en veine de confidences, laissez-moi dire que selon les critères draconiens qui régissent les sociétés enfantines j'étais un bel exemple de froussard.

Depuis des mois mes maigres ressources nerveuses étaient menacées par les brimades d'un suppléant. Entendons-nous bien, la seule matière dans laquelle excellait le nouveau maître, surtout si nous le comparions à son aimable prédécesseur, était l'art d'asséner des coups de poing avec une telle précision balistique qu'il obtenait le double effet d'incendier la nuque pendant des jours et blesser l'orgueil pour toute la vie.

Protégé quelque temps par la discrétion des lâches (le suppléant semblait s'acharner plus volontiers sur les excités), je m'étais fait l'illusion qu'en filant doux je n'aurais rien à craindre. Malheureusement, les jours passant, j'avais compris que ses poings n'appliquaient pas de critères spécifiques (sauf peut-être une attraction pédérastique pour les caboches masculines) et qu'il cherchait de nouvelles petites têtes innocentes à torturer. Ce n'était donc qu'une question de temps ; si le vieux maître ne se hâtait pas de revenir, son successeur trouverait tôt ou tard un prétexte pour m'écraser dans les règles. Je me serais attendu à tout sauf à ce que ce soit moi qui le lui fournirais, ce fichu prétexte, et précisément quand je me sentais en sécurité.

Un samedi, à la sortie de l'école, rassuré à la vue de la Renault 5 jaune moutarde de ma mère, j'avais jugé bon de bousculer Demetrio Velardi, mon voisin de banc ; pris par surprise il était tombé en avant et s'était écorché le genou. Il m'avait crié : « Tu es fou ! » en attirant l'attention de tout le monde.

C'est alors que je me suis rendu compte que ma bravade avait eu lieu sous le regard impassible du suppléant. Et comme il n'y a pas de limites à l'imprudence je l'avais regardé d'un air qu'une brute d'une telle susceptibilité allait forcément interpréter de la pire façon. Ainsi l'avais-je vu serrer le poing (du moins m'avait-il semblé) ; j'avais vu ses lèvres articuler quelque chose (aucun doute là-dessus) ; et ses yeux trahir l'impatience de celui qui va devoir attendre tout un week-end pour obtenir satisfaction.

Une plaisanterie si l'on considère que le retour du vieux maître, prévu pour le mardi suivant, allait sanctionner la chute d'un régime sanguinaire et le rétablissement de la démocratie et de la certitude du droit. Telle était l'atmosphère dans laquelle avait commencé la fin de semaine la plus sombre de mon enfance.

On pourra s'étonner que jusqu'ici je n'aie pas encore informé mes parents des dangers qui planaient sur leur fils unique. Mais il faut se rappeler qu'en fait il ne s'était rien passé, pas encore : même si j'avais trouvé le courage de m'ouvrir à eux, je n'aurais pas pu leur fournir d'éléments concrets, à moins de considérer comme tels la kyrielle de déductions et de pressentiments dans laquelle je me consumais. Par ailleurs, si mes parents n'étaient pas de ceux qui tiennent à instaurer un dialogue franc et égalitaire avec leur progéniture, j'étais le morveux introverti classique sinon vraiment habitué au mensonge, néanmoins irrémédiablement enclin à l'omission.

En tout cas, désespéré comme je l'étais, je me suis demandé s'il n'était pas temps de me débarrasser de certaines réticences stupides et de vider mon sac. Non que je me sois attendu à une intervention directe. Il aurait suffi de ne pas m'envoyer à l'école. Pas pour toujours. Rien qu'une journée, ce lundi de cauchemar. À partir du lendemain, je le jurais, plus jamais d'absences. C'était trop demander ? À l'évidence, oui, puisque je n'avais même pas réussi à provoquer une discussion.

J'ai passé le dimanche à ruminer sur des moyens pour tout dire semi-licites, du thermomètre secoué à la fugue grand style. Dommage que j'aie été réfractaire à la malignité et aux gestes spectaculaires, et cela non pas à cause d'une irréprochabilité précoce mais de la certitude, dont je ne me libérerais plus, que le monde n'attendait que l'occasion propice pour me démasquer. Bref, cette rumination incessante n'a rien produit d'utile si ce n'est la conscience du fait qu'il n'existait pas de plan B génial capable de me soustraire à un destin inéluctable. J'ai veillé comme un condamné qui vit les dernières heures qui le séparent de son exécution, incapable de regarder ailleurs que dans le couloir qui mène à l'échafaud.

C'est seulement le lundi matin que mon instinct de survie a frappé un coup en prenant la forme d'une protestation insolente et vague : non, je ne voulais pas aller à l'école, pas ce jour-là, impossible !

C'était la première fois que ma mère m'entendait accumuler un nombre aussi inconsidéré de négations. En personne directe et rationnelle qu'elle était, elle exigeait un motif – c'est-à-dire la seule chose que j'étais incapable de lui donner – après quoi, peut-être, elle aurait pris en considération l'éventualité de céder à mon caprice déraisonnable. Dieu sait combien j'aurais voulu le lui fournir ; mais une force supérieure, interne et digne des bas-fonds par certains côtés, m'ordonnait de me taire. D'une part je n'aurais pas su par où commencer, d'autre part le châtiment infligé aux infâmes pouvait se révéler plus sévère et exemplaire que la punition ordinaire. Ne restait que la reddition inconditionnelle : j'irais à l'école affronter une peine que je me persuadais de plus en plus de mériter à mesure que je la pesais.

J'étais sur le palier, près de l'ascenseur, je tremblais de tous mes membres, l'estomac tordu, quand mon père a décidé qu'il devait intervenir.

« Et si aujourd'hui je m'en occupais, qu'en dis-tu ? » a-t-il lancé avec sa nonchalance habituelle.

Méfiante, ma mère lui a demandé : « De quoi parles-tu ?

– De l'emmener à l'école.

– Excuse-moi, tu n'attendais pas un client de Civitavecchia ?

– Il attendra. Combien de temps veux-tu que ça prenne à cette heure-ci ? Ce n'est rien. Nous allons au café, je le calme un peu, nous bavardons entre hommes et ensuite, zou, à l'école. Allons, comme ça tu te calmes toi aussi et tout le monde est content. »

J'aimais bien que ce soit lui qui m'emmène à l'école. Si la veille au soir ce n'était pas si difficile de lui arracher la promesse de le faire, au matin il était bien plus difficile de la lui faire tenir. J'imagine qu'une telle inconséquence était l'effet de l'habitude, contractée dans sa jeunesse, de prolonger la soirée et, puisqu'il y avait du vin, de s'en permettre quelques verres de trop. Deux défauts qui, outre qu'ils rendaient ses réveils sacrément compliqués, mettaient en danger sa crédibilité en tant que père.

En tout cas, j'adorais que ce soit lui qui me promène en voiture à travers la ville. Ne serait-ce que parce que dans ces rares occasions il était toujours jovial et insouciant. Tout d'abord il nous faisait écouter une cassette des succès qui avaient marqué son adolescence. Ensuite il s'accordait un saut dans un bar typique du Trastevere ; entre crémerie et boulangerie, symbole d'une Rome déjà décadente, dès l'aube sortaient du four des *maritozzi* tellement parfumés et dorés que leur arôme se répandait au-delà du pâté de maisons et suggérait au passant l'idée qu'il n'existait rien de plus délicieux dans la vie que le matin.

Et pourtant, tout en sachant combien le parcours pouvait être merveilleux, j'étais certain que cette fois il n'aurait pas les effets bénéfiques habituels, ou en tout cas pas assez pour me détourner de l'idée fixe qui m'oppressait.

Du reste, en dépit de ce qui était prévu, je n'ai eu de papa ni légers reproches, ni intermède musical, ni aucune sorte de réconfort. Il a filé droit vers son but, aussi implacable que la condamnation à mort qu'il contribuait à appliquer. Ce n'est qu'au feu rouge, à une centaine de mètres de l'école, qu'il s'est tourné vers moi et m'a dit extrêmement sérieux :

« Tu sais quoi ? Aujourd'hui je n'ai vraiment aucune envie de travailler. Toi si ? Sûr ? Merde, tu es pire que ta mère, un vrai stakhanoviste. »

Épuisé par le poids sur ma poitrine qui me coupait le souffle, je n'ai prêté aucune attention à ce qu'il disait. Et même si je l'avais fait, je n'aurais pas compris grand-chose.

Il a poursuivi, en passant la première et en repartant lentement : « Je parle sérieusement. Regarde cette journée ! Par un temps pareil le travail devrait être interdit. »

Il s'est rangé devant notre destination et a coupé le moteur. C'était ce moment que nous connaissons tous ou que nous avons tous connu, quand toute une communauté de sales marmots et une poignée d'adultes hors d'haleine se pressent dans des cours tristes, trop petites, congestionnées ; elle parle fort, se tait, court, rit, boude. Bientôt le lieu se videra, le silence prendra le dessus, mais quelque chose de ce chaos restera dans l'air comme une espèce de spectre immortel.

« Tu ne dis rien ?

– Qu'est-ce que je dois dire ?

– Qu'est-ce que j'en sais, je t'ai demandé si tu avais envie de travailler. »

Comment ne pas le regarder avec méfiance ? Qu'est-ce que c'était ? Une plaisanterie ? Une façon indirecte de me gronder ? Ce qui me surprenait c'était le sérieux avec lequel il exigeait une réponse qu'il était absurde d'attendre d'un enfant. De plus en plus troublé, j'ai secoué la tête négativement, lentement et catégoriquement ; quelle question ! Si mon travail consistait à aller à l'école, alors non, je n'avais pas envie de travailler. Sans me donner le temps de bien comprendre, il a remis le contact et avec une accélération à sa façon il a laissé mon cauchemar derrière nous.

Quand vous recevez des cadeaux inattendus, inimaginables un instant plus tôt, vous préférez instinctivement ne pas trop y croire, surtout s'ils sont dus au geste capricieux et mystérieux d'un adulte. Cela explique pourquoi je ne me suis pas laissé emporter par les bénéfices immédiats du miracle en cours, comme si j'avais du mal à le considérer comme tel. Mais cela explique encore mieux pourquoi, avant de me laisser aller au soulagement et à l'euphorie, j'ai attendu que le paysage urbain change radicalement, que mon père mette la cassette de *Three Steps to Heaven* d'Eddie Cochran dans le lecteur et que fidèle à l'engagement pris il me donne la garantie irréfutable que j'étais en sécurité : « Ne t'inquiète pas, la puce, j'en parle à la vieille. J'inventerai quelque chose. »

C'était un de ces matins de décembre inimaginables ailleurs que sous nos latitudes, dans ce coin tempéré du monde : bien que Noël à nos portes exige (même du climat) un comportement plus austère, l'air est encore tiède et parfumé ; la lumière vous enveloppe comme si l'automne déclinant, talonné par son sombre jumeau hivernal, voulait donner une dernière démonstration touchante de prospérité.

Désormais la ville était derrière nous, face à nous une grande route tortueuse, bordée d'arbres, plutôt vide pour un jour de semaine. Jusqu'à ce qu'apparaisse la bande d'argent d'une mer étincelante.

Je serais un bel hypocrite si dans cet accès de lyrisme rétrospectif je disais que j'avais un faible pour les excursions balnéaires. Eh bien non, ce n'était pas le cas. Contrairement à mes contemporains et bien que j'aie eu quelque scrupule à me l'avouer, la vie à la plage n'était pas du tout faite pour moi. L'interaction entre la pâleur héritée de papa et la pruderie maternelle ne ferait jamais de moi un surfeur.

Mais ce matin-là l'apparition de la mer, peut-être parce qu'elle était à la fois imprévue et lointaine, avait été résolument romantique, tout comme son éclipse soudaine et momentanée. Disparue derrière la pinède dans laquelle nous avions pénétré après avoir garé la voiture sur un terrain ombragé la voilà qui réapparaissait, après un voyage discret entre frondaisons, sentiers, broussailles humides, dans toute son impassibilité, dense, infinie.

Il n'y avait ni installations, ni habitations, ni endroits où se restaurer, et personne à perte de vue. Sans la présence du pétrolier au mouillage on aurait pu croire que le voyage que nous avions entrepris, plus que couvrir un espace particulier, avait défié les lois du temps en nous conduisant dans une lande préhistorique vierge. Passionné comme je l'étais par les monstrueuses créatures du pléistocène, je n'aurais pas été surpris si soudain le dos d'un mégalodon avait surgi des eaux. En réalité j'allais devoir attendre de longues années avant de saisir la nature paradisiaque de ce voyage. Pour l'instant, mes impressions se fixaient sur le soleil de confiance et de joie qui au moment le plus difficile avait commencé à éclairer l'horizon noir de mon enfance.

Et dire que je m'étais résigné à croire que les punitions corporelles du suppléant faisaient partie d'un ordre inéluctable, d'un rite d'initiation virile auquel se soumettre le plus tôt possible, comme un vaccin ou une séance chez le dentiste. Au lieu de quoi me voilà indemne et heureux dans le lieu le plus formidable, le plus sauvage et enchanteur que j'aie jamais vu.

Sur le sable, un pied déjà dans l'eau, papa m'a dit qu'il avait à peu près mon âge quand son père l'avait emmené pour la première fois pêcher le marbré dans cette lagune écartée.

Dans d'autres circonstances j'aurais peut-être été surpris. En fait, il n'était vraiment pas du genre à ressasser le passé. Mais soudain ses souvenirs filiaux acquéraient urgence et vérité, peut-être à cause du paradoxe temporel qui planait sur nous tel un enchantement. Mon grand-père était pêcheur? Pas concessionnaire de voitures, comme on me l'avait dit? Pourquoi pas. Il suffisait de regarder autour de nous pour comprendre que c'était non seulement possible mais carrément probable. Pour autant que je sache, la voiture la plus proche était celle de mon père, garée dans une clairière inaccessible à quelques kilomètres de là. Pas question de voitures. Tout bien réfléchi, dans un endroit pareil, il n'y avait pas d'autres moyens de gagner honnêtement sa vie que la pêche. Aussi, enivré par l'odeur saumâtre des algues et par la vue des troncs gris qui parsemaient la plage, il m'était beaucoup plus difficile de comprendre comment mon père, le fils d'un pêcheur de marbrés, pouvait avoir fini par vivre dans un appartement en location dans la périphérie est de Rome, frappé par une pénurie financière chronique, joignant les deux bouts comme représentant d'électroménager, avec une épouse qui enseignait les mathématiques dans un bon lycée du centre et un fils lâche et inadapté.

« Tu sais, quand il était sobre, ton grand-père c'était un marrant. »

C'est ainsi qu'il s'est mis à me parler de son père, avec un mélange de rancœur et d'indulgence qui a fini par me gagner. Soit parce que j'étais sujet aux élans affectifs, soit parce que finalement il s'agissait du seul grand-père dont je disposais, il m'a été facile d'imaginer ce buveur, mort avant ma naissance, en patriarche d'une lignée antique de pêcheurs, d'une tribu balayée par l'Histoire. Alors comment savoir si cette plage secrète n'en était pas l'ultime trace, d'autant plus vénérable qu'elle était difficile à dénicher, rude d'accès, tellement triste à laisser derrière soi.

3

Seule la névrose infantile peut expliquer comment la gratitude que mon père avait su m'inspirer ce jour-là s'est transformée en pleine nuit en certitude de ne plus le revoir.

L'image de son corps rigide à côté de celui, chaud, de ma mère suffisait déjà à me glacer. À cela s'ajoutait qu'à une époque il m'avait été d'abord vivement déconseillé puis soudain interdit de me glisser dans leur chambre en pleine nuit. Je savais que c'était elle qui avait pris cette décision présentée comme adoptée d'un commun accord et que lui l'avait acceptée telle que je devais la subir : sans comprendre et sans broncher. Et comme enfreindre un précepte sanctifié par les années où je n'avais pas osé le transgresser était au-dessus de mes forces d'enfant docile, soumis à l'autorité maternelle, autant rester là, sur le pont, livré aux flots tempétueux de l'imagination.

De l'autre côté du mur, il n'existait plus, pas tel que je l'avais connu ; elle ne le savait pas encore, et mieux valait ne pas penser à sa réaction quand elle le découvrirait. Quant à moi, pourquoi se faire des illusions ? Jamais je n'aurais le cran de franchir la distance dérisoire qui me séparait de la chambre voisine : un pas et le sol aurait cédé, un clic pour que la faible lumière du couloir réduise la planète en cendres.

Admettons même qu'au mépris des consignes et des conséquences j'aie trouvé le courage de quitter la tranchée et d'avancer en terrain hostile, comment régler à ce stade – avec l'ennemi, bien entendu, mais avant tout avec moi-même – la sortie irrégulière dans le camp adverse ?

Et tout ça à cause de Mme Velardi, la mère de Demetrio, mon meilleur ami depuis le cours élémentaire ; du cancer du pancréas qui l'avait dévorée en quelques semaines et de deux questions que ce massacre avait laissées en suspens :

– le mot « pancréas », qui encore aujourd'hui, peut-être à cause de sa finale sifflante, m'épouvante et m'horrifie ;

– voulait-on vraiment me faire croire que la femme d'intérieur attentionnée qui les après-midi d'hiver nous gavait de crème pâtissière et de sablés était là, serrée dans la caisse d'acajou comme du thon en boîte, dans sa plus jolie petite robe de soie un peu trop décolletée pour les courants d'air éternels ?

Pour me protéger de cette rafale de gel funèbre je repensais à notre matinée à la plage ; mais aussitôt après s'est insinué le souvenir beaucoup moins heureux du moment où ce même soir il était venu me voir dans ma chambre. Selon le rythme rigide des horaires enfantins (au lit à neuf heures pile, interdiction de négocier), il devait être très tard. Tout compte fait, me tourmenter avec le souvenir de notre rencontre récente, durant laquelle j'avais donné le pire de moi-même, se révélait bien plus commode que de courir vérifier s'il n'y en avait pas d'autres.

Dieu sait pourquoi l'accueil que je lui avais réservé avait été tout sauf joyeux. Peut-être à cause de ce goût de la joute qui évidemment ne me venait pas de lui. Mon père était là, assis au bord de mon lit, impatient de mettre le nez dans le creux soyeux entre mon cou et ma clavicule. Devant lui, après deux heures de sommeil, ma petite caverne, comme il l'appelait, était douce, odorante, chaude comme un vison : une drogue dont il n'aurait jamais voulu se désintoxiquer. Parfois, avant de disparaître dans la lumière d'où il était venu il m'intimait l'ordre de ne prendre aucun engagement pour le dimanche. Je n'avais pas oublié, n'est-ce pas ? Il voulait m'emmener dans cette boutique minuscule de Porta Portese tripoter des guitares d'occasion et des disques d'importation, bref, dans un de ces nombreux endroits épatants qu'il était seul à connaître.

Cette fois je ne l'avais pas laissé ouvrir la bouche. Mort de fatigue, éreinté par les dernières nuits de cauchemar et la matinée à la plage, je voulais seulement m'écrouler, bercé par la certitude que le suppléant avait disparu de ma vie pour toujours.

« Bien reçu, la puce. Allez, on se voit demain. »

Avec quelle voix il l'avait susurré ! De celui qui, sachant qu'il n'a pas d'autres dimanches à sa disposition, ne se fait aucun scrupule de le cacher, à toi comme à lui-même ?

Dans mon souvenir, en pleine nuit, c'est ainsi qu'il m'apparaissait. Mais allez vous fier aux souvenirs, et aux ténèbres, donc ! À ce moment-là elles me faisaient penser qu'avant qu'il ne s'esquive honteusement, quelque chose de très semblable à une commotion était sur le point de bouleverser ses repères. La seule idée de l'entendre geindre m'indignait. J'ai repensé au matin où je l'avais surpris dans son bain : jusqu'au menton dans l'eau brûlante, l'uretère déchiré par les calculs, défiguré par la grimace de celui qui attend l'élancement fatal ; en me voyant entrer il avait esquissé un sourire trop proche du rictus, mais grâce au ciel, sans larmes.

Et maintenant il avait le cafard à cause d'un gamin qui s'opposait à lui ? Pourquoi pas, si le morveux en question était son fils unique, et que ce qui venait de se passer – dans quel triste malentendu – avait tout d'un adieu ?

Après tout, il voulait seulement sa dose de petite caverne, le dernier repas du condamné à mort. J'ai pensé que peut-être, vu les circonstances, et j'en ai eu le cœur serré, les cajoleries habituelles ne suffisaient pas. Peut-être avait-il le droit d'exiger davantage. Ou peut-être même ne s'agissait-il pas de cela mais de tout autre chose. Peut-être était-il là pour démontrer que personne depuis que j'avais mis les pieds sur terre n'avait su me montrer autant de sollicitude, et que probablement, attendu que son heure était arrivée, personne ne saurait plus le faire… En tout cas, ce qu'il avait obtenu c'était le grognement permanent d'un froussard ingrat.

Parfois un délit sans coupables peut être tellement exaspérant que pour ne pas le laisser impuni nous préférons nous en charger nous-mêmes, au besoin en falsifiant des preuves et en menaçant des témoins. Faute de pouvoir m'attribuer un forfait précis, je me suis accusé de ne pas avoir été près de lui quand il en avait eu besoin, d'avoir sous-estimé sa demande de réconfort, légitime et pourtant si discrète ; de ne pas lui avoir rendu avec la promptitude souhaitée, ni avec la délicatesse appropriée l'inestimable cadeau qu'il m'avait fait le matin même. Autrement dit, d'avoir dérogé à mon devoir filial en gâchant les derniers instants de cette idylle unique, inégalable.

C'est à peu près à ce moment-là, quand j'étais accablé de remords, pris de panique, tourmenté par l'image de la petite caverne abandonnée à jamais, que l'idée m'a transpercé, la plus triste que j'aie jamais eue : parmi les rares bonnes choses de ma vie papa avait été de loin la meilleure. Quel dommage de ne pas le lui avoir dit.

C'est ainsi que pleurnichant, écrasé sous le poids d'une réticence irrémédiable, fort du châtiment qui m'attendait dans la pièce à côté, j'ai été en mesure de larguer les amarres et défier la haute mer. Avançant à tâtons dans le noir absolu, ballotté par les sombres courants de l'anxiété, je tremblais sur le seuil de la porte interdite ; jusqu'à ce que, à un pas de la vérité, je sente ma tête se vider, le souffle me manquer, mes membres céder, comme le naufragé qui se laisse noyer.

Et plus jamais par la suite le ronflement bienheureux d'un dormeur ne me redonnerait du courage et ne me torturerait de cette façon.

4

Si un instant plus tôt j'étais désespéré de ne pas lui avoir ouvert mon cœur, maintenant que j'avais l'occasion de le faire en lui montrant combien ma dévotion était maladive (lire : ma peur de le perdre), je ne savais pas par où commencer. M'en empêchait un mélange d'embarras et de sens du ridicule qu'aussi bien lui qu'elle, encore que différemment, m'avaient inculqué très tôt.

Le café gargouillait sur le feu. J'ai vu une main soulever le couvercle de la cafetière, l'autre masser le flanc endolori par vingt ans de transport d'échantillons sur son dos : chaque centimètre carré de son corps disait soit qu'il était impatient de se recoucher, soit que par amour pour moi il ne le ferait pas.

Il m'a demandé si j'avais une idée de ce que ça faisait d'être réveillé en sursaut et de se retrouver face à un enfant blanc comme un linge. « Seigneur Dieu, du vrai Dario Argento !

– C'est que... Je croyais seulement... » Rien, les mots s'éteignaient dans ma gorge.

Qui dit que l'affection est un sentiment naturel ? En réalité, pour l'exprimer, il faut une éloquence particulière, et beaucoup de toupet ; leçon qu'à partir de cette nuit-là la vie ne cesserait pas de me donner. Par la suite, j'allais rencontrer un tas de gens incapables d'affronter avec la franchise voulue les prétendues vérités du cœur ; plus ou moins dans les mêmes années où je découvrirais qu'en matière de lâcheté sentimentale, déguisée en réserve et en ironie, j'étais imbattable.

Il a versé une grande partie du café dans un petit verre, le reste dans la tasse qui m'était destinée, non sans l'avoir dilué dans de l'eau tiède et saupoudré de sucre.

Pour la seconde fois dans cette étrange journée il a fait appel à son père. « Tu sais ce que disait ton grand-père ? "On meurt comme des expressos !" Et Dieu sait si cette éponge détestait le café. » Il a bu une petite gorgée et a entrepris de me rassurer : n'en déplaise à son vieux, m'a-t-il expliqué, mourir n'était pas si simple. Nous sommes faits pour résister, notre organisme a des espions, les anticorps, et le sang un tas de bonnes raisons de continuer à couler. « Mieux, tu sais quoi ? », une autre gorgée. « Un jour, on ne mourra plus. Un bosseur dans un laboratoire de Houston ou de Zürich découvrira le moyen d'empêcher les cellules de vieillir, ou de les régénérer. Et alors ce ne sera plus qu'une question de bien vivre : il faudra trouver le moyen de nourrir tous ces petits vieux, pour l'éternité. »

C'est ainsi que, confiants et rassurés, nous nous sommes sentis prêts à affronter le soleil radieux de l'avenir. Bien que j'aie manqué une grande partie des allusions, il était évident qu'abstraction faite des significations cachées, toutes ces petites conversations avaient pour but de me réconforter. Ce qui me rendait difficile de me retenir de fondre finalement en larmes, de lui tomber dans les bras, de le remercier d'être encore là.

Pour un enfant c'est important que son père ait une certaine carrure ; le mien était un colosse. Vigoureux, barbu, très blond, plus Thor que Mangiafuoco, difficile d'imaginer un organisme plus éclatant de santé. Sa calvitie était tellement éclatante qu'elle autorisait à soupçonner les photos éparpillées dans la maison qui le représentaient imberbe et chevelu monté sur son indomptable Triumph Bonneville d'être le résultat d'une manipulation estudiantine. Ses chevilles aussi étaient glabres, polies par des décennies de chaussettes, blanches comme neige et bien trop fines pour un homme aussi imposant, et encore très solide.

Bref, tel était mon père à quatre heures du matin au seuil de ses quarante ans : un ours blanc en T-shirt et boxer écossais avec une forte envie de me flanquer un coup de pied au cul et de retourner dans sa léthargie. Pourtant, malgré des épaules comme celles-là, tout en lui était placide, à commencer par le regard. Tandis qu'à cette époque les parents avaient l'habitude de flanquer des gifles à leurs enfants en public sans risque d'encourir de sanction sociale, mon père n'avait jamais levé la main sur moi. Même pas ébauché le geste.

Et comme la fiabilité et le sens de la mesure (vertus parentales dont il était désespérément dépourvu) ne jouissent d'aucun crédit auprès d'un enfant – dont les investissements affectifs sont beaucoup plus idéalistes que ceux soutenus par la psychologie progressiste – je peux dire qu'il était le meilleur père que je pouvais imaginer. Le type d'adulte rare qui au supermarché remplit le chariot de saletés bourrées de conservateurs, et qui au cinéma s'agite sur son siège en attendant l'entracte pour faire le plein de gourmandises pour lui et son heureuse progéniture.

Parmi les bribes que je conserve de cette période lointaine de ma vie il y a les samedis (hélas, si rares) où il venait me chercher à l'école.

Le voilà, appuyé sur le capot de sa voiture. Ce n'est pas celle de ses rêves ; on pourrait même insinuer qu'il s'agit d'un repli convenable, et pour cette raison dévalorisant aux yeux même de son exigeant possesseur. Et cela bien que le fleuron de troisième main acquis en grande pompe le fasse apparaître dans mon souvenir plus à l'aise qu'il ne l'était.

Après tout, il appartenait à cette génération de mâles occidentaux qui, ayant atteint la conscience de leur virilité après la Seconde Guerre mondiale, avaient vu dans la motorisation de masse un symbole de renouveau, jusqu'à en faire presque une raison d'être. Abonné à des revues spécialisées, passionné de formule 1, fréquentant les salons et les foires, quand il fallait juger un nouveau modèle il montrait un goût très sûr, implacable, et toutefois dépourvu de snobisme, il faut le reconnaître. Du reste, dans ce domaine il avait des références de premier ordre. Son père, mon grand-père, avait été concessionnaire Alfa Romeo. Il avait gagné de l'argent au seuil du boom économique pour le perdre ensuite en quelques mois à cause de l'interaction de deux facteurs ironiquement complémentaires : la crise pétrolière et la bouteille. Pendant que les stations d'essence étaient à sec, les provisions alcooliques de mon grand-père (grappa, vodka, Grand Marnier) connaissaient une saison extraordinaire de prospérité. Ses dépôts de bilan et la cirrhose avaient fait le reste. Amen.

Je suis enclin à accorder foi au credo populaire selon lequel l'essence d'un individu (surtout de cette espèce spectrale qui a cessé d'exister depuis des décennies) est enfermée dans une odeur particulière, malheureusement impossible à reproduire en laboratoire. Si c'est vrai, rien ne pourrait mieux me parler de mon père que les sièges lisses d'une berline allemande bohème imprégnés de la fumée de ses Players.

Nous mangions au Piccadilly dans la via Barberini, un établissement qui aurait voulu être un peu boulangerie un peu cafétéria sans y parvenir. Les mordus de fast-food allaient devoir attendre encore quelques années que s'ouvre le premier McDonald piazza di Spagna, et se contenter pour le moment de pâles imitations telles que celle-là. Je crois que papa m'y emmenait pour avoir le prétexte de me raconter encore une fois son année londonienne après le bac quand la vie était légère et mon grand-père encore modérément sobre et solvable. (« Là, oui, qu'ils savent comment on fait un cheeseburger ! »)

En survolant le reste de nos activités du samedi, qu'il me soit permis une dernière considération de caractère général. J'imagine que les familles heureuses dont on parle tant dans les romans russes le sont en raison de grandes propriétés adéquates, sans parler du confort assuré par la multitude de domestiques en livrée et de serfs de la glèbe. Ce qui m'amène d'un côté à penser que nous n'étions absolument pas romanesques, et de l'autre à faire une constatation encore plus décourageante : pour un homme orgueilleux comme mon père ce ne devait pas être facile d'accepter l'idée de ne pas réussir à m'assurer le train de vie aisé qui lui avait été offert. Si je m'en tiens à ses rares récits, même jeune homme quand il pouvait compter sur l'argent de son père il n'avait jamais pris de poses. Il souhaitait une existence confortable et décontractée, enrichie de temps en temps de quelque joujou coûteux : une veste de cuir, une collection de guitares, une voiture de sport. Une grande partie de sa frustration venait de la certitude de ne pas pouvoir se les permettre. Vis-à-vis du reste – distinction sociale, privilèges de classe, habitudes de bourgeois aisés – il affichait une certaine répugnance. Il se disait marxiste, et tout en ne faisant presque rien de concret dans ce sens, il aimait bien en faire état à chaque instant, y compris quand c'était totalement hors de propos.

Un jour s'est présentée une possibilité d'emploi tentante. Une entreprise allemande célèbre pour ses machines à laver indestructibles au design sévère, en quête d'un représentant pour la région du Lazio, avait inclus mon père parmi les premiers éligibles. Un coup de chance qui allait pouvoir remettre à flot les finances de la famille. Je l'avais entendu dire au téléphone : « Ces lave-linge se vendent comme des Fiat 500. » Il avait assuré plein d'entrain à ma mère : « Crois-moi, c'est une espèce de sinécure. » La confiance en lui, renforcée par un optimisme obstiné, était sa spécialité : il ne restait plus qu'à conclure l'affaire. En outre, étant donné que le rendez-vous avec le directeur du personnel de l'entreprise rhénane était prévu le samedi suivant au siège milanais de l'entreprise, mon père avait décidé de m'emmener. Au pire, j'allais perdre une journée de classe.

À dix heures du soir nous étions sur le quai numéro sept d'où partaient les trains de nuit. Le nôtre mettait près de huit heures pour arriver à destination, avec deux arrêts pour offrir aux estimables passagers quelques minutes de sommeil supplémentaires. De l'extérieur le wagon avait un aspect placide et ancien, les bandes sur le côté, d'une élégante couleur grenat, étaient voilées de suie. À l'intérieur ils étaient étroits et austères, d'un fonctionnel tout militaire et quasi japonais.

Tout d'abord, mon père a eu recours à des astuces éprouvées de commis voyageur pour obtenir une autre cabine que celle qui nous était attribuée, le plus loin possible de la motrice, et il a allongé un gros pourboire au chef de train. Il était influencé par les réminiscences de sa vie aisée irrémédiablement perdue, et il agissait comme s'il avait déjà son nouvel emploi en poche.

« Réveil à six heures, s'il vous plaît. Café pour moi, et lait bouillant pour mon fils. »

L'espace équipé de deux couchettes superposées, un placard mural et un lavabo escamotable était à peine plus grand qu'un cagibi mais il m'apparaissait fastueux comme le carré des officiers sur un galion ou une cabine dans un jet privé. Allez savoir pourquoi les enfants aiment tant dormir loin de leur lit : au milieu de la toundra, dans la savane, dans un compartiment d'un imposant moyen de transport.

Je me souviens de l'odeur âcre du drap et du tintement du pot de chambre en porcelaine dont mon père s'est servi avant de se coucher. Je me souviens du battement de mon cœur, aligné sur le rythme doux, persuasif et syncopé imprimé par la locomotive, tellement semblable à une batterie de jazz. Je me souviens des lueurs laiteuses de la banlieue industrielle et de la voix de mon père qui m'assurait que nous étions de nouveau en route. Je me souviens de m'être battu pour ne pas m'assoupir et de la discussion de plus en plus vague entre le chef de train et une voyageuse insomniaque. Je me souviens de la lumière ambrée d'une aube milanaise et de la déception rétrospective d'avoir dormi plus qu'il ne fallait. Mais le souvenir qui résiste le plus, hélas, est aussi le plus désagréable et il concerne le retour. Le train était le même, la destination et l'humeur, inversées. Mon père n'avait pas obtenu le poste et j'espérais seulement que Rome n'existe plus.

5

Avant de passer à autre chose je dois parler de l'habileté manipulatrice avec laquelle cette nuit fatidique d'il y a tant d'années j'ai empêché mon père de me renvoyer au lit.

« Je ne te dis même pas quelle heure il est. »

Il est certain que nous avions dépassé de loin la limite temporelle au-delà de laquelle s'étendaient des forêts infestées de zombies et de loups-garous.

« Si ta mère nous surprend, au minimum elle demande le divorce, a-t-il dit en rinçant la vaisselle sale pour marquer la fin de la fête. Et toi, elle t'expédie dans la légion étrangère. »

Alors j'ai désiré de tout mon être que nous prenions nos guitares. Vous connaissez un meilleur moyen d'attendre l'aube qu'une belle jam session ?

Je ne suis certainement pas du genre à me vanter, mais je dois dire que malgré mon âge, mes doigts fins et mon air de binoclard maladroit j'étais un guitariste prometteur et motivé. Peut-être parce que rien n'est aussi adapté à la vie solitaire et à un caractère précocement obsessionnel que l'étude d'un instrument à cordes. Je n'étais pas Segovia, ni un futur Jimi Hendrix, mais j'avais toute l'obstination des virtuoses ; j'y travaillais depuis deux ans, depuis que mon père m'avait appris les premiers accords, les arpèges, et quelques rudiments d'harmonie pentatonique. J'y avais gagné une Sakura acoustique avec la rosace en fausse nacre sur laquelle me massacrer le bout des doigts ; lui, un partenaire fiable et diligent qui l'accompagnait dans ses solos. Notre répertoire était aussi particulier que démodé : Gene Vincent, Carl Perkins, Ricky Nelson, les héros de son adolescence qui avaient fini par coloniser aussi mon enfance en m'offrant une occasion inespérée de me distinguer du troupeau.

Mes goûts musicaux étaient le seul domaine dans lequel j'étais sûr de dépasser mes camarades. Le paradoxe c'est qu'une telle précocité consistait à se projeter au moins vingt ans en arrière dans ce fatidique 1959 où – dans une chanson célèbre – *la musique était morte pour toujours.*

En résumé, pendant que mes copains étaient encore embarqués avec le prix du Zecchino d'Oro ou, dans la meilleure des hypothèses, quelques malheureux succès du festival de San Remo, moi, sous la solide direction paternelle, je me préoccupais de ressusciter la musique. Nos assauts de guitare, aussi inquiétants et fabuleux que des séances de spiritisme, évoquaient les âmes perdues, éternellement jeunes, de Buddy Holly, Ritchie Valens, Eddie Cochran.

D'habitude, quand il esquissait l'intro de *That'll Be The Day,* ou le riff syncopé de *Summertime Blues,* mon père racontait des anecdotes peu édifiantes sur ces héroïques pionniers du rock'n'roll, les voyous en jeans et bomber qui selon lui avaient déclaré la guerre aux bigots de la moitié du monde.

Ma dévotion pour une musique aussi lointaine et anachronique répondait à mon désir de retrouver ce passé dont mes parents (l'un par réticence, l'autre par orgueil) m'avaient aussi bêtement exclu. Par ailleurs, exhumer certaines pièces de musée signifiait plonger dans l'époque où mon père avait été heureux ; et donc cultiver un succédané de nostalgie pour une époque que je ne pourrais jamais vivre. Soyons clairs, je parle de l'enchantement rétrospectif dont j'allais avoir du mal à me libérer même quand mon père, pour raisons de force majeure, viendrait moins. Et avec lequel je continue de régler les comptes après tant d'années. Pour tout dire, je parle du soupçon, qui affecte semble-t-il beaucoup de personnes, d'être né au mauvais moment et au mauvais endroit.

En tout cas il était trop tard pour sortir les guitares. Quoi inventer d'autre, alors ?

En voyant l'expression de panique que je n'ai pas réussi à réprimer il a été persuadé que m'envoyer au lit dans cet état était de la cruauté. On pouvait dire beaucoup de choses de lui, et Dieu sait si on en a dit, mais pas qu'il était cruel.

« Tu sais ce que nous allons faire ? » a-t-il lancé.

Sans me dire quoi, il a ouvert un placard juste au-dessus de ma tête, il a déplacé un peu de vaisselle, et comme un prestidigitateur il a sorti un petit paquet enveloppé dans du papier cadeau éclatant.

« C'était pour Noël. » Et sans même me laisser le temps d'absorber la surprise il s'est mis à le défaire sans même en être le destinataire. Et voilà la vidéocassette de *Jailhouse Rock*, le troisième film d'Elvis Presley dont il m'avait parlé tant de fois.

Chacun de nous a la prétention d'avoir un premier souvenir fiable. En règle générale, pour se faciliter la tâche, l'esprit choisit des événements d'une certaine importance historique, le plus souvent dramatiques, étayés par des éléments d'archives pittoresques : la malheureuse finale du

Mondial de foot, l'assassinat d'un magistrat anti-mafia, une catastrophe naturelle. Ce n'est pas ma faute si la mémoire a des goûts aussi indulgents et grandiloquents. J'ai beau fouiller la mienne, je ne parviens pas à en tirer quelque chose de plus lointain et de plus poignant que la mort d'Elvis. Nous étions en voiture, nous revenions de vacances, quand la radio a annoncé la nouvelle. Je me rappelle l'imprécation qui a échappé à mon père. Sans commentaires, avec la douleur de la groupie en deuil, impatient de commémorer son idole (trouvée morte quelques heures plus tôt dans son bain), il avait inséré dans le lecteur la cassette du meilleur d'Elvis qui à partir de ce jour avait gagné un énième, imprévisible et très jeune fan.

« Et si on se le faisait avant de filer au lit ? » a-t-il demandé sur un ton coupable.

J'ai approuvé avec un tel enthousiasme que j'ai failli crier.

« Oh, et là-dessus aussi, pas un mot à la vieille. Nous le regardons, ensuite j'essaie de le rempaqueter, mais attention, quand tu le trouveras sous l'arbre tu devras faire semblant d'être surpris. D'accord ? »

C'était la deuxième fois dans cette interminable journée exaspérante que mon père enfreignait les règles imposées par ma mère. Si le matin il avait contribué à me faire faire l'école buissonnière, il favorisait maintenant mes insomnies. Ne pas me renvoyer dormir était déjà une violation du code comportemental imposé par ma mère ; qu'elle s'accompagne d'un cadeau ouvert trop tôt et d'une vidéocassette VHS flambant neuve dont l'achat avait provoqué l'affrontement conjugal le plus rude de ces derniers temps rendait la transgression encore plus grave. Quand il lui avait juré qu'il s'agissait d'une affaire à prix coûtant il s'était entendu répondre comme toujours : « Les affaires, c'est celui qui a de l'argent qui les fait. »

Nous aurions dû *nous faire le film et filer au lit*, mais finalement, à force d'arrêts sur image, ralentissements et commentaires extasiés, nous sommes arrivés à l'aube. Nous avons revu une demi-douzaine de fois la scène où Elvis chante *Jailhouse Rock* habillé en bagnard.

En théorie j'aurais dû être satisfait: être là sur le canapé sous le même plaid à profiter des fruits de sa bonne santé. Au fond, j'aurais dû m'amuser, me réjouir de ce que j'avais obtenu sans aucun mérite. J'aurais dû savourer, d'image en image, cette histoire de rédemption, ponctuée par les plus belles chansons qui aient jamais été écrites, chantées de la voix la plus sexy que vous puissiez imaginer. En théorie. Dans la pratique je n'y suis pas parvenu, pas comme je l'aurais voulu.

Je me demande si cette fois le problème n'est pas exactement là où je n'aurais jamais osé le chercher: dans ce bonheur que, bien qu'à portée de main, je ne parvenais pas à saisir. Qui sait, pour être heureux, comme pour aimer librement, il faut peut-être beaucoup de caractère. En général. Dans ce cas particulier je dois dire que, bien que je n'en aie pas conscience, le bonheur me laissait déjà perplexe; et pas à cause de sa nature intrinsèquement trompeuse, mais parce qu'il semblait me parler non plus de ce que j'avais obtenu mais de ce que j'étais sur le point de perdre. Du reste, que dire d'un de ces rares moments inoubliables d'avant le jour sinon qu'ils sont une des meilleures choses de mon enfance?

« L'héroïne te plaît? » a demandé mon père en plongeant la main dans un bol de cacahuètes et en avalant une grande gorgée de Coca-Cola.

La question m'a pris à l'improviste. C'était la première fois qu'il me demandait un avis sur une femme. Que la poupée en question soit une vieille (comme elle m'apparaissait alors) qui avait joué dans un film en noir et blanc une bonne trentaine d'années plus tôt me paraissait une énormité encore plus incongrue. Au point que j'ai fait semblant de ne pas avoir entendu.

« Tu sais qui elle me rappelle ? »

Cette fois j'ai réussi à le regarder en face.

« Ta mère. Je parle sérieusement. Quand je l'ai connue elle était exactement comme ça. Même coiffure, même beauté nature, même entêtement.

– Elle avait aussi la même voiture ?

– Une Cadillac ? Ta mère ? » Il a éclaté de rire. « Elle n'avait même pas le permis ! »

C'était bizarre qu'il parle de maman au passé comme si elle ne dormait pas de son sommeil léger enfermée dans sa chambre, mais ailleurs, dans le temps et dans l'espace, à l'âge d'or d'Elvis et de ses adoratrices.

« Judy Tyler. C'est comme ça qu'elle s'appelait. Imagine quelle guigne : elle est morte après le tournage, dans un accident de la route. Elle n'a pas pu profiter de son triomphe. On dit qu'Elvis n'a plus jamais voulu revoir le film. »

Alors c'était ça ? Il avait beau tout faire pour nier son existence, cette nuit semblait ne parler que la langue des choses perdues.

Prenez ces personnes, là, sur l'écran. Dynamiques, affairées, pleines de vie, à commencer par les deux protagonistes engagés dans des affaires sentimentales frivoles. Eh bien, d'après ce que j'en savais elles étaient toutes au cimetière ou avec un pied dans la tombe. *Oui, toutes mortes ! Ou presque. Et depuis un bon bout de temps...*

J'aurais voulu partager cette réflexion douloureuse, ne fût-ce que parce qu'elle me paraissait profonde et originale, ainsi que parfaitement appropriée. Mais encore une fois j'ai préféré me taire. Pourquoi lui gâcher la fête ? S'il trouvait que l'héroïne du film ressemblait à ma mère jeune, il s'attribuait le rôle d'un Elvis d'un certain âge ; dommage qu'à la différence de notre idole commune il n'ait réussi ni à figurer dans un classement ni à se construire un Graceland à son image et à sa ressemblance.

Je l'ai soudain senti proche comme jamais. Peut-être parce que, même de façon différente, nous étions tous deux aux prises avec notre idée particulière de l'injustice. L'extinction inéluctable de tout organisme qui à compter de cette nuit allait menacer à jamais mes rêves n'était pas moins angoissante que sa conscience du fait que l'histoire héroïque dont il aurait voulu être le protagoniste non seulement n'avait pas eu mais n'aurait jamais lieu.

Je me demande si en me montrant ce petit film de façon aussi détaillée, en gaspillant toute son érudition, il ne voulait pas me fournir les coordonnées et le laissez-passer pour son monde idéal : un univers en celluloïd patiné et manichéen où les gens chantent au lieu de se disputer et dansent au lieu de se battre. Demeures royales, zéphyrs parfumés, décors de carton-pâte qui comme toutes les choses artificielles ont l'arrogance de parier sur l'éternité.

Ce n'est qu'aux premières lueurs du jour, en luttant pour ne pas m'assoupir, quelques instants avant que maman nous surprenne en flagrant délit et ne nous dise plus bonjour pendant les jours à venir que j'ai compris, même si aujourd'hui je le comprends mieux, combien pour mon père vivre avec nous, dans un quartier petit-bourgeois et si peu bohème, criblés de dette et assiégés par les spectres, en gardant son calme, sans prendre le maquis ou se jeter du cinquième étage, était un acte d'héroïsme que personne ne lui reconnaîtrait.

Et qui sait si ce n'est pas à cela que servent les enfants : à témoigner, hors délai, quand il est désormais trop tard, de l'héroïsme de leur père.

MYSTÈRES MATERNELS

1

Bref, les nuits étaient si peu faites pour moi que je rêvais de vivre dans un monde sur lequel le soleil ne se coucherait jamais.

Ce n'était pas toujours à cause du silence comme dans la scène que je viens de décrire. Il y avait encore pire que rester là dans son petit lit à les imaginer morts et c'était les savoir vivants, vigoureux, aguerris, et précisément pour cette raison fous de rage l'un contre l'autre et prêts à se sauter à la gorge.

Les disputes éclataient avec une ponctualité horrible aussitôt après minuit. Le tapage était suffisamment violent et grossier pour donner la sensation qu'il venait de créatures surnaturelles.

Parfois les insultes volaient : « salaud », « tas de merde »... Si l'on considère les bonnes manières de l'une et l'indulgence de l'autre, y avait-il preuve plus irréfutable du bouleversement simultané de leurs personnalités, sinon carrément de quelque chose de pire ? C'était pour cette raison qu'ils ne voulaient pas que j'aille les voir en pleine nuit ? Ils avaient peur que je découvre leur secret ?

Peine perdue ! Tout en n'ayant aucun moyen de le vérifier, j'étais sûr que ces voix altérées, chargées de timbres hostiles qui envahissaient tout à coup l'obscurité de ma chambre et explosaient dans les ténèbres de mon cœur n'appartenaient pas aux maman et papa persuasifs qui m'avaient expédié au lit avec une petite tape sur la nuque, mais à un couple de sosies, d'imposteurs possédés de je ne sais quel démon, obsédés par cet unique, incontournable sujet: les ennuis financiers qui nous écrasaient et nous mèneraient à la ruine.

Dommage que les enfants soient aussi désespérément dépourvus du sens de l'humour. Il ne m'aurait d'ailleurs pas beaucoup servi pour comprendre à quel point, dans certaines circonstances, mes parents savaient se rendre ridicules. Bien que l'objet de leurs querelles d'avant l'aube soit en fin de compte monotone, les questions particulières pouvaient prendre, selon les caprices de l'un ou les lubies de l'autre, des formes nouvelles et imprévisibles. Une fois ils se sont disputés sur la tenue la plus indiquée pour demander une prolongation de crédit à un directeur de banque; l'éloquence avec laquelle lui a défendu la supériorité du style décontracté aurait mérité un tout autre public. Une autre nuit la discussion a pris un tour inopinément idéologique; cette fois c'était elle qui ne comprenait pas comment il réussissait à concilier idéaux communistes et consumérisme compulsif.

J'admets que ce qui m'exaspérait c'était surtout le comportement de ma mère (ou sa remplaçante): la façon dont elle sortait de ses gonds et perdait toute inhibition dialectique, manquant à sa discrétion proverbiale.

Même en classe (elle enseignait les mathématiques dans le bon lycée public où j'allais passer les années les plus anonymes de ma vie) elle était célèbre auprès de ses élèves et de ses collègues pour sa capacité de ne pas se démonter face aux urgences. Par exemple, le matin où un garçon de troisième D, en pleine crise psychotique, avait sorti un couteau et menaçait sa voisine qui (on allait l'apprendre par la suite) l'avait repoussé. Au début ma mère l'avait laissé s'épancher; puis, ayant obtenu que la fille aille aux toilettes se ressaisir, elle s'était fait remettre l'arme mieux qu'un négociateur professionnel. Le tout sans discours superflu. Elle est devenue très populaire mais aussi très redoutée, alimentant ainsi le mythe de sa concision olympienne et résolue.

Je me demandais qui parmi ces élèves craintifs aurait jamais pu la reconnaître dans la noctambule enflammée de la chambre voisine.

En tout cas, quels qu'ils aient été et d'où diantre ils soient sortis, les entendre aussi mutuellement enragés ne servait qu'à aggraver mon sentiment d'oppression, de solitude et de découragement. J'étais impatient de me rendormir, ou encore mieux d'être complètement réveillé par la sirène du camion de nettoyage ou le chant des tourterelles ou n'importe quoi qui me donne la garantie que la nuit était finie et que cette fois encore nous nous en étions sortis.

D'habitude maman ouvrait la porte de ma chambre avant l'heure convenue pour que je puisse paresser un peu. Une heure plus tard elle arrivait avec le lait et le Nesquik, jamais bouillant mais tiédi exprès ; alors seulement elle tirait le rideau, assez pour me permettre de la voir en face et constater que la mauvaise nuit qu'elle avait passée n'avait pas laissé de traces significatives. Elle était redevenue elle, flegmatique, souriante, emmitouflée dans sa petite robe de chambre en mérinos bleue de la veille. Les chaussettes chauffées sur le radiateur qu'elle m'enfilait avant de me tirer du lit et me livrer à l'hiver froid de la vie étaient tout ce dont j'avais besoin. L'ennui c'est qu'au lieu de résoudre les mystères de son identité ces attentions contribuaient à les épaissir ; en toute logique, cette petite fée de l'aube était la même que la Gorgone furibonde qui avait passé les dernières heures de la nuit à engueuler mon père.

Avant de partir, comme si je n'étais pas encore assez troublé, elle m'ordonnait d'aller lui dire bonjour. En me rappelant le traitement qu'elle lui avait réservé quelques heures plus tôt, je la regardais perplexe.

« Ne fais pas la tête. Tu sais qu'il y tient. »

Déjà en blouse, alourdi par mon cartable, je retournais sur mes pas, juste à temps pour le voir sortir de la salle de bains habillé à sa façon : jeans, blouson et bottines noires.

Le voilà, armé de bonne volonté mais visiblement pas de la foi nécessaire pour l'économie de marché, prêt à partir pour la province, décidé à convaincre des grossistes riches, frustes et méfiants que les entreprises italiennes d'électroménager qu'il représentait étaient meilleures que les allemandes en vogue pour lesquelles il affichait un mépris patriotique.

Il était clair que ce travail ne lui convenait pas. Qu'il le considérait comme un repli humiliant. Éloigné comme il l'était du style de vie qu'il s'était imaginé quand en deuxième année d'université, ayant échoué aux examens, il avait lâché l'ingénierie pour donner du sens et de la beauté aux choses. Séduit par la folle propagande dionysiaque typique de ces années-là – la vulgate selon laquelle toute forme d'expression, de préférence frivole et velléitaire, est digne de considération – il s'était lancé tête baissée dans la recherche de lui-même. Acteur, scénariste, guitariste, auteur de chansons, poète, il n'y avait pas d'activité non rétribuée qu'il n'ait entreprise avec enthousiasme. Que lui importait ? Jeune, très beau, animé d'un optimisme congénital et financé par papa, il pouvait glander éternellement. Ensuite, ma mère était sortie de Dieu sait où (sur ce point les réticences abondaient) et avec elle les premières responsabilités adultes – mariage, paternité, dépenses courantes – suivies de la faillite de la concession Alfa Romeo. Mais même alors il ne s'était pas avoué vaincu. Au contraire, il avait voulu se recycler dans l'import-export. D'abord en essayant d'importer sur le marché italien certaines sandales tibétaines à semelle de bois dont l'inconfort proverbial semblait conçu pour favoriser un recueillement spirituel adéquat. Puis, las de l'austérité et du mysticisme, en misant tout sur des carburateurs chromés par une entreprise de Hanovre.

La dette accumulée auprès des banques pour ces années de sottises et de folies constituait le lest qui des années plus tard continuait de grever notre bilan familial.

Depuis, il avait pris deux tailles et perdu beaucoup de cheveux.

Un matin je l'ai trouvé dans la chambre en train de vider fiévreusement le sac à dos militaire dans lequel il mettait ses échantillons. Soudain il a grogné : « Merde, où est-ce que je l'ai mis ? » Quand il s'est rendu compte de ma présence il m'a demandé si mes amis me questionnaient parfois sur son travail. Il semblait démoralisé, abattu. Les nuits précédentes les disputes avaient été plus sanglantes que d'ordinaire. Ma réponse évasive n'a pas apaisé sa mauvaise humeur, au contraire. « Eh bien, s'ils devaient le faire, reste dans le vague et dis que je suis quelqu'un qui se déplace beaucoup. » Textuellement. Quelqu'un qui se déplace beaucoup. Visiblement, aussi étrange que cela puisse me paraître maintenant, il ne supportait pas l'idée que des enfants d'école primaire qui ne le connaissaient même pas puissent le considérer comme un simple représentant, un voyageur de commerce ou, Dieu nous garde, un minable démarcheur. Disons qu'il valait mieux qu'ils le voient comme un grand voyageur, un auto-stoppeur, une espèce de globe-trotter, fidèle en cela au moins à l'idéal juvénile.

Un scrupule lexical qui, si elle en était informée, irriterait certainement son épouse, pour qui, quel que soit le nom qu'il veuille lui donner, le travail restait le travail : une activité ennuyeuse, répétitive, épuisante, utile à garantir le niveau de vie qu'à en croire ses explosions de colère nocturnes la profession de son mari n'était pas en mesure de nous assurer.

Ce n'est pas un hasard si aujourd'hui encore j'ai une certaine difficulté à lier l'argent au bonheur, si j'envie celui qui l'utilise convenablement en répondant aux nécessités, en se permettant des caprices et en faisant plaisir aux autres. L'argent est resté pour moi ce qu'il était pour mes parents pendant ces nuits infernales : un motif de honte (celle de ne pas en avoir assez), une cause d'angoisse, une occasion – accordée à de rares privilégiés par un édit divin – de raviver de temps en temps la grisaille environnante.

D'ailleurs, pour en parler, mes parents avaient recours à un jargon dont j'avais du mal à saisir la signification. Des mots tels qu'*acompte*, *crédit*, *intérêts passifs*, *traite*, pour n'en citer que quelques-uns, ne ressemblaient sûrement pas aux *abracadabra* bienveillants d'un magicien mais davantage aux borborygmes vaudous émis pour tenir en respect des forces malignes.

Seul quelqu'un qui est né dans une zone sismique ou sur les flancs d'un volcan en activité peut se faire une idée relativement juste de ce que signifie venir au monde dans une famille endettée jusqu'au cou. Même si vous n'y pensez pas toute la journée, vous développez de formidables capacités de perceptions, exaltées par une imagination catastrophiste. Le niveau d'alerte est tel qu'il en perd tout caractère extraordinaire. Coups de téléphone, sonneries d'interphone, distributions de courrier, il n'est pas de communication venue de l'extérieur qui ne promette des difficultés inextricables. Vous apprenez à ne rien considérer comme allant de soi, pas même l'électricité ou l'eau courante (une main furtive pourrait vous en priver d'un moment à l'autre) ; vous ne pouvez pas compter sur l'égalité d'humeur de vos parents, aussi loquace et insouciant que puisse vous paraître le matin.

Si je ne me trompe, c'est George Eliot qui a imaginé les dettes sous les traits d'un démon aux appétits pantagruéliques. Bien que je n'aie jamais trouvé le courage de le regarder en face, j'ai passé la première décennie de ma vie sous la botte de ce démon insatiable. Je mentirais en disant que j'avais une notion exacte du châtiment qui nous était réservé dans l'éventualité d'une insolvabilité, mais cette ignorance ne faisait que rendre les regards mauvais de ce Satan encore plus mystérieux.

Même dans la journée, quand mes parents s'efforçaient de ne pas se laisser aller, il m'en fallait peu pour deviner qu'il planait sur notre tête une calamité qu'il serait difficile d'affronter: factures, extraits de compte, traites de la télé. Alors mon horizon se remplissait d'images humiliantes: nous sur le pavé, réduits à l'indigence, dépouillés de tout bien et de toute dignité, à la merci d'énergumènes sans visage qui vidaient la maison et de voisins au regard accusateur.

Une chose est sûre. Je n'oublierai jamais le dimanche après-midi où j'ai eu un petit avant-goût des dangers qui menaçaient notre famille. Nous venions de déjeuner quand nous avons découvert qu'après des retards de paiement réitérés on nous avait coupé l'électricité. En un instant nous avons été précipités dans un Moyen Âge atechnologique. Si mon père était énervé par les inconvénients pratiques de l'aventure (l'idée de manquer le Grand Prix à la télé le rendait furieux), ma mère, elle, était troublée par les revers symboliques: chez les gens bien, certains incidents ne se produisent pas; non, ils ne peuvent ni ne doivent se produire. Apparemment, j'étais le seul à avoir l'intuition des implications désastreusement émotionnelles de ce black-out. Je ne me consolais pas. C'était en février, très vite les ténèbres allaient recouvrir les pièces de la maison comme un ensorcèlement noir jusqu'à ce qu'elles s'emparent d'elles. Les provisions de bougies étaient insuffisantes pour affronter la nuit qui en plein hiver vient toujours aussi épouvantablement tôt. En peureux invétéré j'avais un compte à régler avec l'obscurité. L'idée que dans quelques heures ils allaient m'envoyer au lit sans ma ration quotidienne de télé, le soutien de la stéréo et le réconfort de la lampe de chevet était tellement intolérable que je me suis mis à méditer sur le moyen d'entraîner mon père dans une de nos nuits d'insomnie.

Malheureusement l'atmosphère était mauvaise. Mes parents avaient discuté. Encore une fois elle l'avait mis face à ses responsabilités. C'était à lui de payer les factures ce mois-ci. En les entendant se disputer je ne parvenais pas à décider à qui donner raison et sur qui déverser ma colère. Si j'en voulais à ma mère pour le mépris qu'elle ne lui épargnait pas, je reprochais à mon père d'avoir prêté le flanc à des reproches aussi justifiés. Le regarder avec les yeux de ma mère déçue me provoquait un vertige extrêmement désagréable. Rien ne me blessait autant que de le faire tomber de son piédestal. Le dîner aux chandelles s'est révélé moins romantique que prévu. Aussitôt après, j'ai tenté le tout pour le tout en arrivant près de lui avec ma guitare. Il était dans le salon. Vautré sur le canapé il essayait de lire le journal à l'aide de la seule torche disponible.

Il m'a apostrophé sur un ton d'une grossièreté inhabituelle : « Quelles sont tes intentions ?

– Je pensais… » Je n'ai pas réussi à finir ma phrase.

Il m'a incendié : « Au nom du ciel, ça te paraît le bon moment ? Parfois je te trouve plus crétin qu'un mollusque. Allez. Pas d'histoires. Il est tard. Va te coucher. Et sans un mot. » Ah, la cyclothymie des adultes, leurs humeurs instables sont tellement impénétrables. Se pouvait-il que ce géant indolent soit le bienfaiteur qui quelque temps plus tôt avait réussi le miracle de me sauver en un seul jour des brimades du suppléant et de mes terreurs nocturnes ?

Quoique destiné à ne pas se répéter, ce petit accident domestique a créé un précédent dangereux. Je connaissais désormais les effets potentiellement dévastateurs de la banqueroute. Par ailleurs, concernant les récriminations de ma mère, le véritable problème était que les dettes ne cessaient de grossir, et avec elles le nombre et la variété des créanciers ; et même si ce qui les faisait gonfler (c'est encore ma mère qui parle) était la difficulté de son mari à se faire payer régulièrement, par une sorte de magie noire c'était elle qui en montrait les signes. Le rapport entre eux ressemblait beaucoup à celui qui existait entre Dorian Gray et son célèbre portrait. À la différence que lui n'avait pas la possibilité de l'enfermer dans quelque obscur grenier en prétendant qu'elle n'avait jamais existé. Elle était là, le visage chaque soir plus marqué par l'angoisse, pour montrer que les choses ne cessaient d'empirer.

Si seulement j'avais pu les aider ! Mais où trouver tout cet argent ? Je le jure, je ne cessais pas de me creuser la cervelle. Un jour, je me suis convaincu que la solution était là, dans la première image d'un album d'oncle Picsou. Elle représentait l'avide millionnaire à plumes sur le tremplin d'une piscine scintillante de doublons.

N'ayant reçu aucune éducation religieuse, j'avais choisi le lourd cadeau de Noël pour texte sacré. Je passais des après-midi entiers à le compulser ; comme dans un rite de dévotion je m'attardais sur cette image, convaincu qu'elle pouvait m'inspirer en me révélant le secret du succès.

Comment accumuler autant d'or pour en remplir une piscine ? À quelle distance de chez nous se trouvait le Klondike ? Et comment y parvenir alors qu'il m'était interdit de dépasser l'épicerie du coin ?

Rien à faire, je devais accepter l'idée que mon unique contribution à la cause puisse être de caractère moral : ne pas les stresser avec des questions odieuses, renoncer, m'en remettre à eux quant à la lutte pour la survie.

Surtout à elle, à qui il revenait de gérer à la fois divers prêts dans plusieurs établissements bancaires, un trafic de chèques qui ressemblait beaucoup à un tour de passe-passe. Ainsi, entre cours de mathématiques, courses à la banque, devoirs à corriger, ses journées s'épuisaient dans un tourbillon de calculs vertigineux. Sans parler des pressions psychologiques. Il suffisait d'un imprévu insignifiant – soins dentaires, facture plus salée que d'ordinaire, charges de copropriété – pour provoquer la crise du système et risquer le krach. Et malgré tout, à foison, dignité et respectabilité.

De toute façon, au cours des disputes nocturnes, l'objet de polémique préféré de ma mère, la victime de ses flèches était M. Zanardi.

Lui-même, l'homme dont l'entreprise homonyme, célèbre pour ses machines à laver bon marché désastreusement peu fiables, représentait le chiffre d'affaires le plus évident de mon père ; un patron distant qui n'hésitait pas à téléphoner aux heures les plus bizarres et qui paraissait se réjouir de nous tenir suspendus à des commissions réglées avec un retard inadmissible.

Ah, les dettes de Zanardi ! Croix de mon enfance, essence sur le feu de nos angoisses. J'entendais maman implorer papa de solliciter l'expert-comptable Giganti, l'ineffable secrétaire du monsieur ; elle arrivait à le menacer ; s'il ne prenait pas des mesures elle s'en occuperait elle-même le lendemain matin, et cette fois ça allait barder. Une provocation qui le mettait en rage.

J'avais du mal à comprendre pourquoi le Cavaliere Zanardi, avec ses piscines pleines de doublons, ne nous donnait pas ce qu'il nous devait. Quelle incorrection, quelle méchanceté, quelle avarice pathologique pouvait le pousser ?

Pendant des années il avait été un nom, une poignée de syllabes lourdes de charisme et d'intimidation, auquel attribuer de temps en temps des facultés surnaturelles et des traits de super-héros. Avec ce titre de Cavaliere qui lui conférait un supplément de dignité romanesque, c'était facile de l'imaginer monté sur un destrier, brandir son épée et piquer des éperons en ricanant de notre indigence.

Jusqu'à ce que je le rencontre un jour au somptueux banquet donné pour la confirmation de sa deuxième fille dans sa villa palladienne du Vicentino. Quelle déception ! Se peut-il que notre Dieu cruel ait décidé de s'incarner dans ce petit homme chauve et obèse ? Que dans la poche intérieure de son beau costume il cache les clés du bonheur ? Que ce soit lui le Seigneur de nos nuits inquiètes ?

2

Si je pouvais, j'éviterais même d'en parler. Mais comment me taire sur l'après-midi où ma mère et moi avons trouvé l'ascenseur en panne ? Non que je veuille accorder trop d'importance à un incident négligeable dans la copropriété. Si quelque chose m'a secoué ce sont les impressions désagréables auxquelles cet épisode est lié, ne serait-ce que parce que le temps a contribué à les rendre aussi durables que des pierres milliaires. Compte tenu de l'humeur légère de ma mère ce devait être un samedi, jour de fermeture des banques ; vues les circonstances, il est probable que papa ait été hors de Rome pour son travail.

Quant à moi, encore troublé par la vision de *Star Wars*, j'étais inquiet du sort de Han Solo et bouleversé par la découverte que Luke Skywalker était le fils de Darth Vader (à l'époque, pour les enfants italiens il s'appelait encore Dart Fener et pour moi il continue de s'appeler ainsi). Je ne savais pas que pour voir le troisième épisode de la saga j'allais devoir attendre trois ans et que pendant ce temps ma vie allait subir des bouleversements bien plus violents que ceux qui attendaient la princesse Leia et toute la galaxie.

Après le cinéma nous étions entrés chez un glacier connu du centre, à deux pâtés de maisons du Parlement. Contrairement à ses habitudes de parcimonie, ma mère s'était assise à une table à l'intérieur et avait commandé la coupe maison pour laquelle, je l'avoue, j'avais toujours eu un faible.

Seul devant le trophée de crème fouettée et de pralines au centre duquel, telle une colonne de Trajan, se dressait une gaufrette fuselée et majestueuse, j'ai compris pourquoi elle n'en avait commandé qu'une : elle aurait suffi à rassasier un régiment.

S'est produit alors le premier incident. Une bêtise. Un geste inconsidéré, du moins selon les critères de ma mère. Je n'avais pas encore pris ma petite cuillère qu'elle avait déjà retiré la gaufrette, d'abord en la nettoyant avec des petits coups de langue étudiés, puis en mordant dedans avec une volupté sinistre, et elle l'a terminée en deux ou trois bouchées.

Il m'est difficile de décrire la gêne que m'a provoquée cette scène, peut-être parce que je ne savais pas à quel obscur instinct l'attribuer. Il est certain qu'une telle fougue et une telle rapacité, dont franchement je la croyais incapable, m'ont laissé abasourdi. J'ai eu un instant l'impression que la créature nocturne avait pris le dessus sur la diurne et révélait un trait que je n'étais pas sûr de vouloir connaître.

Mais en même temps cette démonstration d'exubérance m'a permis de l'imaginer petite fille. Une bonne chose, car rien ne suscitait davantage ma curiosité que son passé brumeux. Et pourtant je me sentais tellement mal à l'aise. Où était l'enseignante qui allait en classe même quand elle avait la fièvre, la ménagère la plus diligente du quartier, la comptable de génie dont l'esprit de sacrifice, la frugalité étaient un hymne à la maternité la plus intègre ? Au fond, c'était elle, avec son comportement, qui m'avait persuadé qu'être mère signifiait renoncer aussi bien au superflu qu'à la vitalité. Pourquoi ruiner sa réputation pour une coupe de glace ?

Si je ne l'avais pas perdue si tôt, ma mère, s'entend, et dans des circonstances mystérieuses et monstrueuses, si j'avais pu la voir vieillir, et en profiter pour m'en éloigner lentement, avec délicatesse, à la fin peut-être aurais-je pu apprendre à apprécier ses petites faiblesses. Et qui sait ? Si les choses s'étaient passées autrement je serais aujourd'hui un homme différent, je ne sais si meilleur, mais certainement plus blindé et plus résolu. Or il se trouve que cette femme allait me manquer au sommet de notre relation, quand elle ne s'était pas encore totalement dévoilée, et cela rend encore plus pénible de revenir à l'ascenseur en panne de ce délicieux samedi d'automne qui a déterminé le second incident de la journée.

Hilare, encore une trace de crème sur la lèvre, elle s'est écriée : « J'ai l'impression que nous devons monter à pied. »

Nous nous trouvions au troisième étage, haletants et amusés, quand une porte s'est ouverte.

« Bonsoir, madame Albani », a dit ma mère et j'ai senti une fêlure dans sa voix.

Propriétaire du grand magasin du même nom, et bien qu'elle ait le même âge et la même adresse, on pouvait difficilement imaginer un être plus éloigné de ma mère que Mme Albani, avec ses biceps façonnés par des heures de salle de sport et ses journées à la caisse à dévorer des illustrés méprisables.

« Oh, regarde qui est là.

– Cela vous dérange si je monte d'abord avec mon fils avant de redescendre vous voir ? a imploré ma mère.

– Et comment que ça me dérange, ça fait des semaines que tu m'évites et nous n'avons rien à nous dire. »

Que cette femme vulgaire s'adresse à ma mère sur ce ton sarcastique et en la tutoyant m'a paru un abus sans précédent. Mais j'ai été encore plus déconcerté par la soumission qui a empêché celle-ci de réagir à cette accusation outrageante. L'éviter ? Elle ? Le professeur qui avait désarmé un élève fou avec un flegme dont on parlerait encore à l'école pendant des décennies ?

« Le chèque. Voilà presque un mois que je l'attends...

– Vous avez parfaitement raison... » Reconnaître ainsi les motivations des autres, en revanche, me paraissait beaucoup plus conforme à son caractère. La sévérité avec laquelle elle traitait parfois son prochain n'était rien à côté de celle qu'elle se réservait à longueur de journée. Je ne devais plus jamais connaître quelqu'un d'aussi disposé à se donner tort. Dépourvue de l'instinct qui pousse les gens à rejeter sur les autres la responsabilité de leurs échecs et de leurs malheurs, elle avait un talent particulier pour les endosser aussitôt. Hélas, on ne pouvait pas en dire autant de son interlocutrice, qui montrait plutôt une attitude de victimisation et de fierté.

« Mon mari et moi nous ne faisons pas de la bienfaisance. Nous nous levons tous les matins à quatre heures, nous nous brisons le dos...

– Madame, je vous promets que lundi, au plus tard mardi...

– *Mais tu n'as pas honte ?* »

Si ces mots résonnent encore dans ma tête après tant d'années avec l'inflexion exacte avec laquelle Mme Albani les a prononcés, ce n'est pas à cause de l'insolence manifeste dont ils témoignaient, ni même parce qu'après les avoir encaissés ma mère s'est tue et a baissé les yeux en signe de reddition ; si je les entends encore vibrer dans mes oreilles comme s'ils avaient été prononcés il y a quelques minutes, c'est parce que même s'ils venaient d'une femme aussi peu instruite, ils étaient extraordinairement appropriés à la situation.

Rien mieux que la honte ne pouvait expliquer l'attitude de ma mère et ses sentiments secrets : la honte d'avoir accumulé une dette aussi lourde auprès d'un couple de boutiquiers grossiers, de ne pas savoir comment y faire face et pour cela de s'être cachée comme une voleuse ; la honte d'avoir épousé un homme qui bien qu'accablé de dettes n'était pas gêné de garer sa belle voiture devant chez nous ; mais surtout la honte de voir exposer ses fautes et de subir pareille humiliation devant un fils auquel elle s'efforçait, par l'exemple et non avec des mots, de donner des leçons de loyauté et de droiture.

C'est ainsi que ma mère, laissant son accusatrice pétrifiée, m'a attrapé par le bras en me traînant chez nous avant de descendre une seconde plus tard avec chéquier et stylo. Je ne saurais pas dire comment elle a trouvé la somme pour honorer ses dettes ; ce que je sais c'est que bien que le magasin de Mme Albani ait été le plus proche et le moins cher, nous n'y avons plus jamais remis les pieds, à l'exception d'une occasion que je raconterai bientôt.

3

Du reste, bien que d'une façon tout à fait différente, presque en reflet de celle de mon père, elle aussi cultivait des formes coûteuses de mégalomanie bourgeoise. Si lui souhaitait pour son héritier un avenir d'artiste, elle s'était concentrée sur les piliers de la formation : Santé, Hygiène et Instruction. Et comme par hasard elle réussissait toujours à trouver l'argent nécessaire pour satisfaire de telles obsessions.

Je dois à cet argent rassemblé qui sait comment des après-midi passés dans les salles d'attente de spécialistes réputés : ophtalmos, dentistes, orthopédistes. Je crains qu'ils ne soient les seuls événements mondains de mon enfance.

Parfois, pour tromper les interminables attentes, ma mère me demandait de lui lire le journal. Elle me faisait croire que c'était moi qui lui rendais un service : avec la vie qu'elle menait elle ne trouvait jamais le temps de s'informer convenablement. Elle ajoutait qu'après cinq heures de cours elle avait les yeux fatigués et le cerveau en bouillie. C'était un de ses subterfuges pour solliciter mes intérêts culturels, stimuler mon activité intellectuelle, et endiguer l'inclination endémique à l'indolence qui n'allait jamais cesser de me persécuter.

Quoiqu'en général elle m'ait laissé le choix des articles, elle montrait une nette préférence pour les commentaires et les billets de politique étrangère, surtout sur la question israélo-palestinienne dont d'ailleurs je savais bien peu. De toute façon, elle préférait survoler le contenu de ce que je lisais. Elle s'intéressait davantage à la forme et m'ordonnait de bien marquer les syllabes. Elle ne m'interrompait que pour me donner la signification de vocables recherchés ou la prononciation correcte des mots étrangers. Elle exécrait le style facile et les fréquentes anacoluthes du journaliste moyen. Tout en considérant l'enseignement comme un expédient, elle avait une confiance exagérée dans la formation. Elle cultivait l'illusion platonicienne que savoir beaucoup de choses décuplait les possibilités de choix en rendant les individus meilleurs. Je crois qu'elle considérait livres et journaux comme les légumes et la courtoisie : une nourriture essentielle pour de jeunes organismes. Et pourtant, dans sa personnalité complexe et contradictoire il y avait place pour une curieuse méfiance à l'égard de la pédagogie ordinaire ; j'imagine que c'était ce qui la faisait éviter les invitations explicites à la lecture. Mieux valait me feinter avec de petits pièges. Comme quand elle me laissait sur ma table de nuit ou sur la tablette de la salle de bains un des romans qui lui avaient tenu compagnie petite fille (les seules reliques de sa mystérieuse, inimaginable adolescence). D'habitude des classiques pour enfants du genre Richard Adams ou Eleanor H. Porter adaptés aux fillettes de bonne famille, certainement pas à un jeune garçon dont les canons esthétiques se modelaient sur des dessins animés japonais et des cartoons américains. De temps en temps je jetais un œil dessus, histoire de lui faire plaisir. Je m'enlisais toujours au troisième paragraphe, en me demandant comment on pouvait prendre plaisir à de telles sottises maniérées, et surtout ce qu'avait pu y trouver en son temps une dame sérieuse et réservée comme ma mère, plus encline, du moins en apparence, à la précision scientifique qu'aux envols poétiques, plus orientée vers la raison que vers le sentiment.

Le plaisir de se pencher sur un roman pendant des heures, auquel elle s'abandonnait surtout pendant les vacances de Noël ou les étés à la plage, m'était à peu près incompréhensible. Pour moi, la période des grandes lectures n'allait arriver qu'après sa mort ; et j'en suis encore à me demander si une de mes passions les plus exclusives, ma seule source de revenu honnête, ne me vient pas d'une exigence intéressée de dédommagement posthume. Ce n'est que maintenant, dans la seconde saison de ma vie, la plus imprévisible, que j'allais comprendre que parmi les passe-temps à la disposition des personnes seules, les romans sont les plus indiqués précisément pour leur nature individualiste.

Une découverte douloureuse qui devait éclairer rétroactivement l'état de désolation dans lequel elle avait vécu elle-même durant les années de notre coexistence tragiquement brève.

Ce n'est là qu'une des rencontres manquées entre ma mère et moi. Le plus irritant est que bien qu'il se soit instauré entre nous une sorte de complicité intellectuelle (en admettant que l'on puisse considérer comme telle une association entre un adulte et un enfant) nourrie de mes lectures à haute voix du journal, suivies de mes questions et de ses explications, elle n'a jamais été en mesure de démolir cette barrière d'omerta derrière laquelle elle se cachait, et qui encore aujourd'hui m'oppresse comme une chape. C'était comme si l'intimité lui était impossible, voire interdite. Comme si l'affection, le dévouement qu'elle avait pour moi s'épuisaient dans les mille services qu'elle prodiguait, et dans ceux beaucoup moins onéreux qu'elle exigeait des autres.

Le souvenir de son attitude et de mon inaptitude à m'y opposer ne fait qu'aviver ma nostalgie. Une nostalgie qui va bientôt avoir un demi-siècle.

Pour revenir à ces salles d'attente glaciales, il faut dire que les révisions auxquelles mon petit organisme était soumis continuellement avaient fini par m'assimiler – du moins dans le domaine analogique de mon imagination puérile – à un des appareils électroménagers vendus par mon père, minés comme ils l'étaient par de fâcheux défauts de fabrication. Dents et colonne vertébrale pas assez droites, plante des pieds insuffisamment cambrée, sans parler de l'œil gauche, plus paresseux si c'était possible que son légitime propriétaire. À cause de ce feignant, deux après-midi par semaine, pendant les quatre premiers mois de la troisième année de l'école élémentaire, j'ai été traîné chez un ophtalmologue dont le cabinet occupait le dernier étage d'un hôtel particulier dans la partie nord de la ville, la plus verte et la plus distinguée, qui nous était inaccessible.

C'est lui, le professeur Antinori, avec ses manières distantes et sa moustache de colonel anglais, qui a décidé qu'il ne suffisait pas de m'infliger l'humiliation du bandeau de pirate sur l'œil sain, motif d'hilarité pour mes spirituels camarades de classe. Afin que la torture réservée au petit bigleux soit exemplaire il fallait l'enfermer dans un cagibi attenant à la salle d'examen et le laisser là, devant un instrument sur l'écran duquel se déchaînait une hélice phosphorescente. Ma torture consistait dans l'obligation de suivre avec un crayon de métal la fantasmagorique, capricieuse petite hélice. Il pouvait arriver que mon âge tendre, l'horaire d'après le déjeuner et surtout la pénombre aseptisée de la petite pièce dans laquelle j'étais enfermé favorisent l'engourdissement progressif de mes membres et de mon cerveau. C'était à ce moment-là que le professeur Antinori justifiait ses honoraires astronomiques. Alors qu'il ne pouvait pas me voir, occupé qu'il était avec d'autres patients dans la pièce voisine, dès que je m'assoupissais en abandonnant la maudite hélice à son destin il me rappelait à l'ordre d'une voix de stentor avec un « CRÉ-Ê-TIN-IN ! » qui déchirait tout l'appartement. Une telle injure avait l'avantage de me remettre en marche, comme les coups violents sur les machines à laver de mon père.

Cette petite histoire pourra paraître pittoresque à quelqu'un qui vit dans notre époque où l'on se soucie tellement de l'enfance. Mais de mon temps – et je ne parle pas d'hivers dickensiens rigoureux mais du début des années quatre-vingt tempérées du XXe siècle – un médecin pouvait se permettre de se montrer insolent envers un patient d'âge pré-pubère tout comme un suppléant assoiffé de sang pouvait infliger des châtiments corporels.

Qui sait si je ne dois pas au professeur Antinori et à beaucoup de ses pairs le soupçon qui continue de m'accabler d'être un individu maladroit, insuffisant et ridicule. En remuant dans le chaudron de ma mémoire j'ai du mal à trouver un seul cas où en entrant dans un lieu public je n'aie pas vu les regards de l'assistance se tourner vers moi, impatients de se moquer de moi ou, pire encore, de me juger. Et non parce que j'avais souvent subi ce genre de traitement mais parce qu'en raison de mes nombreux troubles et d'une complaisance proverbiale, je m'étais convaincu de le mériter. Encore aujourd'hui alors que les poils blancs ont dévoré ma barbe roussâtre et que l'orgueil viril s'est atténué d'un coup, si dans la rue j'entends quelqu'un rire je n'ai aucun doute sur l'objet de son hilarité.

Et pourtant cela n'a pas de sens de dire que j'étais malheureux. Le malheur suppose la conscience, un ensemble de valeurs, des priorités et des expectatives, et surtout quelqu'un à portée de main avec qui comparer tout ce dont j'étais simplement privé. En outre, il faut se rappeler le talent inné chez les enfants et déjà évoqué de supporter sans broncher contraintes et vexations. Jetés à l'improviste dans l'arène de l'histoire humaine sans l'avoir demandé, ils considèrent le niveau de leur minuscule vie comme le seul possible. Comme si le sens de la justice, le désir de liberté, la conscience de ses droits étaient des acquisitions à venir.

C'est Rudyard Kipling qui a écrit que « les enfants ne parlent pas plus que les animaux car ils acceptent ce qui leur arrive comme étant décidé de toute éternité ». Et même si je tiens à préciser que j'ai été un enfant décidément moins maltraité que le pauvre errant Rudyard, il m'est difficile de ne pas partager ses idées fatalistes sur l'enfance.

Cela seulement peut expliquer pourquoi j'allais à l'école tous les jours alors que je la haïssais du plus profond de mon âme. À tel point qu'aujourd'hui encore, quand je suis de très mauvaise humeur, pour me donner du courage je me dis : « Bof, au moins tu ne dois pas aller à l'école. »

Ah, les martyrs de l'école obligatoire ! Arrachés trop tôt à la tiédeur de leur petit lit pour être exposés aux intempéries et au jugement du monde. Je les ai vus bivouaquer en tête de ligne de l'autobus ou se presser dans des cours bondées et croulantes, chargés de cartables gigantesques ; et j'ai entendu remonter, d'un monde jamais assez lointain, une suite infernale de matins passés à écouter des sottises pseudo-culturelles dénuées de tout intérêt sous la menace d'interrogations, bulletins trimestriels, railleries. Les voilà, toujours les mêmes, éternels comme les maladies : la belle de la classe, le bellâtre indolent, la grosse tête à la chemise trempée de sueur, le prof colérique, les camarades de la FGCI, Ippolito Nievo, *La ragazza di Bube*... Je n'ai aucune honte à admettre que si un génie de la lampe m'offrait la possibilité de tout recommencer et retourner en arrière je lui dirais de ne pas me les briser et de me foutre la paix. Plutôt mourir que recommencer.

D'ailleurs, grâce à une vision aérienne, et donc plus détachée, de ces jours lointains, je peux dire que vivre sous la double autorité d'un père et d'une mère du genre des miens – un régime sud-américain chancelant et en conflit perpétuel – ne facilitait pas les choses. Le fait est que bien que ces deux satrapes aient été tout ce que j'avais, il me paraissait absurde de les considérer comme mes parents de plein droit ; il était plus logique de supposer qu'ils m'avaient trouvé dans un panier sur les rives du Tibre et m'avaient emporté chez eux sans se poser trop de questions. N'ayant pas une notion claire du rôle institutionnel qu'ils endossaient ni de son statut juridique, je peinais à identifier la limite entre leurs devoirs et mes droits ; tout comme j'avais du mal à les percevoir comme un corps unique et indivisible, guidé par des visions communes et des objectifs partagés. Ils étaient simplement *lui* et *elle*, jamais papa et maman (pas au fond de moi, pas même maintenant, imaginez un peu) : essences opposées, le yin et le yang, pour ce que j'en savais, ils allaient marquer mes jours dans les années à venir (et Dieu seul sait si la vie devait me donner à la fois tort et raison !).

Lui prolongeait volontiers la soirée et souffrait de devoir se lever tôt. Aimant rire, passionné, bavard, imprévisible, et un peu porté sur la bouteille, il s'occupait des aspects récréatifs de l'existence, à savoir des seules choses qui m'intéressaient : musique, voiture, nourriture et cinéma. Il savait comment vous encourager mais aussi vous démoraliser.

Elle, elle aimait la quiétude besogneuse mais énergique de l'aube, le soir elle allait se coucher avec les poules. Elle incarnait la discipline et le sens du devoir, et surtout l'honnêteté ; malheureusement, aussi dans l'acception la plus sombre et intimidante du terme. Elle n'aimait pas donner des ordres mais je savais toujours ce qu'elle attendait de moi : dents lavées après chaque repas, absorption quotidienne de légumes, devoirs finis avant et non après l'heure du dîner.

Jusqu'ici, la façade. Mais il y avait autre chose. Quelque chose qui risquait de bouleverser tout le tableau, l'inverser, pour ainsi dire.

De lui, en fait, il me semblait tout savoir, je réussissais à le situer dans le temps et dans l'espace.

Mais que penser d'elle ? Sa réserve avait le pouvoir de conférer à son passé des traits fumeux et énigmatiques qui convenaient très peu à la femme de la lumière. Comment réussissait-elle à empêcher que lui échappe une allusion à ses parents, à la maison de famille et à ses vacances ? Et pourquoi m'était-il si difficile de me l'imaginer autrement que telle qu'elle était maintenant ? N'était-ce pas odieux que quelqu'un d'aussi exemplaire ne mette pas cartes sur table, ne s'expose pas entièrement ? Ou alors le problème était peut-être qu'il n'y avait rien à savoir d'elle sinon que petite fille elle avait été seulement un peu plus jeune que maintenant.

Naturellement, il y avait aussi la part obscure. Et quelle part, seigneur. Elle se manifestait surtout par une appréhension générale et superstitieuse. Tourmentée par de macabres pressentiments, elle nourrissait une véritable terreur de toute forme d'imprévu. Comme s'il n'existait pas de dérogation à la routine qui ne préfigure la catastrophe. Quand mon père tardait à rentrer le soir, elle tombait dans un état d'angoisse sombre et contagieuse. Je crois que dans ces cas-là son imagination était envahie d'images atroces. Elle ne tenait pas en place. Elle parlait toute seule. Elle saisissait l'écouteur du téléphone à une fréquence maniaque pour s'assurer que la ligne fonctionnait. Finalement, brisée par l'anxiété, défiant sa peur du vide, elle sortait sur le balcon en priant l'Être Suprême auquel elle ne croyait pas que la voiture de mon père débouche au virage.

À propos de ce balcon, au cours des réunions de copropriétaires elle s'était battue plusieurs fois pour obtenir la permission de relever le garde-corps de quelques centimètres. Elle se plaignait qu'il était trop bas. Chaque fois que je m'en approchais elle poussait un cri d'épouvante indigne de ses bonnes manières. Manifestement, habiter au cinquième étage d'un de ces majestueux immeubles années cinquante aggravait le vertige dont elle souffrait.

D'ailleurs son hypocondrie ne faisait qu'épaissir le mystère d'un passé qui de temps en temps, malgré elle, trouvait le moyen d'émerger et qu'elle faisait tout pour enterrer de nouveau.

Je n'oublierai jamais cet après-midi de septembre. Nous faisions la queue à la caisse d'un grand magasin. Je tenais bien serrés contre moi le journal de Charlie Brown enveloppé de cellophane et une magnifique trousse bourrée d'accessoires. L'école allait commencer la semaine suivante et j'étais avide de fournitures flambant neuves : gommes, crayons, compas.

C'est alors qu'une femme s'est approchée de nous. D'une tristesse inconvenante, cheveux d'une couleur pâle indéfinissable qu'aucun coiffeur n'aurait jamais pu raviver, elle portait une petite robe de coton imprimé, presque une robe de plage, et une paire d'horribles mules. Si ma mère, après un sursaut de surprise, n'avait pas donné l'impression de la reconnaître, j'aurais cru qu'il s'agissait d'une mendiante qui allait nous importuner.

Au lieu de quoi ma mère s'est exclamée : « Myriam !

– Gabriella », a répondu l'autre.

Toutes les deux avaient l'air d'avoir vu le fantôme de sa sœur morte.

« Qu'est-ce que tu fais là ?

– Nous venons du rayon papeterie », a répondu ma mère comme si la chose avait un quelconque intérêt.

« Ne me dis pas que c'est ton fils, c'est ton garçon ?

– Oui. »

La sorcière m'a dévisagé, encore plus incrédule, hésitant à me dire bonjour ou moins visiblement stupéfaite qu'un spectre ait pu produire un morveux sans presque rien de fantomatique.

« Tu sais, avant-hier soir j'étais chez Nora… Imagine-toi, il y avait aussi Cesarino, a dit la va-nu-pieds.

– Vraiment ? » a répondu ma mère et j'ai perçu une alarme dans sa voix.

« Nous sommes allés la voir. Malheureusement, Nora ne va pas très bien. Tu le crois si je te dis que ta tante a le diabète ? Mais bien sûr que tu le crois, c'est dans la famille. Entre une chose et une autre nous avons fini par parler de toi tout le temps. C'est elle qui nous a demandé si nous avions de tes nouvelles. Tu vois, Gabriella, je ne devrais pas m'en mêler, mais Nora va vraiment mal, et le moment est peut-être venu pour toi de… »

Ma mère ne lui a pas laissé le temps de terminer sa phrase ; avec une impolitesse inconsidérée elle a d'abord allégué une excuse pathétique, ensuite elle m'a arraché des mains la précieuse marchandise et l'a déposée sur la première surface disponible, et enfin elle m'a traîné dehors.

Elle ne m'a fourni aucune explication ; à titre de compensation, dans l'autobus qui nous ramenait à la maison, elle a essayé de me consoler : nous achèterions le nécessaire pour l'école, trousse et tout le reste, en bas de la maison au risque de devoir dépenser un peu plus que prévu et de faire une entorse à la nouvelle règle en retournant chez les époux Albani. Je répète : pas un mot sur Myriam la mendiante, sur Cesarino et sur une certaine tante Nora. Comme s'ils n'avaient jamais existé ; ou comme si la rencontre importune de cette malheureuse en savates n'était pas la cause de notre fuite, des achats manqués et du fait qu'elle ne cessait pas de pousser de petits soupirs mystérieux et consternés.

Cultiver des curiosités généalogiques morbides est une exigence naturelle chez n'importe quel être humain. Nos origines nous émeuvent d'une façon non moins vertigineuse que les énigmes posées par le futur de la science-fiction. La machine à remonter le temps demeure la plus désirée des inventions impossibles, plus même que l'élixir de la jeunesse éternelle ou la téléportation.

Tout en sachant que ma mère ne satisferait pas ma soif de connaissance historique quant à son passé et à notre famille, je ne pouvais pas m'empêcher de me demander ce qui l'avait poussée à se débarrasser de façon aussi maladroite et grossière d'une femme qui bien que dans un état lamentable s'était conduite avec une gentillesse irréprochable. J'en ai conclu que son aspect n'y était pour rien. Myriam n'avait probablement pas d'autre défaut que de venir d'un temps avec lequel ma mère ne voulait plus rien avoir à partager.

Et pourtant, malgré mes efforts pour leur opposer mille nouvelles barrières les questions continuaient de me submerger. Qui était Nora ? La tante de ma mère ou de Myriam ? Ou des deux ? Pourquoi ne la voyions-nous jamais ? Que s'était-il passé d'aussi irréparable entre elle et ma mère ? Qui était Cesarino ? Et pourquoi m'avait-il semblé qu'en entendant son nom ma mère avait rougi comme une petite écolière ?

Avant de s'engager dans l'avenue qui menait à notre quartier-dortoir à l'est de Rome, l'autobus longeait une agglomération de roulottes et de préfabriqués, une espèce de décharge à ciel ouvert peuplée de gitanes bien portantes occupées avec leur nombreuse progéniture et leur brasero. Bien qu'il ait menacé notre banlieue d'employés de bureau je n'avais jamais prêté grande attention à ce purgatoire métropolitain. Cette fois, au contraire, pendant que l'autobus le frôlait lentement je l'ai examiné avec soin, aussi loin que portait mon regard et non sans appréhension. Peut-être parce qu'il me semblait le contexte approprié dans lequel situer Myriam Trucmuche. L'idée que ma mère était liée à elle et donc à un monde aussi féroce et tribal m'a provoqué un certain trouble. Mais en même temps elle fournissait une explication plausible à son attitude muette. Tout à coup l'orgueil de l'opulence perdue de mon père trouvait son correspondant dialectique dans la honte suscitée chez ma mère par la misère et la dégradation dont elle avait réussi à s'émanciper. Alors je l'ai regardée comme si je la voyais pour la première fois et me préparais à ne plus jamais la voir : j'ai considéré la finesse de ses manières, sa silhouette délicate, sa posture impeccable, ses vêtements sobres et appropriés. Ensuite j'ai évalué ce que je connaissais déjà, c'est-à-dire l'invisible à l'œil nu : la grâce, l'inflexibilité morale, les mille choses que je savais et, si l'on peut l'appeler ainsi, son ironie particulière. Alors seulement, en descendant de l'autobus, plus ou moins à la hauteur du magasin de Mme Albani, je me suis permis un soupir de soulagement. Non, ma mère c'était une autre histoire. Alors qu'est-ce qui clochait ?

SI TU N'ES PAS QUI TU CROYAIS ÊTRE

1

Pour affronter le soleil de ce beau matin d'avril ma mémoire doit faire des efforts et lutter contre une photophobie congénitale. En profitant de la fermeture de l'école pour une assemblée convoquée par la partie politisée du personnel enseignant (associée aux représentants des élèves), j'avais rendez-vous avec mes camarades de classe sur le chemin de terre habituel en bordure d'une des demeures patriciennes de Rome, prêt à vendre chèrement ma peau dans le énième défi de foot. Je me revois la bouche sèche et grande ouverte devant une fontaine publique (un « nasone » comme disent les Romains) retardant la volupté du flot glacial dans la gorge tandis que mes amis non moins assoiffés s'impatientent et me pressent : « Merde, grouille-toi ! »

En résumé, l'enfance archivée, me voici aux prises avec les premiers feux de l'adolescence. Je vous épargne volontiers le compte rendu détaillé des bouleversements hormonaux qui l'ont accompagnée : le déplorable échantillonnage d'irascibilité, duvets et érections, qui fait du mâle atteignant la puberté une petite bête hirsute et dégoûtante.

J'ai mis presque une heure en autobus pour retourner à la maison, et un quart de seconde pour comprendre que ma mère avait ses nerfs.

Elle repassait devant le journal télévisé. J'ai pensé que si elle était mal lunée c'était à cause de l'agitation au lycée. Ses sympathies gauchisantes (communistes, disons-le) ne l'empêchaient pas de se montrer intolérante face à toute manifestation de sectarisme idéologique ni d'exécrer ses collègues syndicalistes qui le lui rendaient bien ainsi que les élèves de bonne famille qui durant les assemblées faisaient cause commune en s'amusant à tapisser les classes et les couloirs de banderoles banales et pleines de fautes de grammaire. Que les apôtres du droit aux études ne trouvent rien de mieux que d'empêcher le déroulement des cours, en montrant de surcroît un analphabétisme arrogant, était l'exemple de contradiction qui offensait un esprit sévère comme le sien, consacré à la cohérence mathématique et obsédé par la précision de l'expression.

Je n'ai pas tardé à comprendre qu'il y avait autre chose. La cyclothymie d'une mère développe chez son petit héritier des pouvoirs de télépathie. Sa mauvaise humeur dégageait une certaine puanteur de danger que mes narines étaient capables de reconnaître à une centaine de mètres, comme celles d'une gazelle perçoivent l'odeur du fauve aux aguets. Tout cela pour dire que j'aurais évité de lui adresser la parole si je ne m'étais pas aperçu que son fer à repasser s'acharnait sans pitié sur mon blazer. Acheté pour la confirmation de Demetrio Velardi, il était resté depuis sous cellophane dans le placard, suspendu sur un cintre, à moitié mort, et avec lui l'idée que je le remettrais un jour. Pourquoi l'exhumer ?

« Parce que tu vas en avoir besoin ce soir », m'a-t-elle dit sans quitter la télé des yeux et en enfonçant le fer dans le col comme si elle voulait l'embrocher.

« J'en aurai besoin ?

– Nous sommes invités à un Seder de Pessah.

– À un quoi ?

– Un Seder de Pessah. »

Je suis sûr que le lecteur n'a pas besoin de note en bas de page pour savoir qu'il s'agit du point culminant d'une des fêtes juives les plus importantes. Mais j'espère qu'il comprendra que pour un garçon qui a grandi avec des parents réfractaires, voire carrément hostiles, à toute liturgie confessionnelle ce mot ne paraisse pas moins abstrus que Pentecôte ou Ramadan, d'autant plus obscur que ma mère l'avait prononcé en aspirant le « h » final comme un Arabe. En dehors de l'échange d'usage de cadeaux de Noël – auquel papa tenait beaucoup, surtout en raison d'heureux souvenirs d'enfance qui correspondaient pleinement à son infantilisme d'adulte – aucune autre tradition sacrée n'était bienvenue chez nous.

« Maintenant va prendre ta douche, il est presque prêt. »

Le ton péremptoire sur lequel elle m'a donné cet ordre n'autorisait pas de questions supplémentaires.

Entre-temps j'étais entré au collège avec un an d'avance. Malheureusement, une telle précocité ne s'accompagnait pas d'un quelconque esprit rebelle et libertaire. Et pourtant, ces derniers temps, un énervement – je ne saurais pas le définir autrement – s'était emparé de moi ; quelque chose de pas très différent de la nervosité généralisée qui vous prend après un traitement antibiotique ; une impatience qui avait certainement à voir avec les poils plus touffus du pubis, l'hirsute équivalent objectif d'une pulsion inédite vers l'autre sexe. Rien d'autre. Je n'avais pas d'amies, pensez donc si je pouvais imaginer une relation sexuelle avec une fille. Je regardais les femmes avec le flegme désespéré et non dépourvu de romantisme avec lequel un astronome dilettante contemple par une belle nuit d'été les myriades de corps célestes qui parsèment la voûte du ciel : l'étonnement, la curiosité déchirante qu'elles m'inspiraient étaient gâchés par le soupçon qu'à moins d'une révolution technologique improbable je n'établirais absolument jamais de contact avec elles. Il me semble que ce tsunami hormonal peut expliquer les brusques agacements tels que celui provoqué par le pantalon de flanelle, la chemise bleue et la cravate rayée qui m'attendaient sur mon lit.

Pour donner une idée encore plus précise de mon trouble il faut ajouter que l'autarcie de notre noyau familial ne s'appuyait pas seulement sur la réticence de mes parents à recevoir chez nous, mais aussi sur l'habitude de ne pas accepter d'invitations. Qu'avait donc ce Pessah, quel qu'il soit, d'aussi spécial ? Qu'y avait-il de différent cette fois ?

Quelques minutes plus tard, pendant que je me servais des pâtes, je lui ai demandé à quelle heure papa rentrait. J'étais pieds nus, en peignoir et renfrogné.

« Pourquoi tu ne t'es pas séché les cheveux ?

– Parce qu'il fait chaud et que j'ai faim. Je t'ai demandé quand rentre papa.

– Tu as fait tes devoirs ?

– Pas encore.

– Et qu'est-ce que nous attendons ?

– De finir de manger, ai-je dit sans dissimuler le sarcasme.

– Et ce matin, qu'est-ce que vous avez décidé ? » m'a-t-elle demandé mais il était clair que cela ne l'intéressait pas, pas plus que mes devoirs et mon sarcasme.

Je suis retourné à la charge. « Et papa ?

– Il arrivera tôt ou tard. » Et plus qu'un bon augure cela ressemblait à de la crainte.

Dans l'espoir d'obtenir quelques informations supplémentaires j'ai lancé : « Nous partons à quelle heure ? »

Elle a réfléchi, elle a posé sa fourchette sur la table. « À six heures, je dirais. Ils nous attendent pour sept heures.

– Qui nous attend ? » Elle a pris son assiette à moitié vide et a jeté le reste de pâtes à la poubelle.

« Roberto, mon cousin, et naturellement sa famille. »

Ainsi fonctionnait cette journée : chaque nouvelle information rendait les ténèbres plus épaisses au lieu de contribuer à les dissiper. Et maintenant, d'où sort ce cousin Roberto ? Je trouvais vraiment déconcertant que personne ne m'en ait jamais parlé. Pourtant, ne serait-ce que par voie de conséquence, un lien devait exister entre moi et la famille du cousin de ma mère.

Depuis la rencontre avec Myriam la mendiante, les seuls éléments utiles obtenus sur la vie de maman avant ma naissance, et donc sur cette part obscure de la famille, je les avais extorqués à mon père : ils concernaient une certaine tante Nora. D'après ce que j'avais compris, cette dame s'était occupée de ma mère adolescente. Ce qui ne faisait que jeter une lueur funeste sur le destin de mes grands-parents. Qui à son tour se réfractait sur un mystère tout aussi nébuleux : quelque chose avait dû mal tourner avec tante Nora puisque nous ne la voyions jamais, et que son nom n'était prononcé que par allusions.

Quel était le rapport de parenté entre le cousin Roberto et tante Nora ?

J'étais aux prises avec ma Sakura acoustique, sans réussir encore à me concentrer sur de nouveaux exercices comme je l'aurais voulu quand finalement mon père est entré dans ma chambre, l'inondant de bonne humeur.

Il s'est mis à se payer ma tête en attrapant ma cravate pour ensuite la laisser glisser entre ses doigts. « Quel chic. Ne crois pas être le seul. Moi aussi je vais devoir m'habiller en pingouin. »

Il a tiré un morceau de tissu de sa poche et l'a posé à côté de ma chemise : sa forme était la même que celle du minuscule couvre-chef que portent les ecclésiastiques de haut rang : évêques, cardinaux. Oui, exactement une espèce de calotte en velours bordeaux avec des broderies florales argentées. Un objet pas moins exotique et prétentieux que le mot « Pessah », et certainement en rapport avec lui.

Alors toutes les questions que j'avais gardées pour moi les dernières heures (les dernières années ?) ont surgi, à commencer par celles concernant la mystérieuse calotte que, semblait-il, j'allais devoir garder sur la tête toute la soirée avec la circonspection d'un équilibriste.

Heureusement, le laconisme maternel trouvait de temps à autre un antidote dans la faconde de mon père. Qui en fait, comme si de rien n'était, bavard comme jamais, m'a fourni les renseignements dont j'avais besoin et même certains dont je me serais passé volontiers. Pendant qu'il parlait je me demandais quel sort m'avait jeté ma mère pour m'empêcher jusque-là de pressurer un homme comme mon père qui, dûment flatté, pouvait se révéler une fantastique pipelette.

Il m'a dit que Roberto était le fils de tante Nora. Ils s'appelaient Sacerdoti, comme maman parce que tante Nora avait épousé un cousin germain. Roberto et ma mère s'étaient revus à l'occasion de l'enterrement récent de la *vieille*, après lequel ils avaient convenu qu'il était temps d'ensevelir rancunes et interdits. Quelle meilleure occasion pour un beau rapatriement qu'un Seder de Pessah ? Qu'est-ce que c'était un Seder de Pessah ? Le dîner qui conclut la Pâque juive. Mais comment, je ne savais pas que maman était juive ? Comment était-ce possible ? Elle était bien bonne !

Bah, le plus beau c'est qu'il ait été aussi amusé de mon ignorance et aussi surpris de l'omerta de sa femme.

Si mon père m'avait révélé avec autant de candeur que ma mère était esquimaude ou aborigène, religieuse cloîtrée ou danseuse de lap dance maltraitée par un maquereau obscène je n'aurais pas été moins déconcerté. N'étant pas en mesure, sur le coup, d'évaluer les retombées matérielles ou morales qu'une telle découverte pouvait avoir sur ma vie, je me suis demandé si j'avais le droit de me sentir offensé et manipulé comme si un coup fatal avait été asséné au cœur de mon identité.

En réalité, j'insiste sur le fait que l'aventure me laissait plus abasourdi que bouleversé. Après tout, j'avais connu combien de Juifs ? À vue de nez, et sous réserve de nouvelles découvertes imprévisibles, une seule ; et en outre sous de fausses apparences. Une Juive tellement discrète qu'elle avait oublié de se déclarer telle, même devant son fils.

J'avais appris ce que je savais sur les Juifs dans le livre d'histoire ancienne. Deux petites pages denses qui racontaient les péripéties d'un peuple de pêcheurs, du genre Phéniciens ou Carthaginois, suffisamment résolus pour se libérer du joug séculaire de très puissants pharaons grâce à l'habileté et aux ruses d'un certain Moïse, qui comme par hasard avait eu une jeunesse dorée, dissipée et incognito. La presque totalité de mes connaissances sur les Juifs s'arrêtait là.

J'avais encore la preuve qu'à la différence des Phéniciens et des Carthaginois ils ne s'étaient pas éteints, du moins pas encore. Seulement deux jours plus tôt, durant la énième assemblée préliminaire à l'occupation des locaux, j'avais entendu un garçon en dernière année – un type échevelé enveloppé dans une grande écharpe romantique à carreaux noirs et blancs – vomir des injures contre les Juifs ; il les traitait de « grands usurpateurs de la Palestine » ; il les représentait comme les citoyens batailleurs, récalcitrants et ombrageux d'un « État criminel », un « scandale de l'Histoire », « pire que l'Afrique du Sud de l'apartheid », dont les généraux, au moins dans leurs méthodes, rappelaient davantage Rommel que Moïse. D'ailleurs, ce n'était pas la première fois que j'entendais certaines choses, un jour j'avais participé moi aussi à une espèce de sit-in contre Israël. Non que j'y aie compris grand-chose sur le moment, mais voilà que tout le tableau acquérait une certaine cohérence, accompagné comme il l'était d'un syllogisme aussi élémentaire qu'inquiétant :

Tous les habitants d'Israël sont juifs.

Ma mère est juive.

Donc ma mère est une habitante d'Israël.

J'allais mettre un bon bout de temps avant de découvrir que la fausseté de la majeure invalidait la véracité de la conclusion. Dans l'immédiat, la clarté présumée du raisonnement ne suscitait en moi que de nouvelles interrogations déconcertantes.

Qu'est-ce qui avait poussé une Israélienne à épouser un représentant d'électroménager, romain par ailleurs et au bord de la banqueroute, et à faire un enfant avec lui ? Et à propos, avoir une mère juive faisait-il de moi un fils d'Israël ignorant l'être, comme ce camarade de classe avec la double nationalité (italienne et chilienne) ? J'en suis arrivé à me demander si elle n'était pas une espionne, et si une telle duplicité criminelle ne risquait pas de causer des ennuis à un type patriote comme moi. Quelle est la responsabilité légale du fils ignorant d'une espionne ?

On vous apprend à parer les coups qui viennent du monde extérieur, à craindre ce qui ne vous concerne pas, à commencer par les soi-disant étrangers ; on vous dit de faire attention à ne pas lâcher la main de maman dans la foule parce qu'on ne sait jamais ; et voilà qu'un beau jour la vie vous met devant la vérité morale la plus ironique : les premiers dont il faut douter, se protéger, sont précisément ceux qui vous ont mis en garde contre les autres. Et c'est leur main qui est la plus traîtresse.

Et que penser de Pessah ? Je ne supportais vraiment pas ce mot ! Et non parce qu'il était la preuve absolue de la trahison, mais parce que je ne parvenais pas à me sortir des oreilles la façon dont ma mère l'avait prononcé. De quelle profondeur caverneuse pouvait sortir un son aussi aspiré ? C'était bizarre qu'une lettre (la consonne la plus discrète et timide de notre alphabet) soit capable de révéler un monde nouveau. L'obsession de ma mère pour la correction de la langue italienne qui la conduisait à me réprimander chaque fois que je me laissais aller à une anacoluthe ou que j'oubliais un subjonctif en route faisait aussi partie de la représentation ? Le perfectionnisme des imposteurs ? Le zèle des faussaires ?

J'assimilais spontanément sa nature sournoisement amphibie à celle des « Visiteurs », les extraterrestres d'une série télévisée à la mode ces années-là, qui sous une apparence humaine convenable cachaient de répugnants reptiles malintentionnés et anthropophages.

Cela dit, avoir démasqué la seule Juive que je connaissais n'était rien à côté de l'obligation de me mettre sur mon trente-et-un pour aller voir une multitude de Juifs que j'avais même du mal à imaginer, irrité par la conviction qu'ils en savaient beaucoup plus sur moi que moi sur eux.

J'ai demandé à mon père les raisons de la rupture entre maman et tante Nora. Son visage gai s'est contracté en une grimace de mélancolie, d'embarras et de ressentiment (c'est ainsi du moins qu'il m'apparaît aujourd'hui).

« J'ai peur d'en être responsable.

– De quoi ?

– Laisse tomber. »

Je n'avais pas l'intention de lâcher l'affaire. Pas maintenant que je prenais acte de la déloyauté de la plus loyale des mères, de la gestion opaque du pouvoir absolu qu'elle exerçait sévèrement, pas maintenant que je comprenais combien sa réserve ne confirmait pas une moralité particulière mais bien, si l'on peut dire, son exact opposé. Conscient de n'avoir pas de réponse d'elle, ne serait-ce que parce que je n'aurais jamais trouvé le courage de lui poser des questions, il ne me restait qu'à exploiter mon père, profiter de sa jovialité pour lui extorquer de nouvelles informations. Le fait est que je l'avais rarement vu tellement en difficulté.

Même s'il faut préciser une chose avant de poursuivre. Si je le fais maintenant, à l'improviste, c'est pour fournir au lecteur quelques coordonnées utiles, de façon à ce qu'en temps voulu, dès que les choses commenceront à se précipiter, il sache en faire l'usage qu'il jugera bon. J'ai évité exprès de m'attarder sur les dégâts provoqués chez moi par l'irruption de l'adolescence : convaincu que de pareils déséquilibres ne diffèrent pas trop de ceux qui bouleversent la vie de tout garçon normalement constitué. Je ne prétends pas qu'entre-temps, en ce qui concerne les années difficiles de l'enfance, l'idylle avec papa se soit évanouie. Il est plus exact de dire que mon regard sur lui était devenu plus attentif et plus sévère, malgré moi et au détriment de tous. De plus en plus souvent les fautes que lui reprochait ma mère (plus seulement la nuit, désormais) m'apparaissaient pour ce qu'elles étaient : un obstacle à notre sérénité et un danger pour notre avenir. C'était comme si la légèreté proverbiale qui m'avait si souvent réconforté révélait sa nature négligente et gênante. Il était devenu évident que les difficultés financières que nous connaissions dépendaient de son inaptitude professionnelle, rendue ingérable à cause d'un excès d'optimisme et d'irresponsabilité. Les arguments avec lesquels il cherchait à nous rassurer – bien vite notre mode de vie allait changer grâce à quelques tournants providentiels – me semblaient de plus en plus sans fondement. Ainsi, l'ombre de la déception avait commencé à menacer son personnage en effaçant autant son charisme que sa crédibilité. S'il est permis d'attendre d'un père qu'il nous protège et nous rassure, alors peut-être celui qui m'avait été donné n'était pas le meilleur des pères possible. Et Dieu sait si une telle constatation ne risquait pas de miner les piliers sur lesquels reposait ma fidélité filiale.

Je l'ai harcelé. « Qu'est-ce que tu as à voir avec la dispute entre maman et tante Nora ?

– Elles ne se sont pas vraiment disputées. Disons que ta mère a pris un chemin différent. C'est tout, je vois ça comme ça. »

C'était ce que nous étions ? (Et par nous j'entendais mon père et moi.) Un chemin différent ?

J'ai repensé à la seule chose que je savais sur la rencontre de mes parents : le coup de foudre sur la grande roue d'un champ de foire. Ils s'y étaient retrouvés par hasard. Devant eux, sous un ciel d'orage, la ville se déployait à perte de vue. Eh bien, cela m'avait toujours semblé en accord avec la désolation dans laquelle s'écoulait leur vie conjugale depuis que, plus ou moins à l'âge de cinq ans, j'avais commencé à la surveiller ; en fait, seule la foudre aurait pu produire une telle dévastation.

L'ennui c'est que je m'étais toujours interrogé sur les effets explosifs produits par cette association conjugale en négligeant les coulisses. En entendant mon père raconter cette histoire j'avais toujours eu l'impression que ma mère était apparue sur le siège de la grande roue comme si elle n'avait jamais existé avant cette apparition magique, comme si elle n'avait pas de famille, ni de passé, ni d'histoire.

J'ai sorti du tiroir de ma table de nuit, dont l'accès était interdit à quiconque, une photo sépia d'un couple souriant (marié, probablement) dont les traits dégageaient un indiscutable air de famille, surtout ceux de la femme. La photo était entre les pages d'un livre que ma mère me laissait dans ma chambre par traîtrise.

Quelle meilleure occasion pour la montrer à mon père ?

« Et celle-là, petit curieux, d'où vient-elle ?
– Je l'ai trouvée.
– Je peux savoir où ? »
Il me l'a dit plus amusé que fâché.
« Dans un livre de maman.
– Ta mère et ses livres. »
J'ai demandé avec une certaine impatience : « Qui c'est ?
– À ton avis ? »
J'ai menti et j'ai répondu que je n'en avais pas la moindre idée. C'était pour ça que je lui posais la question.
« Bon, je te présente Guido et Fioretta Sacerdoti, tes grands-parents. »
Mon soupçon d'atavisme confirmé, j'ai repris la photo avec une certaine fougue, espérant qu'en la regardant plus attentivement que jamais je puisse en tirer qui sait quelles précieuses vérités généalogiques.
Il s'agissait d'une photo format standard jaunie. Elle représentait un couple d'âge mûr (c'est du moins ce que j'aurais dit à ce moment-là) posant devant des étagères pleines de livres. Elle était plutôt belle, menue, et elle avait les cheveux châtains exactement comme ma mère. Elle regardait l'homme de bas en haut avec vénération. Mais lui, indigne d'une telle considération, regardait fixement l'objectif. Il avait un air renfrogné rendu sérieux par la monture sombre et encombrante de ses lunettes. Visage mince, chemise boutonnée jusqu'au dernier bouton, il rappelait de façon démoralisante mon malheureux professeur de chimie.
« Ils sont morts, n'est-ce pas ?
– Bien avant ta naissance.
– Comment étaient-ils ?
– Je ne les ai pas connus, ta mère en parle rarement, mais d'après le peu que je sais ce devaient être des gens gentils. Un peu bizarres, peut-être, et même très, mais des gens bien.

– Si tu ne les as pas connus, comment tu sais que ce sont eux et que c'étaient des personnes gentilles mais bizarres ?

– Parce que je le sais. Je connais cette photo et je connais leur histoire », et cette fois c'est lui qui me l'a arrachée des mains.

Sans la quitter des yeux et presque en se parlant à lui-même, il m'a révélé comme si de rien n'était ce que je désirais savoir depuis que j'avais trouvé la photo : Guido et Fioretta Sacerdoti étaient morts dans un incendie domestique en pleine nuit. Une fatalité à laquelle leur fille unique, qui n'avait pas encore treize ans, avait échappé de justesse. Pendant que ses parents brûlaient avec les meubles et les tapisseries du salon, avec un courage digne d'elle et mise face au dilemme le plus inouï de sa courte vie, ma mère s'est lancée du deuxième étage au risque de se casser le cou. À part le choc épouvantable et en dehors de la souffrance incommensurable de la mort de ses parents elle s'en était tirée avec une fracture du tibia. À sa sortie de l'hôpital elle était allée vivre avec tante Nora, la sœur de son père, qui depuis s'était occupée d'elle. Tout s'était bien passé pendant des années jusqu'à ce que ma mère, qui venait d'être licenciée en mathématiques, aille à la foire avec une amie. Le reste, je le savais déjà.

Je le savais, et comment. C'était moi le reste, et notre vie jusqu'à ce moment-là. Dommage que cela n'ait pas résolu l'énigme : pourquoi une dame accueillante et miséricordieuse comme tante Nora s'était-elle opposée au mariage de mes parents ? Un veto totalement incompréhensible qui rendait le changement encore plus aventureux, avec des effets narratifs imprévisibles mais sans rien d'agréable : voilà ma mère qui devant une bifurcation sacrifie sur l'autel de l'amour ses devoirs de reconnaissance envers sa bienfaitrice. Quel acte noble, quel geste effronté et irrémédiable. J'avais toujours considéré ma mère comme un personnage intéressant, mais pas à ce point. Finalement, sa discrétion, sa sévérité, son intolérance vis-à-vis de tout maniérisme inutile trouvaient une explication plausible. Que de vicissitudes, pauvre maman : d'abord la mort de ses parents, ensuite la longue coexistence avec cette marâtre sorcière de tante Nora, et enfin un homme pour l'amour duquel elle avait rompu avec son passé, en répudiant patrie, tribu, religion. Quel caractère. J'ai décidé qu'elle n'était pas une espionne, que les méchants étaient les parents dont elle s'était débarrassée pour être avec mon père et avec moi. Nous étions à la fois son choix et le symbole de sa rédemption. Voilà, tout fonctionnait de nouveau. La seule chose qui ne marchait pas c'était ce que nous allions faire. Pourquoi leur donner une autre chance ?

Mais c'était sans importance. L'important c'était que la couverture nuageuse qui depuis quelques minutes pesait sur la biographie de ma mère commençait à se dissiper et m'offrait un horizon rassurant. Elle était redevenue un être humain, et pas n'importe quel être humain, mais un être humain doté d'une détermination et d'une intégrité que je ne parvenais même pas à imaginer. Perdre ses parents à treize ans à peine dans de telles circonstances. De quoi vous donner la nausée, des convulsions, vous faire trembler les genoux. Je me sentais même coupable. Moi et mes nuits passées dans la peur que mon père soit mort : une piqûre de moustique en comparaison avec le feu qui avait réduit mes grands-parents en cendres et fait de l'enfance de ma mère un cauchemar victorien. C'est pourquoi à un certain moment elle m'avait interdit de chercher dans leur lit un réconfort à mes angoisses nocturnes. Elle voulait me fortifier, me libérer de toute faiblesse, me préparer au pire, faire de moi un homme avant que la vie ne s'en charge.

Mes super-héros préférés aussi – Peter Parker, Clark Kent, Bruce Wayne – étaient orphelins, ils avaient un passé douloureux avec lequel régler les comptes et un présent de solitude auto-infligée, d'omerta et de simulations.

Dans la BD sur ma mère que j'ai mise en scène à la va-vite j'ai forcément attribué le rôle du méchant à tante Nora. Elle était comme Magneto, quelqu'un qui passe du bien au mal à cause d'un sens perverti de la justice. Comment avait-elle pu, cette mégère, s'opposer au mariage de mes parents ? Comment s'était-elle permis de ne pas juger à la hauteur de sa nièce le meilleur homme qu'elle ait jamais connu ? Pourquoi séparer ce que le destin avait contribué à réunir dans un décor tel que la grande roue ? Je ne pouvais sûrement pas ignorer que rien ne me concernait davantage que l'union de mes parents : si tante Nora avait eu le dessus en persuadant ma mère de renoncer je ne serais jamais venu au monde. Ce qui à l'époque me paraissait beaucoup plus catastrophique qu'aujourd'hui.

« Mais enfin, papa, je ne comprends pas, pourquoi tante Nora ne voulait pas que vous vous mariiez ?

– Les Juifs sont comme ça, a-t-il dit visiblement impatienté. Ils n'aiment pas se mélanger. »

2

Pour aller chez les Sacerdoti nous avons passé en revue le bidonville qui, des années plus tôt, avait provoqué mes précoces rêveries ethnologiques. Depuis j'avais pu écarter l'hypothèse que ma mère, sa famille et même Myriam la mendiante avaient quelque chose de commun avec une tribu aussi délaissée. Néanmoins, mes notions ambiguës sur le peuple juif rassemblées dans l'encyclopédie n'avaient pas chassé la crainte que ne nous soit réservée une expérience tout aussi folklorique.

Nous avons traversé des quartiers inexplorés pour nous retrouver dans des secteurs déjà fréquentés, pas trop éloignés du lycée. Après avoir dépassé les forums impériaux, encore ouverts à la circulation en ce temps-là, nous avons grimpé par une avenue résidentielle sinueuse, ponctuée de platanes. Les magasins, de plus en plus rares à chaque pâté de maisons, semblaient un peu gênés d'exhiber des produits de première nécessité : compte tenu de la rareté des éventaires, ils semblaient être là pour faire joli. Les hôtels particuliers se confondaient avec des ambassades mineures. Sur un fronton, en dépit d'une flore subtropicale bizarre, flottait le drapeau glacial d'un pays scandinave. Bien plus plausible était l'alliance entre les chiens de race bichonnés et leurs accompagnateurs exotiques qui les tenaient en laisse. Probablement du personnel de service. Vraiment, à Rome, à un jet de pierre de ses ruines millénaires et photogéniques, vivait une enclave servie et révérée ? Se pouvait-il que ma mère en ait fait partie durant son adolescence malchanceuse ?

À peine étions-nous descendus de voiture que le concierge d'un bâtiment seigneurial a laissé sa loge sans surveillance et s'est jeté sur nous ; s'il n'avait pas été aussi radieux on aurait dit qu'il voulait nous chasser. Mais au contraire le voilà qui frétille autour de ma mère avec l'enthousiasme de quelqu'un qui réalise un rêve entretenu depuis longtemps. Mince comme une branche de sureau, peau caramel, petit sourire dont je ne comprenais pas s'il était de dérision ou d'adulation, il n'aurait pas détonné parmi les tigres de Mompracem.

« *Gabriella !*... Enfin ! »

À l'école elle était « professeur », chez le marchand de fruits et légumes en bas de chez nous « madame », dans mon cœur elle était protégée par les astérisques derrière lesquels les romanciers d'autrefois dissimulaient l'identité de princes et comtesses. Ici dans cette copropriété sélect, elle était simplement « Gabriella ».

« Ne me dis pas que ce jeune homme est ton fils. »

Bien qu'il ait parlé un italien correct et même élégant, il avait du mal avec les voyelles ouvertes et butait sur les doubles consonnes.

« Atal, je te présente mon fils.

– Il me semble que lorsque tu es venue vivre ici tu avais le même âge. Tu étais si mignonne, si effrayée.

– Un an de moins, a-t-elle corrigé d'un air professoral.

– Ah, ta pauvre tante ! Tu sais que ces derniers temps elle s'était remise à parler de toi ? Pendant des années, rien, et puis tout à coup elle a recommencé et elle n'a plus cessé. Elle s'arrêtait ici dans la loge et me demandait : Atal, que sera devenue notre jeune fille ? »

J'ai vu le visage de ma mère se durcir et prendre l'expression sévère bien connue de ses élèves.

« *L'avocat*, a repris Atal, m'avait dit que tu viendrais nous voir. Ils vous attendent tous là-haut. Il y a aussi ton oncle, le professeur, naturellement. Bref, ils y sont tous. »

Pour la première fois de ma vie un ascenseur m'a catapulté directement dans un appartement. Et quel appartement ! Bien que je n'aie pas exigé d'une habitation privée beaucoup plus qu'un toit solide, une couche moelleuse et un garde-manger fourni, je n'étais pas naïf au point d'exclure a priori l'existence d'appartements plus recherchés que le nôtre. N'en déplaise aux demeures patriciennes des téléfilms et des dessins animés, ou à la villa palladienne de Zanardi (on avait du mal à croire que quelqu'un pouvait vraiment l'habiter), il y avait la très belle maison des Velardi dans laquelle depuis l'école primaire, quand la maman de Demetrio était encore parmi nous, j'avais passé des après-midi heureux. Eh bien, à côté de celle-ci c'était à peine plus qu'un taudis. J'avais toujours été convaincu que ceux qui avaient de l'argent étaient les parents de mon père. C'était une grossière erreur.

Pourtant ce n'est pas l'envie qui m'a bouleversé, du moins pas immédiatement, mais une impulsion décidément plus douce, voilée de regrets et de nostalgies. Comme si cette franche exhibition de bien-être et de beauté avait allumé quelque chose en moi ; et je ne parle pas de l'orgueil suscité par le droit patrimonial, mais d'un frisson naissant d'appartenance.

Un monsieur est sorti d'une porte latérale. Il s'est excusé d'avoir les mains enfarinées et l'air essoufflé. En même temps qu'une vague odeur de romarin il émanait de tous ses pores une bonhomie bourgeoise. Ses rares cheveux étaient ravivés par des yeux bleus et il portait un pantalon de futaine, une chemise à carreaux et un cardigan usé aux coudes ; il laissait deviner quelque chose d'agréablement désordonné ; au lieu de la calotte imposée à papa et moi il avait un couvre-chef mou de cuisinier dilettante.

J'ai été le premier à mériter ses attentions.

« Je suis Roberto, a-t-il dit avec un sourire affable, et au lieu de la main il m'a tendu le poignet que j'ai serré et lâché gauchement. Tu peux m'appeler Bob. Ou encore mieux oncle Bob, mais je t'en prie, seulement si tu en as envie. »

L'accueil réservé à mon père a été aussi attentionné mais, si l'on peut le définir ainsi, un tout petit peu distant. Ma mère a été la seule à être prise dans ses bras.

« Gabi, mon trésor. Enfin. Quel bonheur de t'avoir ici. Ç'aurait fait plaisir à maman… oui, bref, tu le sais, nous en avons parlé. »

Maintenant c'était « Gabi, mon trésor » : les manières, les petits noms gentils, ces chichis qui compte tenu de son code auraient dû la heurter mais qui, imaginez un peu, ne l'empêchaient même pas de sourire. « Installez-vous », a-t-il dit en nous montrant le chemin.

Et les voilà, les deux lampadaires allumés. Droits comme des majordomes, ils faisaient fonction de sentinelles d'un monde qui s'annonçait exquis. L'instinct de survie et une disposition au mimétisme, déjà très vifs chez moi à cette époque, m'ont poussé à ôter ma calotte, en priant le Dieu impassible de mes aïeux pour que la tenue décontractée de Bob soit une dérogation au code vestimentaire accordée au maître de maison. Comme je l'ai constaté en entrant dans le salon, ce n'était pas le cas ; mise à part une vieille taupe ignorée de tous qui pouvait avoir quatre-vingt-dix ans, sûrement pas moins de quatre-vingts, nous étions les seuls, c'est du moins ce qu'il m'a semblé, à être un peu « habillés ». Même si cela ne suffisait certainement pas à expliquer pourquoi ils s'étaient tous tus à notre entrée.

J'ai aussitôt compris que l'après-midi passé avec l'encyclopédie avait été une perte de temps ; à commencer par la lithographie troublante d'un vieux rabbin barbu qui m'avait amené à me demander si les Juifs qui nous attendaient étaient démodés et pittoresques comme les Amish du thriller avec Harrison Ford que j'avais vu au cinéma avec papa. De toute évidence il s'agissait d'un autre type de Juifs ; quel dommage de ne pas disposer de suffisamment d'éléments pour déterminer lequel !

En tout cas, la curiosité qu'ils suscitaient en moi n'était pas moins vive que celle que j'ai éveillée chez eux. Constatation dont je me suis immédiatement désolé, rien ne me mettait aussi mal à l'aise que d'être l'attraction de la fête. Au moins il n'y avait pas de jeunes. Au premier regard, je n'en ai pas vu. J'étais à l'âge où les adultes semblent si indistinctement anonymes que vous avez du mal à distinguer un homme de vingt ans d'un octogénaire ; alors qu'il n'y a pas de contemporain qui ne soit spécial d'une façon potentiellement nuisible.

En poussant un soupir de soulagement je me suis mis à fourrer le nez dans les dizaines de photos disséminées ici et là, en m'attardant sur celles qui représentaient une fillette qui avait tout l'air d'être ma mère, mais dans une version pour ainsi dire jeune fille de bonne famille que je n'aurais jamais osé imaginer. J'ai attrapé celle qui l'immortalisait dans une petite robe montante, à ce même piano, sur lequel était posée la photo.

C'est alors que j'ai vu, de l'autre côté de la pièce, un monsieur bronzé et tiré à quatre épingles qui me faisait un clin d'œil. Il était près de la porte-fenêtre de la terrasse, avec l'air satisfait de celui qui connaît les secrets des mondanités. Quand je l'ai reconnu j'ai été très surpris de le retrouver là.

À contrecœur j'ai suivi ma mère qui se dirigeait vers lui.

« Lui c'est Gianni, mon oncle préféré.

– Dis plutôt ton seul oncle. »

Sa voix avait une douceur extraordinaire.

« Autrefois il était le cadet, le petit frère de mon père et de tante Nora ; mais maintenant on voit bien que c'est le chef, l'homme important, le patriarche. »

À ne pas croire : des années et des années de sérieux et de réticence, et maintenant écoutez-la, prête à détailler avec drôlerie la totalité de notre arbre généalogique et à colorer son discours de coquetteries.

« Ne te fiche pas de moi, s'est défendu le monsieur. Et puis qu'est-ce que tu crois ? Ton garçon et moi nous nous connaissons déjà.

– Vraiment ? » Elle était étonnée. « Et comment ? »

Voici comment. Au cours des pérégrinations entre une banque et une autre il pouvait arriver que ma mère me laisse dans la voiture (en triple file) devant un gros bâtiment fortifié couleur moutarde. Je ne m'étais jamais demandé ce qu'elle allait y faire. Mais étant donné le décor pénitentiel je m'étais imaginé que c'était un lieu de régénération morale où les gens qui avaient mauvaise conscience et des créanciers à leurs trousses allaient avouer leurs forfaits. Un jour, impatienté parce qu'elle ne revenait pas, et violant une règle implicite j'étais allé la chercher. Le risque s'était vite transformé en un de ces cauchemars agoraphobes qui marquent l'enfance de tous. Après avoir franchi le seuil, au-dessus duquel trônait l'inscription intimidante PALAIS DE JUSTICE, en fait j'étais arrivé dans une casbah tentaculaire bourrée de policiers, de malheureux, de quêteurs, d'hommes en toge. J'avais erré, de plus en plus angoissé, désespérant de la retrouver. Jusqu'à ce que la vue de son imperméable me provoque un coup au cœur de bonheur et d'épouvante.

Elle était assise devant un monsieur à une petite table d'un bar, elle dos à moi, lui face à moi, tous deux occupés à signer quelque chose. En s'apercevant que j'avais les yeux fixés sur lui il avait d'abord défié mon regard, puis, allez savoir pourquoi, il avait souri, comme s'il savait qui j'étais. Craignant les pouvoirs de médium de ma mère et ses réprimandes, j'avais couru à la voiture. Naturellement, je m'étais bien gardé de lui demander des explications sur ses manigances. Considérant l'inquiétude anxieuse dans laquelle elle avait franchi le seuil de ce purgatoire et le soulagement paradisiaque avec lequel elle en était ressortie je m'étais convaincu que le monsieur devait être une espèce de bienfaiteur, l'as à sortir de sa manche quand le jeu devenait désespéré même pour une joueuse de poker aussi glaciale qu'elle.

Et maintenant le voilà, notre papa longues jambes, où je n'aurais vraiment jamais osé le chercher. Oncle Gianni a coupé court: « Nous nous connaissons, c'est tout, ne t'en mêle pas. » Il m'a dit : « Pas vrai ? » et il m'a fait un nouveau clin d'œil.

« D'ailleurs laisse-nous seuls maintenant, trésor, nous devons avoir une conversation d'homme à homme. Parler d'une affaire très délicate. »

Trésor a obéi sans broncher. Elle avait encore un tas de tantes et de cousins à saluer.

De toutes les personnes que j'ai connues dans ma vie (et Dieu seul sait combien je m'en serais épargné), peu méritent autant une description détaillée que Gianni Sacerdoti. Le hic c'est qu'il faut procéder dans le désordre, en se laissant guider par la sarabande d'impressions que sa présence imposante était capable de provoquer.

J'espère ne pas faire de tort à ses yeux (son ingrédient secret) si je commence par un détail physionomique résolument moins poétique mais tout aussi représentatif : les dents ; ou plus exactement le gouffre brun qui séparait les incisives supérieures. Défaut de la dentition que j'allais associer désormais à des individus sûrs d'eux, insolents, aux appétits solides et hétéroclites. Le crâne bronzé et lisse était entouré d'une bande de cheveux de la même nuance de gris que la moustache. Si les sourcils étaient bien broussailleux, les joues rasées de près avaient la consistance d'une besace polie par le soleil du désert. Seules des épaules d'orang-outang, et donc dûment poilues, auraient pu supporter des bras tellement longs qu'ils frôlaient les genoux. Le torse, non moins simiesque, montrait que cet homme savait comment rester en forme, tandis que le ventre indiquait qu'au nom du bien-être physique il n'était pas disposé à renoncer aux plaisirs de la convivialité. La seule trace laissée par le temps sur un organisme à son apogée était l'archipel de taches sur les mains. Il était difficile de croire que Gianni Sacerdoti, passé le seuil critique des soixante ans, était déjà engagé sur la voie escarpée du déclin. Il n'y avait rien de crépusculaire chez lui, rien de précaire ni de menacé, aucun renoncement; s'il y avait un problème c'était un surplus d'énergie virile à surveiller. Et maintenant oui, je peux parler de ses yeux: bien que petits, gris, sous des sourcils froncés, ils brillaient d'une lumière particulière comme ceux de Salvador Dalí, une source de vie qui paraissait inépuisable.

En l'honneur de la fête il portait un costume rayé apparemment coûteux, un petit mouchoir dans la poche de poitrine et une grande cravate à motifs cachemire. Dans cet accoutrement il pouvait passer pour un magnat du Moyen-Orient ou un homme puissant.

Qu'un type de ce genre veuille me parler d'une affaire « très délicate » et qu'il désire le faire « d'homme à homme » était extrêmement déstabilisant. Je n'aurais rien trouvé d'étrange à ce qu'après avoir fait le gentil devant maman il m'attrape par la manche pour me dire mes quatre vérités.

« Il faut que nous mettions les choses au point, toi et moi. »

Il était très sérieux. J'ai d'abord eu du mal à comprendre l'objet de ce palabre. J'ai même eu peur qu'il exige que je lui rembourse des prêts que j'imaginais considérables. Au lieu de quoi il s'est mis à me parler des difficultés de notre ville, théâtre, à l'entendre, de luttes intestines; il s'est attardé sur le devoir de choisir définitivement son camp. C'était semblait-il une question de la plus haute importance. Il était tellement pénétré de son rôle que je pouvais le soupçonner d'exiger de moi l'adhésion à qui sait quelle cause politique ou religieuse. Finalement, après m'avoir laissé mariner il en est venu au fait: « Allez, finies les balivernes, tu soutiens quelle équipe ? »

Alors seulement j'ai compris que ce discours était à prendre pour ce qu'il était, la gentille plaisanterie d'un adulte aux dépens d'un gamin crédule.

J'étais pour la Lazio. Je le lui ai dit en sachant que c'était la mauvaise réponse. Après tout, j'avais choisi cette équipe en toute indépendance, surmontant l'agnosticisme de mes parents en matière de foot, et surtout pour me distinguer du reste de la classe, toute inexorablement du bon côté, à commencer par Demetrio.

Mais non, les yeux lumineux d'oncle Gianni ont donné la preuve qu'ils pouvaient flamboyer. Il m'a donné une demi-douzaine de tapes, en camarade. Il était surpris comme s'il venait de découvrir un fils dont il n'avait jamais imaginé l'existence.

« Mais bien sûr ! s'est-il exclamé radieux. Je veux dire, il existe d'autres équipes ? Tu es un Sacerdoti de la tête aux pieds. Regarde-toi, tu es le portrait craché de ton grand-père. »

Il m'a demandé si j'étais déjà allé au stade. En me voyant secouer la tête d'un air désolé il est monté sur ses grands chevaux, toujours de cette façon théâtrale et à moitié sérieuse. « Jamais ? C'est vrai ? Bien, mon trésor, c'est une chose à laquelle il faut absolument remédier. Il se trouve que je suis membre honoraire, abonné depuis presque un demi-siècle… Tu soutiens la Lazio ? Imagine un peu. Ça alors. Mais bien sûr. Tu es le petit-fils de ton grand-père. J'insiste, tu es exactement comme Guido. »

De la poche intérieure de son veston croisé il a sorti un étui de cuir d'où il a tiré un long cigare fuselé qui sentait le crottin. Il l'a coupé en deux, en a pris une moitié et m'a offert l'autre comme si de rien n'était.

Devant mon geste de refus il s'est exclamé : « Comment ? Tu n'aimes pas le cigare ? À ton âge », et il a de nouveau éclaté de rire, « pense que c'est ton grand-père qui m'en a offert un. Je trouvais gentil de lui rendre ce plaisir avec le fruit de sa descendance. »

Il se moquait encore de moi ?

« Oui, vraiment deux gouttes d'eau », a-t-il répété en me prenant la figure entre les mains comme s'il voulait me bénir et m'embrasser, et il paraissait presque ému.

Quoique je trouve un peu déplaisant de ressembler au petit homme triste de la photo – retirée du tiroir pour l'occasion et mise dans mon portefeuille comme un talisman – j'étais grisé à l'idée d'avoir enfin des grands-parents auxquels me comparer et surtout être comparé.

« La même bouche, le même regard intelligent et réfléchi. Tu sais, c'était lui l'Einstein de la famille. Dieu du ciel, moi aussi j'ai beaucoup étudié, je me suis donné à fond, chez nous tu ne pouvais pas faire autrement. Mais lui, notre Guido, c'était autre chose, une autre étoffe. Il était né pour savoir les choses, pour les comprendre et surtout les expliquer de façon simple et efficace. Je n'insinue pas du tout qu'il avait la grosse tête. Penses-tu, les deux seules catégories que Guido détestait plus que ce genre-là étaient les fascistes et les délateurs. Il était simplement le plus intelligent... Il lui suffisait d'un coup d'œil distrait pour résoudre n'importe quelle énigme. Et quel prodige ! Il connaissait par cœur *L'Enfer* de Dante. »

En théorie j'étais dans les meilleures dispositions pour profiter de ce flux d'excellentes informations de première main. Dommage que j'aie dû surveiller la vieille en grande toilette qui parcourait le salon de long en large en feignant de tenir en laisse un chien nommé Ahron. Ce petit animal invisible semblait l'occuper plus que ne l'aurait fait un homologue de chair et d'os. « Allons, Ahron, sois sage, plus tard maman t'emmènera faire tes petits besoins. » Cela explique le soin avec lequel tous l'évitaient, consternés, mais aussi pourquoi elle ne me quittait pas des yeux depuis que j'étais entré : l'occasion était trop belle de présenter Ahron à un inconnu. Inutile de se faire des illusions. Tôt ou tard, elle et son agaçante bestiole imaginaire allaient trottiner jusqu'à moi dans le seul but de me mettre dans l'embarras.

Pendant ce temps oncle Gianni m'expliquait que beaucoup dans leur milieu n'avaient pas approuvé le choix de vie de mon grand-père, aussi bien avant qu'après la guerre. « Tu sais ce que c'est, l'extrême gauche n'avait pas bonne presse chez nous. Et pour tout dire, moi aussi j'ai été très soulagé quand après la Libération il a renié quelques conneries maximalistes. Il me plaisait davantage dans son nouveau personnage d'anarchiste bohème. Je te dis seulement que par fidélité à ses principes il a renoncé à sa part d'héritage. Finalement, nous l'avons partagé Nora et moi. Oui, c'est comme ça, mon garçon, tu jouis d'un grand crédit aux yeux de cette famille. »

Les fous (tout comme les escrocs) ont toujours eu un faible pour moi. Je n'ai jamais compris pourquoi. Peut-être me perçoivent-ils comme un des leurs sous de fausses apparences, destiné à dérailler. Ou bien, encouragés par ma douceur, ils en profitent. Après tout, ils sont fous, pas stupides. N'empêche que si l'un d'eux me vise il ne lâche plus prise. Je n'ai pas été surpris que la vieille et son basset invisible s'approchent de moi après m'avoir tourné autour un moment.

« Ma chère Laura, s'est exclamé oncle Gianni avant qu'elle puisse m'adresser la parole. Tu sais que ton Ahron est en grande forme aujourd'hui ? »

Touchée par cette attention la vieille a regardé oncle Gianni avec un mélange de méfiance et d'incrédulité. Il n'a pas bronché. Au contraire, persévérant dans sa pantomime et souriant de toutes ses dents il s'est penché sur le sol vide et s'est exclamé, radieux : « Ce fripon de chien ! » Il l'a dit sur un ton tellement convaincant que tous les soupçons de la dame se sont dissipés dans un frisson de jubilation et de gratitude.

« Comme tu vois », a dit oncle Gianni avec un clin d'œil tandis que la vieille s'éloignait, au septième ciel, « dans notre petit *shtetl* nous ne nous laissons manquer de rien, nous avons même la folle du village. Bah, que te dire, mon petit ? Tant que nos parents continueront de se marier entre eux ils seront de plus en plus fous et tordus », et il a encore éclaté de rire.

Un rire irrésistible, pas grossier, catarrheux, de fumeur invétéré, plein de bonhomie.

Entre-temps nous nous étions approchés du garde-corps de la terrasse.

« Enfin, je sais qu'après un petit intermède de ce genre ce n'est pas la bonne question à poser, mais qu'est-ce que tu penses de nous, de ces parents que tu n'avais jamais vus avant ? Dis la vérité, nous sommes des martiens pour toi ? »

Je m'en suis tiré avec un « Je ne sais pas trop » provisoire. Il s'est repris : « Question idiote. Je veux dire, ce doit être bizarre pour toi. Au sens d'embarrassant, non ? Je ne voudrais pas être à ta place. Tous ces Mathusalems réunis pour fêter la défaite du pharaon. »

Comme ce jargon ne m'était pas du tout familier, j'ai souri, gêné. Non que j'y aie compris grand-chose. En revanche, je devais admettre que ce mélange d'affabilité, de réalisme et de cabotinage était galvanisant ; ainsi que les « je veux dire » et les « j'insiste » dont il truffait ses propos, et les « trésor » ou « mon garçon » avec lesquels il cajolait son interlocuteur.

« Mais tu dois satisfaire ma curiosité sur un point : ta mère, qu'est-ce qu'elle dit de nous ? Comment explique-t-elle cette situation ? »

Je me suis demandé si c'était plus honnête de dire la vérité – *jusqu'à ce matin je ne connaissais même pas votre existence* – ou un bobard bienveillant et vraisemblable.

Je suis sorti de l'impasse avec une réponse qui n'engageait à rien mais pas trop mensongère : « Maman ne parle pas beaucoup. »

D'ailleurs je me sentais le droit à plus de réponses qu'aucun autre là-dedans ne pouvait en exiger de moi. Si je le laissais mener le jeu c'était surtout à cause d'hésitations sur la forme : quelle était la meilleure façon, la plus respectueuse, de m'adresser à lui ? Au fond, je venais tout juste de faire sa connaissance. Je devais l'appeler « oncle », « monsieur », ou « docteur Sacerdoti » ? Les dilemmes de cet ordre sont typiques chez quelqu'un qui est peu familiarisé avec l'univers des adultes, qui a une vie sociale à peu près inexistante et qui néanmoins, en matière d'éducation et de bonnes manières, a subi un véritable lavage de cerveau depuis son premier jour sur la Terre. Ce n'est pas un hasard si aujourd'hui encore j'ai des difficultés à passer du vous au tu avec désinvolture, même avec des interlocuteurs jeunes et déférents.

La façon la plus raisonnable de m'en tirer était donc de donner des réponses sèches, évasives, impersonnelles ; tourner sept fois ma langue dans la bouche avant de lui demander quelque chose. Il faut dire que lui, en bavard infatigable, me facilitait la tâche.

« Ça te plaît ici ? »

Si ça me plaisait ? Avant de monter je ne pouvais pas imaginer que la maison offrait un tel spectacle. Ce qui s'appelle un panorama ! Le ciel proposait la palette des grandes occasions, la ville, littéralement à ses pieds, exposait sa meilleure marchandise touristique : mélangés par la patience des siècles, temples, ruines, coupoles, jardins, ensembles résidentiels s'étendaient à perte de vue. On finissait par se demander si Jupiter et Junon, de leur suite présidentielle olympienne, ne jouissaient pas d'une vue comparable. C'en était trop, vraiment trop. Plus que vous envoûter, elle vous étourdissait.

Oncle Gianni m'a expliqué que sa sœur aînée avait vécu presque un demi-siècle dans cette maison. Pauvre Nora, elle était partie sans avoir réglé l'inutile controverse avec ma mère, n'ayant pas eu l'occasion de connaître un neveu intelligent et sympathique comme moi !

« Pour tout te dire – et comme tu l'auras compris, ton oncle n'a pas sa langue dans sa poche – dans cette situation Gabriella s'est vraiment mal conduite. Pour Nora ç'a été un coup, une chose trop embarrassante à gérer. Pardonne ma franchise, mais ç'a été un geste de véritable ingratitude. »

Dommage qu'à cet oncle qui n'avait pas sa langue dans sa poche n'ait pas répondu un neveu tout aussi franc, mais un petit merdeux esclave de l'omerta maternelle. Et dire que les questions que j'aurais voulu lui poser étaient toutes là, sur le bout de ma langue : que s'était-il passé ? Qu'avait fait ma mère de si grave ? En quoi avait-elle mis sa tante dans l'embarras ? Quel coup avait-elle pu lui infliger ? Ma mère, une ingrate ? C'est une plaisanterie ? Naturellement je n'ai pas réussi à dire un mot.

« Pas mal, n'est-ce pas ? » a dit oncle Gianni en s'apercevant que j'étais si mal à l'aise que je ne le regardais plus et que j'avais cherché refuge dans le paysage.

Sur un ton inspiré il a affirmé : « À cette heure-ci ça rappelle Jérusalem. On ne le dit pas assez, les deux villes saintes se ressemblent comme deux gouttes d'eau. C'est à cause de la lumière. Je veux dire, on parle beaucoup d'Istanbul, de Barcelone, de Marrakech… Mais cette lumière, c'est autre chose, elle est incomparable. Sinon peut-être celle de Jérusalem, précisément. Une lumière spirituelle, millénaire, je ne sais pas si tu comprends ce que je veux dire. »

Je n'y comprenais strictement rien, bien sûr. Sinon que par certains côtés oncle Gianni me rappelait mon père : ils avaient en commun l'enthousiasme, le désir de le partager et un amour infini pour notre ville.

Ce qui les séparait (et c'était hélas trop évident même pour un gamin aussi inexpérimenté), c'était la place qu'ils occupaient dans la société. Mon père avait les attitudes typiques je ne dis pas d'un paria, mais de celui qui n'a pas réussi. À qui malgré la haute opinion qu'il a de lui-même on demande continuellement de se conformer à une pratique au-dessous de ses attentes. Voilà pourquoi lorsqu'il évoquait l'âge d'or de sa jeunesse il ne parvenait pas à dissimuler le découragement que de tels souvenirs provoquaient en lui. Oncle Gianni, au contraire, avait l'air de quelqu'un qui peut disposer à sa guise des dons reçus du ciel au point de ne pas trop s'en occuper. Peut-être avait-il su y faire, peut-être était-il parti d'une position avantageuse, peut-être avait-il simplement eu de la chance, peut-être savait-il se satisfaire, peut-être toutes ces choses en même temps, ou peut-être d'autres qui ne m'effleuraient même pas. Ce qui est sûr c'est que lui et ses yeux magnifiques devaient en avoir vu des choses intéressantes. Istanbul, Barcelone, Marrakech, Jérusalem…

J'ai imaginé un passeport style Indiana Jones : bourré de tampons décolorés visés par des gribouillis dans des alphabets mystérieux. Un cosmopolitisme preuve de solvabilité et d'insouciance, mais aussi d'une certaine hardiesse. Je me suis demandé s'il était marié et s'il avait des enfants et des petits-enfants avec qui partager ses privilèges. Probablement pas, autrement il m'en aurait parlé ; il n'était pas du genre à cacher ses réussites.

« À propos, tu es déjà allé à Jérusalem ? »

Je me suis bien gardé de lui avouer que l'endroit le plus exotique que j'avais visité était la villa Zanardi, dans la campagne vénète.

« Non, bien sûr. Comment aurais-tu pu ? Tu es si jeune. Un gamin. Eh bien, tu sais quoi ? Un jour oncle Gianni t'y emmènera. Je te le promets. »

D'abord le stade, maintenant Jérusalem. N'ayant pas la pratique des relations familiales je ne savais pas quoi penser. Ce n'étaient peut-être que des mots aimables. Il croyait sérieusement que nous irions ensemble à Jérusalem ? Qui l'assurait que nous aurions d'autres occasions de nous revoir ? Étant donnée l'inconstance de mes parents il se pouvait qu'après la célébration de Pessah nous nous renfermions dans le nid isolé dans lequel ils m'avaient élevé.

« Si j'avais ton âge, a-t-il dit, je m'y installerais demain, en Israël. Une petite maison sur la plage, une sabra prête à m'épouser et un bon business. »

Il s'est plaint d'avoir malheureusement trop d'intérêts ici : le cabinet, les clients, la chaire de droit pénal, ses élèves... Quelle corvée !

« Je sais ce que tu penses. Que c'est de la folie de tout laisser tomber pour aller vivre en Israël. Que c'est irréfléchi et dangereux. Un choix de fanatique. Ce n'est pas ça. Il suffit d'atterrir à Tel Aviv pour comprendre que la vie est là, que les gens ont encore beaucoup de choses à dire, à construire. Je peux imaginer toutes les choses terribles que tu as entendues sur Israël. Que c'est un trou pestilentiel, un scandale de l'Histoire, plein de fous exaltés à la détente facile. Il suffit d'ouvrir un journal pour sentir l'odeur de moisi qui se dégage de ces opinions malveillantes et racistes du énième fils de pute bien-pensant, désinformé et de mauvaise foi. »

J'espérais seulement que dans sa ferveur dialectique il ne s'était pas aperçu de l'embarras qui me brûlait les tempes. Je me demandais comment il m'aurait jugé s'il avait su que seulement quelques mois plus tôt j'avais participé à un sit-in contre l'occupation israélienne, en faveur de l'Intifada. À ma décharge (et au risque d'aggraver son indignation) j'aurais pu lui dire qu'à l'époque je n'avais aucune idée d'où se trouvait Israël, ni de qui y habitait, encore moins de quelles étaient ses fautes réelles ou présumées. Et que la raison pour laquelle j'avais adhéré à cette espèce d'assemblée dans la cour de mon lycée pour soutenir nos frères palestiniens victimes du « féroce apartheid sioniste » était la même qui avait poussé la moitié des élèves (le pourcentage était plus élevé chez les garçons) à se retrouver là à trois heures de l'après-midi, à hurler des slogans et accrocher des banderoles dont le sens n'était clair que pour une poignée. Cette raison avait un prénom et un nom extraordinairement populaires : Sofia Caetani. Bien que de sang bleu et, disait-on, bourrée de fric, Sofia, une classe au-dessus de la mienne, était une dirigeante batailleuse et charismatique de la Fédération de la jeunesse communiste italienne. Elle portait les cheveux dénoués, s'habillait n'importe comment, était toujours sans maquillage, boudeuse et très belle. On disait que les joints la tueraient et que depuis un an elle refusait d'adresser la parole à sa mère, vedette des mondanités romaines. Depuis que nous étions au collège elle était le sujet de conversation privilégié entre Demetrio et moi et l'objet de nos observations pendant la récréation. Après des expertises attentives mon ami avait assuré que Sofia Caetani ne portait pas de soutien-gorge. « On voit ses bouts de sein » avait-il déclaré avec cet air qui ne laissait aucune place au doute. Une remarque dont l'obscénité m'avait tellement enthousiasmé que je ne pensais plus à rien d'autre. Les bouts de sein et mon amour. Et bien que raisonnablement certain que cette fille ne m'adresserait pas la parole même si nous nous retrouvions seuls sur une île déserte comme les héros de *The Blue Lagoon*, j'étais sûr de ne jamais cesser de l'aimer. Bref, toutes ces sottises pour dire que si Sofia Caetani me l'avait demandé j'aurais manifesté contre moi-même, alors pensez si je le faisais contre « l'occupation israélienne » et « l'apartheid sioniste » !

« Sans parler des filles, a repris oncle Gianni comme s'il avait lu dans mes pensées.

– Les filles ?

– Oui, les filles. Tu sais comment c'est, en fait elles arrivent presque toutes du nord ou de l'est de l'Europe. D'Allemagne, de Pologne, de Hongrie. Des blondes ravageuses transplantées dans un pays méditerranéen, bronzées par le soleil du désert, amincies par l'existence spartiate qu'elles mènent. Comme si ça ne suffisait pas il y a les kibboutz, et le service militaire obligatoire qui contribue à les désinhiber, je ne sais pas si je m'explique bien… » et il m'a encore fait un clin d'œil. « Bref, a-t-il conclu visiblement satisfait, laisse-moi te dire que je n'ai jamais connu d'Israélienne qui ne soit pas une chatte de première. »

Ces mots étaient certainement les plus osés qu'un adulte se soit jamais permis de m'adresser. Mais, curieusement, je n'étais pas du tout embarrassé. Je me suis réjoui en pensant que si je lui avais exposé mon point de vue sur Sofia Caetani et sur les raisons lubriques qui m'avaient poussé à participer au sit-in contre Israël oncle Gianni aurait peut-être fini par me comprendre.

Maintenant une bande de nuages bleu nuit séparait la ville de la zone rosée de l'horizon. À l'est la coupole d'une cathédrale, rayonnante comme une soucoupe volante suspendue dans le ciel, limitait en partie cette profession démesurée d'orgueil sioniste.

Oncle Gianni a mis la main sur l'épaulette de mon blazer, il l'a agrippée et il s'est mis à la secouer comme si l'attention que je lui portais déjà depuis un bon quart d'heure – attention patiente et polie – ne lui suffisait plus, comme s'il en voulait encore et encore.

« La première fête de Pessah de ta vie. Tu te rends compte ? C'est comme une bar mitzvah. Tu as bien fait de te mettre sur ton trente-et-un. » Il m'a dit que dans cette tenue je ressemblais à Dustin Hoffman déguisé en Fred Astaire.

Je n'ai pas eu le temps de me demander qui diable étaient ces deux-là que déjà il m'expliquait qu'eux aussi étaient juifs. « Les gens ne le savent pas, ils nous imaginent tous avec des pellicules et un nez crochu, les mains molles, mais Dustin Hoffman et Fred Astaire, deux grands artistes, ne sont pas du tout comme ça. Ni Barbra Streisand, le grand philosophe Spinoza, Aby Warburg, Paul Simon, Saul Bellow… »

Je dois admettre que je connaissais un quart des éminentes personnalités citées. Si je m'en souviens encore c'est seulement parce qu'au cours des années oncle Gianni allait m'infliger plus d'une fois ce même catalogue bourré de génies, de magnats et de prix Nobel : une anti-liste de proscription capable d'attester l'appartenance à un club spirituel dont les membres partageaient confession, bon goût, philanthropie et succès, une espèce de méga famille élargie à revendiquer et de laquelle être fiers. Au bout d'un certain temps la chose allait cesser de m'étonner, mais cette fois j'ai trouvé sa fougue fascinante et pour ainsi dire galvanisante. Enfin un motif de fierté et de distinction.

Soudain, emporté par son propre enthousiasme, il m'a demandé : « Tu as vu *E.T.* ? »

Bien sûr, je l'avais vu ; et je ne connaissais personne qui ne l'ait pas vu.

« C'est de Steven Spielberg. Lui aussi est juif. Et tu sais quoi ? Ça se voit. *E.T.* est une histoire juive typique. »

Maintenant oui il avait retenu mon attention. J'avais réussi à convaincre papa de m'emmener revoir ce film au moins trois fois. Je n'avais aucune idée de ce qu'oncle

Gianni entendait par « histoire juive typique ». Pour moi, comme j'imagine pour des millions d'enfants de mon âge dispersés dans le monde (ou peut-être dans toute la galaxie), ce film avait donné forme à un rêve que je ne me savais pas entretenir. Ce film parlait de moi. Elliott c'était moi. Certes, je n'avais ni frères ni sœurs. J'étais fils unique. Je ne vivais pas dans une banlieue américaine idyllique mais dans une espèce de caserne périphérique d'une capitale méditerranéenne pourrie. C'est peut-être pour cette raison que je comprenais bien l'abîme de sa solitude. Du reste, même si mes parents n'avaient pas divorcé, ils se comportaient depuis des mois comme s'ils étaient sur le point de le faire. Et je sentais que seule la rencontre avec un petit martien inoffensif, très doux, allait pouvoir effacer l'impression de nœud coulant dans laquelle je me sentais piégé. *E.T.* était une histoire juive ? Eh bien alors j'en faisais partie.

Tout à coup oncle Gianni a dit qu'il était si heureux que maman et moi soyons là cette année. Mon initiation au judaïsme. Il m'a assuré que dorénavant il ferait en sorte que nous ne manquions plus une réunion de famille.

« Viens. Je vais te montrer quelque chose. »

Sans retourner à l'intérieur, en passant par la terrasse, il m'a conduit à une autre fenêtre : elle donnait sur une pièce plus petite que la précédente, mais encore plus majestueuse par certains côtés ; elle était occupée par une grande table déjà dressée et chargée de bougies allumées, scintillante comme un autel.

« Voilà ce que signifie être juifs. »

Et il m'a semblé comprendre un instant qu'être juifs signifiait banqueter, faire bombance, s'empiffrer. Ce qui rendait encore plus alléchantes les chattes de première classe israéliennes que j'imaginais là en train de se déhancher comme des petits lapins de *Playboy*.

« Maintenant je vais te dire une chose sur laquelle je n'étais pas d'accord avec ton grand-père, et sur laquelle je m'obstine à ne pas être d'accord avec ta mère. Refuser tout ça ? À quoi ça rime ? Je veux dire, c'est une abjuration qui n'a pas de sens. Ça n'est pas la liberté, ça n'est pas un moyen d'être des citoyens du monde. Au contraire, c'est une forme de désertion. »

Alors tout a été clair.

Je venais d'être l'objet d'une tentative de recrutement. Très exactement. Ce monsieur voulait me faire ce que tante Nora avait fait à ma mère tant d'années plus tôt : un lavage de cerveau. Soudain tout prenait un sens : flatteries, causettes, chattes de première classe. Fred Astaire et Paul Simon, les touchantes réminiscences de mon grand-père et la promesse de m'emmener au stade, à Jérusalem, de m'impliquer dans n'importe quelles autres retrouvailles familiales prenaient un sens. Sans parler de la théâtralité hors de contrôle, de l'émotion, de l'indignation, de la camaraderie. Une façon de me gagner à la cause. L'objectif était simple : me séduire, m'émouvoir, m'enrôler avant qu'il ne soit trop tard. C'était parti d'une prise de position footballistique rien que pour arriver à une foi bien plus importante.

Voilà *l'affaire très délicate* dont il voulait discuter, entre quatre-z-yeux, à distance de sécurité de ma mère. Il avait un peu tourné autour du pot. Mais je n'avais pas confiance. Pourquoi aurais-je dû ? Je me rappelais comment il s'était débarrassé de la vieille folle. Ce type était un hypocrite né, un manipulateur, quelqu'un qui savait comment vous rouler.

« Après tout, tu es fils d'une Juive, m'a-t-il dit en me confirmant dans mes soupçons. Ce qui fait de toi un Juif à tous égards. Et un Juif ne peut qu'être tel, même s'il ne sait pas qu'il l'est, même s'il ne veut pas l'être. Surtout même – je pense à l'expérience de ton grand-père Guido et de ta mère – s'il ne veut pas l'être ! »

Les mots de papa me sont revenus à l'esprit : les Juifs n'aiment pas se mélanger. Et cette fois ils ont paru très menaçants. Je m'étais peut-être trompé en croyant que c'était ma mère qui avait quitté sa famille, avait congédié tante Nora et choisi de s'émanciper. Plus probablement elle avait été chassée à cause de mon père. Ou nous ou lui ! C'est ce qu'ils lui avaient dit en la mettant devant un choix. Et quelque chose d'analogue s'était passé avec mon grand-père quelques décennies plus tôt. Il avait essayé de la sauver de ce qu'oncle Gianni avait défini comme « le décor », mais après sa mort elle avait dû rentrer au bercail, dans l'attente qu'un autre homme l'emmène avec lui, loin, le plus loin possible d'ici, de ces gens-là.

J'ai cherché mon père des yeux et je l'ai déniché dans un coin. Il avait l'air circonspect et embarrassé. Je percevais le poids d'une gêne, d'un ressentiment. Voilà ce que c'était : ils avaient essayé de le mettre dehors, de l'expulser de la vie de ma mère. De quelle autre façon aurait-il dû réagir, lui, sinon en l'emmenant avec lui ? C'était pour ça que nous vivions tellement isolés ? Nous devions nous protéger mutuellement ? C'était un des grands secrets dont ils voulaient me préserver et pour lequel ils m'avaient gardé en cage pendant tant d'années ? La raison pour laquelle nous sortions si peu et ne voyions personne ? Pour laquelle nous étions trois inadaptés ? De peur qu'ils arrivent jusqu'à moi ? Oui, mais alors pourquoi m'amener ici, dans la tanière du loup ? Ma mère s'était peut-être repentie ? Maintenant que sa crise conjugale dégénérait, maintenant que le désastre économique était devenu ingérable elle s'était repentie de son choix ?

Bref, tout recommençait, sauf que cette fois c'était moi qu'ils visaient. La plus jeune recrue. Mon père leur avait enlevé ma mère ? Eh bien ils allaient m'enlever à eux. Œil pour œil. Oncle Gianni avait parlé d'un tas de gens dont je n'avais jamais entendu le nom, mais pas une seule allusion à papa ; il m'avait posé beaucoup de questions sur ma vie, mais pas une ne concernait celui qui avait contribué à me mettre au monde.

C'était comme si oncle Gianni, à force de s'interroger sur ce que signifiait être juif, avait supprimé, effacé de son horizon quiconque ne l'était pas. C'était ainsi que raisonnaient les Juifs ? Ainsi qu'ils agissaient ? C'était ainsi que raisonnait et agissait le frère cadet de tante Nora et de mon grand-père Guido ? S'il décidait que vous lui apparteniez, que vous étiez des siens, il ne vous lâchait plus. Autrement c'était comme si vous n'aviez jamais existé.

Ce n'était pas une religion, c'était une putain de secte. Et l'ennui c'était que j'étais trop petit, trop faible et inexpérimenté pour ne pas me laisser attirer. Tout ce qui m'entourait contribuait à me faire sentir comme un mortel accueilli à la table des dieux. Bien que j'aie compris moins de la moitié de ce qu'il m'avait dit, je n'étais pas resté insensible à ses flatteries et à son enthousiasme. La fascination de la diversité revendiquée, de l'appartenance exclusive. L'attrait du clan. L'orgueil du partage. Et l'argent, certes. Pourquoi le nier ? La promesse de voyages exotiques, d'une place dans la tribune au stade, d'une maison somptueuse comme celle-là, d'une vie enfin pleine, riche de possibilités. Oncle Gianni avait eu l'habileté d'attirer avec la perspective de faire partie d'une famille nombreuse et prospère un gamin qui devait en gérer une asphyxiée, en conflit perpétuel, accablée de difficultés financières. Quel combat inégal. Tout ça était attirant, oui, mais aussi très menaçant. Assez pour me pousser à rejeter mon père ? À le trahir en laissant mon ancienne vie pour la nouvelle ? Sûrement pas, ou du moins pas encore.

3

Seul un accès d'optimisme inconsidéré pouvait m'avoir poussé à espérer qu'une famille aussi florissante et fière d'elle-même ne s'était pas dotée d'une abondante descendance.

Les enfants, apparus pour le dîner comme des fourmis sur un morceau de sucre, étaient tellement nombreux qu'il avait fallu ajouter une rallonge à la table préparée. Et c'était là que je me trouvais maintenant, serré entre des commensaux dont l'âge allait de cinq à seize ans ; les garçons avec la calotte, les filles sans.

Bien que tout ait été assez théâtral, je me suis dit qu'il fallait bien plus qu'un peu de folklore pour provoquer une crise dans une vie de mécréant !

Rien ne me rendait plus fier que faire profession d'athéisme. Ne pas croire à une entité supérieure à l'âge où conformisme, idolâtrie et traditions familiales se mélangent et vous poussent à assimiler de vagues croyances, à la mode, peut-être rassurantes et sottes, c'était pour moi un signe de distinction. Je n'étais pas assez intelligent pour comprendre qu'au fond moi aussi j'avais été victime d'un lavage de cerveau. Que l'athéisme est une religion comme une autre, pas moins spécieuse. Et même, en véritable adolescent, j'étais convaincu que tout ce en quoi je croyais était original, fruit d'une élaboration réfléchie.

Seulement quelques semaines plus tôt, pendant l'heure de religion, j'avais traité le pape polonais de salaud. Je n'aurais pas su dire d'où était sortie une telle hostilité envers le pape, dont je me fichais éperdument. Ce que je demandais de mon invective était peut-être précisément ce que j'avais obtenu : l'effroi de mes camarades et la consternation du professeur, un laïc aux manières d'ecclésiastique. En fait, rien de ce que j'avais dit ne correspondait à l'élève timide, taciturne et médiocre que j'étais. Encore moins au fils anonyme du professeur de mathématiques de la section scientifique. Qu'est-ce qui m'avait pris, nom d'un chien? m'avait demandé le proviseur en me convoquant avec ma mère. À la fin je m'en étais tiré avec une semonce et une observation sur le bulletin scolaire. Pas même un jour de suspension. Le lycée aux solides traditions progressistes avait volontiers fermé les yeux sur l'invective du petit Voltaire. D'ailleurs, l'attitude de mes parents n'avait pas été moins laxiste; ils m'avaient puni sans me désapprouver, comme si au fond ils se réjouissaient de mon esprit iconoclaste et anticlérical précoce.

Pensez donc si j'allais me laisser embobiner par cet étalage de dévotion conviviale. Mais voyons, une religion en valait une autre. Je n'étais pas disposé à offrir au judaïsme plus de chance que je n'en aurais consenti dans des circonstances analogues aux cultes du Christ, de Bouddha ou d'Isis s'ils m'avaient été proposés.

J'ai été soulagé de voir qu'à la table vantée par oncle Gianni (« Voilà ce que veut dire être juifs ») le pittoresque n'était pas assez coloré, l'atmosphère pas suffisamment hiératique, les officiants pas du tout convaincus et aucunement convaincants. Sans parler des mets: insipides, un peu amers, à peine au-dessus du seuil du comestible; et des cinq toasts avec un vin rosé (je ne buvais pas d'alcool). J'ai pu ainsi évaluer plus froidement, jusqu'à les ramener à de plus justes proportions, les soupçons paranoïaques que m'avait laissés la conversation avec oncle Gianni.

Comme si elle obéissait à un ordre, la fillette à côté de moi, la plus petite de la tablée, a ouvert la danse. Sur les indications de sa mère, laissant deviner un embarras dans l'expression, elle a demandé à ses voisins de table *la raison pour laquelle nous étions là ce soir.* J'ai craint un instant qu'elle n'ait lu dans mes pensées. En réalité la question faisait partie du rituel dont le rôle principal ne revenait même pas à elle mais au Patriarche. Pour rendre compte de la solennité de l'occasion et exprimer son contentement, oncle Gianni, en avocat verbeux qu'il était, avait tourné autour du pot. Il était parti de l'esclavage que les pharaons avaient infligé au peuple hébreu, comparant la marche dans le désert entreprise par nos héroïques ancêtres à celle qui avait ramené ma mère au bercail. Tous avaient battu des mains avec enthousiasme, sauf les enfants, dont les applaudissements m'avaient paru ennuyés et contraints.

D'ailleurs, les seuls monosyllabes qu'ils m'avaient adressés étaient les saluts du bout des lèvres arrachés à grand-peine par oncle Bob pendant les premières présentations hâtives. Ils n'avaient plus fait attention à moi depuis et s'obstinaient à se chuchoter des sottises profanes.

Eh oui, car le sujet le plus solennel c'étaient les cadeaux que ma voisine avait reçus récemment pour sa bar mitzvah, dont l'un brillait à son poignet et marquait avec une rigueur helvétique chaque seconde de mon embarras. À l'évidence, les conversations dont j'étais exclu aussi grossièrement étaient inspirées par le consumérisme : shopping, vacances, amusements.

C'est pourquoi je les écoutais à peine. J'avais bien autre chose en tête. Je ne quittais pas des yeux les nounous dont j'avais vite retenu le nom, contrairement à tous les autres : Consuelo, Johanna, Pilar… Que dire ? Je me réfugiais dans un tiers-mondisme facile pour ne pas me laisser écraser par un complexe d'infériorité. Je me disais que c'était autre chose que les traversées du désert de ma mère. Dieu sait quels exodes bibliques avaient dû affronter ces femmes – du Cap-Vert, du Honduras, des Philippines – pour être là et satisfaire les demandes de petits pharaons ineptes et capricieux.

Quel monde était-ce que celui-là où des étrangères adultes en uniforme cyclamen recevaient des ordres d'une bande de petits cons qui s'ennuyaient? Une Asiatique s'est fait dire « tu es une crétine » par la fille aux cheveux châtains qui nous avait montré son cadeau.

Et dire qu'avant d'entrer dans cette maison j'avais cru être prêt à tout: à résister à la fascination d'une religion sévère et antique, à la tentation de discuter de mon athéisme ou de celui de mes parents; à supporter la méfiance et le blâme d'une communauté qui, d'après ce que j'avais lu et compris, se distinguait par son sectarisme et sa rigueur. Bref, prêt à tout sauf à ce pour quoi il aurait été plus utile de m'équiper: à me sentir exclu en raison d'un esprit de classe grossier et déplacé !

Comment croire que dans leurs veines coulait le sang de ma suffragette de mère, sans parler de celui de mon grand-père adepte de la pauvreté (ainsi l'avait défini oncle Gianni, non sans réprobation). En les écoutant j'ai décidé que, plus que contre le judaïsme, père et fille s'étaient rebellés contre la vulgarité d'un milieu aisé et arrogant. J'étais fier d'eux, et reconnaissant de ne pas m'avoir donné l'occasion de me mêler à certaines personnes, ou pire encore d'en faire partie. Plus jamais dans ma vie il ne m'arriverait d'embrasser avec autant de ferveur la haine maternelle pour le privilège. Comme il arrive souvent aux adolescents, encore plus s'ils ne sont pas préparés aux choses de la vie, je confondais l'envie de classe – à laquelle j'avais droit et dont je devrais bientôt rendre compte – avec le sens de la justice.

Plaisanteries mondaines mises à part, ce qui troublait ces petits princes c'était l'absence de la femme et de la fille d'oncle Bob. Et au bout d'un moment la chose a fini par me préoccuper moi aussi: si Pessah était aussi important, comment justifier l'abandon de la maîtresse de maison?

Une chaise à côté de moi était vide, tout comme celle à côté de mon père. Tout d'abord, dans un excès de zèle interprétatif, j'avais cru que c'était pour indiquer au reste de la tribu les deux convives non juifs. En fait elles attendaient seulement tante Tullia et Francesca. De temps en temps le plus âgé, probablement le fils de Bob, demandait à son père ce qu'elles étaient devenues.

«Je te l'ai déjà dit, Leone. Elles ont raté l'avion, le vol suivant était plein, elles ont dû attendre celui de sept heures. Allons, ne t'agite pas, elles finiront par arriver.»

Même oncle Gianni demandait de temps à autre à Bob pourquoi Tullia n'était pas là, en obtenant des réponses peut-être moins irritées mais tout aussi élusives.

Quand Leone ne s'inquiétait pas de sa mère, ne répondait pas du bout des lèvres à la curiosité de sa cousine ou ne surveillait pas la petite encore tout excitée par son exhibition il me lançait des regards d'aigle: difficile de comprendre s'ils étaient curieux, soupçonneux ou méprisants.

Ayant franchi d'un bond la ligne qui sépare l'enfance de la virilité, Leone affichait quelque chose de plus que la simple désinvolture des garçons de seize ans. La première chose qui frappait était sa taille, réellement remarquable; ensuite le naturel avec lequel il la gérait, comme si elle ne le regardait pas lui mais ses interlocuteurs effrayés. La coupe de cheveux était destinée à montrer les oreilles; elles avaient la peau fine, très pâle, d'une princesse indienne, en accord avec ses yeux noirs, ardents, avec des cernes blêmes et des sourcils soyeux. La chemise blanche au col ouvert laissait entrevoir les premiers signes poilus de masculinité. Les mains, malgré leurs dimensions michelangelesques, utilisaient fourchette et couteau avec une grâce légère. Bref, à bien y regarder Leone Sacerdoti ressemblait aux avant-centres trop grands qui contre toutes les lois de la physique dansent sur le ballon avec toute la grâce d'un danseur étoile. À l'opposé de tant d'harmonie il y avait chez lui, dans sa façon de vous regarder, un je-ne-sais-quoi de distant, sinon tout à fait de l'aigreur mais une intolérance plus générale. Comme si son gigantisme avait fini par influencer jusqu'aux perceptions qu'il avait de sa stature morale et intellectuelle également considérable ; comme si à force de regarder les autres de haut il s'était persuadé qu'il n'existait pas au monde d'interlocuteurs de son niveau.

Il faut dire que j'avais toujours souffert du charme masculin revêche, plus même que de la beauté féminine complice ; c'est pourquoi je recevais chaque nouveau regard de lui en attendant qu'il m'adresse la parole comme un élève non préparé attend l'interrogation.

Enfin il y avait cette impression, tout à fait incongrue, de le connaître, ou du moins de l'avoir déjà vu quelque part ; un soupçon qui s'accompagnait de la crainte de ne me rappeler ni où ni quand, et la certitude de ne pas lui en dire un mot.

Il s'est soudain penché vers l'oreille de la fille qui avait traité la nounou de crétine. Elle m'a regardé et a éclaté de rire.

Huit ans d'école sont plus que suffisants pour faire comprendre que le monde se divise en deux grandes familles : celle qui frappe fort et celle qui encaisse comme elle peut. Le destin et mon tempérament ne m'ayant pas fait appartenir à la première, j'avais dû œuvrer à me soustraire à la seconde, en misant sur la circonspection, en me taillant un rôle de personnage mineur, le spectre que personne ne remarque et qui vit tranquillement pour cette raison même.

Pas assez populaire pour m'exposer aux impertinences des ragots, mais pas impopulaire au point de m'exposer au venin du préjugé, furtif et mimétique comme un serpent de montagne, je connaissais les rochers où me tapir pour ne pas attirer l'attention. Avec une intuition précoce que je n'hésite pas à qualifier de stoïque j'avais appris à contrôler mes désirs en les adaptant aux maigres ressources de charme dont la nature m'avait doté. J'imagine que l'atmosphère familiale hermétique d'où je venais m'avait facilité la tâche en me rendant extraordinairement autonome d'un point de vue social et émotionnel. J'adorais être seul, profiter des produits naturels de l'imagination et des passe-temps offerts par une existence isolée et sédentaire. Si quelqu'un me l'avait demandé alors, j'aurais probablement répondu que je ne voulais pas que ma vie change, même si selon les canons habituels, tant de discrétion jointe à une telle insipidité et une telle insignifiance n'était pas grand-chose dont se délecter.

Soudain un mot étrange a émergé : « cananéen ». Je l'ai intercepté au cours de leur conversation. Elle, moins prudente que son cousin, l'avait laissé lui échapper au moins deux fois. Je trouvais bizarre qu'une fille aussi superficielle prononce au moins deux fois de suite un mot que moi, formé par l'élégance maternelle, je n'avais jamais entendu. Mais j'ai décidé que la chose ne devait pas me regarder. Il n'est pas dit qu'ils parlaient de moi. Pourquoi l'auraient-ils dû ? Je ne savais même pas ce qu'était un cananéen. Allons, petit, pas de paranoïa.

« Excuse-nous, m'a dit Leone d'une voix persuasive. Je disais à Chiara que tu as vraiment une belle veste, et une belle cravate. Tu es un type très élégant.

– Pardon, comment ?

– Je disais que ça se voit que tu es quelqu'un qui tient à être bien habillé. »

Pendant que Leone parlait, Chiara continuait de rire et de lui donner des bourrades pour le faire taire ; dommage qu'elle ait été la première à ne pas y parvenir, comme si mon blazer, ma cravate, mes lunettes, la calotte qui tombait chaque fois que je buvais, ma présence là, mon existence historique même ne méritaient rien d'autre que des tonnes de railleries.

« Et boucle-la, a dit Leone à sa cousine, parfaitement sérieux. Comme ça on dirait que tu te moques. Sois gentille avec notre invité.

– Je ne ris pas de lui, a répondu Chiara comme si elle parlait d'un arbre ou du colibri perché sur la branche.

– Alors qu'est-ce qui te prend ? a insisté Leone.

– C'est ta faute…

– Ma faute ?

– Oui, ta faute. Tu me provoques.

– Mais maintenant je te prie d'arrêter », lui a-t-il ordonné l'air mauvais.

Elle venait à peine de se ressaisir qu'il est revenu à la charge en me demandant si mon père et moi nous ne faisions pas partie par hasard d'une espèce de cercle, de club, enfin, d'un truc de ce genre.

« Comment ? »

Il a insisté, mais oui, nous devions appartenir à une association quelconque, une coterie ; comment expliquer autrement notre habitude de *nous habiller pareil* ?

Je lui ai demandé du bout des lèvres : « Pardon, dans quel sens ? » La tête avait commencé à me tourner comme une turbine en surcharge et une chaleur fiévreuse me torturait les tempes.

« Dans le sens qu'il met son survêtement de gymnastique et tu mets ton survêtement de gymnastique ; il met son loden et tu mets ton loden… Une espèce de jumelage. »

Je n'ai pas saisi l'allusion. Au contraire, c'était comme si celui qui me parlait avait complètement perdu la tête ; jamais encore on ne m'avait posé une question aussi extravagante.

Le fait que Chiara était de nouveau pliée en deux n'aidait certainement pas, cette fois elle se tenait tellement mal qu'elle a attiré l'attention des adultes. À commencer par celle de mon père, qui m'a fait un clin d'œil d'un air interrogateur. En le rassurant avec un regard entendu j'ai remarqué ce qui était tellement évident (comment ça avait pu m'échapper ?) : nos blazers et nos cravates rayées étaient tellement semblables qu'ils permettaient de supposer que nous portions un uniforme.

À l'autre bout de la table oncle Bob a élevé la voix : « On peut savoir ce qui vous prend ? »

La sévérité du ton, qui contrastait avec son air affable, montrait que la marge de manœuvre de mes jeunes compagnons de table n'était pas illimitée comme je l'avais craint. Je me suis demandé si oncle Bob, connaissant le caractère turbulent de son fils, n'avait pas voulu venir à mon secours ; ou si plus banalement il considérait que ce tapage était inconvenant.

« Rien. C'est que nous avons trouvé un cousin vraiment sympathique. »

Ces paroles rassurantes ont provoqué une curieuse agitation, un phénomène, si on y pense, parfaitement déplaisant : pendant un instant j'ai eu sur moi non seulement les regards moqueurs des enfants, mais aussi ceux, perplexes, des grands.

« Ne me regarde pas, a dit Chiara à oncle Bob. C'est Leone qui se fiche du fils du cananéen. » Après avoir prononcé ces mots elle a rougi et a pataugé : « Oui, en fait, c'est sa faute. »

Voilà qui était le cananéen. Attendu que j'en étais le fils, il ne restait plus aucun doute quant à son identité. Considérant la rougeur de Chiara et les regards pleins de réprobation qu'avaient posés sur elle les deux ou trois adultes qui l'avaient entendue s'exprimer de cette façon, j'ai compris qu'il devait s'agir d'un mot en code avec lequel ils avaient l'habitude de régler leur compte aux étrangers, en fait en les injuriant. Donc, dans cette histoire, mon père et moi étions l'entreprise « Cananéen et fils » qui apparemment jouissait d'une mauvaise réputation et qui maintenant, à cause de ma mère, avait aussi un uniforme.

Pendant ce temps je n'arrêtais pas de bredouiller : « Non, c'est que… C'est seulement que… »

Dieu, comme j'aurais voulu faire preuve de davantage d'esprit en affichant le sourire de ceux qui encaissent. Et j'y serais peut-être parvenu si la chose n'avait regardé que moi. Dommage que le ridicule qui émanait de chaque fibre de mon blazer ait fini par contaminer celui extra-large de mon cananéen de père. L'idée que ces deux petits salauds se moquaient de papa – après que ces derniers temps j'avais dû lutter contre moi-même pour ne pas mettre en doute son immunité – m'inspirait des envies cuisantes de fuite, des désirs de vengeance, et ce vieux sentiment de culpabilité habituel. J'étais encore à l'âge où la dignité de nos parents nous tient plus à cœur que la nôtre. Comme si par je ne sais quelle bizarrerie anthropologique nous leur avions délégué toute urgence dynastique, en les élevant au rang de gardiens d'un patrimoine qu'un jour ce serait à nous de faire fructifier, et que précisément pour cette raison nous voudrions hériter intact.

Je n'ai pas eu le temps de me rappeler ma maison lointaine que Chiara, faisant preuve d'un don de télépathie déconcertant, m'a demandé où j'habitais.

J'ai marmonné mon adresse.

« Comment ? Excuse-moi, qu'est-ce que tu as dit ? »

Alors j'ai essayé de m'appliquer. « Jamais entendu parler », a-t-elle répondu presque gênée, comme si je l'insultais. Puis elle a demandé à son cousin : « Leone, tu en as déjà entendu parler ? »

Un diktat intérieur inédit m'empêchait de fournir des éléments logistiques plus détaillés. Je me rappelais encore la satisfaction avec laquelle peu d'années plus tôt j'avais appris par cœur mon numéro de téléphone et tout de suite après, mon adresse. Et voilà que tout à coup cette dernière non seulement ne me paraissait pas satisfaisante, mais était carrément une honte difficile à cacher et impossible à effacer.

« C'est dans quel quartier ? » m'a demandé Leone.

À ce stade, ne sachant pas comment m'en sortir, pour ne pas tenir le rôle du crétin j'ai craché le morceau.

« Donc en banlieue ? » a demandé Chiara.

Le mot « banlieue » prenait dans sa bouche une sonorité étrange dont je ne savais pas s'il était perplexe ou consterné. Mais il se pouvait aussi qu'elle trouve tout très exotique, comme si je lui avais dit que je vivais sous les ponts ; ou mieux, comme si je venais de lui confier que pour arriver à l'heure à leur Seder de merde j'avais dû quitter mon igloo du Pôle Nord et monter sur mon traîneau deux jours plus tôt.

« Et en classe, tu vas où ? » a demandé Leone.

Je le lui ai dit.

« Un sacré voyage. » Puis il a repris l'interrogatoire. « Tu te lèves à quelle heure ? »

Chiara l'a interrompu : « Nous adorons les banlieues. Pas vrai, Leone, que nous disons toujours que quand nous serons grands nous nous marierons et nous irons habiter en banlieue ? »

Je trouvais assez surprenante la façon dont Chiara s'adressait à Leone, dont elle essayait d'attirer l'attention. D'établir une complicité tout à fait artificielle. N'ayant aucune pratique des relations familiales, je ne savais que penser. Elle en était visiblement folle amoureuse (comment la blâmer ?). Ce qui signifiait que ses minauderies ne visaient pas, comme je l'avais d'abord cru, à se moquer de moi, mais à impressionner son cousin plus âgé en se coalisant contre le premier étranger disponible. Je me suis demandé si tout ça était permis, l'amour entre consanguins, j'entends. Probablement, oui. Après tout, tante Nora aussi avait épousé un cousin germain. Seulement quelques minutes plus tôt j'avais entendu oncle Gianni maudire l'habitude funeste des Sacerdoti de contracter des mariages incestueux. Ce qui signifiait qu'au moins ce n'était pas illégal, pas dans cette communauté hermétique. Pour la seconde fois je me suis rappelé ce que mon père avait dit à propos de la difficulté des Juifs à se mélanger. Peut-être, comme dans les familles royales, les Juifs aussi avaient-ils l'habitude de veiller à la pureté de leur sang.

En tout cas, aucune méchanceté que Chiara m'adressait, aucun éclat de rire que je provoquais chez elle ne devait être considéré autrement que comme un effet collatéral de la cour maladroite et semblait-il inefficace qu'elle faisait à son cousin. Et tout le problème était là : plus elle essayait de me ridiculiser, plus elle se ridiculisait elle-même. Par ailleurs, l'attitude de Leone n'était pas moins déconcertante. Il devait être tellement habitué à l'amour des autres, tellement lassé d'éveiller l'intérêt de son prochain qu'il se sentait accablé comme une star continuellement harcelée par ses fans.

Cela expliquait au moins pourquoi la façon dont Leone traitait sa cousine était, si possible, encore plus impolie que le traitement qu'il me réservait. En fait, il était évident que, contrairement à ma première impression, mon excentricité non dépourvue d'exotisme l'excitait et l'intriguait davantage que les minauderies habituelles de Chiara.

Et dire qu'elle était tellement charmante. À la manière des gamines d'alors, en conflit perpétuel entre désir de s'exprimer et peur de ne pas le faire avec l'efficacité voulue.

« Comment tu te déplaces de là-bas ? À moto ? » m'a demandé Leone comme s'il trouvait improbable qu'un garçon de son âge n'en ait pas une.

Si la question sur mon adresse avait provoqué mon hésitation et celle sur mon quartier ma réticence, celle sur mes moyens de locomotion m'a poussé à mentir. Quelque chose me disait que si je leur avouais que j'allais au lycée avec ma mère, et que le plus souvent nous prenions le bus à cause des caprices proverbiaux de sa Renault 5, ma réputation déjà suffisamment compromise serait irrémédiablement ruinée. Alors je lui ai parlé du scooter que je n'avais pas (avec la marque, le modèle et la couleur).

« Leone a une NS épatante », a dit Chiara. Mais encore une fois, compte tenu du regard qu'elle a cherché chez son cousin, sa remarque a paru hors de propos.

Mentir m'avait troublé plus que prévu. C'était comme si un nouveau moi avait étouffé le petit garçon loyal et consciencieux de toujours. Un moi social, pour ainsi dire, doté de l'habileté suffisante pour deviner que dans le monde la sincérité, l'honnêteté intellectuelle et l'auto-ironie sont des qualités beaucoup moins utiles que le charme, la simulation et la possession de certains objets coûteux.

Aujourd'hui encore je suis reconnaissant à l'interphone de m'avoir sauvé, moins de mes inquisiteurs impertinents que de moi-même. À la première sonnerie Leone s'est élancé vers l'entrée, à la seconde, Chiara l'a suivi. Quand la porte de l'ascenseur s'est ouverte nous étions prêts à accueillir les retardataires.

4

Je me serais attendu à tout sauf à ce que l'ascenseur crache – absurde, imprévue, en jeans et ballerines – mon obsession sexuelle.

OK, dit comme ça, ça peut vous apparaître comme une boutade d'un goût douteux. Mais vraiment, je crains de ne pas pouvoir le dire autrement. Il n'existe pas de manière convenable d'exprimer ce que j'ai éprouvé en me trouvant devant la star dont depuis un an et demi j'avais cherché, découpé, archivé les photos avec la dévotion furtive de la groupie et du tueur en série.

Ah, comme c'est difficile d'expliquer à un masturbateur d'aujourd'hui combien c'était difficile à l'époque de se munir de matériel iconographique adéquat. Je parle du bon vieux temps où se branler comme il faut exigeait des réserves considérables d'imagination. À moins de disposer du caractère entreprenant de Demetrio – fort de la complicité d'une marchande de journaux, il avait une collection de petits illustrés de premier ordre (et donc de bas étage) qu'en bon trafiquant il utilisait soit pour sa consommation personnelle soit pour la vente – il fallait se contenter de ce qu'il y avait. Attendre très tard le soir le petit film dans lequel la douche de la lycéenne ou le strip-tease de la prof (la classe penchait pour l'aînée !) ne durait jamais assez longtemps. Ou soustraire dans le tas de la salle d'attente du dentiste un de ces magazines qui sous l'égide irréprochable de la pudeur bourgeoise accueillaient l'interview de la starlette du moment, accompagnée d'une poignée de clichés modérément sexy : sourires allusifs, décolleté, jupe découvrant les cuisses.

C'était le meilleur que pouvaient alors offrir les médias à un adolescent tourmenté par des besoins d'hygiène furtifs et compulsifs.

Se pouvait-il que la Tullia plusieurs fois évoquée pendant le dîner, la Tullia mère de Leone, femme d'oncle Bob, et donc la Tullia qui avait raté l'avion et que tous attendaient avec anxiété soit la même Tullia adorée des metteurs en scène, courtisée par les programmes de variétés et les talk-shows, la Tullia que depuis le jour pas très lointain de mon développement je n'avais cessé de désirer, dont j'invoquais, j'articulais, je soupirais le nom quand s'approchait l'extase ?

Bref, la Tullia Del Monte sur les charmes de laquelle j'avais si souvent entretenu Demetrio, n'en obtenant d'ailleurs aucune satisfaction : pour lui, elle n'était pas assez *cochonne.* « Et de toute façon, à trente-neuf ans une femme est finie. Je ne suis même pas sûr qu'elles peuvent encore baiser », m'avait-il dit une fois avec l'assurance du connaisseur déluré. Pour ensuite me mettre sous le nez la fameuse page centrale de *Playboy* qui célébrait Candy, sa cowgirl préférée, portant un chapeau de gardien de troupeau, des bottes parsemées de paillettes et rien d'autre.

« Je ne sais pas si je suis clair. »

Il l'était tellement que depuis je m'étais promis de ne plus mentionner Tullia Del Monte en sa présence.

Mais à ce moment-là comment tenir mon engagement ? J'étais impatient de me vanter de cette parenté sensationnelle... Je savais que Demetrio, incapable qu'il était de donner raison à quelqu'un, allait attaquer son refrain habituel « elle n'est pas assez cochonne ». Et pourtant je savais aussi que Tullia Del Monte appartenait au cercle étroit de célébrités pour lequel Demetrio avait un faible.

« Tu te rends compte qu'il y en a un qui se la fait ? me disait-il incrédule en repliant le poster de sa Candy. Un homme quelconque, tout comme moi. » Je me fichais de lui : « Arrête, pas vraiment pareil que toi. » « Et que toi non plus, d'ailleurs. Tu ne vas pas croire que Candy se laisserait sauter par un binoclard quelconque ? » répliquait-il agacé.

Eh bien dans ce cas il n'y avait aucun doute : aussi absurde que ça paraisse, l'étalon de Tullia Del Monte, le maître de sa couche conjugale était le cousin germain de ma mère, avocat d'âge mûr à l'air sympathique et avec une grande et belle maison, certes, un homme affable, mais au charisme viril tout à fait inadéquat (il me paraissait beaucoup plus vieux qu'elle). Ce qui serait peut-être passé inaperçu pour quelqu'un d'autre ; pour moi c'était comme découvrir que Fonzie sautait ma prof de latin.

Sans même le faire exprès, le voilà qui revendique sa domination sexuelle avec un petit baiser sur les lèvres de sa femme : « Bonne fête de Pessah, mon trésor ! » Il s'adresse à Pilar, la domestique philippine : « Je peux vous demander de porter la valise de madame dans la chambre ? » Il oublie l'ordre qu'il vient à peine de donner, il attrape le gros sac Louis Vuitton de sa femme, la laisse passer la première avec un petit salut galant et se dirige vers la chambre. Eh oui, parce que Tullia Del Monte habitait là, mangeait là, dormait là…

« Mais où étiez-vous passées ! » Leone a attaqué brutalement les nouvelles venues. Alors seulement je me suis rappelé où je l'avais vu.

Il posait à côté de sa mère et de sa sœur sur une de mes photos préférées. Il s'agissait d'un reportage datant de quelques années dans lequel Tullia Del Monte faisait une démonstration publique des vertus maternelles en présentant au monde Leone et Francesca, ses trésors. L'utilisation obsessionnelle et indécente que j'avais faite de cette coupure de journal avait rendu pléonastique, sinon carrément gênante, la présence des deux marmots. Tellement qu'un jour je les avais expulsés pour toujours d'un coup de ciseaux, mais pas au point de les effacer de ma mémoire.

« Excuse-moi, mon ange », a dit ma muse à son fils d'une voix inimitable, rauque, aphone au point de se briser, et pour cette raison tellement vibrante et allusive. « Nous sortons d'un tel délire », a-t-elle ajouté en essayant de se justifier et elle a serré contre elle son aîné grognon dans un élan dont j'avais si souvent rêvé pour moi.

J'avais lu qu'elle jouait au Piccolo de Milan *Doux Oiseau de jeunesse* de Tennessee Williams. Évidemment je n'avais aucune idée de ce qu'était le Piccolo ni de qui était Tennessee Williams. Pourtant j'aurais fait n'importe quoi pour pouvoir assister à la représentation. Et pas seulement pour le plaisir de voir Tullia Del Monte déclamer, rire, pleurer, se désespérer… mais aussi pour l'enchantement d'un titre aussi envoûtant. Ah, le doux oiseau de jeunesse ; il n'était pas nécessaire de comprendre le sens littéral de ces quelques syllabes, ni leur signification métaphorique, il suffisait de se les répéter comme un mantra : ces mots caressants comme une brise de printemps évoquaient les beaux noms aristocratiques des femmes de ma vie : Tullia Del Monte et Sofia Caetani.

« Voici notre star », a dit oncle Gianni en arrivant du fond.

Elle est allée vers lui en disant : « Excuse-moi, quelle honte ! Je suis tellement désolée. J'espère que Pilar et Roberto ont cuisiné casher.

– Tout était parfait, l'a rassurée oncle Gianni sur le ton condescendant qu'il réserve évidemment aux belles femmes. Et puis que veux-tu y faire, ma petite ? Tu n'y es pour rien si nous vivons dans un pays qui se fout de nos fêtes. Si même un théâtre est capable de… »

Entre-temps nous étions de nouveau dans le salon, qui ressemblait de plus en plus à une scène.

« Ma chère, a poursuivi oncle Gianni, je peux te présenter Gabriella, ma nièce ? Je ne me rappelle pas, vous vous êtes peut-être vues à l'enterrement de la pauvre Nora, mais ce soir c'est certainement une occasion plus joyeuse.

– J'ai entendu dire tant de belles choses sur toi ces dernières années, a dit Tullia à ma mère. Même ma belle-mère chantait souvent tes louanges, elle pour qui personne ou presque n'était à son goût. »

J'ai reconnu l'élégance des interviews et j'ai été enthousiasmé. Des expressions comme « chanter les louanges », « être à son goût » étaient tellement affectées et désuètes qu'avec le recul de tant d'années il m'arrive de me demander si les Ibsen, Pirandello et Pinter qu'elle avait dû assimiler dans ses cours de théâtre n'avaient pas raffiné inéluctablement son éloquence. Sans parler de sa familiarité affectueuse avec les monstres sacrés : Moravia, Strehler, Glauco Mauri, pour ne citer qu'eux.

Si j'avais été plus âgé et moins amoureux j'aurais trouvé la force de mettre en doute la sincérité des mots qu'elle adressait à ma mère ; avec un peu plus d'expérience j'en aurais attribué la spontanéité affichée à son talent d'actrice, au narcissisme des vedettes, à l'hypocrisie mondaine. Au lieu de quoi je n'ai pas douté un seul instant de leur authenticité.

Ma mère a été tout aussi aimable, mais d'une façon moins enthousiaste et si l'on peut dire plus circonspecte.

Il me semblait que chaque chose extraordinaire qui arrivait ce jour-là – plus que les cellules spongieuses de mon cerveau ne pouvaient en absorber – conspirait pour me servir la plus inouïe de toutes. Afin que je me retrouve là, devant le type de femmes le plus dissemblables que je puisse imaginer – Amour Sacré et Amour Profane –, engagées dans des civilités réciproques.

Jamais jusque-là je n'avais perçu de façon aussi brûlante combien c'était compliqué, pour moi du moins, de gérer le désir. En un instant je me suis senti observé, convaincu que mon visage congestionné portait les marques des actes inconsciemment incestueux avec lesquels je m'amusais depuis des mois. J'étais horrifié à l'idée que ma mère, en rangeant mes tiroirs, soit tombée sur le gros dossier Tullia-Del-Monte. Je sentais sa réprobation contaminer l'assistance par osmose. Tous savaient maintenant à quelle créature ridicule, avide, abjecte ils avaient offert l'hospitalité. Le salaud de petit singe qu'ils avaient reçu chez eux. Je me sentais nu, les organes génitaux bien exposés, à la merci de la sévérité universelle.

« Tu dois donc être… » et écoutez bien, elle a prononcé mon nom.

Elle savait donc qui j'étais, elle pouvait me situer. Ce qui dénotait une mémoire extraordinaire (actrice de théâtre, après tout) ; ou peut-être, en tant que fils de ma mère (pierre de scandale, brebis galeuse), elle avait entendu mon nom plus d'une fois. J'avais constitué pour elle un sujet fugace de conversation ? N'est-ce pas le rêve secret de l'amoureux ? Se tailler un rôle, même éphémère, dans la mystérieuse vie de l'aimée. Apparemment, pendant les mois où je l'avais élevée au rang de maîtresse de mon intimité, vestale de la salle de bains familiale, elle avait pu prendre conscience de l'existence de ce sujet lointain et dévoué, sans savoir du reste qu'il était ainsi. C'est donc vrai que les plus grands honneurs dont nous pourrons retirer de grandes joies nous sont presque toujours rendus en notre absence dans les circonstances les moins prévisibles.

Ayant temporairement perdu confiance dans la faculté de mon cerveau de donner des ordres élémentaires à mes cordes vocales, j'ai limité ma réponse à un signe de tête, en espérant que l'attention divine de ma muse se porte ailleurs au plus vite.

J'ai été reconnaissant à mon père de me tirer d'embarras en se présentant. La chose ne m'a pas du tout surpris. Je savais qu'il partageait avec Demetrio un faible pour les gens célèbres. Surtout pour les vedettes de cinéma. D'après ses récits, pendant sa vie de bohème juvénile il avait fréquenté des lieux où on trouvait Magnani, De Sica, Gassman… Qui mieux que lui pouvait me sortir de cet embarras ? Il savait sûrement y faire avec certaines personnes.

Aussitôt après avoir décliné son identité il lui a dit ces mots : « Je crois que vous connaissez très bien une de mes plus chères et vieilles amies.

– Vraiment ? » Il m'a semblé sentir dans la voix de la grande actrice un frémissement d'incrédulité.

« Si je ne me trompe, vous avez aussi travaillé ensemble.

– Avec une de vos amies ? Quelle coïncidence. »

Alors mon père a dit le prénom et le nom d'une décoratrice de cinéma connue.

« Valeria ? Vous parlez de Valeria ?

– Oui, nous sommes très amis. Si vous la voyez, saluez-la de ma part.

– Je le ferais volontiers, a-t-elle dit avec une certaine sécheresse, si ce n'était que notre amie "commune" est morte il y a trois ans. »

Avec une réplique digne d'une héroïne de théâtre elle avait remis à sa place le énième fouinard qui l'avait importunée avec une vantardise improbable. Une claque dont j'allais me souvenir longtemps. Pour la deuxième fois au cours de cette soirée, à cause de mon père, j'ai rougi d'embarras comme une jeune fille. Une forme très particulière de honte dont seule ma mère aurait pu saisir la nuance. D'un côté j'étais gêné pour lui, de l'autre je ne parvenais pas à lui pardonner un geste d'une vanité aussi infantile et d'un tel snobisme. En réalité ce n'était pas à lui que j'en voulais mais à moi-même. Je ne justifiais ni ma colère ni ma honte, sans parler de ma pitié et ma tendresse. Comment pouvais-je me permettre de critiquer le comportement de mon père ? Comment osais-je le juger ? Pour qui je me prenais, bon sang ?

5

Un instant plus tôt encore, si j'avais dû choisir, j'aurais préféré la compagnie des adultes. À présent je souhaitais seulement mettre une distance de sécurité entre moi et la nouvelle humiliation infligée à papa et à mon orgueil filial d'une famille dont l'influence délétère avait en quelques heures bouleversé l'ordre naturel des choses.

Je savais que dans n'importe quelles autres circonstances ma mère aurait fait en sorte qu'à cette heure-là nous soyons tous au lit. Mais non ! Nous étions encore sur place.

Je ne pouvais pas m'empêcher de la regarder ; et en la regardant, de l'évaluer ; et en l'évaluant, de la juger. Enfoncée dans le canapé comme un habitué, occupée à feuilleter de vieux albums de photos, elle semblait parfaitement à l'aise au milieu de gens qu'elle avait passé une grande partie de sa vie adulte à éviter, et peut-être à détester en secret.

Je soupçonne (et entre-temps j'ai eu plusieurs décennies pour y réfléchir) que mon impression a péché par strabisme. Bien qu'il me soit encore pénible de l'admettre, la sociopathie que d'ordinaire elle ne faisait rien pour dissimuler n'était que la moitié de l'histoire. Entendons-nous bien, d'une certaine façon, je le savais : ayant vécu à l'ombre de ses réticences et de ses impostures, je l'avais compris depuis longtemps. C'était plutôt de l'agacement que me provoquait la vitalité éblouissante irradiée par l'autre moitié de l'histoire, celle qui m'avait été cachée aussi obstinément.

Telle une exilée qui remet finalement les pieds dans sa patrie, elle manœuvrait dans son ancien monde comme elle n'avait jamais appris à le faire dans le nouveau. Je le comprenais à la façon dont elle tenait sa tasse de café, dont elle clignait de l'œil, comprenait les allusions et renvoyait la balle. Jamais auparavant je ne l'avais vue nager avec une telle aisance dans l'aquarium bariolé de la société. Ce qui signifiait que les véritables étrangers c'étaient nous, papa et moi et les blazers, ces lettres écarlates qu'elle nous avait contraints de porter.

La preuve écrasante était là, en sueur à côté d'elle sur ce maudit canapé de cuir. Apparue après le dîner sans aucune raison, accueillie comme quelqu'un de la famille et maintenant en conversation animée avec ma mère, mais surtout aux prises avec autant de petits gâteaux au miel que ses petites mains pouvaient en mettre dans sa bouche, cette femme était sans l'ombre d'un doute Myriam la va-nu-pieds.

À première vue, on aurait dit que depuis notre dernière rencontre elle n'avait pas encore trouvé le temps de laver ses rares cheveux, mais pour le reste elle paraissait plus détendue et plus forte.

D'après ce que j'ai appris par la suite, Myriam Limentani, énième cousine éloignée de tante Nora, avait hérité une fortune immobilière pharaonique et elle était célèbre pour une ladrerie également pharaonique. Le bruit courait qu'elle s'occupait sans intermédiaire de son patrimoine considérable : au début du mois, défiant la canicule, les glaces arctiques ou les averses furieuses, munie du même parapluie en loques, elle prenait l'autobus et parcourait la ville pour encaisser personnellement les loyers.

Dans d'autres circonstances je n'aurais eu d'yeux que pour cette milliardaire incognito. Mais il se trouve qu'entre elle et maman était assis un type sur l'identité duquel je m'interrogeais depuis le début du dîner.

Comme on le comprendra vite, ne serait-ce que pour l'importance capitale qui est la sienne dans cette histoire, le monsieur mériterait une de ces belles descriptions du XIXe, vives, riches de nuances et de détails. Mais malheureusement ma mémoire a choisi le mauvais moment pour se mettre à faire des caprices – déformée par la malveillance et trop sensible aux détails voyants – et le maximum qu'elle a conservé ce sont les deux pompons qui ornaient ses mocassins en daim. J'ai beau faire des efforts, aucune des nombreuses informations recueillies les années suivantes – identité, histoire, parentèle – n'est capable de le soustraire à son essence de l'homme aux pompons. Non, il n'y a pas moyen de me le rappeler autrement.

C'est aussi grâce à lui, à la manière dont il amusait ma mère, qui jouait le jeu, que je me suis retiré dans les quartiers de nuit de la maison. Tandis que les nounous rassemblaient les « petits » dans la chambre des maîtres de maison en souhaitant une sorte de petit somme collectif, nous les « grands » nous nous sommes installés dans la chambre de Leone.

Comme s'il voulait me provoquer il m'a dit : « Tu sais que ta mère dormait ici ? » Et pour que ce soit bien clair il a ajouté : « J'ai dû adapter ses vieux meubles. »

Même à la liquidation de la fabrique de Willy Wonka je ne me serais pas senti aussi confus et dépassé. Du reste, l'ameublement marin était l'habitat idéal pour conserver le trésor de jouets délaissés et de sucreries entamées. Il n'y avait pas un jouet qui au cours des années ne m'ait pas tourmenté à cause de son prix astronomique ni de friandise interdite par le régime de ma mère qui ne soient là entassés dans un coin ou étalés sur les étagères. D'un seul coup d'œil voluptueux j'ai passé en revue le vaisseau spatial Playmobil et un méga Toblerone, en m'arrêtant sur le flipper skateball sous lequel gisait la carcasse d'une console Atari aux tentacules brutalement coupés.

Bien que je sois désormais trop grand moi aussi pour les jouets d'enfant comme pour les petits poissons de réglisse entassés dans une grosse boule de verre, je ne l'étais pas assez pour résister au cobra de l'envie rétrospective. Après tout, j'avais su éviter jusque-là les forêts pluviales où le sournois reptile a coutume de nicher. Mais soudain il apparaissait devant moi avec ses yeux bilieux, bien décidé à m'injecter le venin mortel.

Tantôt j'accusais mes parents de n'avoir pas su m'offrir des opportunités semblables, tantôt j'étais honteux d'avoir conçu une revendication aussi mesquine; tantôt je me demandais si maman et papa ne m'avaient pas empêché délibérément de fréquenter ceux de mon âge pouvant se permettre des facilités qui m'étaient interdites, tantôt je maudissais mon grand-père pour avoir refusé un héritage qui aurait fait de moi le énième privilégié de cette bande.

Et comme la convoitise ne sert à rien sinon à en produire d'autres non moins insatiables, je ne suis pas arrivé à empêcher mes yeux de se poser sur Chiara, qui tout à coup m'a paru le jouet le plus tentant de la collection. Elle était là, sur le lit de son cousin, indolente, étendue sur le côté comme une odalisque. Nos regards se sont croisés et je me suis demandé si elle avait deviné ma lascivité et en était dégoûtée autant que moi.

Bien qu'à ses débuts, la frustration sexuelle vivait la saison héroïque de la prime adolescence. Il n'était pas d'être de sexe féminin que je ne me sentais pas en droit de déshabiller des yeux et dont je n'aurais pas profité si je n'avais pas craint le châtiment. Mes scrupules n'avaient aucune origine morale, ils étaient inspirés par un mélange de timidité et de lâcheté dont je n'allais jamais me libérer. Le harem virtuel que je préparais pouvait rivaliser avec ceux des émirs et des pop stars, mais peut-être était-il même plus compliqué en matière de perversion. Ce que l'on expédie aujourd'hui non sans indignation médiatique comme « sexisme » était mon état permanent, la pratique de mes désirs nombreux, confus et violents. Et le nier serait une mystification inacceptable.

En résumé, combien de filles j'avais vues sur un lit, alanguies, tentantes, la jupe d'adulte léchant des genoux encore enfantins ? Combien j'en avais abordé ? Combien j'en avais embrassé ? Combien j'en avais tripoté ? Tant de questions et une seule réponse : aucune.

« Je me demande ce qu'oncle Gianni a en tête pour juin », a dit Chiara en se redressant pour pouvoir regarder son cousin en face.

On en avait déjà parlé à table. Au début des vacances d'été, le bienfaiteur offrait à ses petits-neveux un voyage de deux semaines, en ne révélant d'habitude la destination que devant le comptoir d'enregistrement.

« J'espère qu'il ne parle plus d'îles perdues. »

Quand Francesca a dit ces mots je me suis rendu compte que jusque-là elle n'avait pas encore ouvert la bouche. Et que pour cette raison aussi je ne lui avais pas prêté l'attention qu'il fallait.

« Mykonos ? Perdue ? Tu es folle ? a rétorqué Chiara. Un paradis. Je ne me rappelle pas avoir ôté mon maillot de bain.

– Précisément. Un cauchemar.

– Pour toi, qui es pâle et ennuyeuse… Où est-ce que tu aimerais aller, en Sibérie ?

– Qu'est-ce que j'en sais. Dans un pays étrange.

– Genre ?

– Mongolie, Chili, Islande.

– Je ne connais personne qui veuille aller dans des endroits pareils.

– Tu me connais moi, a dit Francesca sur le ton du défi. J'ai lu un roman superbe qui se passe à Santiago. Je te jure, j'y courrais tout de suite.

– Je parlais de quelqu'un de sain d'esprit, a insisté Chiara pour l'accabler.

– Tu ne sais même pas où se trouve Santiago.

– Je le sais, et comment.
– Où ?
– Dans un endroit de ratés où veulent aller les ratées comme toi. En ratéland, voilà où. »

Francesca ne paraissait pas offensée par l'attaque de sa cousine, peut-être parce qu'elle l'avait provoquée elle-même. Et dire que si une fille comme Chiara m'avait traité publiquement de raté (d'accord, c'était depuis le début de la soirée qu'elle ne faisait que ça, mais implicitement) je n'en aurais pas dormi pendant des semaines.

En comparaison avec le plein épanouissement viril atteint par son frère et le charme encore vert de sa cousine, l'aspect de Francesca avait quelque chose d'inachevé, en suspens, pour ainsi dire. Comme s'il était écrit sur son front « Travaux en cours » ; il allait se passer quelque chose, sans aucun doute, bon, mais quoi ? Des cheveux rassemblés dans un chignon comme une punition et un nez délicieux au-dessous, elle était du genre « zéro nénés » mal vu de Demetrio, mais qui ne me déplaisait pas. Il fallait quand même tenir compte de l'épouvantable monture de lunettes à la Cyndi Lauper. On sait que les adolescents sont réactionnaires et comme il faut en matière de goûts esthétiques : à cette époque-là rien ne m'attirait moins que la bizarrerie. De plus, les verres de myope en rapetissant les yeux dont on devinait la couleur pervenche compromettaient leur éclat. Et que dire du tic qui l'obligeait à serrer les paupières avec une certaine insistance ? Eh bien il ne me dérangeait pas ; au contraire, j'avais toujours eu un faible pour les tics.

Elle s'était présentée au Seder en pantalon beige, chemise bleue avec col à la française et épaulettes (comme dans ces années-là), chaussures de bateau à semelle de caoutchouc blanc. Une tenue androgyne, effrontément modeste, comme pour revendiquer une absence de vanité conforme à sa discrétion. Mais maintenant, maintenant qu'elle était décidée à parler, elle se montrait sûre de son affaire plus que ne semblait le promettre son aspect.

« Au Chili, a dit Leone. Santiago est au Chili, en Amérique du Sud. » Il fouillait dans une impressionnante collection de disques qui occupait la moitié d'un mur (ce jouet, oui, il me tordait les boyaux d'envie).

Chiara, qui ne voulait passer ni pour une sotte, ni pour une ignorante, surtout devant son cousin, a dit : « Je sais très bien. Ce que je voulais dire c'est qu'ils ne nous permettront jamais d'aller en Amérique du Sud.

– Et pourquoi ?

– Parce que c'est plein d'Allemands. C'est là-bas qu'ils sont tous allés se cacher.

– Celle-là, tu l'as volée à oncle Gianni, a marmonné Leone.

– Mais non. » Elle a rougi.

« Allons, il voit des Allemands partout », a décrété Leone. Ayant finalement trouvé le disque qu'il cherchait il le sortait de sa pochette. « Quand papa s'est acheté la Mercedes il ne lui a pas adressé la parole pendant des mois.

– Tu vois, Chiara, a dit Francesca sur un ton de jeune institutrice, si tu n'étais pas en cause et si tu étais fille de nazis tu serais nazie toi aussi.

– Tu plaisantes ? a grogné sa cousine indignée. Comment tu oses ? Pourquoi il faut que tu dises toujours des choses aussi bizarres et offensantes ?

— Ne t'énerve pas. Je ne t'ai absolument pas traitée de nazie.

– Mais si.

– Tu laisses toujours les autres t'expliquer ce qui est juste et ce qui est faux. Si tu étais née dans une famille de nazis tu aurais probablement été la plus nazie de tous. »

Il n'y avait ni dérision ni rancœur dans ce que venait de dire Francesca, comme si elle ne se rendait pas compte que son explication rendait l'insulte encore plus grave.

Leone s'est impatienté. « Voyons, Franci, arrête.

– Oui, arrête », a répété Chiara qui avait du mal à suivre les exercices de relativisme de sa cousine. À bien y regarder elle semblait vraiment impatiente de saboter l'entente entre frère et sœur.

C'est alors que je l'ai remarquée. Ce que nous pourrons définir grosso modo comme une « complicité fraternelle ». Je l'ai vue prendre vie dans le regard lancé par Leone que Francesca a attrapé au vol. Il s'agissait en quelque sorte de la communion d'esprits que j'attendais depuis le début, et que personne jusque-là, pas même l'histrionique oncle Gianni Sacerdoti, n'avait été en mesure de m'offrir. À vrai dire, j'en avais eu un avant-goût à l'arrivée de tante Tullia en voyant Leone se jeter sur sa sœur et lui demander si sa mère et elle avaient eu le temps de se rendre dans un endroit pour y voir une certaine grand-tante. En les entendant parler à voix basse de sujets aussi particuliers il m'avait semblé comprendre comment fonctionnait leur relation : la fougue inquisitoriale du frère, les sourires sardoniques et entendus de la sœur faisaient partie du rite privé, à la fois intime et hermétique, le plus efficace pour tenir les fouinards en respect.

Cette fois je n'ai pas laissé m'échapper la charge symbiotique de ce regard d'entente, et je ne l'ai pas sous-évaluée. La voilà la preuve de leur longue familiarité, de leur affection capable d'aplanir les différends et d'adoucir les incompatibilités. Il m'était arrivé plusieurs fois d'envier ceux qui avaient des frères ou des sœurs. Je ne comprenais que maintenant l'aspect émotif, protecteur inné dans une telle association. Quoique très jeunes, on voyait qu'ils avaient passé toute leur vie ensemble et que, pour le dire comme George Eliot, ils venaient à peine de refermer derrière eux les grilles dorées de l'enfance.

Détail touchant, ils n'avaient guère plus en commun. C'était comme si la nature, dans un partage biblique des talents, avait donné à l'aîné la beauté ténébreuse et à la cadette l'indépendance intellectuelle. Lui était trop grand, elle ne l'était pas assez. Cependant on ne pouvait pas dire que Leone était un imbécile, encore moins que Francesca était laide, mais pas non plus que le premier tenait à recevoir le prix Nobel et la seconde à participer à l'élection de Miss Monde. Complémentaires et unis, différents mais liés par une estime réciproque, j'ai pensé qu'ils étaient vraiment bien ensemble et que ma Tullia et oncle Bob avaient fait du bon travail.

« Qu'il nous emmène où il veut, a dit Leone, du moment qu'il ne se sert pas de nous comme prétexte pour ses coucheries.

– Tu es fou ? » s'est indignée Chiara, mais on voyait qu'elle n'était pas choquée et qu'au contraire elle trouvait ça très drôle.

« Ne fais pas ta puritaine. Nous la connaissons l'idée fixe de ce cochon.

– Quelle idée ? De quoi tu parles ?

– De la chatte. Voilà de quoi.

– Mais qu'est-ce que tu dis ? » s'est encore indignée Chiara, cette fois pour de bon.

Et dire que j'avais toujours cru que certaines obscénités étaient l'apanage de groupes masculins, de la camaraderie entre garçons. Je ne me serais jamais senti libre d'employer un langage aussi grossier avec une camarade de classe. Mais à l'évidence, dans ce milieu social c'était permis. Ici il n'y avait rien dont on ne pouvait pas parler. Abolis les tabous, tout le monde disait tout. J'avais déjà essayé de me retenir de rougir quand oncle Gianni s'était mis à baver sur les « chattes de première classe » dont à l'entendre Israël débordait.

En moins de temps qu'il ne faut pour le dire Leone, jouant le rôle de Leporello, insensible à la susceptibilité de sa cousine et de sa sœur et à ma pruderie hypocrite, a commencé à feuilleter le catalogue des conquêtes du vieux professeur Sacerdoti : un gynécée bigarré et sans distinction de classe de magistrates, assistantes, étudiantes de première année, épouses d'amis et même la serveuse au bar du cercle de canotiers.

« Daniela ?

– Le vieux aime bien la chair fraîche.

– Berk, c'est dégoûtant ! »

Bien qu'il m'ait été difficile de partager l'indignation de Chiara, j'avais moi aussi du mal à imaginer cet élégant, tellement décrépit à mes yeux, occupé à forniquer avec des jeunes filles à peine plus âgées que moi. D'ailleurs, ce n'était pas facile de se libérer d'une question sans réponse qui caractérisait mes années d'apprentissage érotique. Tout en sachant que le sexe était surtout une affaire d'adultes, je n'arrivais pas à croire que tous ceux que je connaissais (à commencer par mes parents pour finir par les professeurs) avaient des expériences sexuelles assimilables à celles de la Cicciolina ou de Ron Jeremy.

« Et toi, où irais-tu ? »

J'ai mis plus de temps que prévu pour comprendre que Francesca s'adressait à moi. Alors seulement je me suis rendu compte qu'à l'exception d'oncle Gianni c'était la première fois que quelqu'un dans cette maison m'adressait une phrase exempte de formalisme mondain ou d'intentions de dérision. À sa façon de me regarder bien en face elle avait l'air de s'intéresser réellement à mon opinion. Son tic aux paupières rendait son regard attentif et intéressé.

J'ai hésité. « Moi ?

– Oui, toi », et elle a articulé mon prénom et mon nom avec emphase, me laissant encore plus abasourdi. « Si quelqu'un t'offrait un voyage et te laissait le choix de la destination, où irais-tu ? »

Encouragé par son tic syncopé, et soulagé qu'elle ne me demande pas mon avis sur les étudiantes de première année de droit ou les chattes de première classe j'ai répondu spontanément que j'irais à Memphis.

« Pourquoi Memphis ?

– Avant de mourir, ai-je dit (comme si j'avais quatre-vingts ans) je veux aller en pèlerinage à Graceland.

– Au moins un qui a les idées claires ici, a décrété Francesca.

– Oui, encore une idée de raté, a commenté Chiara.

– La maison d'Elvis ? » a murmuré Leone.

Il venait de mettre sur le tourne-disque un morceau que je ne connaissais pas. D'après les sifflets et les bruits de fond on comprenait que c'était un concert live. Phrasé de piano et voix rauque, c'était tout, l'un et l'autre très blues. Il m'est difficile de parler de cette chanson en retournant à une époque où je ne la connaissais pas encore. À partir de ce soir-là, en effet, je n'allais plus rien écouter d'autre. *From Now On* de Supertramp, un groupe anglais très en vogue mais hors de mon territoire de chasse. J'en suis tombé instantanément amoureux. La voix, le pathos, l'ironie, et naturellement le public qui n'en perdait pas une note tandis qu'un frisson me parcourait.

J'ai aussitôt répondu presque incrédule : « Oui, Elvis. Pourquoi ? Il te plaît à toi aussi ?

– À qui est-ce qu'il ne plaît pas ? »

Je n'étais pas assez naïf et aliéné pour penser que mon père et moi étions les seuls dépositaires du culte presleyien, ou du moins les seuls autorisés à l'être par un solide bagage culturel. Et pourtant j'étais surpris d'avoir trouvé un comparse ici même, où je n'aurais pas osé le chercher.

C'est ainsi que Leone et moi avons commencé à parler de nos disques préférés. À partir de là le cours de la soirée a changé. Il m'a fait écouter une série de morceaux dont la plupart, au fil des mois, allaient élargir mes perspectives en me rendant plus souple et moins sectaire.

Jusqu'à ce que j'apprenne que depuis quelques mois Francesca, aussitôt après s'être installée dans cette grande maison, avait abandonné le piano et commencé à étudier la guitare ; une telle confession m'a autorisé à avouer que j'en jouais aussi. Presque sans m'en apercevoir je me suis retrouvé avec une Yamaha acoustique flambant neuve dans les bras ; le bois était luisant, les mécaniques étincelaient et le pickguard portait encore des traces de cellophane (une intolérable négligence de débutante).

Avec un air déçu étudié j'ai demandé à Francesca : « Depuis combien de temps tu ne l'as pas accordée ?

– D'habitude mon professeur me l'accorde, mais il n'est pas venu cette semaine à cause des fêtes. »

Encouragé par la bonne tenue de l'accordage, je me suis dégourdi les doigts avec deux arpèges (*Angie* et *Dust in the Wind*), puis j'ai attaqué la gamme sur laquelle je m'étais torturé le bout des doigts les dernières semaines.

« Mais tu es un chef ! s'est exclamé Leone.

– C'est fou, a ajouté Francesca. Je devrais peut-être prendre des cours avec toi, pas avec ce vaniteux de David Voghelamn.

– Où est-ce que tu as appris à jouer comme ça ?

– Mon père. » Lui-même, le Cananéen, mon ridicule jumeau en blazer, le vantard démasqué par Tullia Del Monte !

« Donc ton père joue mieux que toi ? »

J'ai menti. « Beaucoup, mais beaucoup mieux.

– Pourquoi tu ne nous joues pas quelque chose ? » a dit Chiara, plus pour ne pas être exclue de la conversation que par intérêt réel. À sa façon de me regarder j'ai mesuré les progrès de ma réputation. Jusque-là j'avais été pour elle une espèce d'objet bizarre, un obstacle sans importance dans le cours indolent de sa vie parfaite et privilégiée. Représentant de cette part considérable d'humanité dont elle préférait ne pas s'occuper, une race inférieure de figurants et de serviteurs. Dès qu'elle s'était aperçue de l'intérêt de ses cousins elle avait commencé d'instinct à me considérer comme son semblable.

Francesca aussi m'a encouragé. « Oui, joue-nous quelque chose.

– Quoi ?

– Ce dont tu as envie. »

Leone a tranché : « Bon, allez, à ce stade : Elvis. »

Vous n'allez pas le croire mais c'était la première fois que je me trouvais dans une telle situation. En fait, mon public se réduisait à papa, très fier de mes progrès mais forcément partial, et Demetrio, dont la passion pour la musique était décidément moins forte que celle du foot et de la chatte. Il m'était arrivé plus d'une fois dans un demi-sommeil d'imaginer que je jouais exclusivement pour Sofia Caetani. Loin de ces rêves d'autocélébration, je n'avais pas pensé que quelqu'un pouvait vraiment s'intéresser à mes grattages. Jouer ne m'avait jamais paru une ressource sociale, un passe-temps à partager, ni même une forme de communication ; au contraire, c'était un autre moyen, le plus romantique, de se passer des autres et de se suffire à soi-même. Nécessité gratuite, sans but, plus ou moins ce que serait un jour l'écriture ; une habitude hédoniste, effrénée et désespérée, comme celle d'un artisan qui consacre une grande partie de son temps à la fabrication d'un jouet inutile destiné à un fils qu'il n'a pas et que probablement il ne désire même pas.

C'est pourquoi j'étais tellement surpris de l'enthousiasme avec lequel mes cousins me suppliaient de jouer. Du reste, me demander une chanson d'Elvis était une invitation inespérée. Trop reconnaissant et inexpérimenté pour reculer et sûr de faire plaisir à Leone j'ai attaqué avec *Young and Beautiful*.

Après mûre réflexion, j'avais fini par considérer les films d'Elvis comme de la camelote pour femmelettes, comme un outrage à la cause du rock and roll. Dans la réalité, chaque fois qu'il en passait un à la télé je faisais tout pour ne pas le manquer ; et comme dans la poitrine de tout rocker se cache un petit cœur enclin à la mièvrerie, j'étais impatient que mon héros caressé par le clair de lune et faisant semblant de jouer de la guitare (autre motif d'irritation) se mette à chantonner une de ses sérénades ; il lui suffisait d'entrouvrir les lèvres, d'émettre une de ses roulades paradisiaques pour que les yeux de la starlette de service s'alanguissent (et aussi un peu les miens, à dire vrai).

Alors c'est comme ça que se sentait Elvis dans cette situation ? Exactement comme je commençais à me sentir depuis que j'avais commencé à chanter : le contraire du raté, n'en déplaise à Chiara Sacerdoti.

Les endorphines libérées par l'idée d'avoir résolu une bonne fois pour toutes les problèmes de ratage se sont révélées un hallucinogène tellement puissant qu'il m'a donné l'illusion que son effet était impérissable. Adieu timidité. Adieu inhibitions. Dorénavant la vie allait être une scène, ce qui signifiait réduire les autres – mais surtout les filles – à de simples témoins de mon triomphe solipsiste. Tandis que le velours de l'entente m'enveloppait dans une étreinte tiède, je ne m'interrogeais même pas sur les dividendes sentimentaux que le succès pouvait me garantir. Au contraire, le plaisir de la prestation était tellement noble et immatériel qu'il se suffisait à lui-même. Une seule pensée aurait pu le gâter : qu'une fois l'enchantement disparu je puisse redevenir l'individu anonyme et sans importance de toujours. Mais pour le moment cette peur semblait abstraite et lointaine. Je ne voulais pas y penser. Le passé ne faisait pas de mal, l'avenir n'était pas menaçant. J'étais plongé jusqu'au cou dans un présent plein et immense. Quel mal y avait-il à profiter jusqu'à la dernière goutte de ce bain d'irréalité ? Une révolution mille fois plus euphorisante que de m'être retrouvé juif du jour au lendemain.

La voilà ma bar mitzvah, cher oncle Gianni. Un public devant lequel me présenter unplugged. Et quel public ! Les enfants de mon obsession sexuelle me regardaient avec une admiration encore impensable un moment plus tôt. Et ils ne se bornaient pas à me regarder, ils m'écoutaient religieusement. Il se trouve que pour une fois être regardé et écouté ne me mettait pas mal à l'aise, au contraire, j'étais galvanisé au point de me sentir beau.

Moi ? Beau ? Allons donc. Mais après tout, pourquoi pas ? Finalement, la maison Sacerdoti se révélait le bon endroit pour remettre en question toutes les certitudes, y compris la vieille notion conventionnelle que j'avais depuis toujours de la beauté.

Prenons Francesca. Pour m'écouter encore mieux elle s'était penchée en avant au point d'être au-dessus de la guitare comme une présence bienveillante. Comme si ça ne suffisait pas elle avait ôté ses lunettes ; ses yeux, libérés des verres, ne s'étaient pas seulement agrandis mais pour ainsi dire illuminés, avec une expressivité profonde et investie : impossible de les défier sans être phagocyté. Son tic semblait marquer le tempo de son admiration et de son étonnement.

Il avait suffi que Francesca libère son nez de la monture grotesque pour que sa beauté discrète prenne le dessus sur celle décorative et inintelligente de sa cousine. Jamais je n'aurais cru que la chaleur, l'intelligence et la curiosité étaient aussi sexy ; et l'indifférence, la stupidité et le cynisme aussi muets.

6

Tôt ou tard il nous arrive à tous de soupçonner que nos parents le font exprès. Que leur but secret – une sorte d'obligation sociale – est de nous pourrir les rares moments importants que la vie nous réserve. Comme si un devoir pédagogique sinistre leur imposait de nous montrer combien le bonheur auquel nous tendons naïvement est trompeur.

J'étais à l'arrière de la voiture, aux prises avec les images tourbillonnantes de la maison des Sacerdoti, capable pour une fois d'écarter doutes et perplexités sur moi-même, heureux de jouer avec l'excellent souvenir de mon triomphe, quand mes deux tyrans ont décidé que je m'étais trop amusé et qu'il était temps de me gâcher la fête.

Déjà pendant la séparation laborieuse d'avec mes parents je m'étais aperçu que durant ma courte absence leur état d'esprit s'était inversé, confirmant de façon burlesque la malédiction qui les empêchait d'être contents au même moment : si l'un était satisfait, l'autre devait forcément souffrir ; si l'une était détendue et souriante, l'autre devait devenir sombre. Comme si dans cet éternel jeu de rôles épuisant dans lequel ils étaient coincés la mauvaise humeur était la balle empoisonnée à refiler à l'adversaire à la première occasion.

Seul un sortilège pouvait expliquer comment après avoir laissé mon père dans un coin aux prises avec les séquelles d'une humiliation cuisante, je l'aie retrouvé en conversation gesticulante mais cordiale avec oncle Gianni. Et pourquoi ma mère, qui quelques minutes plus tôt était à l'aise comme je ne l'avais jamais vue, amusée par les plaisanteries de l'homme aux pompons, se tenait maintenant renfrognée à côté de l'ascenseur, piaffant d'impatience de filer.

Nous venions à peine de monter en voiture qu'en levant les yeux vers le rétroviseur il me lançait un clin d'œil hilare et satisfait. « À ce qu'il paraît, tu as fait impression ! »

Il faisait allusion aux félicitations que Leone et Francesca m'avaient adressées devant le premier adulte disposé à les écouter.

Toute cette chaleur m'avait laissé un peu déboussolé, et peut-être (mais je pourrais me tromper) pas complètement satisfait. M'identifier avec le phénomène, le petit Mozart dont tous parlaient, avait été plus difficile que prévu, comme si mon estomac n'était pas encore capable de digérer le succès. C'est ça qu'éprouvaient les grands comme Elvis ? La satiété ? Le dégoût ? C'est ça qui les brise à la longue ?

Naturellement, ces réflexions n'étaient qu'une pose. La vérité c'est que je ne m'étais jamais fait autant d'illusions.

Et pourtant, fidèle au nouveau personnage de l'artiste accablé par la gloire, j'ai préféré ne pas répondre à l'invitation de mon père à revenir sur le sujet. Je me suis borné à lui sourire et à tourner les yeux vers la ville qui défilait légère et sublime.

« En fin de compte ça ne s'est pas mal passé, a poursuivi mon père. Au début peut-être. Mais ensuite nous nous sommes détendus les uns et les autres. Je me les rappelais plus rigides, mais nous étions alors tous trop jeunes et arrogants…

– Tu peux éteindre ta cigarette, s'il te plaît », a dit ma mère en abaissant la vitre.

Il a obéi en écrasant son mégot dans le cendrier, puis il a repris comme si de rien n'était: « Ça m'a fait plaisir de revoir Gianni et de bavarder avec lui.

– C'est comme ça que tu l'appelles maintenant?

– Comment je devrais l'appeler? Sa Majesté ou professeur Sacerdoti?

– Oncle Gianni c'est bien.

– OK, oncle Gianni.

– C'était nécessaire que tu sois sur son dos? » a-t-elle demandé sans oser le regarder.

Dans les moments qui précédaient la colère sa voix devenait horriblement rauque; dommage que pour reconnaître cet aboiement de Cerbère il ait fallu mon ouïe d'exorciste. Un sens dont mon père était de toute évidence dépourvu. Sans se démonter, il lui a demandé: « De quoi tu parles?

– De quoi tu as parlé toi, plutôt?

– De tout et de rien. Il m'a dit qu'il est tenté par l'idée de lâcher le cabinet et l'université. Il en a par-dessus la tête de la paperasserie et des soutenances de thèse. Il veut voyager, relire Tolstoï, étudier l'hébreu. Je l'ai trouvé particulièrement fixé sur Israël.

– Je t'en prie, pas de faux-fuyants.

– Écoute, je ne suis pas en veine d'interrogatoires... Pas après une soirée pareille.

– Mais tu viens à peine de dire que tout s'était passé à merveille, que c'était le paradis. ...

– Je l'ai dit par gentillesse et pour ne pas être le trouble-fête. Il me semble que toi et ton fils vous vous êtes bien amusés.

– Non, tu l'as dit parce que tu lui as parlé de ton idée. Admets-le, voyons. Ne tournons pas autour du pot. Ton projet entrepreneurial. C'est ça qui t'excite tellement. »

Que ma mère, pour une fois, n'ait pas attendu la faveur de la nuit et l'intimité du lit conjugal pour épuiser ses remontrances était une preuve supplémentaire de sa colère. Qu'elle se permette de souligner une expression typique de son mari – projet entrepreneurial – pour se montrer sarcastique prouvait que cette fois il ne s'en tirerait pas facilement : au minimum, une nuit infernale l'attendait.

En effet, il y avait des mois qu'il ne lui parlait que de son « projet entrepreneurial » qui allait nous remettre à flot une bonne fois pour toutes. Un mantra qui aux yeux de ma mère avait l'air du énième augure irréaliste.

Bien qu'elle ait tout fait pour me le cacher – inutile de revenir sur le régime d'omerta et de désinformation – je n'étais pas assez naïf pour sous-estimer certains événements récents qui, mis bout à bout, donnaient une image démoralisante de notre solvabilité.

Un soir nous avions reçu la visite de l'administrateur de la copropriété. En ayant entendu parler, j'avais évité le désagrément et feint d'aller me réfugier dans ma chambre pour me cacher derrière la porte de la cuisine, à portée de voix. Ainsi j'avais entendu le petit homme modeste, avec son gros béguin pour ma mère, soutenir – en s'embrouillant une fois sur deux – que les autres locataires ne toléraient plus nos retards de paiement réitérés. Et que lui-même ne savait pas sur quel pied danser.

À table, plus tard, mes parents avaient parlé de dettes avec inquiétude ; auxquelles donner la priorité ? Copropriété ? Trésor public ? Traite du frigidaire ? À ce moment-là précisément le téléphone avait sonné et personne n'avait eu envie de répondre. D'ailleurs, ces derniers temps le nombre d'appels reçus avait connu une augmentation exponentielle, de même que la prudence avec laquelle mes parents décrochaient.

Un samedi j'avais demandé à ma mère de l'argent pour le cinéma. Rien d'anormal. La routine. Et en effet elle prend son sac. Et maintenant ? Que se passe-t-il ? Je me trompe ou elle est un peu embarrassée ? C'est là qu'elle fouille dans son porte-monnaie comme un clochard dans une poubelle ; finalement et contrairement à l'habitude elle me tend un billet tout juste suffisant pour payer l'entrée, pas une lire de plus.

Ensuite il y avait eu ce discours étrange de mon père. Il m'accompagnait au lycée et il avait commencé à me raconter l'été au début des années soixante-dix où en raison de son travail il avait dû rester à Rome. Je venais de naître. Et il n'aurait rien demandé de mieux que de nous rejoindre au bord de la mer. Sur le moment je n'avais pas prêté trop d'attention à cette évocation. J'avais une interrogation écrite de grec et je faisais dans ma culotte. Du moins jusqu'à ce qu'il se mette à vanter les vertus de la ville en août : calme, silence, circulation réduite à néant. Un vrai bonheur de connaisseurs. Je n'avais compris qu'à ce moment-là ! Après avoir détesté les silences de ma mère pendant une bonne partie de mon enfance, au seuil de l'adolescence je me retrouvais en fureur devant cette façon qu'avait mon père de se raconter des histoires et de m'en raconter. Ah, éluder la vérité, la dissimuler, ne pas la regarder dans les yeux et la voir telle qu'elle était. Au lieu de me casser les oreilles avec ces conneries, comme il aurait été préférable d'en venir au fait en me disant ce qui se passait : nous étions tellement dans le rouge que nous n'irions pas en vacances.

À l'arrière-plan il y avait le fameux projet : le magasin d'électroménager et hi-fi dont mon père parlait continuellement. Aux États-Unis des entreprises de ce genre prospéraient depuis des décennies. Son *patrimoine de connaissances* – le seul *patrimoine* sur lequel il pouvait compter, ironisait ma mère – lui aurait permis d'acquérir le stock de marchandises à bas coût. Le plus gros était fait. À ce stade il ne manquait plus que de trouver quelqu'un (banque, compagnie financière) qui fasse confiance à un projet déjà en route. Et là c'était de nouveau à mon Jiminy Cricket de mère qu'il revenait de lui rappeler que compte tenu de notre situation débitrice et de l'impossibilité d'offrir des garanties, personne ne lâcherait un sou. Restaient les personnes privées, lesquelles, aux premiers entretiens, avaient donné des réponses dilatoires (à ce propos, je ne me rappelle aucun commentaire sarcastique qui ait échappé à ma mère).

Il n'y avait donc rien d'étonnant à ce que papa ait essayé d'impliquer dans son entreprise un homme riche qui s'ennuyait tel que Gianni.

Il a essayé de se justifier : « Je ne vois pas ce qu'il y a de mal...

– Ah, tu ne vois pas ?

– Franchement, non.

– Tu ne trouves pas inapproprié de te servir de cette occasion de rapprochement avec ma famille depuis presque vingt ans de silence ? Profiter d'une fête qui est tellement importante pour *eux*...

– Me servir ? Profiter ? On peut savoir de quoi tu parles ?

– Demander un prêt à quelqu'un que tu connais à peine, qui par ailleurs nous a tirés du pétrin bon nombre de fois, et envers qui nous avons encore une dette embarrassante, tu ne penses pas que c'est un comportement...

– Qui a parlé d'argent ? C'est lui qui m'a demandé ce que je projetais, comment allaient les affaires, je lui ai seulement exposé mon idée. En le voyant intéressé je lui ai fait comprendre qu'il faut... Mais comme ça, en passant. Je ne lui ai sûrement pas demandé l'aumône. C'était histoire de parler. Et de toute façon, telles que se présentent les choses il n'est même pas dit qu'il y aura un poste pour lui.

– Je pense bien.

– Dieu du ciel, si pour une fois tu gardais pour toi tout ce défaitisme, toute cette saleté de sarcasme, les choses iraient peut-être mieux.

– Si de temps en temps tu fermais ton bec c'est sûr que les choses iraient mieux. Tu te rends compte de combien tu as bu ? Une quantité indécente !

– Pourquoi tu me traites comme ça ? » Plus que déconcerté il paraissait sincèrement peiné. D'ailleurs, je l'étais moi aussi : d'habitude elle veillait à ne pas l'humilier en ma présence. « Ça ne t'a pas suffi que je reste dans un coin toute la soirée comme un pestiféré ? Tu voulais qu'en plus je ne boive pas ?

– On ne peut pas toujours être la vedette de la fête. Et c'est déplacé de dépasser les bornes à un Seder de Pessah. »

Étrange d'entendre ma mère s'exprimer sans précautions ni sous-entendus. Comme si l'effet Sacerdoti ne s'était pas encore dissipé, comme si ce qui là-bas l'avait transformée en une autre personne persistait ailleurs aussi.

Comme j'aurais voulu lui donner tort ! Me ranger résolument de son côté dans la meilleure tradition ! Pourquoi hésiter ? Peut-être parce que cette fois ses raisons à elle m'étaient insupportablement compréhensibles. Le sentiment que ma mère n'osait pas nommer mais qui de toute évidence l'oppressait était l'embarras. C'était la seule explication possible à sa réaction en voyant mon père quémander. Quelle honte ! Pour lui, pour elle, pour nous tous... Dieu, comme je la comprenais. Combien de fois ce soir-là j'avais souhaité qu'il ne soit pas présent : quand je m'étais aperçu que son blazer ressemblait trop au mien, quand il avait cherché maladroitement une complicité avec Tullia Del Monte...

Je me suis retrouvé tout à coup pris dans un cercle vicieux : plus je la comprenais, mieux je saisissais ses raisons et plus je me sentais coupable. Plus je me sentais coupable, plus je la détestais et plus j'avais de peine pour lui. Plus j'avais de peine pour lui, plus j'avais honte et plus je la comprenais. Comment en sortir ?

« Et moi, alors, qu'est-ce que je devrais penser de ce beau petit cadeau ? a demandé mon père sur un ton de défi. Dis-moi un peu : ça t'a paru "approprié" ? » Maintenant c'était lui qui faisait du bruit et elle qui ne comprenait pas l'allusion. Ou faisait semblant de ne pas l'avoir saisie.

Elle a marmonné : « Tu parles à tort et à travers. Je te le répète, tu as trop bu. »

Je l'avais remarqué moi aussi. Et pas seulement ce soir-là. Depuis des mois le verre de vin au repas avait été remplacé par la bouteille entière. Robuste comme il l'était, il semblait bien résister. Mais son ventre avait gonflé ainsi que la confusion dans sa tête. Je ne l'avais jamais vu pompette. Et ce, même si depuis quelque temps, depuis qu'il cultivait ses rêves de gloire et de rédemption, il affichait une ostentation toute nouvelle et nullement rassurante.

Il l'a clouée d'une voix méchante : « Tu fais la sotte maintenant ? Tu sais parfaitement de quoi je parle.

– Je ne vois pas du tout.

– Cesare Limentani. Voilà de quoi je parle. De ton boy-friend, plus maniéré et frétillant que dans mon souvenir. »

Après une courte pause théâtrale il a ajouté : « Seigneur, je n'en croyais pas mes yeux. Le trouver là ! Le voir te tourner autour toute la soirée comme un sale moustique, avec son écœurante sœur. Ils vous ont même mis à côté l'un de l'autre. Les deux petits pigeons.

– Mais tu es fou ? »

Dans la vie de tous les couples en crise arrive un moment où le dernier rempart de prudence risque de se réduire en miettes. Ce n'était certainement pas la première fois que je voyais mes parents attaquer à coups de marteau ce fier bastion du décorum, mais jamais d'une façon aussi belliqueuse et désespérée.

Cesare Limentani. Tel était le nom de l'homme aux pompons ! Le frère de Myriam la va-nu-pieds ? Incroyable. Et pourtant oui. Ce qui est encore plus incroyable c'est que dans des temps lointains il ait été le boy-friend de ma mère. Allez savoir pourquoi j'ai repensé à l'après-midi où je l'avais vue se jeter sur une coupe de glace. Je me suis rappelé combien la scène m'avait offensé jusqu'à me dégoûter. Et il m'a semblé qu'il n'y avait rien d'autre à ajouter sur l'expérience que nous venions de partager.

Entre-temps nous étions entrés dans l'avenue qui menait à notre quartier. D'habitude, à ce point du trajet je me sentais rassuré. Pas cette fois. Le mot boy-friend, incongru, inconvenant, avait empoisonné l'air.

« Je t'ai prié d'arrêter ! » Le ton était indigné mais aussi un peu suppliant.

« Ne me dis pas que ça ne t'a pas agacée toi aussi. Ah, non, probablement pas, à voir comment tu roucoulais…

– Ou tu arrêtes ou…

– Ou quoi ? Tu peux dire ce que tu voudras… Me faire taire, m'humilier, et je ne… »

Même pas dans les nuits les plus orageuses de mon enfance je n'avais entendu les revendications de mon père dégénérer dans une telle fête d'auto-commisération.

Elle lui a encore dit : « Je t'en prie, ça suffit…

– Et à ton boy-friend tu as dit qu'il devait se faire une raison ? Que maintenant tu as une famille ? Qu'il a raté le train il y a vingt ans ? Que le réchauffé n'est pas bon ? Que pas même cette fois ses milliards ne vont lui servir ? Que tu as un fils, un mari, une maison ? Qu'après avoir été plaqué à quelques mètres de l'autel il est temps pour lui de refaire sa vie ? »

Elle l'a imploré : « Bon sang, arrête !!! » alors qu'il était à deux doigts d'écraser le chat de la voisine.

BREAKFAST IN AMERICA

1

Tout ce que nous aimions et désirions, tout ce que nous avions appris à aimer et désiré, parlait l'anglais des Américains.

Et pourtant, depuis que quelques heures plus tôt j'avais atterri à JFK, après de longues files d'attente sinueuses à l'Immigration, pour récupérer les bagages et à la station de taxis, je me tourmentais à l'idée que toutes ces expectatives – contrecarrées par la fatigue, l'hypocondrie, la peur de l'échec – ne s'effritent sous mes pieds.

Je passais maintenant en revue les événements qui en ce début d'été m'avaient conduit où je n'aurais jamais osé l'espérer ; tantôt les angoisses du printemps à peine terminé s'emparaient de moi, tantôt je rêvais aux aventures qui m'attendaient. Finalement, en regardant mes compagnons de voyage avec incrédulité (comment je me retrouvais là ?), en mesurant en imagination les océans et les terres qui me séparaient de tout ce qui depuis toujours me tenait en échec, je comprenais que je n'aurais pas voulu être ailleurs que là, dans ce taxi, à la merci de ce gnome enturbanné qui filait vers Manhattan un mardi congestionné de juin.

L'altercation furieuse qui deux mois plus tôt avait clôturé le Seder de Pessah semblait avoir laissé plus de traces chez moi que chez les duellistes. Pendant des semaines, tourmenté par le souvenir de la performance de mes parents (les insinuations de mon père, la colère de ma mère) j'avais fait des rêves vagues où je poursuivais ou étais poursuivi.

D'après le silence de la chambre voisine, mes persécuteurs, eux, dormaient comme des anges. Pas de discussions, pas de litiges, seuls quelques marmonnements de temps à autre ; d'ailleurs, que leur restait-il à se dire ?

Jusqu'à ce qu'arrive une nouvelle tuile : pour satisfaire un client et dépasser le seuil de ventes qui allait lui assurer un bonus, mon père avait joué sur les prix à la baisse, si l'on peut dire. Zanardi avait été tellement furieux qu'il avait d'abord bloqué l'affaire, pour ensuite, par mesure de rétorsion, remettre à plus tard le paiement des factures.

À ce stade, dissimuler le gouffre financier et les risques moraux et matériels auxquels nous étions exposés était devenu réellement compliqué, même pour ces deux génies du transformisme et de la dissimulation.

Pour mon anniversaire j'avais commandé une paire de Timberland. En ouvrant le paquet, j'avais dû mobiliser tout mon orgueil stoïque pour ne pas jeter ces horreurs à la figure de qui avait osé me les offrir. Ils croyaient vraiment qu'une imitation maladroite allait satisfaire l'exigence de mon snobisme d'adolescent ? La seule idée de me présenter en classe avec ces horreurs aux pieds me faisait frémir de honte. Plutôt pieds nus que ridicule !

Sur tout pesait le spectre des Sacerdoti. L'interdiction de les nommer, jamais explicitée d'ailleurs, les avait transformés en un rêve : l'ascension vers les beaux quartiers, la maison fastueuse, les rituels mondains et religieux, tout était devenu irréel.

Bien que papa l'ait attendue avec anxiété, il n'avait pas reçu la réponse d'oncle Gianni. De son côté, maman semblait décidée à manquer à la parole donnée à Bob de ne pas disparaître « une nouvelle fois pendant vingt ans ». Quant à moi, plus je m'efforçais de ne pas y penser, plus j'y pensais.

Nous aimons croire que le désir a les idées claires et des fins préétablies. Que par nature il est capable de délimiter son propre rayon d'action avec une précision géométrique. C'est peut-être vrai à partir d'un certain âge. Mais durant l'adolescence le désir est d'autant plus brûlant qu'il est vague et œcuménique.

Les envies provoquées par la soirée chez les Sacerdoti étaient si nombreuses et indéfinies qu'elles rendaient vaine ma soif de les satisfaire en les séparant l'une de l'autre. Pour traduire ce que j'éprouvais dans le langage rudimentaire d'alors (une façon comme une autre de cacher que les moyens d'expression dont je dispose aujourd'hui ne sont guère plus sophistiqués) je dirais que j'avais eu un coup de cœur. Oui, mais pour qui ? Ou plutôt, pour quoi ?

Je n'en avais aucune idée. D'ailleurs, c'est comme ça que les coups de cœur fonctionnent : ils vous tombent dessus à l'improviste et incognito. Rarement, et peut-être seulement dans les films sentimentaux, ils s'incarnent dans un individu de l'un ou l'autre sexe, qui correspond à un idéal. D'habitude ils prennent forme dans un espace vide, oui, un espace vide qui ne demande qu'à être rempli. Est-ce pour cette raison que les puissants et les pop-stars, pleins d'eux-mêmes à en exploser, ont du mal à tomber amoureux ? Et que ce n'est que trop facile pour les adolescents et les ratés ?

Comme on le voit, tout conspirait pour que ce petit cœur inexpérimenté cède au charme des Sacerdoti. Le hic c'était que personne ne m'avait jamais appris à employer un sentiment à la fois arrogant et indicible. Comment le manier ? Où le mettre ?

Mes sens, jamais encore aussi en alerte, ni aussi téméraires et ouverts au changement, étaient encore incapables de me suggérer des actions concrètes. Par exemple, j'aurais pu téléphoner à oncle Gianni, ou que sais-je, aller le voir, comme il m'avait demandé de le faire ; mais je n'y parvenais pas. Si les matinées en classe étaient un supplice, les longs après-midi à la maison languissaient dans un demi-sommeil inactif. Mon imagination était l'otage d'un tas d'impressions ; j'essayais de les caresser l'une après l'autre, comme on le fait avec une bande de chiots, mais elles, en braves petites bêtes intolérantes, se démenaient et évitaient mes caresses.

J'avais cassé ma tirelire pour me procurer tous les disques de Supertramp. Quoique ces hippies britanniques clownesques aient représenté une dérogation à mes idéaux esthétiques, le mix de sonorités blues, la boursouflure de la progressive house, les chœurs soul étaient ce qu'il y avait de mieux pour épuiser cet état de transe.

Jour après jour, chanson après chanson, les Sacerdoti réels laissaient place aux mannequins de l'imagination. Difficile d'établir lesquels exerçaient la plus grande attraction.

Telle était la teneur de mon coup de cœur. S'il avait concerné une personne physique et non une communauté, un milieu, un mode de vie chargé de promesses et de possibilités, les choses auraient été plus simples. Mais hélas, là-dessus non plus je n'avais aucun contrôle. D'ailleurs, quand bien même il paraît au comble de sa splendeur, aucun désir ne se suffit à lui-même. Pour éclore, vivre, prospérer, il a besoin d'aliments organiques. Sans engrais et sans réserves hydriques adéquates il se flétrit.

À la longue, le silence de mes parents, la distance sidérale – géographique, sociale, morale – avaient transformé le Seder de Pessah en une hallucination tellement invraisemblable que je doutais qu'il ait jamais eu lieu. Désormais, même quand j'étais en proie à mes cauchemars, je ne parvenais plus à comprendre qui poursuivait qui et pour obtenir quoi.

Au même moment la pression scolaire réclamait toute mon attention. Cette fois il fallait que je l'obtienne à la sueur de mon front mon passage en classe supérieure. D'une part j'étais mauvais en grec et en maths, de l'autre il n'y avait pas de matières dans lesquelles je me sois distingué ; aucun professeur, même disposé à me faire passer, n'aurait pris mon parti. Il était également vrai que compte tenu de l'ignorance généralisée de mes camarades, ceux qui étaient capables de me dépasser n'étaient pas nombreux. En retenant mon souffle je pensais : s'ils me font redoubler, qu'est-ce qu'ils vont faire aux autres ?

Pour une fois mes calculs spéculatifs s'étaient révélés clairvoyants. Avec quel soulagement j'ai vu le mot ADMIS à côté de mon nom sur les tableaux affichés dans la cour. Admis ? À quoi ? Au royaume des cieux, à quoi d'autre sinon ? Avec quelle impudence je m'étais préparé aux louanges et aux festivités que j'étais convaincu de mériter. Étant donné que ces dernières semaines j'avais été l'objet, surtout de la part de ma mère, d'aiguillons menaçants, il me semblait qu'il était temps que je sois récompensé. Je voulais qu'à la maison ils m'accueillent en héros, avec caviar et champagne.

Je me serais attendu à tout sauf à ce que ce soir-là, pendant le dîner à base de Sofficini et de salade, ma mère me demande avec une curieuse note d'embarras dans la voix si j'avais envie de faire un long voyage.

« Mais papa a dit que nous ne partions pas.

– En effet, papa et moi nous ne partirons pas. »

C'était plus ou moins ainsi que dans mes nuits d'enfant j'avais imaginé la scène où mes parents m'annonçaient de but en blanc qu'ils avaient décidé de se débarrasser de moi : pension ou légion étrangère ? À toi de choisir, petit.

Je n'étais pas surpris que ce soit ma mère qui se soit chargée d'une annonce aussi désagréable. Jamais nos rapports n'avaient été aussi tendus. Jamais sa seule vue n'avait pu m'inspirer autant de méfiance. Je n'avais oublié ni les minauderies en lesquelles elle s'était confondue au Seder des Sacerdoti, ni les mots avec lesquels, en voiture, mon père l'avait clouée à ses responsabilités. La part d'elle qu'elle m'avait montrée, et celle encore plus déprimante émergée des insinuations de son mari, n'avaient rien de vertueux. Au contraire, puisque je viens tout juste de parler de désir, qu'il me soit permis de dire que si mes désirs me laissaient troublé, ceux de ma mère m'indignaient. Je les considérais comme un acte de désertion intolérable, une trahison envers la bonne conduite à laquelle elle s'était toujours tenue avec une application et une rigueur calvinistes. La voir rougir de joie et de honte dans la même soirée m'avait blessé d'une manière que pour le moment je n'étais pas disposé à pardonner.

Terrifié comme si ma mère venait de m'enjoindre de passer mon permis, trouver du travail, fonder une famille, n'importe quoi pour qu'elle ne m'ait plus dans les jambes ! j'ai demandé : « Je dois partir seul ?

– Pas vraiment seul », a corrigé mon père.

Je l'ai regardé. Il était plus mécontent que d'habitude. On voyait que cette idée ne venait pas de lui, et qu'en tout cas elle ne lui plaisait pas. C'est pourquoi j'ai imaginé quelque chose de punitif et pédagogique tel qu'un cours d'écologie dans une colonie de vacances perdue dans la campagne ombrienne avec une bande d'autres ratés. Autrement dit l'initiative classique, casse-pieds et un peu freak de ma mère.

« Et avec qui, alors ?

– Oncle Gianni. Et tes cousins », a-t-elle annoncé.

Il m'a suffi d'entendre ces mots magiques pour que quelque chose de très agréable et d'extrêmement perturbant se remette en marche. Quelque chose que je croyais avoir enseveli pour toujours, mais qui, silencieux et en hibernation, avait continué de vivre dans un lieu auquel je n'avais pas accès moi-même. J'ai senti soudain renaître le désir, et avec lui les peurs qu'il inspire aux adolescents. En réalité il n'était jamais parti : resté à sa place dans un coin en attendant d'être réveillé par la promesse d'une nouvelle expérience, il a ressurgi, refleuri alors que je l'avais cru mort.

Si j'avais bien compris, ma mère venait de me demander ce que je pensais d'un voyage avec oncle Gianni et mes cousins. Elle ne m'avait pas encore dit pourquoi, où, quand et pour combien de temps, mais je m'étais déjà accroché à cette idée.

J'ai tout fait pour me montrer indifférent, presque ennuyé.

J'ai demandé distraitement : « Oui, mais où ?

– New York.

– New York ? »

C'était là qu'oncle Gianni avait décidé d'emmener ses neveux. Naturellement j'ai fait semblant de tomber des nues, d'ignorer le genre de voyage auquel ma mère faisait allusion alors qu'il avait occupé mes pensées un certain temps, entretenu par le mécontentement de ne pas pouvoir y participer et l'envie envers ceux qui allaient l'entreprendre.

Au dernier moment, a expliqué ma mère, il y avait eu la défection de Chiara, clouée au lit par la mononucléose. Elle avait déjà son billet d'avion. D'où l'idée d'oncle Gianni de me le transférer.

« Tu as vu comment il est, non ? » a-t-elle ajouté étrangement embarrassée : quand ce vieux bouc se mettait quelque chose dans la tête c'était difficile de le faire revenir sur sa décision.

Ensuite elle m'a expliqué qu'elle lui avait demandé de patienter au moins jusqu'à l'affichage des résultats. Elle avait ajouté qu'elle devait en parler avec son mari. En revanche elle lui avait promis qu'entre-temps elle s'occuperait des démarches pour le passeport et le visa.

À ce stade tout était prêt. Le départ était prévu pour la semaine suivante. Elle était convaincue que ce voyage pouvait être une belle opportunité, et elle ne comprenait pas la perplexité de mon père. En tout cas, ils avaient finalement convenu que le choix me revenait.

Le souffle presque coupé, complètement indifférent au contenu de mon assiette, j'ai regardé mon père. Que lui arrivait-il ? D'habitude, surtout dans le domaine des divertissements, c'était lui le conseiller le plus fiable. Je n'osais pas lui demander pourquoi il s'opposait à cette idée, de peur qu'un argument irréfutable puisse me pousser à renoncer à un rêve auquel il était impossible de renoncer.

« Ce n'est pas vrai que je ne suis pas d'accord, a-t-il dit alors que chaque trait de son visage laissait deviner le contraire. Je trouve tout très violent. C'est tout. »

Elle s'est raidie. « Violent ? », et j'ai compris alors que désormais il n'existait pas de sujet qui ne leur offre un prétexte pour me montrer combien ils se détestaient.

Il s'est repris. « Si *violent* ne te plaît pas, disons *arrogant*. Balancer une chose pareille comme récompense. À ton avis, c'est une façon de se comporter ? Tu ne trouves pas ça déplacé ? D'abord il disparaît pendant des mois, puis il se manifeste comme si de rien n'était avec un cadeau tellement coûteux que nous ne pourrons jamais lui rendre la pareille. Nous ne sommes pas encore misérables au point d'accepter la charité de quiconque. Et à propos, nous sommes vraiment certains que ça ne nous coûtera rien ?

– Eh bien, pour ce qui est du voyage, des repas, du logement, tout devrait être à la charge de…

– Oui, mais le reste ?

– Par exemple ?

– L'assurance. Nous ne pouvons pas l'envoyer à l'autre bout du monde sans l'assurer », a affirmé mon père comme si soudain je n'étais plus son fils mais un chef-d'œuvre inestimable de la Renaissance.

Leur art de la dispute avait atteint une telle perversion dialectique que pour se donner mutuellement tort ils rejetaient ce en quoi ils avaient toujours cru. Et c'est ainsi que dans cette dispute mon père utilisait des arguments qu'il aurait combattus dans d'autres circonstances, ne serait-ce que parce qu'en général c'était elle qui les brandissait, mais comme cette fois elle prenait le parti du bonheur et de l'aventure, il ne lui restait plus qu'à se faire le porte-drapeau de la prudence, de l'orgueil et de la parcimonie.

Avec quelle douleur je me suis demandé s'il ne subordonnait pas les raisons de mon bonheur aux siennes. Ma vie à sa faim de vengeance. Comment expliquer autrement la mesquinerie insidieuse de ses objections ? Quelle signification donner à un ton de voix aussi irrité ? Il en voulait probablement aux Sacerdoti. La blessure causée par le rejet encaissé vingt ans plus tôt, rouverte par le Seder de Pessah, envenimée à la pensée de l'humiliation infligée par Tullia Del Monte, avait recommencé à saigner abondamment. Ou peut-être la difficulté était-elle oncle Gianni lui-même. Cet hypocrite qui après avoir promis un soutien financier s'était évanoui sans donner d'explications. D'ailleurs, d'une certaine façon, j'aurais dû le comprendre : comment ne pas éprouver d'hostilité pour l'homme qui va offrir à votre marmot le voyage que vous avez été le premier à lui promettre ? Comment résister à la tentation d'envier soit le bienfaiteur soit son bénéficiaire ?

Ces questions se sont présentées à la surface de ma conscience de façon tellement fulgurante et violente qu'il m'a été impossible de faire comme si elles ne s'étaient jamais posées.

Alors pourquoi était-ce moi qui me sentais coupable ?

Peut-être parce que, vu les circonstances, c'était le seul choix émotionnel disponible, ou à tout le moins le plus à portée de main. Incapable de faire descendre mon père de son piédestal je sentais qu'il valait mieux que j'endosse toutes les responsabilités et que seule l'auto-flagellation pouvait sinon guérir du moins adoucir mon malaise. Mais attention à ne pas sous-estimer la puissance osmotique et explosive du sentiment de culpabilité. À le faire, on court le risque d'ouvrir de nouveaux territoires d'affrontement intérieur.

J'ai imaginé mes parents livrés à eux-mêmes, à la merci l'un de l'autre, dans cet appartement chaud et oppressant pendant que je me payais du bon temps de l'autre côté de l'océan avec les personnes les plus étranges et fascinantes que j'aie jamais connues, la famille excentrique dont je m'étais sacrément entiché. J'ai compris que je n'étais pas en état de le supporter.

Non, je n'irais pas à New York. Pas maintenant. Pas avec oncle Gianni et mes cousins. Je me suis dit que ça n'avait pas d'importance. Tout plutôt que ce que je ressentais maintenant. Je voulais seulement lever les yeux et regarder mes parents en face sans me sentir comme un petit salaud égoïste et traître. J'aurais voulu que Chiara ne soit jamais tombée malade, qu'oncle Gianni n'ait pas pensé à moi pour la remplacer, que mes parents n'aient jamais reçu cette proposition ou qu'au moins ils n'aient jamais eu l'idée de me la transmettre. Je rêvais que tout redevienne comme quelques instants plus tôt : eux, moi, les Sofficini, ma belle et indiscutable réussite, l'été pour travailler la guitare.

En s'adressant encore à ma mère, mon père a concédé : « D'ailleurs, je suis d'accord avec toi. Ça n'est pas à nous d'en décider. »

Et à qui, alors ? À moi, peut-être ? S'ils m'avaient mieux connu ils auraient su que décider n'était pas mon fort (et ne le serait jamais). Heureusement, j'avais déjà *décidé*. J'allais rester à Rome tout l'été. Voilà ce que j'allais faire. En me le répétant, je pouvais déjà goûter les fruits rances de ce déni, la fierté putride que seuls connaissent les stoïques. Et même si je savais que se priver d'un plaisir aussi nécessaire, d'une opportunité tellement hors du commun, unique, était un geste d'une stupidité incomparable, rien ni personne n'aurait pu me faire changer d'avis.

Sinon peut-être mes lèvres, qui au mépris de la volonté du reste de mon corps, indifférentes aux signaux de mon cerveau et aux raisons de mon cœur, ont prononcé un renoncement, irréaliste et hypocrite. « Pourquoi vous ne venez pas vous aussi ? »

2

Ensuite ç'a été une succession de premières fois.

La première fois que je me préparais à un voyage sans mes parents. La première fois que je voyais tant de produits inutiles étinceler sur les rayonnages d'une boutique duty free. La première fois que quelqu'un contrôlait mon passeport. La première fois que je mangeais, écoutais mon walkman, m'assoupissais dans un avion, le nez tourné vers l'aventure. La première fois que j'atterrissais dans un autre pays, en plus, sur un autre continent ; le bon, de surcroît. La première fois que la plupart des gens autour de moi parlaient une langue étrangère, une langue que je bredouillais à peine et qui m'inspirait l'idée que seuls ses adorateurs et les superstitieux la connaissaient. Bref, toutes les premières fois qu'il m'avait fallu pour arriver pour la première fois à New York.

J'aurais probablement profité plus à l'aise de ces nouveautés si elles n'avaient pas été partagées avec celui qui les avait rendues possibles : oncle Gianni et son maudit syndrome du philanthrope. Je n'ai pas l'intention par là de mettre en doute son altruisme authentique (dont il allait bientôt donner des preuves louables et bien plus substantielles). Je dis seulement que chez lui le plaisir de faire le bien n'était jamais dissocié de celui de se réjouir de son effet sur l'heureux bénéficiaire.

Durant le vol, tandis que mes cousins plus dégourdis s'occupaient de leurs affaires derrière, moi, à part deux visites aux toilettes, je devais affronter le calvaire d'une rafale de questions de mon amphitryon : comment je me sentais ? J'étais content ? Ému ? Sans parler de ses idées fixes provenant de son sens pratique : il m'a d'abord reproché de ne pas avoir emporté un pull de laine, ensuite il a blâmé le choix insensé de chaussures sans lacets : personne ne m'avait expliqué qu'en cabine il fait un froid de canard et qu'en haute altitude les pieds gonflent ?

« Tu dois faire confiance à ton vieil oncle qui a voyagé dans le monde entier et en sait plus qu'il ne pourrait te raconter. »

Et en effet les histoires ne lui manquaient pas. Il m'a dit que le motif de notre voyage était d'honorer la mémoire de Carlo Sacerdoti. Je n'ai même pas essayé d'établir le degré de parenté qui me liait à ce nouveau spectre, en revanche j'ai très bien compris pourquoi il était commémoré. Un peu plus de quarante ans s'étaient écoulés depuis que Carlo, à moins de vingt ans, avait filé de justesse aux États-Unis deux semaines avant que les Allemands ne fassent irruption dans la maison de la via dei Coronari où il avait grandi pour emmener pour toujours ses parents, sa sœur et sa nounou et, pendant qu'ils y étaient, même le vieux schnauzer. D'ailleurs, il s'en était écoulé moins de trente depuis l'après-midi où Carlo s'était tiré une balle de revolver dans la bouche. Et il l'avait fait quand désormais les choses avaient commencé à lui réussir, quand son empire de nettoyage à sec s'étendait bien au-delà des limites de l'État. Alors que sa femme à l'hôpital accouchait de son quatrième enfant, Carlo n'avait pas tenu le coup, quelque chose en lui s'était brisé et il n'avait pas trouvé mieux que tout casser, en finir. Le tout, pour être bien clair, le jour anniversaire de la rafle des parents, de la petite sœur, de la nounou et du chien.

Oncle Gianni m'a expliqué que l'orphelin venu au monde ce douloureux jour d'octobre s'appelait Angelo ; tout le monde l'appelait Little Angie. L'été précédent il avait fêté son diplôme de psychologie en Italie et profité à cette occasion de l'hospitalité de Bob. Impatient de rendre l'invitation, il avait insisté pour que nous passions tous notre séjour new-yorkais chez lui, au moins nous, les enfants. Oncle Gianni aurait préféré nous emmener avec lui à l'hôtel. Il doutait que ce voyou dispose d'un logement capable d'accueillir trois adolescents difficiles et comme il faut. Pendant des années Little Angie avait fait souffrir sa mère avec l'idée saugrenue d'entreprendre une carrière de musicien. Il avait même enregistré un disque avec son groupe. Maintenant, à presque trente ans, devenu raisonnable, il voulait tirer le meilleur parti de son diplôme de psychologie.

« Tu sais, dans une ville de *gnevrim*[1], un réducteur de têtes ne mourra jamais de faim », a-t-il conclu en ricanant.

J'ai demandé spontanément : « Mais comment ? Il ne joue plus ?

– Grâce au ciel il a rangé sa guitare ! Maintenant il s'est mis dans la tête de lancer une méthode qui conjugue Freud,

1. Juifs en judéo-romain.

Bouddha et la Kabbale. C'est un brave garçon, comprenons-nous bien, mais fou. »

Dix jours à New York chez un cousin américain qui a enregistré un disque ! Tel est le doux mantra incrédule avec lequel j'ai joué au moins jusqu'à ce que le taxi, en ré-émergeant du Holland Tunnel bondé, nous catapulte dans l'habitat métropolitain qui avait colonisé chaque anfractuosité de mon imagination en effervescence. Et j'avais beau avoir du mal à le croire, tout était là, où il devait être, tel que je l'avais rêvé.

Je ne peux qu'imaginer l'émotion de certains explorateurs qui après d'épouvantables péripéties atteignent les terres éloignées sur lesquelles ils ont longuement fantasmé. Une grande partie de l'enchantement provient – j'imagine encore – de la découverte de nouveautés sensationnelles et imprévisibles : qu'elles soient ethnologiques, zoologiques ou végétales.

Eh bien ce n'est pas ce que j'ai éprouvé en débouchant au cœur de Manhattan : d'une certaine manière, le célèbre réseau de Streets et d'Avenues m'appartenait davantage que les calli vénitiennes parcourues pendant le dernier voyage scolaire. Il n'y avait pas de bâtiment en grès ou d'escalier d'incendie qui ne me parle une langue à la fois familière et littéraire. Ni station de Subway, magasin d'électroménager, terrain de basket en ciment qui ne me plaise. Et pourtant, alors que tout était à sa place, là où mon imagination l'avait situé, quelque chose n'allait pas : quelque chose qui avait à faire avec la capacité des yeux à mettre l'image au point, du cerveau à redessiner, du cœur à profiter à fond de l'aubaine.

Je n'ai pas eu le temps d'y penser que d'un bâtiment néogothique j'ai vu s'échapper une nuée de collégiennes ; elles voltigeaient d'un bout à l'autre de la cour d'en face, bavardaient, riaient, fumaient, s'enlevaient mutuellement leur serre-tête et se poursuivaient, les joues rouges, en riant, pleines d'une énergie contagieuse. Elles étaient en gilet, kilt et mocassins comme les filles de *The Facts of Life*; quoi de mieux pour exalter le blond doré de leurs cheveux, la fermeté éclatante de leurs mollets et ma soif de stéréotypes niais.

Alors c'était vrai. Ce n'était pas un rêve. Même si mes yeux étaient incapables de la saisir, mon cerveau de lui donner forme, mon cœur d'y prendre plaisir, je me trouvais dans La Mecque vers laquelle j'avais appris à adresser mes prières ; le cher vieux nombril du monde célébré par une centaine de films. Me le répéter ne faisait qu'augmenter mon trouble ; lequel me poussait à me le répéter.

La seule chose que je n'avais pas prise en compte était le miasme épicé et répugnant qui semblait imprégner chaque molécule d'air de cette extrémité de New York qui à cette époque restait encore à améliorer : une puanteur recuite de bacon, curry et ordures qui semblait provenir des viscères de la Terre sinon carrément du trou du cul du diable. Et pourtant, Dieu sait comment, cette odeur infecte réussissait à m'enivrer. Pensez qu'elle le fait encore dans mon souvenir.

D'ailleurs je ne sais même pas s'il y a un sens à ce que je sois là à me pâmer sur les premières impressions que Manhattan est capable de produire chez le jeune Européen qui, gâté par des paysages urbains étendus, se trouve confronté à tant de magnificence hardie. De bien plus grands écrivains que moi se sont risqués dans ce genre littéraire avec des résultats tellement charmants et émouvants qu'au lieu de m'attarder je pourrais m'en tirer avec une note en bas de page. Mais laissez-moi ajouter une chose. Le sentiment qui m'avait emporté était plus intime que l'étonnement et relevait davantage de l'admiration. Ce qui m'émouvait c'était un accès de patriotisme. Appelons-le même patriotisme générationnel. Un chauvinisme qui n'était pas inspiré par une terre délimitée par des frontières mais par une esthétique commune, des goûts partagés, des rêves comparables. Musique, plats, vêtements. Le lieu lointain d'où je venais était plein d'adolescents qui devant un tel étalage de majesté impériale auraient éprouvé la même sensation de plénitude, à la fois extatique et effarée. C'était comme revenir chez moi, mais un chez moi où je ne suis jamais allé et dont précisément pour cette raison j'ai longuement rêvé.

Du reste, parcourir en voiture la forêt étincelante de Manhattan vous exposait à une expérience païenne qui ne manquait pas d'ironie. Si les cathédrales gothiques avaient été conçues en leur temps pour intimider les fidèles en pèlerinage en leur suggérant l'idée que la transcendance en tant que telle est inatteignable, les édifices de Manhattan affectés de gigantisme étaient la tentative la plus audacieuse et la plus réussie des êtres humains pour rejoindre Dieu et, s'ils le désiraient vraiment, d'y aller dîner ensemble.

Alors seulement, secoué par une foule d'émotions, j'ai saisi dans toute sa gravité la douleur que j'avais infligée à mon père : après tout, c'était lui qui avait fait de moi un patriote en m'instillant cette étrange forme de nationalisme supranational.

Comme par hasard, j'ai pensé à papa à l'instant même où oncle Gianni, à force de digressions, vantardises et commentaires déplacés, faisait tout pour nous gâcher la fête. Il ne parvenait pas à la fermer. Il comprenait certainement notre émotion de néophytes, et pourtant il voulait nous faire comprendre qu'il n'était pas en mesure de la partager. En revanche, en bon habitué, il était impatient de nous indiquer l'endroit éloigné où il avait passé des soirées inoubliables ou une certaine gargote célèbre pour ses donuts fourrés. C'était un curieux comportement, vraiment puéril. À quoi bon nous offrir un voyage aussi merveilleux si ensuite il n'était pas disposé à nous laisser la possibilité d'en profiter au mieux. Ça oui, c'était un mystère ! Comme si, poussé par je ne sais quel élan pervers, il enviait, peut-être parce qu'elle lui était désormais inaccessible, l'innocence de notre regard. Ou comme si, animé par un esprit de compétition enfantine, il tenait à montrer que le plaisir que nous savourions n'était rien à côté de celui qui, dans des circonstances analogues, immédiatement après la guerre, avait comblé son petit cœur de jeune voyageur. Il était retourné à New York une douzaine de fois depuis, et à deux reprises il y avait séjourné assez longtemps. D'ailleurs, il avait préféré autant que possible s'y rendre en bateau.

Comme pour confirmer mes soupçons il s'est exclamé soudain : « Quel dommage que vous la voyiez de cette façon ! Je veux dire que lorsque vous y arrivez par la mer, après une longue traversée, c'est une tout autre histoire. Je ne sais pas comment vous expliquer, mais ce n'est que comme ça que vous vous rendez compte que c'est une île. Et ce n'est qu'en s'en rendant compte qu'on peut saisir le sens de son caractère grandiose. »

Il nous a parlé du *Michelangelo*, le transatlantique sur lequel il avait effectué sa dernière traversée une vingtaine d'années plus tôt. Ça, c'était voyager ! Tellement chic. Sans smoking et robe du soir on ne vous laissait même pas entrer au restaurant du pont supérieur. L'orchestre jouait toute la nuit. À l'aube le champagne coulait encore à flots au casino. Et si nous tenions à le savoir, même Manhattan était très différent à cette époque-là : pas grand-chose à voir avec cette casbah pourrie et malodorante !

J'admirais la façon dont mes cousins réussissaient à l'ignorer. Comme ç'aurait été plus agréable si le respect et la bonne éducation ne m'avaient pas obligé à détacher mon regard des nouveautés qui m'entouraient pour le tourner vers mon cicérone bavard et approuver comme un majordome. Bref, pouvoir me comporter comme Francesca qui n'avait d'yeux que pour la ville.

Elle occupait le siège à côté du chauffeur. Depuis que nous étions montés dans le taxi elle n'avait pas ouvert la bouche. Visiblement désireuse de découvrir et de retenir, sa petite tête, surmontée du chignon monacal, se tournait d'un côté et de l'autre dans un balancement comique. J'ai encore eu l'impression qu'il y avait chez elle quelque chose d'inachevé, pas complètement réglé. Et que son tic aux yeux avec son rythme lancinant et ses intervalles irréguliers contribuait à cet état de choses. Ne pas savoir comment la situer me mettait mal à l'aise, et éveillait en même temps une curiosité que j'aurais difficilement trouvé le courage de satisfaire, je ne me faisais aucune illusion là-dessus. Mon peu de connaissance du monde féminin m'avait persuadé que les filles sacrifiaient volontiers leur intérêt pour le monde au soin de soi. Disons que Francesca n'entrait pas dans cette catégorie. Je ne parlerais pas de négligence, mais d'une forme d'indifférence olympienne au clinquant, d'autant plus surprenante si l'on considère qu'elle était fille d'actrice et nièce d'une espèce de dandy.

« Quelle saloperie de circulation, a grogné Leone qui ne partageait visiblement pas la curiosité de sa sœur.

– Oï, quelle façon de parler ! l'a repris oncle Gianni.

– Ne t'en fais pas, il ne comprend pas un mot, s'est justifié Leone en parlant de l'impassible chauffeur sikh.

– Mais nous, oui.

– OK, OK, ne t'énerve pas.

– Écoutez, les enfants, a repris oncle Gianni, ça vous ennuie si je vous laisse chez Little Angie et si je file à l'hôtel ? Je suis trempé ; si je ne prends pas une douche… Nous nous verrons plus tard pour le dîner. Surtout, pas de petit somme. Il faut résister au moins jusqu'à minuit. »

Leone a protesté en bâillant: «Mais il n'est encore que cinq heures et demie!

– Prends un café, fais une promenade, ce que tu voudras, mais si tu t'assoupis tu es fichu. Tu ne fermeras pas l'œil de la nuit.

– Oui, mais quelle barbe», a insisté Leone avec un autre bâillement.

Mon cousin n'était pas du genre accommodant, je l'avais compris dès notre première rencontre. Il était de ceux qui voient toujours le mauvais côté des choses même quand tout va bien.

Depuis que nous nous étions retrouvés ce matin-là devant le comptoir de la TWA il ne m'avait pas accordé un regard, comme s'il avait tout oublié: qui j'étais, pourquoi j'existais, tout ce que je savais faire avec une guitare. Et surtout la camaraderie amicale et prometteuse dont j'avais cru qu'elle pouvait naître entre nous.

Seule mon inexpérience pouvait m'avoir fait croire que notre association allait reprendre là où nous l'avions laissée. Que pendant ces derniers mois Leone avait pensé à moi aussi obstinément que j'avais pensé à lui, et qu'à ma constance pouvait répondre une fidélité non moins zélée. Les choses ne se passaient pas comme ça. Et j'aurais dû le savoir. Bien que pas tout à fait du même âge, nous étions tous les deux à celui où les rapports sociaux ne sont pas réglés par les lois de la bonne éducation et obéissent à celles de la jungle.

Une chose m'avait particulièrement blessé. Avant de monter dans le taxi j'avais demandé à oncle Gianni si je pouvais appeler mes parents; je leur avais promis de le faire dès que possible. Comme à l'époque les communications intercontinentales n'étaient pas une plaisanterie, on m'avait expliqué en détail comment passer un appel en PCV. Mais soit à cause de mon émotion, soit à cause de l'accent new-yorkais de l'opératrice, soit à cause d'imprévus techniques, l'ensemble de l'opération avait pris plus de temps que prévu. Eh bien, l'attitude de Leone avait rendu ces minutes encore plus embarrassantes : il soupirait, il levait les yeux au ciel, il ne faisait vraiment rien pour dissimuler combien ma loyauté filiale lui paraissait enfantine, pathétique et petite-bourgeoise. Même la voix rassurante de ma mère qui m'enjoignait de me tenir à carreau et de m'amuser n'a pas réussi à apaiser mon embarras, au point qu'à la fin je l'ai expédiée avec une impatience dont je me suis repenti un instant après avoir raccroché.

Du reste c'était idiot d'attendre de Leone plus qu'il ne pouvait donner. Déjà lors de notre première rencontre il avait montré comment chez les garçons d'un certain âge la volubilité et l'insolence peuvent aller de pair.

Je crains que Francesca ne mérite un commentaire à part et un bon nombre de pages. Il suffit pour le moment de savoir que nous nous étions peu parlé, et cette fois par ma faute. Et dire si sa gentillesse aurait mérité au moins que je la lui rende ! Ce que je m'étais bien gardé de faire. Durant le vol, tandis que les hôtesses retiraient les plateaux du repas et qu'elle était venue parler à oncle Gianni, j'avais fait semblant de dormir en attendant qu'elle débarrasse le plancher. Plus tard, pour aller aux toilettes, j'avais changé d'allée par peur de la croiser et d'être contraint de lui adresser la parole.

« Ça n'est pas Little Angie ? » s'est exclamé Leone.

Le taxi venait de ralentir à proximité du plus fastueux magasin d'articles funéraires que j'aie jamais vu quand le type bizarre signalé par Leone s'est mis à gesticuler.

À première vue il n'avait rien de commun avec l'image héroïque que m'avait inspirée le récit d'oncle Gianni. Ce gros lard avait vraiment enregistré un album ? En dehors de deux rouflaquettes ridicules à la Carl Perkins il ne ressemblait à rien que j'aie jugé digne d'attention. Au mieux on pouvait résumer sa physionomie comique à une combinaison entre Van Morrison et Roy Orbison. Obèse, haletant, blanc comme un linge, avec un long short bleu pétrole et d'horribles sandales aux pieds, il pouvait être n'importe quoi : plombier, touriste, pèlerin, étudiant en vacances, tout sauf rocker.

En le voyant aussi mal habillé oncle Gianni a décidé qu'il valait mieux superviser notre installation.

J'ai tout de suite compris que « *Ciao bellino, mortacci tua*[1] » était l'expression italienne favorite de Little Angie. Leone la lui avait apprise l'été précédent pendant leurs vacances sur la côte amalfitaine. Ils se sont pris dans les bras comme de vieux amis. Leone s'est moqué de Little Angie : « *You got fat* » et l'autre a répliqué : « *Don't be a jerk, bellino.* »

J'ai eu droit moi aussi à plusieurs reprises au « *bellino* » et je me suis pris deux « *mortacci tua* » très affectueux grâce auxquels, une fois la déception passée, j'ai décidé que Little Angie était un type sympathique.

Son italien, bien que plus audacieux et créatif que ne l'était mon anglais, était tout aussi incorrect et rudimentaire, au point que Leone et Francesca préféraient s'adresser à lui dans sa langue, que du reste ils maîtrisaient bien.

L'appartement de Little Angie au sixième étage d'un immeuble croulant au coin de Columbus et de la Quatre-vingt-dixième s'est révélé un trou pestilentiel : deux petites pièces dostoïevskiennes asphyxiées dont l'une servait de séjour, bureau, cuisine et, comme nous allions le découvrir, chambre d'amis ; l'autre, dotée de l'unique petite salle de bains à disposition, inexorablement aveugle, était occupée en grande partie par un lit queen size, plus crasseux et déprimant si possible que son propriétaire. Pour le reste, c'était

1. « Salut mon chou, merde alors » en italien.

une profusion de natures mortes proches de la décomposition : tas de magazines jaunis, de disques sortis de leur pochette, de bagels, canettes vides de Dr Pepper, cartons de pizzas graisseux, un tapis de coquilles de pistaches.

L'idée de cohabiter à quatre dans un tel taudis, bien que nullement rassurante, présentait, je le confesse, des aspects attrayants sinon carrément excitants. Plus qu'un lieu où habiter, c'était un bivouac où camper : grâce à Dieu, en ce temps-là j'appréciais certaines négligences bohèmes.

« On dirait que nous allons avoir une pyjama party d'enfer », m'a dit Leone avec un clin d'œil.

Il paraissait plus amusé que contrarié. Encore une fois son humeur courait à toute allure sur les rails du grand huit.

Oncle Gianni était visiblement aux cent coups. Il n'arrêtait pas.

« *Angelino mio, are you sure ? Are you really sure... This house is too little... I didn't understand that...* » répétait-il. Il parlait anglais avec la désinvolture d'un commis-voyageur qui ne l'a pas étudié à l'école mais qui l'a appris sur le terrain, en vertu de quoi il se sent en droit de se permettre des énormités et des italianismes de toute sorte.

Il a tout de suite dit clairement que le problème c'était Francesca : il n'avait aucune envie de la laisser là, et apparemment la principale intéressée ne pouvait pas être plus d'accord.

« *Non problema... non problema...* » répondait obstinément Little Angie. Il allait lui donner sa chambre, nous les hommes nous nous arrangerions dans le séjour. « *Non problema.*

– Mais si qu'il y a un problème, mon trésor, a dit oncle Gianni. Grâce au ciel il n'est pas insoluble. Je veux dire, nous sommes à New York, sapristi. »

Il allait emmener Francesca avec lui à l'hôtel. Fin de la discussion.

« Allons, mon amour, a-t-il dit à sa nièce visiblement soulagée. Prends tes affaires. Plutôt qu'une douche il nous faudra un vaccin antitétanique. »

3

« Allô.

– Allô ?

– C'est toi ?

– Maman ?

– Excuse-moi, j'ai l'impression que je t'ai réveillé… »

Je lui ai dit en bafouillant de ne pas s'inquiéter, que j'étais debout depuis longtemps, pour corroborer ce mensonge j'ai ajouté qu'elle avait de la chance de nous avoir trouvés à la maison : nous allions faire du *shopping*.

J'avais beau être le premier à saisir le ridicule de ce mot – nouvelle entrée dans mon langage distingué – ce n'était pas étonnant qu'il me soit venu aussi naturellement : en fin de compte, une bonne partie de notre première semaine new-yorkaise s'était envolée en achats et grandes bouffes pantagruéliques, ou en dissertations sur les magasins à dévaliser et restaurants à ne pas manquer.

Et dire qu'en dehors des attentes messianiques dont j'avais chargé ces vacances, je m'étais résigné à l'idée que j'aurais ma ration de réveils en fanfare, marches forcées, queues dans les musées, visites sac sur l'épaule, repas en quantité, casquettes de baseball, cartes chiffonnées… bref, le calvaire mortifiant du touriste.

Même pas en rêve ! Au mépris de toute tradition vertueuse, bien peu de tributs avaient été payés sur l'autel de l'humanisme. Nous n'avions pas mis les pieds au Metropolitan, nous n'avions pas vu la statue de la Liberté (même pas de loin), nous étions restés à l'écart du Radio City Music Hall. En revanche nous avions parcouru en long et en large la surface de Macy's, mis à sac le rayon masculin de Brooks Brothers, passé en revue les rayonnages de Schwarz, Music Inn et Paragon Sports. En outre, si on nous avait interrogés, nous aurions su conseiller le bagel le plus parfumé et l'esturgeon le plus succulent de la ville. D'ailleurs, même si les gourmandises en question étaient indubitablement de premier ordre, je n'avais aucune preuve qu'elles étaient réellement *les meilleures* de la place. Les juger comme telles était une manière de partager l'attitude d'oncle Gianni qui considérait ce qu'il connaissait comme le meilleur que l'on pouvait souhaiter, et tout le reste simplement comme moins bien, et par conséquent indigne de nous.

Il faut dire que si ce volcanique Pygmalion s'était révélé un guide irréprochable dans le domaine vices-divertissements, j'avais fait preuve en tant qu'élève d'enthousiasme, de réceptivité et de reconnaissance. Du reste, dans les mains percées d'oncle Gianni, comme dans celles de ses neveux, il n'y avait rien de véritablement répréhensible. Au contraire, le tout, aussi ridicule et auto-complaisant qu'il ait été, avait un je ne sais quoi qui m'électrisait.

En bon sujet du régime anxiogène de ma mère (fondé sur les difficultés financières, certes, mais aussi sur une idée austère de la vie, de tendance socialiste), j'étais déconcerté par le naturel avec lequel ces gens-là pouvaient prendre soin d'eux. Au milieu d'eux je m'étais soudain rendu compte que mes appréhensions habituelles n'étaient pas la seule option possible. Qu'au contraire, d'un point de vue émotionnel, il y en avait beaucoup d'autres, moins pénitentes et beaucoup plus relaxantes.

Pour éviter tout malentendu je voudrais préciser que dans les expéditions de shopping c'était oncle Gianni qui avait financé mes petits caprices ; et laissez-moi ajouter qu'il l'avait fait avec générosité et discrétion ; pas seulement par désir de me faire plaisir mais aussi, j'imagine, pour ne pas faire apparaître de façon trop embarrassante le déséquilibre entre mes cousins et moi. Il va de soi que, fidèle aux consignes maternelles, je m'étais bien gardé d'en profiter, en n'abusant pas de sa générosité ; mais en même temps j'avais senti grandir à son égard cette affection mêlée de gratitude qu'inspire celui qui, avec l'excuse de nous aider pour des nécessités matérielles futiles, favorise et flatte nos besoins intérieurs les plus secrets.

Un après-midi nous avions visité la Frick Collection. À part les vingt minutes passées à la cafétéria à nous goinfrer de sucreries et un arrêt extasié devant un portrait de gentilhomme de Bronzino, tout avait fini par une très agréable promenade dans les salles semi-désertes de ce bâtiment seigneurial et orientalisant bourré de chefs-d'œuvre jusqu'à en exploser, et une fuite providentielle un instant avant que le plaisir ne cède la place à l'ennui.

Aucune leçon reçue dans une décennie d'école obligatoire ne valait les dix minutes éloquentes qu'oncle Gianni avait consacrées à Bronzino. Snober délibérément des pointures du calibre de Titien, Rembrandt, El Greco, en leur préférant un maniériste beaucoup moins célèbre constituait en soi une prise de position audacieuse. Si l'on y ajoutait la patience et la précision avec lesquelles notre cicérone avait exalté les qualités formelles du portrait en question, en en dévoilant rébus iconographiques et intuitions psychologiques, le cocktail devenait irrésistible.

« Regardez les mains, nous avait-il enjoint avec la froide précision du connaisseur. Tout le secret est là. Bronzino savait comment les rendre à la fois réalistes et stylisées. »

En effet, ne pas détacher le regard des doigts d'un blanc de neige, souples, qui avaient pris la pose, peints avec une précision mimétique sans précédent offrait une expérience spirituelle vertigineuse. Plus vous vous efforciez d'en saisir le sens, d'en dévoiler le secret, plus il vous échappait en se délitant et en se recomposant dans une pâte précieuse et marmoréenne.

C'est ainsi, devant le portrait d'un jeune homme, que j'ai assimilé l'une des rares vérités sur l'art réellement essentielles : le plaisir esthétique se sirote, la fatigue attend l'artiste, non celui qui éprouve ce plaisir ; c'est précisément pour cette raison qu'il n'est pas d'exercice plus insensé que de passer en revue les collections entières d'un musée ; ce serait comme prétendre lire d'un seul coup tous les livres d'une bibliothèque ou essayer la carte complète d'un restaurant.

C'était ce que l'hédonisme d'oncle Giovanni avait de bon : il vous impliquait, vous contaminait, sans exiger de preuves de caractère. Malgré le décalage horaire, la chaleur tropicale, le grabat puant sur lequel j'avais du mal à m'endormir le soir, je me réveillais plein d'appétits, surpris de la façon dont le bonheur vous saisit à l'improviste, bien décidé à ne pas me laisser écraser, mais pas non plus à le gaspiller en m'en débarrassant trop vite.

Ainsi il s'agissait bien d'une famille. Peut-être pas tout à fait une famille quelconque, mais une famille quand même. La mienne ? Dieu, comme j'aurais voulu le croire ! Malheureusement, plus j'essayais de m'assimiler, plus je sentais le poids de ma qualité d'étranger. Mais le rôle de l'exclu me permettait de saisir l'esprit tribal qui animait ces excentriques compagnons de voyage mieux qu'ils n'auraient pu le faire eux-mêmes.

Ils riaient de choses qui n'étaient pas drôles et restaient imperturbables devant des spectacles hilarants. Ils utilisaient d'étranges locutions telles que « On se fait un fruit ? » ou « C'est l'heure d'un drink ». Ils appelaient leurs parents par leur prénom. « Tu as parlé avec Tullia ? » « Mais non, penses-tu, c'est toujours Bob qui répond. » Et pourtant, malgré tant d'asepsie, ils étaient trop expansifs : toujours en train de se prendre dans les bras, de se faire des caresses, ou de se câliner ; ce n'étaient que des « mon trésor », « mon étoile », « ma douceur ». En revanche, ils ne remerciaient jamais les serveurs, les bagagistes, les chauffeurs de taxi, comme si pour eux bénéficier de ces services était un privilège de caste. Alors qu'ils montraient une sollicitude inattendue à l'égard des sans-abri, surtout s'ils étaient noirs, ivres et atteints de troubles psychiatriques. La perception qu'ils avaient d'eux-mêmes et de leur tribu était tellement mégalomane qu'elle les poussait à transformer leur nom en substantif ou en adjectif selon les besoins. Ils disaient : c'est très Sacerdoti. Ou bien : ce n'est pas une attitude *sacerdotesque.*

En tout cas, ce que je préférais c'était leur manière de se la couler douce. Pourquoi vous presser si personne ne vous court après ?

Le matin oncle Gianni nous attendait à l'hôtel pour le petit déjeuner pas avant dix heures et demie. Le voilà, en bermuda et chaussures de bateau, avec sa moustache à la Omar Sharif, il sirote son café, grignote un toast, l'air en bonne santé, reposé, gentiment sournois. Plongé dans le *Corriere* de la veille fraîchement livré par la librairie Rizzoli, il ne veut pas être dérangé.

D'un geste mécanique de la main, sans quitter son journal des yeux, il nous invite à nous servir. La cafetière brûlante et la corbeille pleine de viennoiseries odorantes sont ce qu'il y a de plus appétissant que je puisse imaginer. Je n'avais jamais pensé combien l'élégance s'accorde avec la qualité.

Le premier matin je passe la main. Je ne goûte même pas à un quignon de pain. J'ai déjà mangé dans l'horrible snack à côté des pompes funèbres. Ma mère m'a recommandé :

« N'en profite pas. » À partir de la deuxième matinée j'en profite, et comment, sans retenue ni timidité.

À propos de petit déjeuner, les pancakes méritent une mention spéciale à ce stade. La première fois que je les trouve dans mon assiette, dorés, tendres, noyés de beurre fondu et de sirop d'érable, je reste abasourdi. Je ne tarde pas à comprendre que de toute évidence il s'agit des fameux beignets de grand-mère Donald. Il me suffit de les goûter pour me rendre compte que rien ne peut satisfaire aussi voluptueusement un palais enfantin. Une fête de graisses saturées, un surplus de douceur conçus de manière à suggérer au gamin que les réveils matinaux sont une promesse de délices.

Après le déjeuner, le monde peut s'écrouler, oncle Gianni retourne à l'hôtel. Francesca m'a fait remarquer en riant que pour notre oncle rien n'est plus sacré que son incontournable sieste : où qu'il se trouve – dans son cabinet, à l'université, au tribunal, à l'étranger – Gianni Sacerdoti rentre dans son nid, ferme les volets, décroche le téléphone, se déshabille et se glisse sous les couvertures. Ce doit être le secret de son aspect solide et juvénile.

Nous disposons ainsi de longues heures de flânerie

On peut toujours dire que Manhattan est le paradis des marcheurs. C'est un bobard : quelques pas et vous traînez déjà les pieds, comme si les trottoirs de cette mégalopole sauvage étaient faits d'un asphalte spécial, tellement compact et menaçant qu'il semble conçu pour un peuple de géants.

Depuis que Francesca a découvert la Frick Collection, elle y passe l'après-midi. Assise à une table de la cafétéria elle commande un café américain, un petit gâteau aux fraises, et se plonge dans un de ses livres (elle en lit davantage que ma mère) ; on ne la voit plus. Leone, initié par Little Angie à la sérénité de la marijuana – « Mille fois meilleure que la merde que te refile le gitan de piazza Fiume » –, il ne demande rien d'autre à la vie que de se laisser aller aux langueurs du doux psychotrope. Quant à moi, vous pouvez me trouver dans la quarante-neuvième, la rue où il y a le plus grand nombre de magasins de guitares au monde, une moyenne de deux par pâté de maisons.

Décidé à sortir nos papilles gustatives de leurs habitudes provinciales et les rendre citoyennes du monde, presque tous les soirs oncle Gianni nous offre une nouvelle expérience exotique : qu'il s'agisse de dim sum, de poulet tikka ou de sashimi, ses provocations culinaires ne donnent pas toujours les résultats espérés, mais le plus souvent oui, en nous laissant dans la bouche et dans le cœur un sentiment de plénitude inédite. Nous sommes les maîtres du monde !

Ce qui me fait vraiment souffrir ce sont les retours à la maison, surtout en pleine nuit. À ces heures-là le trajet de l'hôtel à l'appartement de Little Angie est un terrain miné. Crasseux et sinistre comme il est (les New-Yorkais devront attendre encore des lustres avant qu'il ne soit nettoyé) l'Upper West Side fourmille de toxicos, de putes et de détraqués en liberté. De temps à autre, pour changer, nous longeons le parc ; à en croire le pas rapide et prudent de Little Angie c'est l'heure où ce jardin d'Éden devient un enfer de voleurs à la tire et de détraqués sexuels. Sur nos gardes, donc. En outre, la nuit, on ne sait par quelle combinaison de vents océaniques, la puanteur d'égout devient intolérable. Nous faisons presque toujours le dernier tronçon qui nous sépare de l'appartement au pas de course.

Bref, tel est le genre d'expériences, délicieuses ou formatrices, qui avait accompagné mes premiers jours new-yorkais. Ne sachant pas comment les décrire, ni si ça valait la peine de le faire, je m'en étais tiré avec un mot qui aurait dû montrer à ma mère le changement en cours, en m'évitant l'humiliation d'aborder le sujet.

« Shopping ? » m'a-t-elle rétorqué avec l'ironie caustique qui lui servait habituellement à minimiser toutes mes sorties dans le monde magique des adultes, surtout si elles se distinguaient par quelques nouveautés lexicales.

Ce ton de supériorité me tapait sérieusement sur les nerfs. Depuis le Seder de Pessah où je l'avais surprise à minauder avec l'ennemi, depuis que mon père l'avait mise au pied du mur, j'avais perçu la laideur de ses problèmes conjugaux, les difficultés entre nous n'avaient pas cessé de s'exacerber.

La veille de mon départ pour New York elle était venue dans ma chambre et s'était assise au bord du lit. Une chose vraiment inhabituelle. Moins par la visite en soi que par l'atmosphère dans laquelle elle s'était déroulée et le malaise psychologique qu'elle avait laissé en moi. Jamais, au cours de notre coexistence forcée, je n'avais ressenti aussi intensément son besoin physique d'être près de moi.

Au bout d'un long silence elle avait réussi à me demander : « Tu es content ?

– De quoi ?

– Ne fais pas l'idiot, voyons. »

J'avais coupé court, impassible : « Espérons. » En réalité, j'espérais seulement qu'elle mette fin à son numéro pénible et me laisse tranquille.

Bien que la plus longue semaine de ma vie se soit passée depuis, bien qu'elle se soit trouvée à des milliers de kilomètres du taudis où je venais de me réveiller, c'était comme si elle ne s'était jamais levée du bord de mon lit d'enfant : encore là, à la recherche désespérée de mots capables de dissiper la brume de gêne réciproque dans laquelle nous vivions tous les deux emprisonnés depuis trop de mois.

J'imagine que ne pas avoir eu d'enfants à mon tour rend difficile, voire inutile, que je m'efforce d'imaginer ce qu'éprouvait maman dans ces circonstances. Je suppose que n'avoir pas obéi à mes devoirs dynastiques, avoir trahi les consignes imposées par la biologie, a fait de moi un homme incomplet, accroissant les divergences de conscience qui me séparaient déjà d'elle. En fait, aujourd'hui encore, bien que j'aie atteint l'âge mûr qui a été refusé à ma mère, j'en sais moins sur le fait d'être parent qu'elle n'en savait alors, quand elle cherchait à établir un contact avec moi, sur le fait d'être un fils. Ce qui probablement lui permettait de saisir le sectarisme et la sottise dans lesquels je me complaisais, et bien mieux que je ne pouvais comprendre le sentiment d'impuissance et de découragement que je lui infligeais.

À l'autre bout du fil elle a crié hilare : « Mon petit doigt m'a dit qu'hier soir tu t'es couché très tard. »

Ce n'était pas difficile de retrouver l'identité du dénonciateur. Il s'agissait du bienfaiteur loquace qui la veille s'était procuré les billets *introuvables* pour le concert de George Benson au Blue Note.

Le genre d'entreprise dans laquelle oncle Gianni ne craignait personne. Vous descendez dans le hall d'un grand hôtel, vous identifiez le chasseur le plus dégourdi et vous lui donnez un pourboire déraisonnable vous garantissant ses services et une fidélité canine pour le reste de votre séjour. Vues les circonstances, le jeune Neal s'était révélé à la hauteur des billets verts qu'oncle Gianni avait glissés dans la poche de poitrine de sa jaquette et qui nous assuraient une des tables les plus convoitées par les habitués de l'établissement. L'entreprise avait pris à mes yeux une valeur encore plus emblématique quand je pensais qu'oncle Gianni, qui n'avait pas la moindre idée de qui diable était George Benson, avait dû savoir par mes cousins qu'assister à un de ses concerts représenterait pour moi la réalisation d'un rêve.

Il m'a suffi de voir Benson prendre sa guitare Ibanez dans ses bras devant un public relativement restreint et extraordinairement exigeant pour m'abandonner à une extase que je n'aurais jamais crue possible. C'est peut-être parce que la majorité de mes idoles musicales ont disparu depuis longtemps (mortes précocement), mais en voir une en chair et en os, là, à quelques mètres de ma table, et en forme de surcroît, au sommet de son exubérance virile, m'a infusé une frénésie insensée. Et ce serait hypocrite de ma part si je n'admettais pas le pouvoir exercé sexuellement sur moi par les biceps musclés, les dents très blanches, les tempes luisantes de sueur de ce fils audacieux de Pennsylvanie.

Voilà, pour me faire capituler définitivement il suffit de deux arpèges. Je le sais, je le sens : ce qui m'envahit jusqu'à me briser le cœur ce n'est pas de l'admiration. C'est plutôt une sorte d'exultation dionysiaque ; la même qui pendant le premier concert romain de Wham ! a amené une de mes camarades de classe au bord de l'hystérie. Au poste de secours on l'a bourrée de calmants. Mais elle, au moins, contrairement à moi, a eu l'avantage de pouvoir exprimer sa folie de la façon la plus explicite et libératoire parmi d'autres milliers de jeunes filles déchaînées. Je doute que les jazzophiles d'un certain âge qui m'entourent feraient preuve d'autant de compréhension dans le cas où je perdrais le contrôle et me laisserais aller à l'idolâtrie.

Soudain le groupe se retire dans les coulisses. Maintenant il n'existe plus que lui au monde : lui, sa guitare, le cône de lumière qui le transfigure. Je connais le morceau, un tribut au génie de Wes Montgomery. Chaque variation de Benson exprime la tendresse, la dévotion filiale et une nostalgie presque insoutenable ; pour ne pas me noyer dedans je dois détourner le regard, avant de me boucher les oreilles et éviter en tout cas que le nœud dans ma gorge ne dégénère en sanglot.

C'est alors que je comprends combien il m'est difficile, du moins dans cette situation, de distinguer l'euphorie du tourment, l'enchantement de la convoitise. Tout à coup, écouter un virtuose de cette intelligence me paraît à la fois un privilège et un supplice.

J'ai écrit « écouter ». Mais tout bien réfléchi, ce n'est pas le verbe qui convient. Aussi étrange que cela puisse paraître, ce n'est pas l'ouïe le sens le plus sollicité mais plutôt la vue. Eh oui, parce que maintenant que les autres musiciens sont de nouveau à ses côtés, et que Benson s'est mis à improviser sur les accords de *Stardust*, je ne parviens pas à détacher mon regard de sa main droite. Elle est engagée dans la seule activité capable de la transcender : couvrir de long en large le manche de palissandre comme un ailier couvre l'aile droite ; enchaîner gammes sur gammes avec netteté, désinvolture, sens du rythme, et surtout une joie et une mélancolie tellement exemplaires qu'elles me deviennent intolérables.

Finalement il disparaît lui aussi, mon héros. Lui et ses mains. Il ne reste plus que la guitare, la véritable héroïne de cette histoire. Je comprends finalement ce qui me lie à un instrument aussi solitaire et élégant. Quel autre objet a le pouvoir de faire disparaître et en même temps de valoriser la meilleure part de celui qui s'en sert, la seule qui compte ? Soudain les exercices sur lesquels je me suis arraché le bout des doigts pendant plus de la moitié de ma brève existence me paraissent inutiles. Et dire qu'en bon fils de ma mère j'ai grandi en croyant en la valeur toute-puissante et palingénésique de l'abnégation. En la force de l'engagement et du sacrifice. Quelles conneries ! Même si je passais le reste de ma vie à m'exercer sans interruption je ne pourrais pas atteindre le degré de confiance symbiotique que Benson entretient avec son Ibanez, et dont il donne la preuve à chaque improvisation. Il est né ainsi. Son talent, comme tous les vrais talents, est dans sa nature. Regardez-le. On croirait que son secret réside dans la technique, mais en réalité il est ailleurs : dans la pression caressante exercée sur les cordes, la cascade de câlinerie, de tendresse, d'attention avec laquelle il les effleure et les flatte.

Après presque une heure de concert, le cheeseburger est encore intact dans mon assiette. Le seul appétit qui ne cesse de me tourmenter est celui qu'a suscité la voix de la guitare. Car il s'agit d'une voix : éloquente, ironique, inimitable. Attention à ne pas l'imiter, note à note, pause à pause ; alors oui, vous risquez vraiment de vous perdre.

Ce n'est certainement pas une leçon de musique que me donne Benson, mais plutôt un séminaire sur la nature volage et capricieuse de l'art. Courtisez-le si vous en avez envie, donnez-vous à lui sans répit ni retenue, jusqu'à l'épuisement, comblez-le d'offrandes comme vous le feriez pour la pétasse de la classe, mais sachez que s'il ne veut pas de vous il n'y a rien que vous puissiez faire pour le pousser à vous rendre la pareille.

Et comme il n'y a pas d'indifférence plus obtuse et douloureuse que celle qu'oppose l'objet aimé, il serait opportun de raccrocher la guitare et te consacrer à un instrument non moins récalcitrant mais qui est peut-être plus fait pour toi ; je parle de la plume, naturellement, et de ses réincarnations modernes.

D'accord, à cette époque-là je ne pouvais pas le savoir. Je ne pouvais pas savoir que dans un avenir aussi proche qu'imprévisible m'attendait un autre genre d'instrument : privé de cordes, mais en compensation bourré de lettres et de signes de ponctuation, en tout cas tout aussi rétif à se plier à ma volonté, tout aussi désireux de m'infliger des punitions ; un instrument destiné à devenir la compagne de vie hargneuse qui me ferait marcher à la baguette. Je le confirme : à cette époque-là je ne pouvais pas le savoir. Même si quelque chose me dit que d'une certaine façon je le savais déjà.

Et je savais aussi de quoi j'aurais dû parler à ma mère, en profitant de la distance inimaginable qui nous séparait et d'une communication téléphonique en fin de compte passable. Pas de guitare, de cheeseburger, de projets artistiques prétentieux. Ni même de shopping, de grands hôtels, de marijuana. Éventuellement, de ce en quoi les vacances new-yorkaises, la générosité d'oncle Gianni, la proximité de mes cousins, les opportunités extraordinaires de sorties, récréatives et culturelles – en deux mots, ce changement d'air – modifiaient la perception que j'avais de mon destin, presque jusqu'au point de mettre ses fondements en question. J'aurais dû lui dire qu'il m'avait fallu plus de six mille kilomètres de distance pour identifier les termes et définir les limites de toute la colère que j'éprouvais envers eux, elle et papa. Et pas à cause du mode de vie qu'ils m'avaient sournoisement infligé jusque-là, mais pour m'avoir laissé entendre qu'il était le seul possible. Eh bien, chère petite maman, les choses étaient différentes. Des vies, là dehors, il y en avait beaucoup d'autres, de toute sorte et de toute couleur, la majorité bien meilleures que la nôtre. L'argent y était pour beaucoup, et comment, j'aurais été naïf de ne pas l'admettre. J'aurais été idiot de ne pas tenir compte du fait que nos dettes et l'indigence qui en avait dérivé avaient scellé radicalement notre sort. Cependant, une telle pénurie, même si elle nous rendait impuissants, n'expliquait pas tout. Par exemple, elle n'expliquait pas notre long isolement, cette espèce de captivité auto-imposée. Ni la *damnatio memoriae* implacablement infligée aux Sacerdoti, une tribu non exempte de fautes, non dénuée de défauts, mais en tout cas accueillante et bien disposée. Et elle expliquait encore moins les changements d'avis impromptus de ma mère : après tant d'isolationnisme, à quoi rimait ce changement de cap soudain et tardif ? Pourquoi, après m'avoir tenu à l'écart de ma famille d'origine en m'isolant comme un petit Bouddha dans un appartement de banlieue, m'avait-elle livré à un ennemi auquel elle s'était longtemps opposée ?

Dans un accès de sincérité et de méchanceté, j'aurais pu lui dire que la seule limite à des vacances aussi belles était de savoir qu'elles allaient bientôt se terminer. Ça n'arrive pas à tout le monde de découvrir l'Amérique aussi jeune. Eh bien, moi, je l'avais découverte. Retourner à Rome ? À l'ancienne vie, au train-train des privations, à la guérilla conjugale, à l'enfermement névrotique ? Et donc renoncer à tout, mettre une pierre, peut-être pour toujours, sur le rêve romantique dans lequel j'étais plongé jusqu'au cou ? Mieux valait ne pas y penser. Se débarrasser au plus tôt de ces pensées et surtout de l'enquiquineuse qui les avait suscitées.

Bref, j'aurais pu dire beaucoup de choses à ma mère, et j'aurais pu en obtenir autant si je l'avais encouragée à parler. J'ai choisi de ne pas le faire. Je me suis obstiné à répondre par monosyllabes. Je lui ai opposé l'attitude sèche, boudeuse, fermée qu'elle m'avait si bien enseignée. À la fin je l'ai contrainte à me dire au revoir, à raccrocher, à me laisser tranquille, et à le faire le cœur déchiré. Et depuis je n'allais jamais cesser de le regretter.

4

« Allô ?

– Qui est à l'appareil ?

– Papa, c'est moi.

– Toi ?

– Excuse-moi, qui d'autre veux-tu qui vous appelle en PCV.

– On ne sait jamais. Tu voulais parler à maman ?

– Non, papa, à toi.

– Dis-moi.

– Rien, c'était pour te dire bonjour. Nous ne nous sommes plus parlé. Tu ne m'as jamais appelé.

– Tu reviens après-demain, non ?

– Oui, bien sûr. C'est seulement que… C'est seulement que je voulais bavarder avec toi.

– D'accord pour bavarder. Qu'est-ce que tu veux savoir ? »

Rien ne m'était plus difficile à digérer que l'échange des rôles que mes parents semblaient s'être imposé depuis le lendemain du Seder de Pessah. Étant données les circonstances il suffisait de décider ce qui était le plus insupportable : prendre acte du fait que ce sphinx de mère, manquant à une pudeur et une discrétion de dix ans, saisissait chaque prétexte pour me soumettre à des interrogatoires téléphoniques en règle ? Ou accepter l'idée que mon confident préféré, le compagnon de jeux de certaines longues nuits de mon enfance, à deux jours de mon retour à Rome, n'avait pas encore daigné m'appeler ? Qu'est-ce qui était pire ? La curiosité de la timide ou l'indifférence de l'expansif ?

J'avais décidé de téléphoner samedi après-midi, sûr de le trouver à la maison. Un moyen qui n'avait répondu qu'en partie à mes attentes : la voix à l'autre bout du fil était indubitablement la sienne, mais privée de sa chaleur habituelle, sans parler de la camaraderie, du partage, de la tendresse… Il ne se ressemblait même pas, comme s'il n'avait pas digéré quelque chose et voulait encore me le faire payer. Alors quoi ? Que je n'aie pas eu le courage de renoncer à ce à quoi je ne pouvais pas renoncer ? J'aurais voulu le voir à ma place.

Démoralisé, j'ai lancé : « Quoi de neuf ?

– La chaleur est arrivée. D'un coup et trop tôt, je dirais. Un étau. On ne respire pas. Et nous ne sommes qu'en juin, quelle horreur.

– Ici aussi ça ne plaisante pas. »

Il s'est impatienté. « Ça ne peut pas être pareil, je t'assure. On le disait à la télé il y a un instant.

– La télé ?

– Oui, on disait que nous n'avons pas eu d'été aussi précoce depuis un demi-siècle. On ne se croirait pas en juin mais en août. Je te dis seulement que j'ai passé la nuit dans la voiture avec l'air conditionné. »

J'ai espéré avoir mal entendu. Puis j'ai compris la raison de son attitude : il était impatient de lancer ce missile. En fait, aucune de mes histoires américaines, aussi excitante et bien ficelée soit-elle, ne pouvait rivaliser avec l'exploit dont il venait de m'informer, tellement énorme et scandaleux qu'il m'interdisait tout commentaire. Imaginer que pendant la nuit, armé d'un coussin, il abandonne le lit conjugal pour se réfugier dans sa voiture exigeait un effort dont mon imagination était franchement incapable. C'était la punition pour lui avoir demandé comment ça allait à Rome ? Voilà comment ça va, sale petit indiscret : ton père apprend à être un caniche et ta mère ne sait plus comment le tenir.

De toute évidence, sans moi, et peut-être à la faveur de mon absence, les choses n'avaient pas cessé de se précipiter. Livrés à eux-mêmes, ils avaient perdu le contrôle. Aurait-il pu en être autrement ?

Mais quelle chaleur insupportable ! Rien à voir avec l'air conditionné ! Elle l'avait mis à la porte. Ou bien c'était lui qui était parti. C'était important de le savoir ? Ce qui comptait c'était une autre pensée étouffante : dans deux jours j'allais être de nouveau emprisonné à la merci de ces deux geôliers sociopathes.

« Il paraît que tu t'es bien amusé. » Il l'a dit avec la malveillance de celui qui rapporte des propos fondés et désagréables.

J'ai admis prudemment : « Assez.

– Tu sais que je ne pensais pas que tu étais un type aussi accommodant ? »

Alors qu'il n'y avait rien d'injurieux dans cette constatation, je ne me rappelais pas qu'il l'ait jamais exprimée avec autant de sarcasme. Ce qui me peinait ce n'était pas le jugement sur le fond, mais l'aigreur dont il était le symptôme : une obstination dans le ressentiment qui ne lui allait pas et qui risquait de le rabaisser, du moins aux yeux de son plus fervent partisan.

« Dans quel sens ?

– Disons que ça ne me fait pas plaisir de te savoir au milieu de certains individus. C'est tout. Mais c'est clair que ce que je pense n'a aucune importance pour personne.

– Pour moi, si.

– Et qu'est-ce que tu penses de tes cousins ? Ils sont vraiment ce qu'ils ont l'air d'être ?

– C'est-à-dire ?

– À toi de me dire. Je ne les ai vus qu'une fois. Et si tu veux le savoir, ils ne m'ont pas beaucoup plu. En fait ils ne m'ont pas plu du tout. Elle, comment elle s'appelle ? Francesca. Tu as remarqué combien il y a de Francesca en circulation ? Ça, oui, bref, Francesca me paraît un peu insipide, incolore ; un chien mort, comme aurait dit ton grand-père, Dieu ait son âme. Son frère, au contraire, c'est le "fils de" typique, capricieux et arrogant. En somme, la baudruche classique. »

Pour les avoir vus une seule fois, il s'était formé une opinion plutôt nette de mes cousins ; résolument plus précise que celle que je m'étais faite en presque dix jours d'étroite cohabitation. J'ai de nouveau perçu quelque chose d'excessif dans sa façon de parler, une surexcitation fébrile que je ne lui connaissais pas du tout.

Là encore, ce qui me troublait ce n'étaient pas les jugements sommaires, auxquels je m'attendais et aurais même pu souscrire en partie, mais le vocabulaire avec lequel il les avait exprimés. « Fils de » ? « Baudruche » ? Mon père ne parlait pas comme ça.

Bien qu'alors ma conscience politique ait été encore plus floue qu'aujourd'hui (je ne vote plus depuis vingt ans), elle ne l'était pas au point de me faire ignorer que mes parents étaient communistes. Je pense qu'un tel militantisme, d'ailleurs peu orthodoxe, m'était tellement évident surtout parce que c'était l'unique chose qu'ils avaient en commun, la seule qui en son temps ait pu pousser l'une à s'intéresser à l'autre. Toutefois, en admettant que ce que je vais dire a un sens, chez aucun des deux l'engagement n'avait versé dans l'antagonisme. Ils vivaient le progressisme au sens littéral, à savoir comme une tension positive : prêts à se mobiliser en faveur de la cause, ils ne l'auraient jamais fait contre quelque chose ou au détriment de quelqu'un. C'est pourquoi je trouvais bizarre que mon père utilise des slogans dignes de mes camarades de classe frivoles et excités.

« Sans parler de ce pirate.

– De qui ?

– De ton oncle adoré. Disons que j'ai entendu sur lui des choses pas vraiment rassurantes.

– Du genre ?

– Laisse tomber.

– Non, vas-y. »

Je n'ai pas eu à le forcer. Il a dit que le bruit courait que notre prince du forum choisissait ses clients avec soin ; qu'il éprouvait un véritable plaisir à vider les prisons de leurs voyous pleins de fric : spéculateurs, corrompus, et même un Florentin comme il faut qui a assassiné sa femme.

Pourquoi rapporter des médisances aussi vagues ? Il n'avait pas peur que j'y voie une vengeance contre celui qui, comptant sur ses moyens considérables et son arsenal illimité de charme, lui disputait l'affection de son fils ? Qu'est-ce qu'il pensait obtenir ? S'il croyait que pour diminuer la portée des attentions dont j'avais profité ces derniers jours il suffisait d'éveiller des doutes sur l'honnêteté de mon bienfaiteur, il surestimait ma vertu.

Du reste, même si je me suis bien gardé de le lui dire, il se trompait grossièrement. Non sur son antagoniste diabolique mais sur moi, son fils.

En fait, la fréquentation d'oncle Gianni, quoique pleine de stimulants, m'avait bien moins servi à l'idéaliser que ce que papa semblait craindre ou ce à quoi devait s'attendre le principal intéressé.

Certes, je n'avais pas tardé à le prendre en affection ; je l'aimais bien, vraiment ; et pas seulement pour une question de gratitude. Comme je l'ai déjà dit, sa joie de vivre était communicative.

Et pourtant il y avait chez lui un je-ne-sais-quoi d'indigeste, quelque chose dans son comportement qui ne passait pas ; sa superbe ? son arrogance ? Il est clair qu'à cette époque-là je ne parvenais déjà pas à faire confiance à ceux qui ont trop confiance en eux.

À commencer par les fréquents « je veux dire » dont il farcissait sa conversation : tic qui révélait un trait spécifique de sa personnalité. C'était la première fois que j'avais affaire à quelqu'un d'aussi désireux d'affirmer en toutes circonstances son point de vue sur n'importe quel sujet. Combien un esprit devait-il être vaste pour contenir des solutions à tous les problèmes, des réponses à tous les dilemmes, des explications à toutes les controverses ? Oncle Gianni ne parlait pas, il tonnait : il n'émettait pas d'hypothèses, il décrétait ; il ne conseillait pas, il pontifiait. Les seules questions qu'il était capable de formuler prenaient une inflexion rhétorique extrêmement pédante.

Effets collatéraux du succès ? Il aurait peut-être été plus sage d'inverser les termes de la proposition et se demander si la présomption d'infaillibilité, plus que la conséquence de tant de triomphes, n'en était pas la cause.

À propos de tics verbaux, l'abus de locutions telles que « Comme j'ai déjà eu l'occasion de le dire » ou « Je ne me lasserai jamais de répéter », prononcées sur un ton théâtral en disait long sur combien Gianni Sacerdoti prenait ses idées au sérieux, et combien il lui coûtait de les mettre en question. Tout en ne faisant que vanter les vertus du dialogue, il considérait les convictions des autres sinon comme une source d'agacement, du moins comme un prétexte pour étaler belliqueusement les siennes. Même quand Demetrio parlait de filles, mon père de voitures, maman de théorèmes algébriques je ne sentais pas dans l'air une exigence aussi irrépressible de tout savoir et d'abattre l'adversaire. Une chaire de droit pénal ? Allons donc. Il aurait fallu lui donner une chaire d'omniscience appliquée.

« Je suis en total désaccord avec toi » ; « permets-moi de te dire que cette fois tu te trompes lourdement » ; « des couillonnades j'en ai entendu dans ma vie, mais celle-là… ». Telles étaient les formules avec lesquelles il ouvrait les réquisitoires. Fort de l'éloquence acquise sur les champs de bataille – tribunaux, amphis universitaires, conférences de presse – il savait comment porter le coup fatal et vous mettre en pièces.

Dans la dernière semaine et demie, faute de rival à sa hauteur, c'était nous qui avions été chargés d'interpréter le rôle de ceux qui ont tout faux. Même moi qui m'efforçais de lui faire plaisir, j'étais pris par son élan polémique.

Le lendemain du concert, au petit déjeuner, il m'avait dit brutalement que tout en appréciant mon enthousiasme pour une certaine musique il ne parvenait pas à le partager. « C'est de la série B, mon cher » ; agréable, suggestive, bien interprétée, il n'y avait pas à discuter là-dessus, mais de la série B, « jamais au grand jamais à la hauteur de Liszt, Mahler, Tchaïkovski... ».

Désormais habitué à son prosélytisme sectaire, je m'étais bien gardé de répliquer, battant en retraite avant que la querelle ne s'aggrave ou, Dieu me garde, qu'elle ne dégénère. Mais comment ne pas rester abasourdi moins par la gratuité du sermon que par le ton grincheux sur lequel il l'avait prononcé ? Comme si au lieu de dormir du sommeil du juste il avait passé la nuit à se retourner dans son lit en s'évertuant à trouver le moyen de me faire avaler mon toast de travers. À quoi bon discréditer mes goûts musicaux devant les autres ? Quel plaisir trouvait-il à piétiner un adversaire aussi doux et négligeable que moi ? Mais surtout, pourquoi feindre de respecter mon enthousiasme alors qu'il était évident qu'il l'exécrait ?

Avec Francesca ç'avait été bien pire. Il faut dire que peu avant, un soir, elle avait mis la patience de tous à rude épreuve en se présentant au meeting point (comme l'appelait oncle Gianni) avec son retard habituel. Une faute d'autant plus gênante que nous avions réservé dans une steakhouse historique un peu éloignée. Cette fois la colère d'oncle Gianni avait péché par impudence : il se trouve qu'en fait lui aussi était en retard ; mais arrivé juste à temps pour constater que Francesca n'était pas là et en être furieux ; en la voyant sortir de l'ascenseur, il avait feint de l'attendre depuis un siècle et l'avait abondamment réprimandée.

Rien d'étonnant : rejeter la faute sur les autres était une spécialité de la maison. Compte tenu de son métier, un exemple clair de dissociation : comme si, loin des tribunaux, il se sentait enfin libre de faire endosser la culpabilité à tort et à travers.

Une fois dans le taxi, il en a rajouté : « Mon trésor, on peut savoir pourquoi tu t'obstines à mettre ces lunettes épouvantables ? »

Francesca a essayé d'alléger l'atmosphère : « Parce que sans elles je ne vois pas d'ici à là ?

– Oui mais pardon, les lentilles de contact ?

– Je te l'ai dit, mon oncle, elles me gênent, au bout d'un moment mes yeux commencent à brûler et à pleurer. Une torture. »

En admettant naïvement sa faiblesse et son impuissance elle avait fourni à oncle Gianni l'occasion de la mettre définitivement sur la sellette.

Il l'avait coincée, mis le doigt sur son point faible : *elle ne savait pas souffrir*. Elle était négligée, indolente. Il était désolé de devoir le lui dire ; d'ailleurs il le faisait pour son bien : une jeune fille de bonne famille, et en plus aussi mignonne, spirituelle, gracieuse, n'avait pas le droit de ne pas prendre soin de son aspect. C'était un péché contre nature. Et Dieu sait s'il lui avait fait des recommandations. Il lui avait dit que ce restaurant avait un code vestimentaire inflexible. Au moins, Leone et moi avions fait l'effort de mettre un veston et une cravate. Mais elle, comment elle était fagotée ? Lunettes mises à part, pas même une *haver*[1] de sortie ne s'attiferait de cette façon.

« Et tes cheveux ? Ils sont très beaux. Pourquoi tu te fais un chignon ? Bon sang, on dirait une religieuse. Je veux dire,

1. Femme de ménage en judéo-romain. Le terme peut aussi prendre une nuance péjorative.

Francesca, tu ne le dois pas aux autres, tu le dois surtout à toi-même. Tu te souviens du duc de Windsor ? »

Alors j'avais vu le petit visage mince et congestionné de Francesca osciller, elle n'avait pas la plus petite idée de qui c'était.

« Et il te ressemblait. C'est vrai que vous les jeunes vous êtes une bande d'ignorants ! À quoi ça te sert de lire tous ces livres alors ?... Et Churchill, tu le connais ? Et De Gasperi ? Et Ben Gourion ?

– Bien sûr que je les connais », avait marmonné Francesca. À sa place il me serait venu de grosses larmes dans les yeux, de colère, de honte, mais elle, rien !

Eh bien, avait expliqué oncle Gianni avec une emphase digne d'une meilleure cause, le duc de Windsor était un type qui tous les soirs avant le dîner, en hommage à des traditions séculaires, mettait son kilt et tournait autour de la table dressée en jouant de la cornemuse.

Je me suis demandé s'il avait une idée du grotesque de l'image proposée. À la façon dont ses yeux brillaient je dirais que non. En tout cas, il valait mieux s'habituer à certains exemples et à celui-là en particulier. Plus d'une fois par la suite, pour prévenir mes négligences il allait évoquer ce monarque qui avait abdiqué. Son admiration pour ce dandy en jupette ne reculait devant rien, pas même les on-dit qui le décrivaient comme un antisémite invétéré. Attendu qu'il n'y avait rien qu'oncle Gianni exécrait autant, du moins en paroles, que le militantisme anti-juif, c'était vraiment drôle de l'entendre se pâmer sur les habitudes extravagantes d'une altesse royale qui, si les circonstances ne le lui avaient pas interdit, n'aurait pas hésité à dîner avec Hitler et Eva Braun. Je sais aujourd'hui que Gianni Sacerdoti appartenait à cette catégorie de Juifs d'après la Seconde Guerre mondiale pour lesquels le judaïsme n'était pas une chose sérieuse, une question de vie ou de mort comme il l'avait été en son temps pour un interné à Treblinka, ou comme il continuait de l'être pour un orthodoxe de Mea Shearim. Pour lui, comme pour beaucoup de Juifs de sa génération, laïcs, sécularisés, assimilés, substantiellement indifférents au poids des traditions, le judaïsme était une cocarde à montrer en société, une marque déposée, un symbole de distinction intellectuelle et de rigueur morale pas assez contraignant pour ne pas l'échanger contre un kilt et des cornemuses.

Quoi qu'il en soit, en dehors de toute autre considération, ça me déplaisait de devoir constater encore une fois comment l'agressivité s'emparait de Gianni Sacerdoti à l'improviste. Selon la terminologie du langage juridique on peut dire qu'il se laissait aller à un excès coupable de légitime défense.

Reste à éclaircir à ce stade pourquoi un homme qui a réussi, riche et en paix avec lui-même, était animé d'une telle urgence de contre-attaquer : par quoi se sentait-il menacé ?

Pour répondre à une question aussi importante il faut interroger l'anthropologie, bien plus fiable que la psychologie en l'occurrence. Eh bien, dans le quartier de Rome où vivaient et prospéraient les Sacerdoti, l'idée de virilité n'avait guère évolué par rapport à celle en vigueur chez leurs ancêtres trois mille ans plus tôt. Depuis le berceau on leur inculque l'idée pas trop difficile à assimiler qu'être un homme signifiait avoir toujours raison de toute façon. Au tribunal, dans un bar, sur un char romain, dans l'autobus, dans une conversation mondaine, dans une discussion politique, au lit avec une fille ou une esclave, sur un court de tennis, dans la fosse aux lions. Pour être à la hauteur d'un idéal aussi pesant il fallait nourrir une incommensurable confiance en soi.

Le type de morgue dont oncle Gianni m'avait fourni une preuve formelle l'après-midi où ils nous avaient convoqués dans sa chambre (les garçons seulement) sous prétexte de décider quoi offrir à Francesca pour son anniversaire.

Sa suite était grande comme un appartement de moyennes dimensions, la cambuse était pleine de bonnes choses, la moquette, couleur groseille à maquereau. Le bow-window donnait sur le parc doré par les premières lueurs du crépuscule, il ressemblait à un immense terrain de foot délimité par des tribunes imposantes. Mais ce qui m'a frappé n'a pas été l'exhibition d'élégance, ni la beauté extrême, ni même la vue à couper le souffle sur la ville ; ç'a été plutôt notre faune qui nous accueillait dans son royaume vêtu en tout et pour tout d'une chaîne en or d'où pendait une étoile de David.

« Je te présente Adam, m'avait dit Leone avec son impertinence habituelle. Comme tu vois, il doit encore croquer la pomme.

– Ne fais pas l'idiot et entre. »

Combien d'autres hommes nus j'avais vus dans ma vie ? Peut-être seulement mon père, et tout bien réfléchi, quelques secondes en tout. Aucun autre.

Une telle inexpérience rendait l'exhibitionnisme d'oncle Gianni stupéfiant, sans parler de la désinvolture avec laquelle Leone s'en était moqué.

Maintenant que je le voyais ainsi, au naturel, primitif comme jamais, il m'était plus facile de comprendre aussi bien la pauvreté de sa vie intérieure que la richesse de sa garde-robe ; il fallait un bon tailleur pour affiner le torse d'orang-outan et la peau épaissie par le temps et trop de bains de soleil. Le ventre, marqué de vergetures profondes, était tendu comme un ballon de basket. Que pour soutenir un tronc pareil il ait suffi de chevilles fines et de pieds somme toute petits était un mystère. Et puisque nous y sommes il faut dire que son petit sexe trapu faisait triste figure couché comme il était sur deux testicules gros comme des abricots.

« Je pensais à un bracelet. Qu'est-ce que vous dites d'un bracelet ? Les filles adorent les bracelets. »

Il l'a demandé pendant qu'il vidait bruyamment sa vessie dans les toilettes en montrant son petit cul ridé et pâle de vieux. Sans nous laisser le temps de répondre il s'est glissé dans la douche et a ordonné à Leone d'appeler le service d'étage : il avait besoin de caféine et d'une bonne bouteille de Perrier.

J'ai reconnu encore une fois chez lui quelque chose de préhistorique dans sa façon de se frotter la poitrine, se frictionner les aisselles, se savonner les parties, le tout accompagné de grognements rauques de satisfaction.

« Aaah, j'adore prendre une douche. Pas toi ? J'en prendrais dix à la suite. C'est la troisième chose que j'aime le plus au monde après le ski et la tétine, s'entend. »

Ainsi il l'appelait « la tétine ». Et je n'ai pas été surpris. J'avais remarqué comment oncle Gianni, peu enclin aux obscénités et hostile à qui en faisait un usage exagéré, s'y abandonnait volontiers dans une atmosphère de camaraderie.

C'est quand il est sorti enveloppé dans le drap de bain suivi d'un nuage odorant d'eau de Cologne et de talc que j'ai remarqué sa ressemblance avec la statue de sénateur romain qui m'avait tellement frappé pendant une visite scolaire aux musées du Capitole.

C'est de ce type de masculinité que je parle : fière, fanfaronne, tellement primaire qu'elle en devient sympathique.

Si j'avais connu les lois qui gouvernent ce monde-là – et cette fois je ne parle pas du monde juif mais de celui, horizontal, bourgeois, laïque, qui prospérait dans les cercles de canoteurs ou dans les derniers étages du Lungotevere –, j'aurais pris l'exhibitionnisme d'oncle Gianni avec davantage de légèreté. Du reste, il était évident qu'il s'agissait pour mes cousins d'un monde familier et qu'ils avaient donc appris à s'en défendre.

Comment ne pas apprécier la façon dont Francesca, pendant le trajet en taxi, avait accueilli la semonce arrogante ? Comment ne pas admirer son stoïcisme ? En vrai salaud, oncle Gianni y était allé fort, il avait touché la corde sensible : élégance et beauté, le terrain miné sur lequel on pouvait logiquement supposer que se jouait la partie de sa féminité florissante aux prises avec le modèle inégalable incarné par sa mère.

C'est déjà difficile de tenir tête à n'importe quels parents, alors à Tullia Del Monte, imaginez un peu la star habillée par Capucci. Ce devait déjà être une fichue corvée de jouer à l'héritière toute la sainte journée.

En somme, la génétique s'était montrée compréhensive, voire généreuse. La forme des yeux et l'iris violet étaient un enchantement. Le léger strabisme était rendu intéressant par le tic des paupières. Il fallait pas mal de caractère pour dissimuler cette bénédiction derrière d'horribles lunettes. Il aurait été plus facile de se rendre. Se conformer. Céder au mimétisme. Revêtir le costume de la copie, « fille de » de magazine. Mais Francesca n'était pas faite pour les chemins faciles. *S'attifer comme une haver de sortie* constituait donc une preuve de caractère ; bravade maladroite, certes, pas assez, mais grâce au ciel exempte de la tendance à la rébellion insolente de son aîné adoré.

Sur le compte de Leone au moins, mon père ne s'était pas trompé : à la différence de Francesca, lui semblait avoir assimilé les lois de son milieu. Au point, dirais-je, d'en faire un usage abusif et donc une parodie. En bon mâle Sacerdoti il était toujours à la chasse d'ennemis. Comme je l'avais appris à mes dépens à notre première rencontre, la causticité était au service de la moquerie. Je m'étais trompé en croyant que certains traitements étaient réservés à des êtres jugés biologiquement, intellectuellement, socialement inférieurs tels que votre serviteur. Leone ne craignait aucun adversaire. Au contraire, plus ses rivaux étaient adultes et opiniâtres plus ils l'intéressaient. À ma connaissance, seuls d'excellents résultats avaient réussi à lui éviter d'être recalé en raison de ses mauvaises notes de conduite. Même à l'aéroport, à notre arrivée à JFK, il n'avait pas trouvé mieux que de faire le malin avec le policier de l'Immigration ; il s'était évité le pire grâce à l'intervention d'oncle Gianni, un modèle de diplomatie du barreau.

Un peu plus d'une semaine après cet incident aéroportuaire, nous voilà dans un taxi, en route vers la steakhouse élégante et au diable, le moral résolument dans les chaussettes ; oncle Gianni venait d'engueuler Francesca, elle avait encaissé le mieux possible ; moi, je pensais seulement combien la vie serait meilleure si les gens ne sentaient pas le maudit besoin de s'humilier mutuellement.

Little Angie nous attendait sur place, dans tous ses états : un verre à la main, cravate de cow-boy, chaussures à lacets, il jurait qu'il s'était battu avec le maître d'hôtel pour défendre notre table ; il n'y avait rien eu à faire. Il en avait réservé une autre, mais mieux valait ne pas rêver, nous pourrions difficilement en disposer avant neuf heures et demie. Autrement dit, à nous de décider : tourner les talons ou rester.

Nous avons opté pour la solution B, la plus simple.

Entassés dans le petit couloir devant la caisse et face au bar, nous n'avions d'yeux que pour les clients. Aussi bien les hommes en chemise à col boutonné et cravate rayée que les femmes en talons hauts et rigoureusement sans bas étaient accrochés à leur verre comme des naufragés aux canots de sauvetage. Désormais il était clair pour moi que dans cet immense pays on consomme des quantités d'alcool inusitées. Reste à savoir si les gens boivent parce que c'est interdit jusqu'à vingt et un ans, ou si cette interdiction a été créée pour enrayer cette envie irrésistiblement précoce de se défoncer.

Finalement un serveur est venu nous appeler. Nous avons suivi sa veste vert forêt jusqu'à la table au centre d'une salle sans fenêtres dominée par une voûte à caissons et décorée de tentures de velours. Les lambris de chêne baignés par la lumière douce des lampes art-déco et les sièges de cuir rouge donnaient à l'ensemble une atmosphère coloniale.

Un jeune serveur a demandé à oncle Gianni et Little Angie s'ils désiraient «*something to drink*»; le premier a passé la main, le second, déjà assez parti, a commandé un Manhattan.

Ainsi a commencé un des banquets les plus exquis de mon adolescence. Contrairement aux malédictions de Demetrio: «Mon père dit que dans les restaurants de New York tout a un goût de cul.» Je ne sais pas dans quelles latrines M. Velardi avait déjeuné mais pas ici, une steakhouse qui servait la bonne société new-yorkaise à l'époque de Dorothy Parker. Les tranches de bœuf avaient les bords croustillants et le cœur rosé, attendries par le beurre dans lequel elles grésillaient; à peine en bouche elles fondaient presque plus vite que les épinards à la crème et la purée de patates douces qui les accompagnaient. J'aurais seulement voulu que les serveurs ne viennent pas à tout instant nous demander si tout allait bien, si le plat nous avait plu et si nous désirions autre chose. Mais qu'y faire? C'était un de ces restaurants où le service a presque plus d'importance que la cuisine.

Comme d'habitude, oncle Gianni avait été le dernier à commander (il aimait bien ça, comme s'il craignait d'être imité) et le premier à nettoyer son assiette. Sa voracité indiquait qu'il avait encore les nerfs à fleur de peau. Le dossier

Francesca classé, la colère pour son retard épuisée, il avait commencé à tourmenter Little Angie, lequel, il faut dire, avait du mal à lui tenir tête.

« Pardonne ma franchise, mon trésor, mais cette idée d'ouvrir un énième cabinet de psychanalyse…

– Ça n'est pas un cabinet de psychanalyse, mon oncle, du moins pas vraiment.

– Je veux bien, appelle-le comme tu voudras. Reste le fait que tu te proposes de soigner l'esprit des gens en mélangeant Bouddha, Freud et la Kabbale. Je veux dire, ça me paraît une magistrale connerie. »

Dans son espéranto rendu encore plus pontifiant par l'alcool, Little Angie s'est aventuré dans un curieux discours sur la « sérénité de cœur ». Il a dit que c'était le véritable objectif à poursuivre pour tout être humain qui aspirait au bonheur.

« OK, bon, la sérénité de cœur. Je comprends ce que tu veux dire », l'a interrompu brusquement oncle Gianni qui comme beaucoup d'orateurs prolixes était un auditeur avare et impatient. « Mais je continue de ne pas comprendre ce que tout ça a à voir avec Bouddha, Freud et la Kabbale. Que veux-tu que je te dise ? Ça me paraît tiré par les cheveux, de la bouillie. »

Ces mots ont eu un effet inattendu sur son neveu. Il a commencé par nier en secouant la tête de manière théâtrale, comme si on lui avait porté tort. J'imagine que sa frustration ne provenait pas seulement du défi dialectique lancé par un interlocuteur aussi aguerri et mal disposé, mais encore de devoir mettre ensemble deux mots cohérents en passant d'une langue à l'autre. Je dois dire que sa tentative d'explication a été louable. C'était vraiment l'aspiration à la « sérénité de cœur » (il a répété cette expression une demi-douzaine de fois au moins) qui liait bouddhisme, psychanalyse et

Kabbale. Ses études, son itinéraire et ses origines familiales l'avaient convaincu qu'il fallait tirer de ces trois philosophies morales le suc de leur sagesse et le mélanger dans l'unique objectif d'aider les gens à aller mieux.

Au bout d'une semaine de cohabitation brutale avec Little Angie, il était clair pour moi que rien dans son mode de vie déglingué ne correspondait à l'idéal qu'il cherchait à nous expliquer. Soyons clairs, si son objectif était la « sérénité de cœur » il n'avait pas l'air d'être sur la bonne voie. Quelqu'un qui aspire au zen peut difficilement se gaver toute la journée de saletés, descendre de la bière, s'étourdir d'herbe et engloutir des cachets comme un cardiaque. Par exemple, la seule visite de la ville, très brève, que Little Angie nous ait proposée avait vite abouti au vieux bouleau de Central Parc sous lequel bien des années plus tôt il s'était familiarisé avec le LSD. Pour célébrer l'heureux événement il y avait encore l'inscription gravée sur le tronc avec la date et ses initiales. Si dans l'avion oncle Gianni ne m'avait pas parlé avec abondance de détails des horreurs que le pauvre Angelino avait dû affronter depuis son premier jour sur Terre, je n'aurais pas partagé le poids de ses malheurs avec autant de sympathie. Mais comment ne pas s'attacher à lui ? À trente ans il a déjà un pied dans la tombe. Du reste, devoir abandonner ses rêves de gloire pour une entreprise qui à en croire ce que disait oncle Gianni était pour le moins velléitaire m'apparaissait comme un échec sans appel. Si nous y ajoutons les conditions pas vraiment optimales dans lesquelles se trouvait son organisme miné par les abus et les dépendances, le tableau devenait encore plus sombre.

À ce sujet, que me soit permise une brève réflexion rétrospective. Il n'est jamais sage d'attribuer à une rencontre une quelconque fonction prophétique. Et pourtant je ne parviens pas à parler de Little Angie sans remarquer que notre brève amitié a précédé de quelques semaines le tremblement de terre qui allait couper ma vie en deux. Nous appelons peut-être destin ce genre d'événements qui avec le recul nous apparaissent non seulement inéluctables mais aussi parfaitement prévisibles. C'est dans ces moments que vous comprenez que pour vous les choses n'auraient pas pu se passer autrement. Je pense que l'affection que Little Angie avait su m'inspirer presque instinctivement avait à voir avec l'intuition subliminale d'un sort commun. Nous étions la branche tordue d'une famille qui, dans ses représentants les plus chanceux, avait su se faire valoir. S'il portait sur lui les signes du massacre infligé à ses grands-parents et du suicide tout aussi absurde de son père, moi, comme la vie s'apprêtait à me le montrer, je n'allais pas être en reste.

C'est précisément à ce moment-là, pendant qu'oncle Gianni mettait Little Angie en pièces et que celui-ci retournait à son verre, qu'il s'est produit à la table voisine une chose tellement inouïe que la salle s'est tue.

Deux jeunes hommes l'un blanc l'autre noir, costauds et pomponnés comme des vendeurs de chez Ralph Lauren, après avoir roucoulé s'étaient roulé une pelle capable de franchir le mur du son de l'exhibitionnisme.

J'ai senti ma fourchette me tomber des mains. Je me suis mis à rire. Pas un grand rire moqueur. Un petit rire nerveux et méprisable, apanage du jeune provincial que j'étais. Pour définir ce type d'hommes je ne disposais que de vocables vernaculaires, grossiers et injurieux. Ce qui explique pourquoi, dans mon imaginaire, de telles perversions ne pouvaient s'exprimer que dans la clandestinité sordide des sacristies, des toilettes publiques ou des prisons de haute sécurité. Et nous parlons des préjugés d'un garçon posé, ayant reçu une solide éducation progressiste. Je ne veux même pas imaginer comment un de mes camarades de classe aurait commenté la scène.

Reste le fait que je n'étais pas dans ma bande de lycéens homophobes mais dans la Sodome qui luttait depuis des décennies pour le droit des autochtones et étrangers à s'exprimer librement, favoriser la nature de chacun, en allant à l'encontre de ses propres goûts et en ne critiquant pas ceux des autres. Mais il était évident, du moins à en juger d'après les premières réactions, que cette assemblée sélecte de New-Yorkais n'était pas plus encline à la tolérance sexuelle et interraciale qu'un Demetrio quelconque.

Une dame aux cheveux blancs au bord de l'évanouissement réclamait l'intervention des serveurs. Son mari – cariatide en complet blanc bleuté – s'est mis à siffler comme on ne le fait même pas dans les tribunes d'un stade.

Le maître d'hôtel s'est chargé de mettre fin à la pagaille. D'abord il a ordonné aux débauchés d'arrêter. Puis, baissant la voix et détachant chaque syllabe, il leur a ordonné de débarrasser le plancher *now!* Il n'en a pas fallu davantage. Une inclinaison, deux pirouettes et les petits pigeons se sont envolés, salués par des applaudissements libérateurs.

« Je ne sais pas vous, mais moi j'en ai l'estomac retourné », a bredouillé oncle Gianni en repoussant son assiette avec ostentation. Un accord entre les mots et les gestes que j'avais déjà remarqué, probablement le grand numéro de son répertoire d'avocat.

Fâché, Little Angel a demandé d'une voix flûtée et ivre : « Quel mal il y a, mon oncle ? *They love each other.*

– Bien, mon trésor, crois-moi si je te dis que cette mise en scène dégoûtante n'a rien à voir avec l'amour. Pas tel que je l'entends. »

Leone l'a provoqué : « Et toi, tu l'entends comment ?

– Comme l'entendent les gens convenables.

– C'est-à-dire ?

– Oh, ne commence pas. Tu as très bien compris.

– Donne-moi un exemple, s'est entêté Leone.

– Dis-moi, petit, tu cherches à te mesurer avec moi dans le domaine dialectique ?

– Un exemple, rien qu'un exemple, après, je te le jure, je me tairai.

– Alors, voyons un peu, a-t-il dit en rapprochant son assiette et en la remplissant de purée. Pour moi, quelqu'un de convenable c'est quelqu'un qui agit correctement et avec bon sens. Quelque chose comme ça. Content ?

– Plus qu'un exemple, on dirait un article de la Constitution. En somme, si je comprends bien, lui est convenable ? » et il m'a indiqué. « Et elle ? » Il a caressé la clavicule de sa sœur.

« Je dirais que oui. Ta sœur et ton cousin sont ce que j'appelle des jeunes gens convenables, a répondu oncle Gianni conciliant. J'aurais quelques doutes sur toi.

– Dans ce cas, moi aussi sur toi.

– Leone, n'en profite pas, eh ? Je suis un homme patient mais je te prie de ne pas exagérer. Il est temps que tu apprennes à rester dans les limites de ce qui t'est permis. T'adresser à moi de cette façon ne l'est pas. D'accord ? Je veux dire, il y a presque un demi-siècle de distance entre nous. Ne l'oublie pas.

– Tu ne fais que me le répéter ! »

C'est alors que je l'ai compris ; pour être plus exact, je l'ai vu : malgré les apparences, Leone était un enfant. D'accord, du haut de son mètre quatre-vingt-dix il pouvait paraître plus mûr. Les femmes, je l'avais remarqué, ne le quittaient pas des yeux, au restaurant, à l'hôtel, dans la rue. Partout. Hypnotisées par sa fossette au menton et sa pâleur romantique, elles cherchaient par tous les moyens à attirer son attention. Peine perdue : Leone, absorbé par qui sait quels intérêts, peu enclin à la concupiscence, ne s'en souciait pas.

J'ai failli croire que ce sujet ne l'intéressait pas. Jusqu'à ce qu'une nuit il me parle de la femme mariée, beaucoup plus vieille que lui, avec laquelle il couchait depuis des mois. C'était la première fois, m'a-t-il dit, qu'il l'avouait à quelqu'un. Pourquoi à moi ? un étranger ? un rien du tout ? Peut-être pour ça : à qui aurais-je pu le répéter ? Ou peut-être parce que c'était le bon moment : une de ces nuits où, libres d'ingérences parentales, on découvre les avantages de l'indépendance, la tiédeur vénéneuse des amitiés viriles. Écouter des disques, se rouler des joints, commander des pizzas et pendant ce temps bavarder, bavarder, rire, ne pas s'arrêter, jusqu'à l'aube si nécessaire, en accumulant broutilles sur broutilles, blagues sur blagues, en même temps que les choses essentielles de la vie : ce qu'il y a d'irremplaçable à se faire tailler une pipe, les dix plus belles chansons de tous les temps, les stops de Maradona, l'avenir rêvé qui tôt ou tard, incompréhensible comme un diagnostic mortel, trouvera le moyen de vous saisir à l'improviste.

Leone avait attendu que Little Angel s'assoupisse pour me parler de la professeur de lettres payée pour lui donner des cours de grec qui, semblait-il, lui donnait gratis d'autres leçons bien différentes. Jamais personne ne m'avait parlé de certaines choses de cette manière. J'étais pendu à ses lèvres. Enfin un interlocuteur valable, un type qui en matière de luxure ne faisait pas étalage de compétences livresques mais de données plausibles, de souvenirs palpitants. En résumé, pas le vantard habituel qui se branle, mais un compagnon expert et fiable. D'ailleurs, ce soir-là, Leone était différent. Pour une fois il ne plaisantait pas, il ne raillait pas, il ne parodiait pas. Il demandait seulement d'être pris au sérieux. Le clou a été quand il a commencé à énumérer les choses qui le faisaient enrager: avant tout, la clandestinité. Ensuite l'image récurrente, cruelle, de ce couillon de mari qui toutes les maudites nuits exigeait sa ration conjugale de sexe. Mais la pensée qui lui répugnait le plus concernait la réaction probable de ses proches – sa mère, son père, oncle Gianni, même sa sœur, nom d'un chien – s'ils découvraient que sa maîtresse n'était pas juive. Je ne trouvais pas tout ça injuste et révoltant moi aussi? Que de conneries, que de superstitions. Quelle aberration médiévale! C'est ainsi que Leone m'avait ouvert son cœur une de nos exténuantes nuits new-yorkaises; en cherchant ma complicité de la façon la plus persuasive et la plus adulte que je puisse imaginer.

Mais maintenant, dans le énième bras de fer avec oncle Gianni, je le vois redevenir ce qu'il a toujours été, et qu'il va probablement rester un bout de temps: un enfant. Précoce, téméraire, aussi insolent que possible, mais un enfant qui s'embourbait dans une querelle très insidieuse, face à un adversaire sagace et rompu à tout.

Avec l'impertinence de celui qui est sur la défensive il a dit: «Je ne vois pas où est le problème.

– Le problème est précisément là, mon garçon: que tu ne voies pas où est le problème.

– Qu'est-ce que tu aurais dit si ces deux-là n'avaient pas été du même sexe? S'ils avaient été tout simplement mari et femme?

– Je les aurais trouvés très mal élevés.

– C'est tout?

– Ça te paraît peu?

– Avant tu avais l'estomac retourné, maintenant tu t'en tires avec un peu de réprobation?

– Que veux-tu que je te dise? Que certaines petites scènes ne me dégoûtent pas? Qu'à leur place je n'irais pas me cacher? Que s'il ne tenait qu'à moi je ne les enverrais pas tous sur une île déserte ? Eh bien, tu me demandes trop. Parce que c'est là, sur une île, que je les expédierais.

– Comme les nazis », a marmonné Leone. Et l'espace d'un instant il a été difficile de déterminer s'il s'agissait d'une question ou d'une affirmation ; quoi qu'il en soit elle flottait dans l'air comme certains gaz inflammables prêts à exploser.

« Pardon, qu'est-ce que tu as dit ? » Les yeux d'oncle Gianni brûlaient d'indignation. « Leone, je t'ai demandé de répéter ce que tu viens de dire.

– Comme les nazis, a-t-il répété. C'étaient eux qui voulaient envoyer les gens sur une île, non ? Pourquoi te le dire ? Tu le sais très bien.

– Tu veux savoir ce que je sais ? Je sais qu'ils ne l'ont pas fait. Je sais que personne n'a été envoyé sur une île. Je sais que les endroits où on t'envoyait étaient nettement plus inhospitaliers qu'une île. Je sais aussi que dans ce genre d'endroits il était plus sage et plus sain d'y mourir que d'y vivre, et que de toute façon il était presque impossible d'en sortir sur ses jambes. Qu'est-ce que je sais d'autre ? Voyons un peu. Je sais qu'aborder certains sujets, hasarder des exemples aussi indécents précisément ici, à cette table à la fin d'un dîner exquis, devant notre Angelino, de surcroît, ta sœur, ton cousin, ton vieil oncle qui a vécu certaines choses sur sa peau, révèle une absence de tact qui ne te fait pas honneur. Comme tu vois, je sais un tas de choses, y compris celle qui m'embête le plus : je sais que je suis très déçu. »

Les colères d'oncle Gianni n'interféraient nullement avec son éloquence, au contraire, elles tendaient à l'enhardir. Contrairement à ce qui se passe en général, il tirait d'un conflit qui s'exacerbait de nouvelles ressources de flegme et de faconde. Comme j'allais m'en rendre compte au cours des années, dans des circonstances de ce genre il faisait preuve d'une inflexibilité obstinée. Qu'il s'agisse d'un assistant infidèle, d'un étudiant en licence impertinent, d'un client indocile, le traitement réservé au casse-pieds du moment était toujours le même : il était enseveli sous une avalanche de données irréfutables débitées avec une violence liquidatrice. Ce n'était pas par hasard que son jeune interlocuteur, pourtant si sûr de son fait, accusait le coup à en juger d'après les marques vermillon qui tachaient ses tempes et la bave au coin de ses lèvres.

Faire appel à Little Angel (comme témoin de l'accusation) en évoquant les fantômes des grands-parents déportés et du père suicidé avait été un coup bas et comme tel extraordinairement efficace. Pourquoi s'en étonner ? C'était le genre de choses dans lesquelles excellait oncle Gianni, les performances pour lesquelles il était surpayé. Renverser les rôles était sa spécialité. Il lui avait suffi d'un sale jeu anaphorique pour inverser l'équilibre des forces en présence en transformant l'accusateur en accusé. C'était maintenant à Leone de frire sur le banc des accusés : c'était lui le raciste, l'excité, le phraseur sans scrupules.

Quelles drôles de personnes c'étaient ! Qui allaient tout le temps au restaurant, qui tenaient à la nourriture plus qu'à toute autre chose, qui ne se bornaient pas à l'avaler mais la commentaient en semi-professionnels, votant à chaque plat comme dans un concours culinaire ; et pendant qu'ils y étaient, ils profitaient de chaque occasion de repas ensemble pour discuter férocement des grands systèmes, et pour s'en donner à cœur joie.

Ce qu'oncle Gianni avait voulu dire quand, à notre première rencontre, en montrant la table mise dans la salle à manger, il avait murmuré : « Voilà ce que signifie être juifs. » Sur le coup, surpris, impressionné par l'aspect matériel de la situation – agencement de la table, bougies allumées –, j'avais pris ses paroles au pied de la lettre. Mais en y repensant après une semaine de déjeuners et de dîners je comprenais que je n'avais pas accordé à cette affirmation l'importance voulue, en sous-estimant la relation indissoluble entre prospérité économique, gastronomie et verbosité. J'en suis même arrivé à me demander si la sobriété de ma mère en matière d'argent, d'alimentation et de mots n'était pas le énième moyen de prendre ses distances avec le milieu dans lequel elle avait grandi.

Quoi qu'il en soit, ce que je ne parvenais vraiment pas à saisir c'était le comportement de Leone. Pourquoi s'embarquer dans une polémique stérile dont il ne pouvait sortir que vaincu ?

Si je n'avais pas été au courant de sa liaison, et compte tenu de son indifférence à l'égard de la phalange de filles qui le dévoraient des yeux, j'aurais peut-être pu prendre sa sortie en faveur des homosexuels pour une défense corporatiste. Mais à la lumière de ses confidences nocturnes il était clair que ce qui le mettait en fureur ce n'était pas la discrimination subie par les homos imprévoyants de la table voisine, mais par celle, millénaire (ou plutôt biblique), qui l'empêchait lui, Leone Sacerdoti, d'aimer librement une femme d'une autre confession.

« Et si c'était moi la pédale là-dedans ? Si c'était moi, qu'est-ce que tu ferais ? Tu m'enverrais moi aussi sur une île ? »

Je venais de mettre le premier morceau de cheesecake dans ma bouche – la crise passée, la salle du restaurant pleine de riches clients était redevenue calme ; Francesca m'avait souri en me faisant comprendre par un de ses regards par-dessous ses lunettes que je ne devais pas y faire attention : chez elle les hommes se conduisaient toujours comme ça – quand Leone, tentant le tout pour le tout, avait lancé cette dernière et inadmissible provocation.

Alors le temps s'était de nouveau arrêté, comme dissous ; le cheesecake avait cessé de me plaire et moi de le mâcher ; la salle était retombée dans une semi-obscurité frémissante et mystérieuse. Bien qu'aucun de nous n'ait osé regarder oncle Gianni en face, nous ne doutions pas que sa réplique, obéissant au troisième principe de la dynamique, aurait la même force explosive et la même capacité offensive que la provocation que son neveu lui avait lancée à la figure.

Nous nous trompions : oncle Gianni a frappé encore plus fort.

« Le Seigneur ne t'a pas donné une bite pour te faire enculer mais pour t'en servir ! »

Jeu, set, et match.

Bref, il est évident que j'aurais eu plus d'un argument pour soutenir les médisances téléphoniques de mon père, pour étayer ses soupçons et ses préjugés, pour exciter son hostilité mesquine.

Je ne l'ai pas fait. Encore une fois, exactement comme avec ma mère, mais pour des raisons moralement opposées, je l'ai bouclée.

Il y a peut-être dans un coin quelconque de l'enfer un cercle réservé aux enfants réticents : un lieu de tortures sulfureux où des bandes de mioches ingrats paient les conséquences d'avoir trop souvent opposé aux interrogatoires de leurs parents des réponses incomplètes et distantes.

Victime de leur omerta depuis des années je leur rends la monnaie de leur pièce.

La peine du talion pour m'avoir aussi obstinément caché tout ce qui les concernait – généalogie, souvenirs, sentiments, rancœur – c'était un fils hypocrite, plus sournois et timoré que ses parents ne l'avaient jamais été.

5

Au bout de trois heures et demie de voyage nous avons atteint la plage à propos de laquelle oncle Gianni fabulait depuis des jours. La journée ne promettait rien de bon, et mon humeur non plus. La bande de sable qui se déroulait le long du littoral de Cooper's Beach sous un ciel pesant comme une dalle de fonte affichait un beige éteint de cimetière. Une odeur saumâtre – algues, plantes grimpantes, peinture fraîche – chatouillait les narines par vagues chaudes et intermittentes. Peut-être en raison des conditions atmosphériques pas vraiment favorables, ou parce que c'était un jour de semaine, les gens sur la plage étaient rares et plutôt âgés.

Francesca s'était défilée pour longtemps, après avoir manifesté un léger malaise pendant le petit déjeuner ; elle était désolée mais elle ne se sentait pas capable de sortir de l'hôtel. Little Angel, qui ce matin-là, exceptionnellement, n'avait pas d'appétit, avait abandonné peu après, en voiture, et par mesure de rétorsion avait été déposé sans ménagement devant une station de métro à deux pâtés de maisons de chez lui.

Oncle Gianni m'a demandé ce que j'attendais pour me déshabiller. Lui ne s'était pas fait prier : tandis que le plagiste installait le parasol, d'un seul geste rapide il s'était débarrassé de son polo, de son bermuda et de ses espadrilles et était resté en maillot au décor hawaïen. Avec la même impatience il avait couru vers la première vague. Le temps de nager un peu et il était revenu en trottinant s'étendre sur la natte à quelques centimètres de la chaise longue sur laquelle j'étais recroquevillé.

À côté des autres baigneurs – ses contemporains pour la plupart, en short élégant et canotier – oncle Gianni avait l'air d'un aborigène. Rien à voir avec le monsieur civilisé qui un quart d'heure plus tôt, pour accéder au parking d'une des plages les plus exclusives de la côte Est, avait laissé un billet de cinquante au gardien habillé en marin.

« Et alors, ce maillot ?

– Je ne l'ai pas.

– Qu'est-ce que ça veut dire je ne l'ai pas ?

– Je l'ai laissé à Rome.

– C'est ta tête que tu as laissée à Rome. Pourquoi tu ne me l'as pas dit ? Nous en aurions acheté un.

– Ne t'inquiète pas, je vais bien.

– Qu'est-ce que tu es, un mormon ou un sociopathe ?

– Vraiment, mon oncle, tout va bien. »

Je mentais. Je ne me sentais pas bien du tout. Encore troublé par ma conversation avec mon père, énervé par les heures de voiture, je n'arrivais pas à croire que dix jours s'étaient envolés aussi vite. J'enviais Francesca pour avoir trouvé la force de se défiler, et même le léger vertige de Little Angel. L'idée de passer les dernières miettes de vacances à la plage (une plage en valait une autre) me mettait dans une colère exacerbée par l'impossibilité de pouvoir l'exprimer.

Bref, je me serais évité volontiers la énième semonce. J'en avais par-dessus la tête d'être étudié, jaugé, jugé. On aurait dit qu'oncle Gianni ne savait pas faire autre chose que vous expliquer qui vous étiez et vous conseiller le moyen d'apprendre à être quelqu'un d'autre, probablement semblable à lui. Eh bien, je n'en pouvais plus. Je voulais seulement rester tranquille et muet en attendant l'heure du déjeuner. Le plan pour les prochaines heures était de parler le minimum indispensable, et pour l'amour du ciel ne pas brûler.

À cet instant précis est apparu Leone en combinaison de plongée avec une planche de surf bien serrée sous l'aisselle.

Je lui ai demandé : « Tu sais en faire ?

– Il sait comment se tuer, s'est moqué oncle Gianni. Et il sait aussi comment me provoquer un infarctus. Et c'est exactement ce qu'il arrivera s'il monte sur ce truc.

– Médaille d'or de windsurf aux championnats régionaux deux ans de suite, s'est vanté son neveu.

– Le surf, c'est autre chose. Et le maître-nageur a dit qu'aujourd'hui ce n'est pas le bon jour. »

Sans répondre, décidé à défier à la fois son oncle, les caprices des vagues et l'horizon sombre, Leone s'est dirigé vers son destin avec la crânerie qu'il mettait dans tout.

« Dis-moi un peu, qu'est-ce que tu as contre les maillots ? » m'a demandé oncle Gianni en se laissant aller sur la natte.

Je lui ai dit que j'attrapais facilement des coups de soleil.

« Tu es allergique aussi aux crèmes solaires ? » Me mettre à pérorer sur la pudeur extrême et les chichis pathologiques ne me paraissait pas une bonne idée. J'ai donc suivi l'exemple de Leone, je n'ai pas répondu et je me suis borné à sourire.

Il est revenu à la charge. « Tu sais ce que j'ai remarqué ? » Il s'est un peu redressé pour prendre sa pipe et une vieille blague à tabac.

« Quoi ?

– Tu as toujours peur.

– Peur ?

– Exactement, peur. »

Cette fois je n'ai pas pu m'empêcher de lui demander ce qu'il voulait dire.

« Tu es sur tes gardes, mon garçon, tu es prudent. La chose en soi ne me déplaît pas. C'est un signe de maturité. Tu es réfléchi, tu as la tête sur les épaules. Mais, et excuse-moi si j'insiste, tu ne te laisses pas aller. Et tu te soucies trop des réactions des autres. Comme si tu voulais les protéger d'eux-mêmes. Eh bien, sache qu'en général les autres n'ont pas ces scrupules. Ils ne se demandent pas comment se comporter pour ne pas te faire de tort, ils font ce qui les fait se sentir bien. Et tu devrais les imiter. Sérieusement. À ton âge, c'est dommage de ne pas profiter de la vie. Je veux dire, on ne peut pas tout contrôler. Alors de qui tu tiens ça ? Guido n'était pas comme ça. Tout à fait différent. Ta mère ? Allons donc. Je ne connais pas de femme plus audacieuse. »

Ça recommençait. C'était la faute de mon père. C'était lui qui avait fait de moi un lâche. Même si nos rapports diplomatiques n'avaient jamais été aussi tendus, je n'aimais pas laisser passer certaines insinuations contre l'homme que je m'obstinais à considérer comme mon guide suprême. Mais comment contre-attaquer ?

« J'espère que tu ne vas pas disparaître de nouveau des radars à partir de demain, une fois les vacances finies », m'a-t-il dit à l'improviste. Ça ne ressemblait pas à un reproche mais à un souhait mêlé de regret préventif. Contrairement à ses habitudes, il s'était exprimé avec douceur. Il serrait sa pipe dans un coin de la bouche et de l'autre il envoyait des bouffées nerveuses de fumée.

Il a poursuivi : « Je dois te le dire, j'imaginais qu'après Pessah tu aurais donné signe de vie. Je comptais dessus, du moins. Il m'avait semblé que tu t'étais amusé. J'espérais que tu me téléphones, que tu viennes me voir. Je suis resté à côté du téléphone comme une amoureuse. Mais toi rien, implacable. Tu ne le sais pas encore, mon garçon, mais tu as une âme de don juan. »

Il se moquait de moi ? À sa façon de me regarder c'était probable. Mais ça ne voulait rien dire. Désormais j'avais appris que les Sacerdoti procédaient ainsi : ils lançaient des accusations graves avec le sourire. Ils disaient la vérité en faisant semblant du contraire. Ou peut-être pas, ils faisaient l'inverse. Je ne l'ai toujours pas compris.

En se retournant sur le ventre il a repris : « Je ne devrais pas le faire mais je ne peux pas m'en empêcher. Finalement je suis content que Chiara ne soit pas venue. Pauvre petite, c'est un trésor, un peu sotte, très immature, mais un bonheur. Sa défection m'a permis de proposer cette chose folle à ta mère. Et ne crois pas que ç'a été facile. Quelle femme compliquée. Elle m'a infligé une espèce de négociation syndicale. Pire que si je lui avais proposé de t'envoyer dans une colonie pénitentiaire. C'est que je tenais vraiment à te connaître. Et je t'assure que tu n'as pas déçu mes attentes, ni les miennes ni celles de tes cousins. Je veux dire, non qu'il se soit agi d'un examen. Pour l'amour du ciel. Mais tu as été une grande et belle surprise. L'autre soir, quand tu es allé te coucher et que nous sommes restés pour bavarder dans le hall, ta cousine a chanté tes louanges. Tu aurais dû l'entendre. Elle a dit que tu es exceptionnel. Une espèce de génie. Que tu sais écouter, que tu ne te vantes jamais, que tu te concentres sur les autres. Elle a raison. Mais j'insiste : je ne voudrais pas que tu exagères. Que pour n'ennuyer personne tu perdes les occasions extraordinaires qui s'offrent à toi. Ce serait vraiment dommage. Tu as le cœur trop tendre, mon garçon. Voilà pourquoi j'espère qu'une fois rentré à Rome tu ne prendras pas de nouveau le maquis. Je ne laisserai pas des scrupules stupides t'égarer. Sers-toi de moi. Sers-toi de ce vieil oncle célibataire, riche et excentrique. »

Comme toutes les personnes non habituées aux attentions généreuses, je ne savais pas quoi penser. D'un côté, pourquoi le nier ? j'avais cette sensation de plénitude que seule la vanité est en mesure de provoquer, de l'autre, j'aurais voulu me dissoudre dans l'air avec la fumée de sa pipe et m'envoler, tout là-haut, vers les côtes du Canada, jusqu'au Groenland si nécessaire.

Pour me sortir d'embarras j'ai dit: « Mais je suis un froussard.

– Tu vois ? Tu fais aussi de l'auto-ironie. Mais plaisanterie mise à part, je ne t'ai jamais traité de froussard. Tu es prudent. C'est tout. Il ne manquerait plus que tu te comportes comme ce malheureux. Regarde-le, il va se casser le cou. »

J'ai répondu avec perfidie : « Bah, il ne s'en sort pas mal. »

La lutte proverbiale entre l'homme et l'océan était à son comble. Dans la meilleure tradition, la Nature prenait le dessus. Leone n'avait pas encore réussi à se mettre debout sur la planche comme il l'aurait peut-être fait avec l'aide d'une voile ou sur une mer moins démontée. De plus, il avait de la peine à surmonter le premier bastion de vagues noires que le vent rendait de plus en plus rugissant et difficile à atteindre.

C'est un éclair qui s'est chargé de mettre fin à l'affrontement avant d'enflammer le ciel ; il a été suivi d'abord d'un grognement vulgaire, puis d'un grondement biblique.

Nous nous sommes réfugiés dans le restaurant de l'établissement. Juste à temps pour profiter de la tempête derrière la baie vitrée, devant des serviettes en lin et une soupe fumante de palourdes à la crème.

Quand nous avons repris la voiture en début d'après-midi il avait cessé de pleuvoir. Hélas, l'orage d'été, bien loin d'apporter de la fraîcheur, avait rendu l'air encore plus insalubre. Nous avons trouvé un parking loin de la maison. Nous y sommes allés à pied, assommés par l'humidité. Oncle Gianni nous a accompagnés : dans son désir de contrôle il voulait diriger les préparations des bagages, un art dans lequel il se déclarait hors catégorie. Nous avons appelé par l'interphone : rien. Heureusement, Little Angie nous avait donné le trousseau de clés de secours.

« Quelles *bavelle*[1]. Et dire que je vous avais fait mes recommandations, s'est plaint oncle Gianni en entrant dans l'appartement. Je vous avais demandé d'aider Angelino à ranger ses affaires. »

La porte de la chambre était fermée. J'avais un besoin urgent de la salle de bains. Je me faisais pipi dessus. J'ai frappé. Pas de réponse. Alors je suis entré : Little Angie gisait sur son lit encore en tenue de plage, comme s'il avait passé là les sept dernières heures de son existence vaine. Il y avait une odeur horrible de bière chaude, de marijuana, de chaussettes sales.

Oncle Gianni a soupiré : « Quel désastre, ce garçon. Allez, réveille-le. »

Je lui ai mis une main sur l'épaule, je l'ai secoué délicatement sans obtenir de signe de vie encourageant. Gianni a essayé lui aussi. Aucune réaction. Il lui a mis un doigt sous les narines : « Il respire. »

En composant le numéro des secours, il a ordonné à Leone de descendre les attendre et à moi de continuer de le secouer : il fallait le faire revenir à lui. Avec la même compétence implacable (c'était un pénaliste de renom, après tout), il s'est mis à fouiller ce trou pestilentiel. Il a examiné chaque plaquette de médicaments. Il a vidé les canettes à moitié vides dans le lavabo. Par mesure de sécurité il a jeté dans les toilettes la marijuana découverte dans un tiroir. Pendant ce temps il ne cessait de jurer : « Quelle tête de nœud ! Quelle sale tête de nœud ! Je lui en donnerais du Bouddha ! »

Au bout d'un quart d'heure trois infirmiers d'ethnies différentes ont fait irruption, escortés par Leone, et en route pour l'hôpital. Sauf moi qui ai été expédié à l'hôtel pour

1. Quel bordel, en judéo-romain.

informer Francesca de ce qui se passait. Avant de me laisser partir oncle Gianni m'a fait ses recommandations : nous devions l'attendre, ne pas sortir de l'hôtel, il essaierait de nous appeler dès que possible. D'accord ?

Un instant plus tard j'étais dans le métro, précisément au moment où il aurait mieux valu être ailleurs : la fatidique heure de pointe.

Et si Little Angel était mort ? N'était-ce pas le genre d'interrogation qui aurait dû m'épouvanter ? Alors pourquoi me laissait-elle indifférent ? Où en était arrivé le morveux précocement obsédé par l'idée de la mort ? Où était son bon cœur tant vanté ? Qu'était devenue son affection pour Little Angel ? Aucun pathos, aucune pitié, rien qu'une grande envie de pisser. Je crois avoir découvert alors qu'au fond, les personnes dont la mort est capable de nous bouleverser ne sont pas si nombreuses. D'ailleurs, quoi qu'il soit arrivé, à partir du lendemain je ne l'aurais plus jamais revu. Pourquoi me chagriner ?

Oncle Gianni avait promis que le dernier soir il nous emmènerait à l'Oyster Bar. C'était la seule chose à laquelle j'arrivais à penser avec regret : le cocktail de crevettes et la langouste qui m'avaient été promis et sur lesquels j'allais probablement devoir faire une croix. Quelle guigne. Je maudissais la gloutonnerie de Little Angel et son abus démesuré de substances qui l'avait probablement mené là.

Par ailleurs, pour une fois je n'étais pas disposé à me sentir coupable de tant d'insensibilité. C'étaient eux, les Sacerdoti, qui m'avaient initié aux délices de l'hédonisme, en me rendant incapable d'y renoncer, d'autant moins que je les avais déjà goûtées à l'avance en imagination. C'était oncle Gianni qui m'avait arraché au monde asphyxiant de mes parents en me traînant dans le pays où la recherche du bonheur terrestre est un droit constitutionnel.

En remontant des catacombes du métro et à quelques pâtés de maisons de l'hôtel, j'ai essayé de me réconforter en me disant qu'au moins j'allais passer du temps avec Francesca.

Elle avait vraiment dit que j'étais un génie ? Ou son avis avait été sournoisement travesti ? Comme c'était difficile de s'y retrouver dans les hyperboles d'oncle Gianni et de les décrypter.

Il fallait admettre qu'aucune fille ne m'avait jamais montré une sympathie aussi sincère. Et pourtant je n'étais pas en mesure de me prononcer sur la nature de son intérêt pour moi. Par ailleurs je n'avais pas non plus d'éléments pour en réduire la portée. Les premiers jours, en constatant avec quel soin elle faisait en sorte de s'asseoir à côté de moi au déjeuner ou comme elle saisissait le plus petit prétexte pour m'interpeller, je m'étais demandé si elle se moquait de moi. Soupçon conditionné par l'expérience. C'était un jeu assez répandu entre mes camarades. Tu choisis l'abruti, l'empoté de service, tu lui fais croire qu'il t'intéresse et quand il est cuit à point tu le laisses le bec dans l'eau, à la merci de ses démons et de la moquerie publique. Débarrassé de ma méfiance, je tendais à exclure cette éventualité. Et non parce qu'au fond de moi je n'avais pas peur d'appartenir au genre de garçons potentiellement victimes de telles injustices goguenardes, mais parce que j'étais raisonnablement convaincu que Francesca ne faisait pas partie des filles enclines à les commettre.

Au reste, je ne me faisais pas d'illusions. Au contraire, mon incapacité pathologique à me faire valoir me portait à réduire les sentiments de Francesca à cette sorte de curiosité mêlée de condescendance qui caractérise les filles riches, extravagantes et intelligentes. Je n'étais probablement rien d'autre qu'un des objets secondaires, excentriques qui l'attiraient. Restait toutefois qu'elle aimait bien parler avec moi, qu'elle n'en faisait pas mystère et que si j'avais joué mes cartes… Si j'avais joué mes cartes *quoi*?

À ce moment-là le chemin de mes pensées s'interrompait brutalement devant une forêt pleine d'incertitudes : n'ayant pas de raisons de douter de la sincérité de sa sympathie pour moi, il convenait de s'interroger sur la nature de mes sentiments et se demander, pour ne pas tourner autour du pot, si et jusqu'où Francesca Sacerdoti était digne de mes attentions.

La vie scolaire m'avait appris que les affaires de cœur, même les plus authentiques, obéissent aux lois sévères de la réputation. Vous pouvez être la fille la plus sexy de l'école mais si pour une raison quelconque un tel primat n'est pas ratifié par l'opinion publique personne ne vous remarquera, personne ne vous prendra au sérieux.

Ce qui explique peut-être pourquoi j'avais passé les deux derniers trimestres à soupirer après Sofia Caetani, une nana avec laquelle je n'avais jamais échangé un mot et qui à première vue, quoique très belle, presque angélique, ne m'avait pas vraiment frappé. Et pourtant, petit à petit et irréversiblement, l'aura qui la transfigurait avait fini par me contaminer. Au point de me convaincre qu'il n'existait rien au monde de plus attirant. Qui d'autre qu'un être extraordinaire aurait pu pousser un morveux de mon acabit, indifférent à la politique, réfractaire à tout idéal particulier, à manifester contre les infamies commises par Israël aux dépens du courageux peuple palestinien ?

« Tu sais ce que je lui ferais ? » m'avait demandé Demetrio pendant le sit-in contre le Premier ministre israélien Yitzhak Shamir qui se tenait devant notre lycée. Je savais de qui il parlait : de la blonde qui haranguait la foule en brandissant le drapeau palestinien. « Quoi ? » avais-je répondu en espérant qu'il me dise quelque chose de suffisamment dégoûtant. « Je lui éjaculerais sur la figure. Pour moi elle est le type classique qui aime certains petits jeux. » « De quel type tu parles ? » « La princesse pasionaria, un mélange dément. »

Et Francesca ? Qu'aurait dit mon ami d'une fille comme Francesca Sacerdoti ? Qu'est-ce qu'il lui aurait fait ? Elle était digne de figurer dans une de ses répugnantes rêveries pornographiques ou il valait mieux la mettre en pénitence dans une étroite arrière-boutique exiguë ?

Là était la question. Quel dommage de ne jamais pouvoir compter sur Francesca. Parfois elle était très belle, mais d'habitude elle ne l'était pas du tout. Distinguer sous ses horribles lunettes la jeune fille désirable de celle qu'on ne remarque pas, comme l'avait fait oncle Gianni, était peut-être un petit peu simpliste, mais au moins ça rendait visible sa nature changeante. Comment ne pas partager l'irritation d'oncle Gianni pour la négligence de sa nièce ? En effet, on aurait dit qu'elle faisait tout pour cacher ce qu'elle avait de beau et montrer ce qu'il aurait été plus sage de dissimuler. Ses négligences n'avaient rien de commun avec celles de Sofia Caetani. Si les premières étaient les fruits meurtris du laisser-aller, les secondes étaient des choix de style aussi délibérés qu'efficaces.

Puisque la rêverie onaniste était le seul espace sans frein accordé à mon imagination, les derniers jours j'avais soumis Francesca à diverses épreuves. L'expérience avait eu des résultats discutables sinon carrément décevants. Penser à elle comme j'avais si souvent pensé à sa mère, ou comme je pensais de plus en plus souvent à Sofia Caetani, m'avait causé un certain malaise et même trop de scrupules. Comme si l'élément incestueux de l'affaire m'inhibait au lieu de m'exciter. Ou comme si le dilemme sur sa réputation ne permettait pas à mon imagination de prendre son envol.

Mais alors pourquoi lorsqu'elle s'asseyait à côté de moi, quand elle me demandait quelque chose, je ressentais un chatouillis aussi agréable ? C'était seulement de la vanité (la mienne), ou autre chose de mystérieux qui me dépassait ?

Ce qui me fascinait ce n'étaient pas des éléments particuliers, aussi attirants qu'ils aient été : des yeux expressifs, des dents parfaites, une taille de guêpe, un décolleté prometteur, mais une lumière qu'elle irradiait malgré elle ; un éclat iridescent qui semblait venir de ses qualités morales soutenues par des éléments tout aussi indicibles : l'alliance entre ses manières accueillantes et l'odeur de sa peau à la fois amère et vanillée, en tout cas parfumée comme des biscuits sablés sortant du four.

Se peut-il que je ne comprenne que maintenant que la mauvaise humeur qui m'avait tourmenté sur la plage était due à l'absence d'une fille qui éveillait en moi des sentiments confus et des impressions contradictoires ? Une cousine que je n'étais pas du tout sûr de vouloir voir en maillot de bain ?

J'ai demandé à une réceptionniste d'appeler Miss Sacerdoti. Elle a répondu à la troisième sonnerie.

« Comment ? Vous êtes déjà là ? On n'avait pas dit neuf heures ? »

Quand je lui ai raconté sommairement ce qui s'était passé j'ai senti son inquiétude. Alors je me suis efforcé de la rassurer : ne pouvant pas compter sur des arguments valables, j'ai débité de vagues vœux. Non, il n'y avait pas de raisons de s'affoler. Oncle Gianni avait insisté pour que nous l'attendions à l'hôtel. Qu'elle prenne tout son temps, je trouverais à m'occuper.

« Pardon mais pourquoi tu ne montes pas ? Ce hall n'en est pas un, c'est un congélateur. J'allais commander quelque chose. J'ai l'estomac vide depuis hier soir. »

Je l'ai trouvée dans le couloir devant sa porte, plus ou moins telle que je l'avais laissée au petit déjeuner, en polo blanc et bermuda bleu marine. Pieds nus, les cheveux ébouriffés, ses fichues lunettes sur le nez. En revanche, sa chevelure douce libérée du chignon tellement mal vu d'oncle Gianni lui tombait sur les épaules.

Encore une fois, je n'ai pas été à la hauteur du troisième degré auquel elle m'a soumis dans ce couloir.

« Alors comment tu sais que ça n'est pas grave ? »

J'ai admis qu'en effet je ne le savais pas.

« Le pauvre. Il est tellement déprimé.

– Et tu n'as pas idée de l'état dans lequel il était. »

Dans sa chambre Francesca a enlevé ses lunettes et les a nettoyées avec un coin du drap ; tant qu'elle y était, elle s'est assise sur le lit, s'est adossée contre la tête et a démontré à quel point le tic dans ses yeux pouvait être mystérieux et anxiogène.

Elle a repris en maugréant : « Quelle tuile.

– Je suis sûr que ce n'est pas grave.

– Tu m'accordes une minute ?

– Bien sûr. »

Elle a attrapé l'énorme livre sur la table de nuit et s'est plongée dedans comme un prêtre dans son bréviaire. Il était clair qu'elle avait passé toute la journée en compagnie de cette brique. Non que la chose m'ait surpris : son sac par terre, à côté de ses chaussures de bateau, ressemblait plus à une bibliothèque ambulante qu'à un bagage à main.

Elle a expliqué : « Excuse-moi. Si je ne finis pas le chapitre je me sens anxieuse. Il me manque trois ou quatre pages. »

La chambre était un capharnaüm. Plus petite que celle d'oncle Gianni, bien que deux étages plus bas elle jouissait de la même vue magnifique : la verdure de Central Park entourée par les flèches de bâtiments pointus ravivés par les lueurs du crépuscule d'été. Mais je n'ai accordé qu'un regard distrait à ce spectacle somptueux. Assis dans la bergère devant le lit, raisonnablement assuré que ma curiosité n'était pas partagée, je n'avais d'yeux que pour la lectrice, qui dégageait à son tour une lumière intime de tableau flamand : tandis que ses genoux anguleux étaient pris d'un léger frémissement, ses lèvres articulaient les syllabes en émettant une drôle de litanie. Elle était tellement maigre, chétive, comme si ses os n'avaient pas encore eu le temps de se développer et se consolider.

Elle a posé le livre sur la table de nuit avec une moue enfantine en disant : « Terminé.

– Pourquoi tu ne lis pas mentalement ?

– Oui, pourquoi ? a-t-elle répondu en s'étirant. Que te dire ? J'aime bien le son. C'est comme me chanter une berceuse. Ça se voit que je suis fille d'actrice. »

L'allusion m'a surpris. À la différence de son frère, Francesca ne parlait pas volontiers de sa mère. Du moins je ne me rappelais pas qu'elle l'ait fait auparavant. Par ailleurs, plus je la connaissais plus je voyais la ressemblance entre les deux. Il ne s'agissait pas exactement de similitudes physiques mais de quelque chose de plus inexplicable et spécifique. Une aura, une posture, une attitude.

« Tu es vraiment tellement névrosée que tu ne parviens pas à lâcher un chapitre à la moitié ? »

Elle s'est enflammée : « C'est un livre incroyable. » Elle l'a repris et s'est mise à le feuilleter au hasard, affectueusement, comme si c'était sa peluche préférée ou le petit chien de la maison. « Tu connais George Eliot ?

– Je devrais ?

– C'est un nom d'homme mais c'était une femme. C'est son dernier livre : *Daniel Deronda*. Tu ne trouves pas superbes les romans où l'héroïne a déjà perdu tout son patrimoine dès la deuxième page et où le héros ne comprend qu'à la fin qu'il n'était pas celui qu'il croyait être ? » Et maintenant d'où venait cette poussée de jalousie ? À cause d'une écrivaine qui faisait semblant d'être écrivain ? Allons donc, non seulement je n'avais aucune idée de qui était George Eliot, mais en outre je n'avais pas la moindre intention de le découvrir. Et alors pourquoi la dévotion qu'elle inspirait à une jeune fille aussi étrange et adorable me remplissait-elle de rancœur ? Peut-être parce que j'avais toujours considéré les livres comme un passe-temps de ratés et que je n'avais jamais réfléchi au lien d'interdépendance entre celui qui écrit et celui qui le lit, et à combien il pouvait être passionnant pour tous les deux.

Elle a dit : « Tu sais qui me rappelle ce livre ?

– Qui ?

– Toi.

– Moi ?

– Oui, toi.

– Ça, tu dois me l'expliquer.

– Mais qu'est-ce que j'en sais, c'est un livre plein de drames, d'ascèse, de catastrophes et de demi-Juifs qui s'ignorent… »

Désormais l'élégance d'expression de Francesca ne pouvait plus me surprendre. Symbole de son excentricité, on pouvait facilement l'attribuer à un imaginaire inexorablement livresque. Pour ce qui est du reste – la signification des mots, le sens du discours – c'était tellement vague et indéchiffrable que je me suis tu et que je n'ai pas cherché plus loin, lui laissant la charge de changer de sujet.

« Alors, qu'est-ce que tu en dis ? Je commande quelque chose ? OK je sais, nous devrons attendre les autres mais à ce stade j'ai l'impression… Je te l'ai dit, j'ai l'estomac vide depuis hier soir. Ça te va un club sandwich ? Il paraît qu'il est sensationnel. Ils le servent avec des frites et des rondelles d'oignons frits.

– Volontiers.

– Et un Coca...

– Ça, toujours.

– Tu veux prendre une douche ? »

La proposition était, ou du moins m'a paru, déplacée, téméraire, vaguement offensante. Si d'un côté elle faisait allusion à l'état pas vraiment irréprochable de mon hygiène, de l'autre elle semblait tenir pour acquise une intimité adulte sinon amoureuse ou conjugale, en tout cas de camarades et en tant que telle excessivement inconvenante. De quelque côté que nous voulions prendre la chose, restait le fait que nous étions un mâle et une femelle confinés dans une chambre d'hôtel fastueuse à des milliers de kilomètres de toutes les personnes qui auraient eu le droit de nous gronder.

« Je parle sérieusement, a-t-elle insisté en composant le numéro du service d'étage. Tu peux même prendre le peignoir. Il est encore sous cellophane. Je déteste les peignoirs. »

Tout en l'entendant donner ses ordres au téléphone dans un anglais mélodieux et impeccable je me suis demandé ce que les peignoirs lui avaient fait.

La salle de bains était revêtue de marbre polychrome où dominaient les notes de rose et de brun clair. Dotée de lavabos jumeaux et d'une cabine de douche indépendante de la baignoire, c'était encore un de ces espaces où j'aurais volontiers vécu et rendu mon dernier soupir. Dommage pour l'odeur – ou, par amour de la précision –, l'odeur de renfermé, de pourri et d'égout qui semblait infester démocratiquement toutes les toilettes de Manhattan.

En revanche, chaque objet parlait de la vie intime d'une jeune fille et le faisait avec magie et impertinence. Rien de scabreux, entendons-nous bien, mais d'un caractère privé inviolable et, de ce fait, troublant : tube de dentifrice raccourci par l'usage, lentilles de contact, flacon d'eau de Cologne, crème Nivea, petite famille de brosses. Un cheveu, solennel comme une relique, était là en équilibre, désespérément accroché au bord de la corbeille.

Je me suis déshabillé avec plaisir. Et avec encore plus de plaisir je me suis glissé sous la douche en me pissant agréablement dessus.

Le seul élan qui m'animait était l'envie d'épuiser le réservoir d'eau chaude : tout pour prendre ma revanche sur les douches froides des dix derniers jours, la féroce matinée à la plage, les petits reproches d'oncle Gianni, la répugnante odeur de mort de la chambre de Little Angie. Malheureusement ma volonté de révolte ne s'est pas révélée à la hauteur des ressources hydriques inépuisables d'un luxueux hôtel de Manhattan. Je me suis remis en m'aspergeant les aisselles de doses massives de déodorant antiallergique. Ma pruderie m'a empêché de me présenter devant mon hôtesse dans son peignoir comme l'aurait fait un vrai Sacerdoti. Je me suis rhabillé à contrecœur.

J'étais sorti juste à temps, a dit Francesca : si j'étais resté enfermé là-dedans deux minutes de plus elle aurait appelé la police.

Le soleil s'était définitivement couché sur mon dernier jour en Amérique. Francesca, encore sur le lit, jambes croisées, devant un chariot plein de la vaisselle d'hôtel typique pour laquelle j'ai toujours eu un faible depuis ce moment-là ; d'une main elle m'a invité à approcher la bergère du lit, de l'autre elle a soulevé la cloche d'étain : et voilà toasts farcis, pommes de terre frites et rondelles d'oignons.

« Pas mal, s'est-elle exclamée satisfaite. Mais tu as plus de frites.

– Sers-toi donc, Franci. »

Elle m'a parlé de ses parents, sans réticences. Elle s'est vantée d'avoir beaucoup de choses en commun avec son père. Elle a ébauché un portrait de lui compatible avec l'idée que je m'en étais faite : patient, ironique et contemplatif. Et aussi bon père de famille, collectionneur de théières, véritable cordon bleu, champion de backgammon. Les attentions dont il entourait ses enfants – chauffeur personnel, toujours prêt à les promener entre natation, danse, répétitions – étaient inépuisables. Sa mission était de surmonter les absences de sa femme : un jour elle avait disparu de la circulation pendant six mois pour aller tourner un film en Polynésie.

Francesca m'a raconté que Tullia avait un faible pour Leone, le *bekhor*[1]. Je lui ai demandé pourquoi elle en était sûre. Elle m'a répondu qu'elle avait plus d'une preuve pour l'affirmer. Je lui ai demandé si ça lui était désagréable. Sa mère était faite comme ça, a-t-elle conclu. Elle préférait les garçons aux filles. « Et je n'ai pas envie de le lui reprocher. »

Encore une fois je me suis surpris à envier le mélange de franchise et de stoïcisme dont elle était capable. Dieu sait combien j'aurais voulu avoir des idées aussi fermes et une attitude aussi compréhensive à l'égard de mes propres parents.

Je l'ai compris quand elle m'a questionné sur mon père et je lui ai dit, peut-être pour ne pas être en reste, que c'était simplement la personne au monde avec qui je me sentais le mieux.

Elle a convenu qu'en effet il avait l'air d'être quelqu'un d'intéressant. Et elle a ajouté que seul un homme extraordinaire avait pu faire tomber amoureuse (textuel) une femme comme tante Gabriella.

1. Fils aîné en hébreu.

Je l'ai dévisagée sévèrement. Mis à part le fait que réduire l'histoire entre mes parents à une question romantique me paraissait excessivement ridicule, que savait-elle du type de femme qu'était ma mère ?

Sentant ma perplexité elle s'est hâtée de se défendre : « Que veux-tu que je te dise ? Je suis au courant, sur toi et ta mère et tout le reste ; et je ne l'ai vue qu'une fois, ou plutôt deux… Mais tu sais, pour moi, pour nous, elle est une espèce de mythe. Je parle sérieusement. Tu peux me prendre pour une folle mais c'est comme ça. Quand je me suis trouvée devant elle à l'enterrement de grand-mère j'ai failli avoir un choc. Je sais tout d'elle. Grand-mère en parlait continuellement. Elle disait que Gabriellina était la seule personne capable de lui tenir tête… »

Si d'un côté je trouvais amusant que la célèbre tante Nora, le spectre machiavélique qui assiégeait mon imagination depuis des mois, soit simplement « grand-mère » pour Francesca, de l'autre il me paraissait extravagant qu'une personne comme ma mère – sèche, posée, impeccable, à la fois sévère et désinvolte – puisse être considérée par quelqu'un (qui d'ailleurs ne l'avait vue que deux fois) comme un modèle ou, comment avait-elle dit ? Un mythe. Pas même ses élèves les plus dévoués n'auraient hasardé de jugements aussi exaltés.

« Lui tenir tête de quelle façon ? »

Apparemment, sa grand-mère considérait sa nièce comme hors catégorie. « Elle nous montrait ses bulletins trimestriels bourrés de dix et nous disait que si seulement cette petite avait voulu elle aurait pu faire n'importe quoi. » Au lieu de quoi – j'ai essayé d'interpréter les pensées haineuses de tante Nora sur lesquelles Francesca passait –, tout ce qu'elle avait réussi à faire avait été d'épouser mon père et me mettre au monde, entreprises bien au-dessous du minimum syndical à la portée de la ménagère la plus insipide.

En tout cas il était clair que la grand-mère ne se remettait pas de la façon dont les relations entre elle et sa pupille s'étaient dégradées et de ne pas avoir trouvé comment aplanir ces différends inutiles. Elle en parlait comme du plus grand échec de sa vie et de la douleur la plus cuisante de sa vieillesse.

Qui était l'échec ? Ma mère ou leurs relations ? L'incapacité de Nora d'enterrer la hache de guerre ou la bouderie obstinée de sa nièce ?

Encore une fois je me suis senti humilié à l'idée que des questions qui m'impliquaient aussi profondément et péniblement – dans l'ignorance desquelles j'avais été tenu pendant tant de temps – avaient été étudiées sans précaution ni retenue chez les Sacerdoti. Je me demandais si ma mère, sans que je ne m'en aperçoive, avec ses manières dont je ne comprenais pas si elles n'étaient sévères qu'en apparence ou ironiques seulement en partie, n'avait pas réussi à m'inculquer un culte mafieux pour la réserve ; et si ce n'était pas suffisant pour expliquer pourquoi chaque mot de ma cousine, chaque nouvelle révélation me mettait tellement mal à l'aise que je la ressentais comme insultante.

Francesca s'est assombrie. «Je peux te demander une chose ?

– Bien sûr.

– Je peux te demander de ne pas m'appeler Franci ? Excuse-moi, ce n'est pas ta faute, tu n'y es pour rien, mais je ne supporte pas d'être appelée comme ça. N'importe quel autre nom va bien, même Genoveffa si ça te fait plaisir, mais s'il te plaît, s'il te plaît, tout sauf Franci. »

Qu'est-ce qui était le plus stupéfiant ? L'extravagance de la demande ? Le mobile qui l'avait provoquée ? Le ton sur lequel elle avait été exprimée ? Je n'aurais pas su le dire. En effet, c'était vrai : depuis que j'étais entré dans cette chambre je m'étais mis à l'appeler du diminutif que tout le monde employait (son frère, son oncle et même cet emplâtre de Little Angel). Tout comme il était vrai que jusque-là je ne m'étais jamais risqué à m'adresser à elle avec autant de familiarité. Pourquoi l'avoir fait ? À cette époque-là on aurait dit : pour faire le malin. Une attitude, il faut le reconnaître, qui ne me convenait pas. Ou peut-être n'était-ce qu'un des moyens par lesquels je cherchais à sentir que je faisais partie de la famille. Quelle qu'ait été l'impulsion qui m'avait inspiré cet excès d'assurance, je sais maintenant que ça n'avait pas été une bonne idée : d'abord parce qu'il n'était pas passé inaperçu, ensuite parce qu'apparemment Francesca en avait été agacée au point de me supplier d'arrêter. De nouveau je me suis naturellement demandé si j'étais autorisé à m'offenser. Dans un certain sens, oui. Précisément maintenant que nous nous trouvions l'un devant l'autre, seuls, dans une chambre d'hôtel, dans le maximum imaginable d'intimité, elle me remettait à ma place, en marquant la distance avec une résolution que je ne lui connaissais pas. Tous pouvaient l'appeler Franci, pas moi.

Tout bien réfléchi, la question pouvait être retournée à mon avantage. Précisément parce qu'elle commençait à tenir à moi plus qu'aux autres elle attendait de ma part une attitude différente. Et comme elle détestait ce diminutif elle s'attendait à ce qu'un garçon aimable comme moi ne le lui inflige pas.

De toute façon restait l'extravagance. Je l'avais vue supporter les injures de son oncle et le mépris de son frère avec un stoïcisme exemplaire, et maintenant elle faisait toutes ces histoires pour un diminutif ? Pourquoi avait-elle horreur qu'on l'appelle Franci ? Pourquoi en voulait-elle aux peignoirs ? Pourquoi ne pouvait-elle pas abandonner un livre au milieu d'un chapitre ? Pourquoi parlait-elle de ma mère comme j'aurais pu parler de Spider Man ?

C'est alors que le téléphone nous a apporté de bonnes nouvelles de l'hôpital. Little Angie s'en était tiré avec un lavage d'estomac. Pendant ce temps Leone était rentré à la base en taxi. Quant à moi, l'oncle me demandait de ne pas bouger. Il avait affronté trop d'urgences. Il ne manquait plus qu'à cette heure j'aille me promener en ville. Étant donné qu'il allait très probablement rester au chevet d'Angie, il valait mieux que je dorme dans sa chambre. Il avait déjà appelé l'hôtel pour expliquer la situation. Neal, le chasseur soudoyé, m'attendait en bas avec la clé.

« Et ma valise ? »

Francesca m'a rassuré. « Tu peux la faire demain matin. »

J'ai menti : « D'accord, mais ça ne me plaît pas.

– Et si nous allions faire un tour ?

– À l'heure qu'il est ?

– Quelle heure est-il ?

– Bah, onze heures et quelque chose.

– Et ça te paraît tard ? Que veux-tu qu'il nous arrive ?

– Mais oncle…

– Ce n'est pas notre rabbin. »

Elle m'a expliqué qu'il y avait un endroit ouvert toute la nuit, une espèce de snack-bar. Un petit établissement dans sa tristesse caractéristique, vraiment sympathique. C'était à quelques pâtés de maisons de l'hôtel : Buddy's. Ils l'avaient découvert le premier jour quand ils s'étaient retrouvés à quatre heures du matin parfaitement incapables de dormir.

« Écoute, je suis restée enfermée ici… » elle s'est interrompue un instant puis a repris : « J'ai très envie d'un dessert. Pas toi ? Nous le méritons. Nous ne devons pas permettre à cet idiot d'Angie de nous gâcher notre dernière soirée. »

Quelques minutes plus tard elle est sortie de la salle de bains sans lunettes. Elle portait une robe d'été d'un blanc bleuté sale. C'était la première fois que je la voyais ainsi et il m'a semblé que cette tenue ne lui convenait pas. Nous étions devant l'ascenseur quand elle m'a dit qu'elle avait oublié quelque chose. Nous sommes retournés dans la chambre. Elle a fouillé dans le sac par terre, sa petite bibliothèque ambulante ; elle en a sorti un livre plus petit et plus maniable de George Eliot; elle l'a mis furtivement dans sa poche. Voyant ma surprise elle m'a fourni une explication qui après tant d'années m'apparaît d'une sagesse irréfutable : « On ne sait jamais. »

Descendre dans la rue a été se soumettre à une douche écossaise à l'envers. La porte coulissante nous a expédiés d'une toundra polaire à une espèce de forêt amazonienne. Et dire que Neal nous avait mis en garde : la nuit la plus étouffante de l'année. De toute évidence il nous avait doré la pilule : il s'agissait en effet et sans l'ombre d'un doute de la plus étouffante du siècle. Il n'y avait dans la rue que des miséreux et ils se traînaient tous comme des zombies. Les célèbres lumières éclatantes, voilées de strates humides et gazeuses, vacillaient comme une lueur de torches sous le vent. Après deux pas nous avions déjà le front poisseux comme les fruits de la passion.

Buddy's alignait une rangée de ventilateurs au plafond qui brassaient inutilement, pathétiquement, des grumeaux d'air malsain et de graillon. Les rares clients donnaient l'impression qu'ils venaient de perdre leur emploi.

« Je te l'avais dit, non ? Que c'était un endroit sympathique ? »

Ce n'était pas la première fois que je remarquais l'usage fréquent, et de plus incorrect, qu'elle faisait de cet adjectif. Mais enfin, on pouvait tout dire de Buddy's sauf que c'était un coin sympathique. Du reste, dans le vocabulaire de Francesca, « sympathique » n'exerçait pas toujours une fonction valorisante. Parfois le renversement se produisait de façon tout à fait contraire: « sympathique » servait pour la villa de la côte où les Sacerdoti allaient en vacances, la superbe tour sarrasine à pic sur la mer dont la carte postale que sa mère avait fait imprimer à l'occasion de sa rénovation servait de marque-page à Francesca. En me la montrant elle m'avait demandé: « Tu ne la trouves pas sympathique ? » Il était évident que dans ce cas cet attribut anémique ne lui servait pas à valoriser un joyau architectural aussi éloquent en soi mais plutôt à atténuer l'effet qu'un tel privilège aurait pu susciter chez son interlocuteur. Ce que les snobs ne comprendront jamais assez c'est qu'il n'y a aucune vertu à affecter la discrétion.

Elle a commandé du café et des gaufres pour deux.

« Tu vas voir ces portions gigantesques. »

En effet les plats étaient énormes. Tant mieux, voyons. Sans que nous nous le soyons dit, les dernières nouvelles de l'hôpital nous avaient remis en appétit.

« C'est sûr qu'il a passé un sale moment, ai-je dit en abordant un de mes sujets préférés.

– De quoi tu parles ?

– Tu te rends compte que si l'orage n'avait pas éclaté, si nous avions davantage pris notre temps, si nous avions trouvé des bouchons…

– Quelles pensées lugubres.

– Parce que tu n'as pas vu dans quel état il était.

– Ça, tu l'as déjà dit. Et en tout cas merci pour les détails dégoûtants. »

Parler avec une jeune fille ; la laisser se moquer de vous ; la dégoûter (mais comme ça, pour rire) ; il était permis de se demander s'il y avait quelque chose de mieux au monde.

J'ai repensé à ce que Francesca avait dit aux autres à propos de moi : j'étais un type qui savait écouter, qui n'aimait pas attirer l'attention. J'aurais pu en dire autant sur elle et avec la même admiration. Elle était différente de la plupart de mes mignonnes camarades. Elle ne frimait pas, ne posait pas, ne se vantait pas ; certes, si elle le devait vraiment, elle savait être le centre de l'attention, mais en général elle se concentrait sur son interlocuteur, ou en tout cas sur les autres.

Nous avions le même âge mais là, en train de souffler sur son café trop clair et brûlant et grignoter sa gaufre, les yeux redevenus brillants sans l'obsession des lunettes, elle avait l'air d'avoir vécu d'autres vies en plus. J'adorais l'entendre s'exprimer en anglais, et précisément parce qu'elle le faisait sans affectation, sans chercher la prononciation parfaite comme faisait son m'as-tu-vu de frère.

Elle m'a dit qu'elle avait un faible pour les langues et une certaine facilité pour les apprendre. Son rêve était de bien apprendre l'hébreu.

« Le rabbin Perugia a une drôle de théorie.

– Laquelle ?

– Il dit que l'hébreu est la langue de Dieu, et que Dieu est un type qui parle peu. »

Je me suis moqué d'elle, ce n'était peut-être pas la langue qu'il lui fallait : apparemment, elle parlait beaucoup.

« Je devrais prendre exemple sur Dieu ? »

Elle avait étudié l'hébreu quand elle préparait sa bar mitzvah. Depuis qu'elle était au lycée elle n'avait pas pu s'y remettre. Elle m'a confié que son père aurait voulu qu'elle poursuive l'école hébraïque mais que sa mère s'était emballée pour le collège français.

« Et comment tu t'y trouves ?

– Comment veux-tu que je m'y trouve ? Mal. Très mal. Ils font une sélection très sévère. Si tu n'es pas assez couillon ils ne te prennent pas. »

Quand elle ne pouvait pas s'empêcher de rire elle mettait la main devant sa bouche. Peut-être un réflexe pas encore perdu de l'époque honteuse où elle portait un appareil, comme si son sourire n'avait pas encore assimilé l'idée rassurante de pouvoir compter sur des dents impeccables, bien rangées, blanches, éclatantes.

Puis elle a fait une chose que je l'avais déjà vue faire. Elle s'est mise à regarder autour d'elle. À examiner tout le périmètre de la salle, comme une espionne, ou comme certains rapaces prêts à fondre sur leur proie. Elle s'attardait sur un ou plusieurs clients. Son tic des paupières avait le pouvoir de rendre ses regards encore plus pénétrants.

En s'apercevant que j'avais remarqué son exploration indiscrète elle s'est excusée : « Je sais, je ne devrais pas, papa me le reproche toujours. C'est que j'adore me mêler des affaires des autres. Les gens sont tellement intéressants. »

Le type qu'elle avait choisi était seul : il mordait dans son sandwich à trois tables de la nôtre. C'était un hispanique, peut-être un Portoricain. Il portait un maillot des New York Knicks deux fois trop grand sur un short crasseux et déchiré. Son bras gauche était entièrement couvert d'un tatouage bariolé et baroque. Il pouvait avoir trente ans, mais même cinquante en fin de compte.

J'ai essayé de me moquer d'elle. « Si tu veux, je vous laisse seuls.

– Mais non, c'est exactement ce que je ne réussis pas à faire comprendre à mon père. Si je regarde fixement les autres comme ça, seule à une table, on peut me prendre pour une maniaque. J'ai besoin d'un tuteur.

– Donc je suis là pour te servir de tuteur ? »

Elle a poursuivi comme si elle ne m'avait pas entendu : « Ce ne serait pas formidable d'être une mouche, et de le suivre jusque chez lui ? Ça ne te donne pas des frissons ? Qui sait où il habite. Il a une femme ? Des enfants ? Une maîtresse ? Mon

Dieu, quel drôle de visage. Je me demande ce qu'on ressent à promener cette tête toute la sainte journée.

– Une tête comment.

– Qu'est-ce que j'en sais… Une tête d'aliéné, de toxico.

– Tu t'es déjà fumé un joint ? »

Elle a fait semblant d'être indignée : « *Comment oses-tu ?**[1] » et elle a recommencé à torturer sa gaufre avec sa fourchette. « Nous ne sommes pas assez intimes. Toi, plutôt, tu es le drogué idéal… École publique, walkman, guitare et tout le reste.

– Tu veux rire ? Pas un seul. À moins de calculer tous ceux que se sont roulés Little Angie et ton frère.

– Fumeur passif.

– Le pire. De toute façon, même la cigarette me dérange.

– Je n'en doute pas, a-t-elle dit comme si elle pensait à autre chose.

– Pourquoi ?

– Pour rien. »

J'ai insisté : « Pourquoi ?

– Eh bien, à cause de tes grands-parents. »

Après avoir dit cette phrase, et l'avoir fait avec une certaine réticence, elle a rougi pour la première fois depuis que je la connaissais.

« Quel rapport ?

– Rien, excuse-moi, je ne sais pas ce qui me prend. Je commence à être fatiguée, le café m'a donné la nausée, la chaleur n'aide pas. Et si nous retournions à l'hôtel ?

– Eh non ! D'abord tu me dis où est le rapport.

– Maintenant oui, il me faudrait une cigarette. » Elle a levé la main pour demander l'addition.

« Tu fumes ?

---

1. En français dans le texte. *(Les termes en italiques suivis d'un astérisque sont en français dans le texte.)*

– J'aimerais beaucoup. J'ai essayé. Mais ça ne me plaît vraiment pas. Mon amie Rebecca fume comme un pompier. »

J'ai répondu avec une certaine brusquerie: «Je n'en ai rien à faire de ton amie Rebecca.

– Eh, ne sois pas impoli.

– C'est parce que nous parlions d'une chose et que tu ouvres un tas de parenthèses… Oui, bref. Je voudrais seulement savoir… »

Elle s'était assombrie. En pensant à ma mère, je me suis demandé si le faire de cette façon, de but en blanc et sans préavis, était une spécialité de la maison ou si au contraire il s'agissait d'une particularité des femmes en général. Au fond, si quelqu'un était autorisé à se sentir vexé, c'était bien moi.

J'ai sorti mon portefeuille. Pendant que j'y étais, j'en ai tiré en même temps que la poignée de dollars nécessaire pour payer l'addition la photo de Guido et Fioretta Sacerdoti: depuis que j'avais donné une identité aux personnages, je l'avais toujours sur moi.

Elle s'est ravivée: « Tu es sacrément fort. » Elle a saisi la relique et l'a regardée de près avec ses airs de détective. « Moi, j'ai toujours sur moi la photo du chat, de Rebecca, de Gary Kemp, pas de grand-mère Nora.

– Parce que tu la connaissais bien. » Puis avec une voix qui s'efforçait d'être à la fois penaude et solennelle j'ai affirmé: « Moi, je ne sais pas qui sont ces personnes.

– Ta mère ne t'en parle jamais?

– Laisse tomber. » Oui. C'était mon tour de jouer l'offensé.

Nous étions de nouveau dans la rue, en direction de l'hôtel. Cette fois ce n'était pas seulement l'humidité qui nous accablait mais aussi la mauvaise humeur, quelque chose de très semblable à une rancune réciproque. En ce qui me concernait, j'étais décidé à ne pas rompre le silence que je m'étais dignement imposé. C'était à elle de me reconquérir.

Elle m'a demandé : « Tu sais ce que dit ma mère ? »

Silence.

« Que faire la tête c'est bon pour les gens mal élevés. »

J'ai maugréé : « Au moins, la tienne a quelque chose à dire. Le plus souvent, la mienne se tait.

– Et que ce sont les imbéciles qui se victimisent.

– Ta mère a un tas d'idées sur la vie.

– Un tas. Bon, je croyais que tu le savais, a-t-elle ajouté plutôt impatientée.

– Que je savais quoi ?

– L'histoire de l'incendie et tout le reste.

– L'histoire de l'incendie, oui, c'est "tout le reste" qui manque. »

Elle a attendu que nous soyons dans le hall, à l'abri, dans le froid, pour vider son sac.

Une cigarette. C'était probablement une cigarette qui les avait tués. Ce monsieur si peu photogénique, à l'aspect doux et sévère, s'était assoupi une cigarette entre les doigts. La couverture et la moquette avaient fait le reste. Le voilà le secret innommable que personne jusque-là n'avait eu la courtoisie de me révéler.

« Vraiment, tu ne le savais pas ? »

J'ai secoué la tête, humilié. Non seulement sur la mort, mais aussi sur la vie de mon grand-père Francesca semblait en savoir plus. Elle m'a dit que sa grand-mère parlait de son frère aîné comme d'un sociopathe dont les choix de vie, du moins selon les critères de la famille Sacerdoti, s'étaient distingués par leur obstination velléitaire et leur radicalisme. D'abord il s'était refusé à entrer dans l'entreprise familiale, ensuite il avait renoncé à l'héritage paternel en faveur de sa sœur cadette et de son petit frère. *Dulcis in fundo*, il avait eu une petite fille hors mariage et, plus grave encore, avec une goy. Il était comme ça, Guido Sacerdoti : contre la famille, le principe d'autorité, les religions monothéistes, sans parler de l'hypocrisie bourgeoise et la propriété privée. C'était dans ce contexte moral que ma mère avait grandi, un chaudron débordant de colère idéaliste, de protestation permanente et sectaire contre les institutions, le tout rendu encore plus pénible par le fait de ne pas bien savoir comment joindre les deux bouts. Grand-mère peignait des tableaux abstraits, grand-père écrivait des livres de philosophie politique qui, bien que destinés à un public de fervents admirateurs, ne leur rapportaient pas de quoi vivre.

« Tu comprends quelle enfance insensée ! Pour ta mère, je veux dire. » Francesca s'est enflammée comme si elle parlait non pas d'une fillette qui avait perdu ses parents et avait été adoptée par une tante autoritaire, mais d'une héroïne de George Eliot.

Et pourtant, allez savoir pourquoi, ce portrait vivant de fillette, qui semblait si peu conforme au modèle de vie que m'imposait ma mère, me parlait d'elle d'une manière imprévisible. Apparemment, on pouvait tout dire de cette femme sauf que c'était une subversive, une tête brûlée. Au contraire, personne n'avait incarné le principe d'autorité avec autant de fermeté impassible. Mais en même temps, comme je l'avais déjà remarqué, il y avait chez elle un je-ne-sais-quoi d'inquiet, d'intolérant, d'anarchiste. Comme si elle portait en elle une fêlure, une contradiction jamais apaisée, ou mal guérie. Cela expliquait pourquoi elle était tellement exigeante sur certaines choses et aimait faire preuve de tolérance sur d'autres (surtout quand la défense de la libre pensée était en jeu). Soudain son caractère, vu dans une nouvelle perspective et avec cette distance sidérale, me devenait compréhensible : après la mort de ses parents, accueillie généreusement par tante Nora, obligée de choisir quel genre de personne elle voulait être, elle avait opté pour la solution la plus compliquée : plaquer à quelques mètres de l'autel le fiancé riche, juif, très amoureux pour s'enfuir avec un type extravagant comme mon père, lui aussi, à sa manière, rêveur, idéaliste et apatride, mais fauché et malheureusement « fermé[1] ».

Finalement nous avions oublié de nous faire remettre par Neal les clés de la chambre d'oncle Gianni. Nous avons demandé à le voir mais on nous a dit qu'il était déjà parti : personne n'avait été informé de mon existence.

« Si tu promets d'être sage tu peux camper sur mon fauteuil. »

Le commentaire était tendancieux : assimilable dans l'esprit aux pointes de son frère aîné, mais aucune importance. Comparée au sac de couchage des derniers jours la bergère de feutre était un fabuleux lit à baldaquin rafraîchi par le zéphyr du ventilateur de l'air conditionné. Et puis qui avait envie d'affronter encore la forêt amazonienne pour rentrer chez lui ?

Nous avons trouvé la chambre faite et plongée dans une lumière légèrement teintée. Les draps déjà rabattus et prêts à être utilisés étaient décorés de deux chocolats italiens. Ce devait être l'usage dans ce genre d'hôtel.

« Je ne te demande pas si tu veux prendre encore une douche. Tel que je te connais je pourrais ne plus te revoir. »

J'ai fait semblant de ne pas avoir entendu et j'ai dit : « Je suis mort de fatigue. »

Quand elle est sortie de la salle de bains quelques minutes plus tard elle était en chemise de nuit, en admettant qu'il y ait un sens à appeler ainsi le T-shirt informe qui lui arrivait à peine au genou. Elle avait de nouveau son chignon

---

1. En judéo-romain, terme de dérision par lequel on désigne les non Juifs par allusion au fait qu'ils ne sont pas circoncis.

de religieuse. Elle s'est hâtée de se glisser sous les draps en réduisant au minimum le spectacle offert par son négligé inélégant, ses mollets blancs et ses talons rosés. Mais sa course n'a pas été assez foudroyante pour m'empêcher de constater que ses jambes étaient légèrement torses et qu'une mince bande de graisse semblait être placée comme un garde-fou au-dessus de ses genoux décharnés.

Elle a éteint la lampe de chevet et marmonné un « fais de beaux rêves » auquel elle a eu la bonté d'ajouter mon prénom et mon nom de famille.

Comme ces plantes grimpantes qui l'été, quand la nuit tombe et qu'il fait plus frais, s'animent en chatouillant les narines avec des bouffées voluptueuses, après avoir éteint la lumière, par Dieu sait quel prodige physiologique et certainement malgré elle, Francesca s'était mise à exhaler son parfum caractéristique : âpre et vanillé à la fois.

L'idée que tout était fini, que la nuit la plus belle de ma vie en était au générique de fin et avec elle les chamailleries et les rêves de bonheur, me faisait me sentir comme le rocker qui une fois acquis le succès tant convoité après avoir dû gravir les échelons reçoit de son médecin une condamnation à mort. Voilà encore mes pensées épuisées face à la forêt habituelle de mes incertitudes.

« Tu es vraiment fatigué ? » a demandé Francesca en violant la solennité embarrassée de l'obscurité, alors que je comprenais enfin pourquoi dans les films américains il y a toujours une sirène de pompiers en fond sonore.

« Pas toi ?

– Pas du tout. Mais je ne veux pas t'embêter.

– Tu ne m'embêtes pas.

– Si, bon… À quoi tu pensais ? »

Je lui ai dit que je pensais à Ricky Nelson.

« À qui ? »

Un des chanteurs préférés de mon père, idole des adolescents à la fin des années cinquante, mort dans un incendie provoqué par un joint dans la cabine de son jet privé.

« Tout se tient, a-t-elle remarqué. Tu vois, tu ne parles que de fumée et de morts. La vérité c'est que toi non plus tu n'as pas sommeil mais ça t'embête de l'admettre.

– Je n'arrive pas à m'endormir sans musique.

– Et c'est moi qui ai des caprices.

– J'aurais besoin de mon walkman.

– Alors regarde, c'est super. Je l'ai découverte hier. »

Elle a d'abord allumé la lampe de chevet, puis la radio : une grosse Pioneer en bois encastrée dans le mur au-dessus de la table de nuit. Peu de choses au monde avaient le même pouvoir de m'enchanter que sa façon de se mouvoir : *zac*, foudroyant comme un de ses tics.

« Une chaîne entièrement consacrée aux Beatles. Morceaux originaux et reprises. »

Quelle nation civilisée, quel pays merveilleux ! J'exultais tandis que la chambre était inondée d'une version lente de *If I Fell* chantée par deux voix féminines. Arrangée à cette sauce la chanson devenait une ballade comme tant d'autres, mais peu importait.

« Allons, admets-le que c'est super. » Elle paraissait très fière d'elle.

Je n'ai pas trouvé mieux que de me mettre à discourir sur une des harmonies les plus audacieuses créées par Paul et John.

« OK, professeur, mais ce n'est pas ce que je voulais t'entendre dire.

– Quoi alors ?

– Que c'est vraiment super.

– OK, oui, c'est vraiment super.

– Bravo, enfin. Et tu admets quoi d'autre ? »

Ah, combien il y aurait eu de choses à admettre ! Ce qui me manquait c'était le courage de le faire. Il n'en aurait pas fallu beaucoup pour que je reconnaisse que je ne voulais pas rentrer à Rome et que rien ne me torturait davantage que l'idée de quitter un pays doté d'une station de radio tellement intransigeante qu'elle ne diffuse que des chansons des Beatles.

Il est des moments où l'idée démentielle de destin devient plausible et qu'à partir de là nous nous en remettons à la chaîne mystérieuse des choses, un plan aussi impénétrable qu'inéluctable. Ce qui explique pour quelle raison, quand un instant plus tard Francesca est descendue du lit, s'est approchée de moi et d'un simple geste de la main m'a invité à danser, je n'ai pas réussi à m'y soustraire. Réticent, abasourdi et même, dans un certain sens, consterné, je n'ai pas pu ne pas la prendre par la taille dans une étreinte prudente et tremblante de peur que les garçons de ma génération appelaient « slow ».

La première fois que je dansais avec une fille, la première fois que je prenais dans mes bras un autre être vivant qui n'était pas un camarade de foot, un de mes parents ou le bébé labrador que finalement ils ne m'avaient jamais acheté malgré toutes mes prières.

Non seulement la piste de danse dont nous disposions était ridiculement réduite, mais entre-temps la chanson friponne était finie, et sa remplaçante était tout à fait inadaptée à notre slow. Quelle importance ? La musique qui me guidait n'était plus à l'extérieur mais là-dedans, et je vous assure qu'elle allait y rester un bon moment. Ce qui comptait c'était de ne pas interrompre ce que nous avions commencé, nous laisser guider à cœur battant. Mon Dieu comme elle était menue et délicate. D'un geste furtif elle a défait son chignon et ç'a été comme si en entrouvrant le coffret magique elle avait libéré un parfum paradisiaque. J'ai pensé que c'était sa peau, bien sûr, mais à l'évidence le shampoing aussi. Nature et industrie combinées font des étincelles.

À propos d'hygiène, je me suis maudit de ne pas avoir pris une autre douche et d'avoir dévoré ces horribles rondelles d'oignon. En outre, il y avait le problème dont on ne tient pas compte à cet âge. À chaque pas mon intimité demandait de l'espace en se faisant arrogante et coquine. La pudeur me conseillait de saisir le premier prétexte venu pour lâcher prise mais une force supérieure et contraire, l'appel de l'espèce me poussait à ne pas avoir de scrupules. C'était à moi d'agir, non ? À combien d'autres secondes avais-je droit ? Combien de fausses manœuvres pouvais-je me permettre ? Et elle, ma petite partenaire, combien d'autres signaux était-elle disposée à me lancer avant de tout arrêter et me laisser sur ma faim ?

J'imagine qu'il est inutile d'insister sur le fait que ce qui se passait était la primeur classique qui ressemble à une pierre milliaire. Ne serait-ce qu'à ce titre je devrais en garder un souvenir fidèle. Ce n'est pas le cas. Au contraire, je crains que les étapes marquantes de cette nuit-là n'aient été irrémédiablement altérées depuis par le trop grand nombre de fois où j'ai tenté de les écrire. Avec l'amoncellement des décennies la légende a pris le dessus sur l'histoire, l'imagination sur le souvenir, l'aphasie sur l'éloquence jusqu'à me persuader que certaines choses n'arrivent pas pour que quelqu'un puisse écrire sur elles mais seulement pour être vécues le mieux possible. Pendant que nous y sommes il faudra réessayer, en partant des rares éléments incontestables. Pour commencer, dirais-je, par le plus flagrant : la hardiesse de Francesca. Vraiment, je ne saurais comment la définir autrement : c'est son courage qui a transformé une danse entre adolescents embarrassés en un échange adulte et compromettant ; c'est son irresponsabilité sans pudeur qui nous a poussés sur le lit et a marqué un tournant définitif dans ma vision du monde.

Comment avais-je pu croire que les filles ne connaissaient pas certaines choses et ne pouvaient donc pas les désirer ? En réalité il a vite été évident qu'au moment décisif, face à une épreuve aussi importante, ce n'était certainement pas elle l'incompétente. La façon dont elle a commencé à fouiller dans mon slip en me laissant en faire autant dans sa culotte dénotait plus de familiarité que d'insolence. Je n'ai vraiment pas idée de combien de temps a duré la fouille intime réciproque, maladroite, diversement excitée à laquelle nous nous sommes laissés aller. Ce que je ne parviens réellement pas à me sortir de l'esprit c'est le tremblement qui s'est tout à coup emparé d'elle : au sommet d'une série de spasmes et de soupirs d'excitation, Francesca est apparue vaincue, dans un état de vulnérabilité à fendre le cœur : tête baissée, paupières frémissantes, lèvres entrouvertes. Et cette image non, je ne l'ai pas oubliée.

ON NE SAIT JAMAIS

1

Mon père était parti de chez nous. Ou peut-être en avait-il été banni. Si à ce sujet ma mère s'était bien gardée de me fournir des éclaircissements adéquats, à moi, qui l'imitais, il avait manqué le culot de les exiger. J'ai souvent mentionné, et sans aucun plaisir, sa réserve irritante. En en rendant compte, je crains cependant d'avoir péché à mon tour par réticence. Il est temps d'y remédier.

Au dîner, le soir de mon retour, elle s'était tirée d'embarras en faisant allusion à un voyage de travail entrepris par son mari pour qui sait où et pourquoi. Naturellement je ne l'avais pas crue : d'après les informations dont je disposais, la seule entreprise accordée à mon vieux aurait été la mendicité. Cela dit, inutile de se faire des illusions : avec elle je n'aurais abouti à rien. Si je m'y étais employé, j'aurais peut-être pu la pousser à endosser la responsabilité. Réfractaire par nature à l'idée de se décharger des fardeaux de la vie sur les autres, elle aimait les prendre en charge, et le faire avec dignité et discrétion. On peut se demander à quoi lui servait tant de secret : à protéger mon innocence ? À préserver mon ignorance ? Ou à sauvegarder sa propre intégrité ?

De toute façon, quelle qu'en ait été la cause, ostracisme ou fuite, l'absence de mon père, qui en d'autres circonstances m'aurait rempli l'esprit de craintes et de conjectures, offrait, dans l'état où je me trouvais, un cadre douloureux au tableau qui entre nostalgies et envies n'aurait pas pu être plus bigarré.

À propos de nostalgie, qu'ajouter sinon que le style de vie des Sacerdoti avait collé sur moi comme du papier tue-mouches ? L'envie en était le corollaire inexorable. Ce qui pour moi avait été une excursion dans le monde des heureux et des prospères était simplement la vie pour Leone et Francesca. Ce qui suffisait à m'humilier. Et bien que les vêtements de Cendrillon aient été un brin trop serrés pour moi il a vite été clair que l'envie, loin de s'acharner sur qui la suscite, s'attaque à qui l'éprouve.

Quant à eux, les Sacerdoti, ils étaient sur la côte amalfitaine, dans la maison d'été à pic sur la mer, dotée de plantes grimpantes, de citronniers en fleur et d'un nom qui n'aurait pas pu être plus affable et banal (villa Letizia), qui était ce qu'il y avait de mieux pour se remettre du décalage horaire et reprendre la fête là où elle s'était interrompue.

J'étais obsédé depuis des jours par deux images complémentaires et opposées qui formaient un chiasme regrettable : la voiture dans laquelle mon père a du mal à s'endormir et Francesca qui se réveille dans son petit lit de la villa Letizia. En théorie le pire tableau était le premier, et au contraire, quel curieux hasard, c'était le second qui me coupait le souffle.

Le voyage de retour de New York avait été différent de ce à quoi je m'attendais : jusque dans le car qui nous emmenait à l'aéroport Francesca s'était cachée derrière son gros livre. Je n'avais trouvé une occasion de lui sourire que dans la salle d'embarquement. Mais comme ça, sans malice, m'attendant en échange à quelque vague signe de complicité ; sûrement pas à celui, précipité, qu'une dizaine de jours plus tard j'avais encore de la peine à interpréter.

Elle regrettait ? Elle avait honte ? Elle avait un petit ami ? Bizarre qu'elle n'en ait pas tenu compte. Considérant ses mille centres d'intérêt extravagants, son tempérament solitaire, son indifférence à son aspect et à celui des autres, difficile de l'imaginer aux prises avec les affaires de cœur auxquelles jouaient mes camarades de classe. Et dire que j'étais désormais en possession d'éléments suffisants pour me faire une idée de ses aptitudes. L'adresse avec laquelle elle avait disposé de moi la nuit fatidique prouvait deux choses, toutes deux également troublantes : que je l'avais sous-estimée et que je n'étais certainement pas le premier à jouir des fruits poisseux de sa lascivité.

Bref, après la nostalgie et l'envie était arrivée la jalousie. Qui était ce sale veinard ? Ou peut-être n'y en avait-il pas qu'un mais un régiment, une armée ! C'était ça Francesca Sacerdoti ? La petite pute dont tout le monde peut profiter ? *La fille de joie** du lycée français ?

Ayant entrepris la longue marche dans le désert qui mène à l'enfer, il ne me restait plus qu'à me reconstituer dans une oasis de vertu puritaine.

Un après-midi l'envie s'est faite si oppressante que j'ai essayé de lui téléphoner. À la première tentative, en entendant la voix mélodieuse de la nounou cap-verdienne j'ai raccroché ; à la seconde Leone m'a répondu et comme si de rien n'était il m'a submergé de platitudes. Dieu sait si à notre première rencontre j'avais apprécié la vivacité d'esprit et le charme ravageur de ce bellâtre haut-placé. Les événements avaient réduit sévèrement sa part dans la comédie et l'avaient relégué au rôle de casse-pieds : le classique frère intarissable et dérangeant de la jeune fille aimée. Ce n'est qu'à la fin de la conversation que j'ai réussi à lui tirer des informations sur sa sœur.

Francesca ? Il paraissait surpris que je m'intéresse à elle. Elle dormait, m'a-t-il dit. Il a ajouté que d'ailleurs elle ne faisait rien d'autre. En tout cas elle était plus toquée que jamais. Il m'a raconté qu'à peine franchi le péage de l'autoroute elle avait annoncé qu'elle avait oublié sa grammaire d'hébreu à la maison ; elle exigeait qu'ils retournent la chercher.

« Tu te rends compte ? Merde, elle se prend pour qui ? Golda Meir ? »

En un instant la mémoire a commencé à me labourer les flancs en accumulant des impressions à la fois confuses et particulières. Je les cherchais depuis des jours ces maudites impressions, hors de moi, en moi, en les invoquant sans cesse et en obtenant du monde et de mon cœur des réponses trop générales qui ne me satisfaisaient pas. Au point que j'avais décidé de tourner la page ; et voilà qu'elles apparaissaient, nettes, parfumées, exhumées par la sotte anecdote de Leone. Brailler et faire la tête pour une grammaire d'hébreu était le genre d'extravagances qui faisaient que Francesca était Francesca. Un truisme qui a fait bondir mon cœur si violemment que j'ai dû porter la main à ma poitrine comme le ténor au point culminant de son air le plus douloureux. L'intention m'a effleuré un instant de partager mon découragement avec Leone. Naturellement je m'en suis bien gardé. Au fond, parmi les nombreuses personnes qui n'auraient pas pu me comprendre, elle était la seule à en avoir le droit.

« Si tu veux je la réveille. Je ne demande pas mieux.

– Pas question.

– Tu avais quelque chose à lui dire ? »

J'ai menti : « En effet, oui. C'est-à-dire » – je pataugeais –, « c'est elle qui m'avait demandé un certain renseignement…

– Donc vous vous êtes parlé.

– Oui… mais non… C'est un peu compliqué.

– Je lui demande de te rappeler ? »

Qui sait quelle stupidité de débutant m'a poussé à marmonner un oui qui ressemblait à une condamnation au martyre d'autant plus absurde que je me l'infligeais moi-même. Confier un message d'une telle urgence à un messager aussi peu fiable que Leone signifiait signer ma perte de contrôle définitive sur ma vie. Une légèreté qui méritait une punition exemplaire. Comme du reste je l'ai compris peu après avoir raccroché, quand je me suis trouvé au bord du gouffre que j'avais contribué à ouvrir sous mes pieds.

Peu après, la possibilité que Leone ait oublié – ou plutôt, jusqu'à un instant plus tôt, la peur la plus mordante qu'il l'ait fait – m'a paru la seule éventualité souhaitable. Mais bien sûr, il avait oublié, tout simplement. Ce sont des choses qui arrivent, et qui au moins ont le mérite de laisser les équilibres intacts.

J'ai découvert alors le soulagement de trouver la paix de l'âme : à quoi rimait d'investir mes pauvres réserves d'autosatisfaction pour une gamine détraquée et ridicule dont les qualités physiques ne correspondaient pas aux normes esthétiques requises et dont la moralité laissait beaucoup à désirer ? C'est alors, en plein milieu de ces élucubrations mesquines, que mon état nerveux, après avoir retrouvé un équilibre acceptable, a recommencé à se gâter. Combien fallait-il être hypocrite pour se raconter jusqu'à s'en persuader que la bizarrerie de Francesca était un problème insurmontable – tout comme son allure négligée et son comportement sexuel dissolu – si c'était précisément ce mélange d'extravagance, de négligence et de luxure qui m'avait réduit à cet état ? Quel état ? J'ai soupiré, épuisé : en fin de vie.

Alors j'ai tenté l'approche bureaucratique et j'ai passé au crible les renseignements fournis par Leone. Si je les avais analysés et considérés dans la juste perspective, j'aurais peut-être trouvé le moyen de les tourner à mon avantage.

Si dormir toute la journée était le comportement asocial typique de Francesca, c'était aussi la preuve encourageante que les nombreuses distractions à sa disposition – mer, soleil, domestiques, baigneurs romantiques, voyous obsédés sexuels – n'étaient pas suffisamment séduisantes pour la sortir de son lit. Quelle pensée rassurante ! Rien ne me paraissait aussi injuste que l'idée qu'elle prenait du bon temps entre plongeons, fiestas, mondanités et qui sait quelle distraction pendant que je restais là, confiné dans ma tanière, assiégé par la touffeur de juillet, en proie à de brûlantes rêveries masturbatoires, à gérer le pire cauchemar conjugal jamais produit par mes parents.

C'était la première fois que je prenais plaisir au malaise d'un être auquel j'aurais dû souhaiter tous les bonheurs, qui ne m'avait fait aucun mal et rien que du bien, et qui de ce fait aurait dû m'inspirer des sentiments affectueux. Par ailleurs j'avais du mal à me faire une idée de l'humeur de Francesca. Pourquoi rester toute seule ? Pourquoi ne pas aller s'amuser comme je l'aurais fait à sa place ? Qu'est-ce qui lui passait par la tête ?

Je lui manquais peut-être comme elle me manquait (oui, j'y avais pensé). Elle aussi avait peut-être du mal à se remettre des vacances américaines. Malgré tous ses efforts elle ne savait peut-être pas dans quelle case ranger notre dernière nuit. Et la grammaire d'hébreu ? Je me suis demandé si ce n'était pas moi qui avais réveillé sa passion pour une langue qu'elle avait cessé d'étudier. D'ailleurs c'était à moi qu'elle en avait parlé d'un ton lyrique et par certains aspects en termes métaphysiques (la langue de Dieu). Je pouvais interpréter ce retour de flamme comme un hommage indirect à notre flirt ? Ou je me montais pathétiquement la tête ? Mais en réalité, rien, pas même l'incommensurable fossé social, ne nous éloignait autant que cette grammaire d'hébreu. J'ai repensé à ce que m'avait dit Leone à propos de la guerre que ses proches lui auraient déclarée s'ils avaient découvert qu'il couchait avec une goy. Il avait tenu à me faire savoir que dans ce cas il aurait trouvé chez Francesca aussi une opposante belliqueuse. Oui, même elle, l'être le plus doux et le plus tolérant, ne le lui aurait pas pardonné. Si telle était la situation, alors le souvenir de notre nuit ensemble devait lui inspirer plus de remords et de dégoût que de tendresse et de nostalgie. Avoir tant donné d'elle-même à un étranger, un sauvage, un ennemi de la cause sémite lui paraissait intolérable autant qu'à moi la peur que je ne le refasse plus. Parce que cette fois le fermé, c'était moi, et, d'après ce que j'avais compris ce ne pouvait pas être pire. Mon Dieu, si être juif signifiait avoir une chance avec Francesca Sacerdoti alors je voulais l'être plus qu'Abraham, Ben Gourion et Danny Kaye réunis.

La veille seulement j'avais demandé à ma mère si par hasard elle n'avait pas *Daniel Deronda* de George Eliot.

Agréablement surprise, elle m'avait répondu qu'elle ne pensait pas. «Je suis sûre d'avoir plusieurs choses d'Eliot, mais je n'ai jamais entendu parler de ce roman.»

Le lendemain matin, ponctuel comme une horloge suisse, un roman de George Eliot m'attendait sur la table de la cuisine. J'y avais jeté un coup d'œil sans rien trouver qui me pousse à m'aventurer au-delà du premier chapitre. Tant de lubies de femmes victoriennes n'étaient pas faites pour moi. Comment expliquer à ma mère que je n'avais pas besoin de n'importe quel livre de George Eliot mais du seul qui aurait pu faire la lumière sur un mystère inextricable ? Jamais jusque-là le genre narratif n'avait aussi doucement chatouillé ma curiosité et mes appétits. Jamais un roman ne m'avait été présenté sous forme d'énigme. C'était là leur utilité ? Conserver des mystères et même, dans la meilleure des hypothèses, les révéler ? Deux paragraphes de *Daniel Deronda* et j'aurais su ce que j'étais pour Francesca, quelles étaient ses intentions et mes chances réelles.

Quand je suis sorti sur le balcon le soleil mordait avec une férocité meurtrière. Comment regarder les grands immeubles tristes environnants sans penser par antiphrase au panorama de la maison des Sacerdoti, à la vue sur Central Park, aux terrasses fleuries de la côte amalfitaine. Jamais auparavant la beauté ne m'était apparue comme un apanage aussi exclusif. En même temps, pourtant, ce petit balcon suspendu à une vingtaine de mètres du sol, dépourvu comme il l'était de garde-corps approprié, et pour cette raison mal vu de ma mère, suggérait des pensées héroïques. De là-haut le trottoir promettait le bien-être éternel que j'invoquais depuis des jours. Je sais, le suicide, quel ennui ! Et pourtant, dans certaines circonstances, dans les remous de la prime adolescence à la merci de troubles rêveries charnelles, il peut offrir une gamme de solutions expéditives, romantiques, et qui si elles ne sont pas du tout recommandables sont au moins drastiquement efficaces.

Le téléphone s'est chargé de me rappeler à l'ordre.

« Allô ?… Allô ?… Allô ?… »

Je sentais la présence de quelqu'un au bout du fil.

« Francesca ? C'est toi ? »

Sans me laisser le temps de regretter d'avoir prononcé des mots aussi imprudents l'interlocuteur laconique a coupé la communication.

« Qui était-ce ? a demandé ma mère en sortant haletante de sa chambre.

– On a raccroché.

– Tu en es sûr ? La communication a peut-être été interrompue. »

Il y avait dans sa voix une note d'appréhension.

« Qu'est-ce que j'en sais.

– Bon, la personne rappellera. »

J'ai grogné : « Pas pour moi.
– On peut savoir pourquoi avec cette belle journée tu restes caché à l'intérieur comme une taupe ?
– Et où faudrait-il que j'aille, s'il te plaît ?
– Je ne sais pas, au cinéma, jouer au foot. Et tes amis ? »
Avec une perfidie étudiée j'ai répondu en détachant les syllabes : « *Ils sont en vacances.*
– Oui, bien sûr. Eh bien, tu pourrais aller prendre une glace. Un glacier a ouvert à côté de chez le coiffeur. La boutique est très belle et toujours pleine de jeunes. »
J'ai répliqué à mi-voix : « Lui, ça ne te suffit pas. » Puis, emporté par un sentiment entre indignation et victimisation, je lui ai crié : « Tu veux me chasser moi aussi ? »

2

J'avais parcouru quelques mètres en direction du magasin de glaces quand de l'autre côté de la rue un gros homme en bermuda, sandales et T-shirt s'est mis à gesticuler avec l'impatience d'un naufragé qui a vu passer un bateau au large de son atoll.
L'instinct me suggérait de tourner les talons dans la direction opposée et de fuir à toutes jambes. Il n'y aurait rien eu là de louche si une envie aussi lâche s'était calmée à la seconde où, sans y croire, je l'ai reconnu : en réalité, et c'est triste de l'avouer, à ce stade l'instinct de fuite ne s'est fait que plus oppressant.
« La puce ! », criait-il en me courant après. Avec une telle fougue qu'il a failli passer sous un bus. « Eh, la puce, je suis là, tu ne me vois pas ? »
Il avait le regard fébrile que j'allais associer par la suite à certains héros dostoïevskiens un peu trop expansifs et

phraseurs à mon goût. L'air indubitablement heureux de me voir mais animé en même temps d'attentes exagérées.

« Quelle chance, la puce. À ta façon de me regarder on aurait dit que tu ne m'avais pas reconnu. Depuis quand tu as oublié à quoi ressemble ton père ? »

J'ai rougi. « Mais non, voyons. J'étais ailleurs. »

Sans me laisser le temps de me justifier convenablement il a insisté sur la chance que c'était de nous être rencontrés : il devait m'entretenir d'une affaire très importante.

Histoire de parler, je lui ai dit que j'allais chez le nouveau glacier.

« Une idée formidable », et il s'est préparé à m'accompagner.

La sueur avait imprégné sa barbe, plus blanche et plus hirsute que dans mon souvenir. Je me demandais si la chaleur, le manque d'hygiène et qui sait quelles nouvelles habitudes alimentaires exécrables suffisaient à expliquer la puanteur qu'il dégageait. Si j'avais eu la lucidité d'évaluer l'asymétrie sinistre qui lie les faits saillants de la vie, j'aurais repensé au matin de décembre où il m'avait sauvé la vie en m'arrachant aux griffes d'un remplaçant à la main leste. Combien d'années s'étaient écoulées depuis ? À dire vrai, pas beaucoup, mais assez pour bouleverser l'ordre des choses. Ce qui alors m'avait rempli de gratitude n'avait pas été seulement l'audace de l'entreprise, mais le mélange d'élégance, de discrétion, d'ironie avec lequel il l'avait menée à terme. Le message était clair et sans équivoque : je ne permettrai à personne de te faire du mal, j'y veillerai avec toutes les forces dont je dispose, et je le ferai d'une façon apaisante et désinvolte afin que toi, mon cher fils, tu comprennes que la vie est moins difficile que prévu. Surtout si tu peux compter sur un type digne de confiance et culotté comme ton vieux. J'imagine que par cette promesse faite le sourire aux lèvres au bord d'une lagune de rêve un radieux matin d'automne, l'idée d'une vie sans lui m'a soudain paru aussi intolérable. Bien sûr, bien sûr il s'en était passé des choses depuis : pendant ce laps de temps papa avait rarement été à la hauteur de son programme électoral ; parfois, en brave père, en politique consommé il l'avait trahi, en me décevant et en me faisant honte. Mais ça ? Eh bien, ça c'était un saut qualitatif inadmissible. Un saut de l'ange du sort. Le père que je connaissais m'aurait protégé de l'homme qu'il était devenu. Et là était le problème : l'homme qu'il était devenu avait peu de points communs avec le père que je connaissais.

Même le magasin de glaces s'est révélé moins incontournable que prévu. Non qu'il ait été laid. Mais peu conforme à mes nouveaux critères esthétiques : entre cet endroit refait et certains glaciers du centre il y avait la même différence qu'entre ma vie et celle de Francesca ; heureusement, elle n'était pas là pour le constater !

Nous avons pris un cornet chacun, nous avons payé avec la monnaie que j'avais en poche et étourdis par la toute-puissance du soleil nous nous sommes laissés aller sur un banc sous un platane desséché.

« Je ne voudrais pas que tu penses que ton père est quelqu'un qui ne tient pas ses promesses. Ton père, quand il dit une chose, il la fait. »

Oui, il parlait de lui à la troisième personne. Je ne disposais pas encore de l'expérience de la vie nécessaire pour savoir que parler de soi à la troisième personne est une pratique très répandue chez les désespérés, les vaniteux et les imposteurs. Au premier regard j'ai interprété une telle aberration grammaticale comme le énième signe de la dissociation en action. À la façon dont il s'était mis à me suivre on comprenait qu'il était enfermé, et qui sait depuis combien de temps, dans un monologue délirant.

« D'accord, je t'avais juré de venir te chercher à l'aéroport et je ne l'ai pas fait. J'aurais voulu, la puce, j'aurais dû, mais je n'ai pas réussi à le faire. Quelque chose a mal tourné. Je suis sûr que tu l'as compris. Tu n'es pas stupide. Tu sais combien je suis fier de ton intelligence. J'aime comment tu saisis les choses au vol. Voilà, la situation était intolérable et j'ai été contraint de décamper. Personne ne m'a chassé. C'est moi qui ai arrêté de déranger. Ton père est comme ça, s'il comprend qu'il représente un problème il se retire. Mais je veux que tu saches que c'est surtout pour toi que j'ai regretté. J'ai regretté de ne pas tenir mon engagement, de ne pas venir te chercher à l'aéroport, que tu ne me trouves pas à la maison, que je ne puisse pas t'expliquer. »

Un jour un camarade de l'équipe de foot s'était présenté à l'entraînement dans un état analogue : chancelant et égaré. Jusqu'à ce que l'entraîneur, fatigué des divagations impertinentes de son milieu de terrain, convoque ses parents. On avait découvert ainsi que c'était un bulletin embarrassant qui l'avait poussé à vider une bouteille de grappa. Par ailleurs, il y avait le souvenir encore brûlant de Little Angie détruit par son cocktail de substances semi-prohibées. Bien que mon père tienne mieux l'alcool que mon camarade et Little Angie réunis, il n'était pas lui-même. Il titubait, gesticulait, trébuchait, braillait, il perdait le fil de ce qu'il disait, il tenait à se proclamer fier de moi, de lui, de nous tous. Il en est même arrivé à me demander une cigarette. Ce n'est que lorsqu'il a laissé tomber son cornet et que je l'ai vu se pencher et presque perdre l'équilibre dans cette opération pas vraiment compliquée que j'ai trouvé le courage de lui demander s'il allait rester.

« Rester ? Mais à quoi tu penses ? Elle ne te l'a pas dit, eh ? Et bien sûr, elle se tait et fait comme si de rien n'était. Sa spécialité. La petite hypocrite sait comment la boucler. Elle est convaincue qu'il suffit de ne pas appeler les choses par leur nom pour les faire disparaître. Et au contraire elles ne disparaissent pas toutes seules, je t'assure. »

Touché par le timbre de ses propres mots – peut-être, au fond de lui, lui paraissaient-ils émouvants – il me regardait fixement, les yeux humides.

Je l'ai encouragé : « Dis-moi, papa.

– Tu mérites de savoir. »

Malgré cette noble intention, rien de ce qu'il m'a déballé dans les minutes qui ont suivi ne m'a fourni une radiographie fiable de ce qui lui passait par la tête. En revanche, çà et là, ressortaient des pièces du puzzle aussi précieuses qu'embarrassantes. Par exemple que pendant que je jouais la détestable pièce romantique dans la chambre d'un luxueux hôtel new-yorkais, il avait dû faire appel à toute sa carrure, exhiber ses muscles et son langage obscène pour empêcher une bande d'énergumènes de saisir les meubles et la télé. Il n'a gaspillé sur l'incident que quelques imprécations, davantage, à vrai dire pour vanter ses capacités de dissuasion que pour justifier les sottises qui nous avaient mis sur la paille.

Pour l'essentiel, les informations fournies, toutes de la même teneur, tendaient à me rappeler qu'il était un homme qui ne se donne pas pour vaincu. Pendant ce temps et non sans effort il s'était levé et avait repris sa marche.

« Nous n'aurions pas dû y aller. Tu comprends, la puce ? Nous n'aurions pas dû. Une énorme erreur ! Une folie que je ne pourrai jamais me pardonner. J'ai été faible et imprudent. Je t'assure : la plus grande connerie que ton père ait faite. »

Ne me demandez pas comment, mais j'ai saisi au vol. Et pas grâce à quelque télépathie filiale, mais parce que je disposais comme par hasard de la juste perspective morale pour saisir l'objet de ses invectives et l'isoler, en donnant forme à ses implications dramatiques.

Nous n'aurions pas dû permettre à ma mère de renouer des liens avec sa famille d'origine. C'était là qu'il voulait en venir. Nous n'aurions pas dû la laisser nous emmener dans cette maison, nous précipiter au cœur de la tribu, nous infliger des rites ancestraux. Nous aurions dû l'empêcher de prendre des accords en douce avec oncle Gianni pour m'envoyer en Amérique. Ah, comme je comprenais mon père. Je n'avais aucune difficulté à considérer le Pessah chez les Sacerdoti comme l'événement crucial. Certes c'était une sottise, une reconstruction historique qui n'aurait pas pu être plus captieuse et infondée ; le mariage de mes parents avait commencé à s'effriter bien avant que les Sacerdoti n'envahissent notre vie et nous la leur. De même que mes inadéquations viriles préexistaient à Francesca et lui survivraient. Mais nous sommes faits ainsi, non ? Dans les moments de crise, quand les choses tournent mal, il n'y a plus qu'à regarder autour de soi pour trouver quelqu'un à rendre responsable. L'identifier signifie se décharger d'un poids, donner au drame en cours peut-être pas exactement une logique du moins une signification a posteriori. Rien de mieux pour tenter de se disculper que repérer le coupable adéquat.

Eh bien, à ce moment-là il était difficile de trouver des coupables plus adéquats que les Sacerdoti, sans parler de leur visqueuse émissaire, ce serpent dans le sein de ma mère !

À force de traîner, nous nous sommes retrouvés sur le chemin de la maison. Il n'y avait pas d'objet qui brouillé par la touffeur brumeuse ne paraisse sur le point de se dissoudre ou de s'évaporer ; les pieds s'enfonçaient dans l'asphalte caoutchouteux ; le bourdonnement d'oreilles était même plus dérangeant que la fête entamée par les cigales. J'avais la nausée, mon polo trempé et les tempes battantes.

« C'est là que je les ai surpris, a-t-il dit en se plantant au milieu de la rue et en indiquant le magasin de vins. Assis à cette table comme si de rien n'était, à deux pas de chez nous comme de sales adolescents en chaleur. Tu comprends ce que je te dis ? Ta mère et cette merde. Tu aurais dû les voir, ils roucoulaient comme des tourterelles. »

Si pendant mon enfance ce magasin avait représenté d'un point de vue spatial la frontière qui divisait les territoires enfantins restreints du reste de l'univers, il se préparait à devenir maintenant sur le plan temporel comme une espèce de ligne de partage des eaux au-delà de laquelle rien ne serait plus pareil.

L'idée que Cesare Limentani (sur le moment aucune autre des merdes plausibles ne m'est venue à l'esprit) ait poussé jusqu'aux limites de notre quartier plébéien était encore plus inconcevable qu'imaginer ma mère roucoulant comme une tourterelle.

Et pourtant mon impétueux interlocuteur n'entretenait aucun doute, comme si soudain le brouillard de confusion dans lequel il avait avancé à l'aveuglette s'était dissipé. Les détails qu'il m'a fournis sur la dispute qui avait éclaté au milieu de la rue quelques jours plus tôt avant de se propager dans notre salon comme un incendie d'été ont été brutalement précisés.

Cesare Limentani était arrivé jusque-là pour apporter une aide financière à la femme qui l'avait plaqué pour un homme qui d'un point de vue conjugal ne s'était pas révélé à la hauteur. Telle était en deux mots la conclusion à laquelle était arrivé mon père quand après avoir mis son rival en fuite il avait accablé la traîtresse de questions, de reproches et d'accusations.

« Tu comprends ? L'argent, encore cette saloperie d'argent », répétait-il comme si pour lui les problèmes économiques, la saisie et tout le reste étaient des inconvénients secondaires et donc insignifiants. Et comme si ce n'était pas l'interaction entre choix insensés, optimisme inconsidéré et incapacité de renoncer à du clinquant coûteux et inutile, mais une sorte de destin inévitable.

« Je sais, je ne devrais pas te parler de certaines choses. Ce n'est pas sain qu'un père parle à son fils de cette manière. Mais tu n'es pas seulement un fils, tu es un ami, le meilleur que j'aie jamais eu et que j'aurai probablement jamais. Voilà pourquoi si ce n'est pas à toi que je le dis je ne sais vraiment pas à qui d'autre le dire, et si je le garde pour moi, je te jure, je risque de devenir fou. »

C'est alors que ses flèches ont pris un air politique de caractère sectaire et radical. Un vrai discours électoral. Chaque syllabe transpirait l'acrimonie, à la fois idéologique et paranoïaque, tandis que de vieux ressentiments ethniques se mêlaient à des revendications de classe récentes. Il les appelait « eux », les opposant de fait, ai-je supposé, à nous autres, misérables, candides et convenables. Ils étaient une caste, oui, une caste en bonne et due forme. Une bande de snobs et d'hypocrites ! Ils jouaient aux démocrates, aux progressistes, mais ils étaient racistes et classistes. J'avais bien entendu : racistes et classistes ! Et maintenant qu'il l'avait dit il n'en démordrait pas. Mais ce n'était même pas le pire, a-t-il ajouté en me regardant en face. Si je tenais à le savoir, le pire était la dépravation. Les Sacerdoti étaient des dépravés.

Encore une fois mon père n'aurait pas pu trouver d'interlocuteur plus réceptif et plus solidaire ; de toute évidence, en effet, ses insinuations abjectes étaient exactement ce dont j'avais besoin. La dépravation n'était-elle pas l'arme avec laquelle ils vous piégeaient ? Pas l'esprit, l'argent, le luxe et la belle vie, mais la dépravation. Dieu comme je comprenais sa jalousie. Après tout, toutes proportions gardées, elle n'était pas tellement différente de celle qui me tourmentait moi.

Il y a des femmes à qui ça plaît, a-t-il déclaré sentencieusement. Des femmes à qui ça plaît de le faire *souvent et avec plaisir*; des femmes qui ne peuvent vraiment pas s'en passer. C'était de baiser qu'il parlait et de combien ça plaisait à ma mère. Tel quel : elle était ce genre de femme, la femme qui aime baiser. Quelle salope ! Arrachée précocement à la bohème de ses parents, déjà très libérée en soi (disons-le), elle avait passé son adolescence parmi de grands bourgeois hédonistes et licencieux dont l'occupation favorite consistait en un échangisme semi-clandestin et accommodant. Normal que tout cela ait imprimé sur son caractère des signes visibles et indélébiles, influencé ses goûts et agi sur son comportement.

Il est arrivé à conclure : « Soyons clairs. De ce point de vue au moins je ne l'ai jamais fait manquer de rien. Oui, bref, elle ne s'est jamais plainte. Je ne sais si je me fais bien comprendre. »

J'ai pensé avec effarement que c'était pour ça qu'il me considérait comme son meilleur ami. C'était comme ça que Demetrio parlait de Sofia Caetani et de Candy. Dommage que cette fois l'insatiable mangeuse d'hommes, objet d'allusions obscènes, n'ait pas été une camarade d'école à laquelle je n'avais jamais adressé la parole ni la énième playmate dénudée du Kansas mais ma mère ; c'était elle la tailleuse de pipes dont les prouesses m'étaient rapportées sans aucune réticence ; dommage que le délateur ait été le seul individu au monde qui sur certains sujets aurait dû garder la réserve la plus inflexible.

Pour revenir à l'affaire Cesare Limentani, il ne suffit pas de dire que la reconstitution des faits était improbable, même aux yeux d'un garçon inexpert, impressionnable, au bord du collapsus. L'idée que ma mère – assiégée comme elle l'était par les créanciers et par le spectre du désastre et du déshonneur, tous deux imminents – avait profité de ma longue absence pour renouer avec son ex dans le seul but de le mettre dans son lit ne tenait pas debout. De même que c'était de la folie de penser qu'au mépris des précautions imposées par la clandestinité elle avait choisi pour son premier rendez-vous amoureux le petit négoce en bas de chez nous et la lumière du plein après-midi : à la merci des voisins, des connaissances et d'un mari vaincu et soupçonneux. Mais qui dit que pour qu'une histoire fasse mal elle doit forcément être vraie ?

D'ailleurs, si ça ne vous ennuie pas, je voudrais garder pour moi ce que papa a rapporté sur les goûts sexuels de ma mère. Et non par peur que de telles confidences répugnantes puissent salir sa mémoire mais parce que je suis certain que celle qui en sortirait définitivement souillée serait celle de mon père.

« Cesare Limentani. Tu te rends compte ? insistait-il méchamment et désespéré. Quelle hypocrite ! Mais toujours là à jouer la communiste, la femme toute d'une pièce, et ensuite tu baises avec ce salaud de fasciste ! Tu sais que ce type s'est pris trois ans pour évasion fiscale ? Exactement, évasion fiscale. Avec tous les milliards qu'il a. Plus ils en ont, moins ils aiment les lâcher. Naturellement il n'a pas fait une minute de prison. La prison c'est pour les pauvres ! Tu sais qui était son avocat ? Oui, bien sûr. Lui. Le ténor du barreau. Ton oncle narcisse ; le bourgeois, le républicain, l'irréprochable membre du parti d'Action. Maudits Juifs ! »

3

C'est arrivé comme un coup de fouet dans l'obscurité.

J'étais là, dans mon lit, en train de chercher une distraction sur mon walkman et de la fraîcheur grâce à la fenêtre grande ouverte.

J'étais là à ruminer à propos de mon père : comment il était apparu, certes, mais surtout comment il avait repris le maquis après avoir lâché sa bombe atomique.

J'étais là à lutter pour que l'image sévère, abstraite par certains aspects, de ma mère ne se mélange pas à celle, sensuelle, équivoque, dévorante de Francesca : entreprise de taille considérant que désormais je les savais toutes deux asservies au démon de la luxure.

J'étais là à la maudire : en effet, ne pouvant pas déverser ma colère sur papa et Francesca, je m'en étais pris à ma mère ; et seulement parce qu'elle était à portée de main. On ne mesure jamais assez combien l'agressivité obéit à de strictes lois économiques : ce qui explique pourquoi nous sommes portés à maltraiter non pas celui qui le mérite mais celui que nous savons le plus exposé à nos colères et le plus vulnérable. Et dire que cette fois ma mère ne m'avait fait aucun tort. C'était plutôt moi qui avais abusé de sa patience : en me montrant insolent sans rime ni raison, en claquant la porte et en la laissant seule à la maison. Elle aurait pu me faire la tête, mais elle n'avait rien montré. Au contraire, elle avait supporté les silences que je lui avais infligés pour le reste de l'après-midi. Le soir, sachant que j'aimais les côtelettes d'agneau elle en avait frit deux, décongelées exprès, avec beaucoup de pommes de terre. En échange, elle avait reçu pendant le dîner une ration supplémentaire de mauvaise humeur, des réponses du bout des lèvres et un bonne nuit aussi soudain qu'impoli.

J'étais là à me féliciter de n'avoir pas cédé à l'envie de téléphoner à Francesca ; en effet, contre toute attente Leone s'était révélé un messager diligent et sa sœur une ex-fiancée attentive. Bref, Francesca avait finalement téléphoné, et la grande bavarde qu'elle était avait entamé la conversation avec ma mère. Qui m'avait demandé : « Pourquoi tu ne la rappelles pas ? » J'avais répondu brutalement que je n'en avais pas envie. « Pardon, qu'est-ce que c'est que cette façon de parler ? Ne serait-ce que par politesse. » Puis, peut-être par peur d'avoir jeté de l'huile sur le feu de ma colère elle avait adouci le reproche par une considération personnelle : « Que veux-tu, je la trouve sympathique, un peu bizarre peut-être, mais vraiment sympathique. » J'ai trouvé ironique que pour la définir elle ait recours à l'adjectif que Francesca utilisait le plus souvent, et pas toujours à bon escient. Par ailleurs, c'est typique du grand trouble émotionnel de voir je ne sais quelles révélations ésotériques dans d'anodines coïncidences lexicales. Ainsi, pour ne pas me laisser aller aux délires de l'herméneutique, je lui avais demandé pourquoi elle la trouvait bizarre. « Mais qu'est-ce que j'en sais, elle m'a tenue une heure au téléphone. Elle ne me lâchait pas. Elle n'avait plus qu'à me demander mon numéro de sécurité sociale et mon groupe sanguin. » C'était tellement vivant, tellement caractéristique que par crainte de trahir les symptômes de l'amour et du ressentiment, désormais impossibles à distinguer, j'avais dû détourner le regard et feindre l'indifférence. Jusqu'à ce que l'aigreur reprenne le dessus. C'est comme ça qu'elle vous roulait ! avais-je pensé plein de colère. En vous accablant de questions indiscrètes et impertinentes. Dommage qu'il n'y ait rien eu d'authentique dans son intérêt pour les autres et qu'elle ait pris les interrogatoires auxquels elle vous soumettait pour ce qu'ils étaient : un passe-temps, une habitude, un moyen de combler le vide causé par l'ennui du privilège. Plus intelligente que la plupart des jeunes filles de sa classe, mais à certains égards aussi capricieuse et névrosée, elle était animée d'un élan malsain pour ce qui lui était suffisamment étranger pour lui permettre de se féliciter de son ouverture d'esprit. Je n'avais pas oublié ses marques d'attention pour le Portoricain du Buddy's. Si ce pauvre type s'en était aperçu il aurait probablement tiré satisfaction d'avoir suscité un intérêt ardent et gratuit chez la mystérieuse et très charmante étrangère. Mais s'il avait eu le temps d'y réfléchir, et si ça lui avait importé un dixième de ce que ça m'importait, il aurait trouvé une raison de se vexer. En fin de compte, ce n'est jamais agréable d'être réduit à un stéréotype, à un phénomène de foire. Et c'est précisément ce à quoi elle vous réduisait. Elle l'avait fait avec moi, elle l'avait fait avec le Portoricain du Buddy's, et apparemment elle avait essayé de le faire aussi avec ma mère, objet depuis toujours de sa vaine curiosité. Et ça, je vous prie de me croire, je n'allais pas le lui pardonner. J'avais convenu qu'en effet elle était bizarre comme si je venais seulement de m'en rendre compte. Le problème des amoureux c'est qu'ils passeraient leur vie à parler de l'être aimé. Peut-être espèrent-ils au fond de leur cœur qu'en l'arrachant aux abîmes du monologue et en l'amenant à la surface, à l'attention des proches, ils pourront partager leur terrible fardeau, au moins pour un bout de chemin. Seule raison pour laquelle j'avais cité à ma mère les bizarreries les plus caractéristiques de Francesca, en veillant à conserver un détachement plein de dignité. Elle m'avait interrompu, visiblement amusée. « Tu vois ? Elle est vraiment sympathique. » « Pas du tout. Elle est snob et raciste. » « Vraiment ? » « Oui, snob et raciste. Comme toute ta famille. » Ainsi avais-je clos la discussion avec une nouvelle insulte gratuite. Et j'étais fier, aussi bien de cette énième riposte hargneuse que de ne pas avoir cédé à l'envie d'attraper le téléphone et composer le numéro de la villa Letizia qu'entre-temps, *ça va sans dire*, j'avais appris par cœur. Je voulais seulement infliger à Francesca le traitement laconiquement passif qu'elle m'avait réservé depuis la nuit fatidique. Ah, si seulement j'avais pu lui faire ressentir ce qu'elle me faisait ressentir, si j'avais provoqué en elle les mêmes tourments qu'elle avait su provoquer en moi. C'était bon de l'imaginer dans son lit, à jeun, renfrognée, attendant la sonnerie qui ne viendrait jamais.

Bref, j'étais là à chercher à éloigner les trop nombreux spectres de la journée inutile que j'avais passée quand un fracas a percé la bulle sonore dans laquelle je m'étais prudemment tapi et m'a bousculé les nerfs jusqu'à leur racine. Semblable à un bruit de verre ou de vaisselle cassée il a été suivi d'un remue-ménage de moindre intensité mais insistant comme des secousses de terrassement. Cauchemar ? Hallucination ? Ou un de ces bruits dont l'effet est redoublé par le silence des nuits métropolitaines ? Ou c'était peut-être le type du troisième, célibataire endurci ami de mon père ; lui, oui il savait comment se payer du bon temps.

Pendant le bref intervalle entre deux chansons, le vacarme s'enrichit de nouveaux éléments, nullement rassurants. Non, cette fois je ne me trompais pas. J'étais éveillé et je le savais. Bien que peu familière cette voix était humaine ; et aussi très altérée. Mais elle ne venait pas du champ de bataille sur lequel j'avais entendu mes parents se défier des dizaines de fois : leur chambre. Les cris provenaient de plus loin. Pas très loin, à vrai dire. Peut-être du séjour. Mais en même temps les cris étaient de nature plus retentissante et plus brutale. Sans compter que depuis qu'ils s'étaient mis à se détester avec une détermination silencieuse et appliquée, autrement dit depuis un bon bout de temps, ils ne se disputaient plus.

Une autre chanson s'est interposée entre le tapage et moi. Mon angoisse n'en a été que plus aiguë. Ignorer ce qui se passait à quelques mètres ne m'était d'aucun réconfort. Il a suffi que j'appuie sur « stop » pour que l'assortiment inhabituel de bruits et de cris atteigne de nouveau mes tympans. Non, ce ne pouvait pas être mon père. Il n'aurait jamais osé hurler de cette manière ; et de toute façon, s'il se trouvait encore dans l'état où je l'avais quitté quelques heures auparavant, ma mère ne l'aurait pas laissé entrer. Qui ça pouvait être ?

Au début de l'été une poignée de malfaiteurs s'étaient introduits chez une dame qui habitait l'immeuble d'en face. Quelles heures horribles pour cette pauvre femme : ligotée, menacée, frappée, et finalement dépouillée de ses modestes avoirs. Les gens avaient accusé les gitans qui depuis des temps immémoriaux occupaient abusivement un espace communal important adjacent à notre quartier, sans disposer du reste de la moindre preuve de leur culpabilité. Bref, le responsable, quel qu'il ait été, courait toujours. Il se pouvait qu'il s'en soit pris à ma mère. Après tout, elle aussi, bien que plus jeune, était une femme seule. Quant à moi, avec mon mince duvet au-dessus de la lèvre supérieure et mes lunettes de bûcheur, je désespérais de représenter une force de dissuasion efficace.

Le silence est revenu, mais je n'ai pas eu le temps de m'approcher de la porte et d'y coller une oreille circonspecte que le tapage a repris. Alors, m'armant de mes maigres réserves de courage, j'ai abandonné le nid. Tout me rappelait péniblement la nuit où quelques années plus tôt, au sommet de l'enfance, je m'étais aventuré dans le même couloir, décidé à découvrir si mon père respirait encore. À la différence d'alors, l'espace sur lequel donnaient les chambres était éclairé par une lumière diaphane, lunaire et artificielle à la fois. La lueur pâle provenait du séjour, à savoir du lieu dans lequel quelqu'un avait recommencé à crier atrocement.

Il m'a suffi de passer la tête pour voir la silhouette corpulente de mon père se détacher sur la porte-fenêtre qui donnait sur le balcon. En piteux état comme je l'avais laissé quelques heures plus tôt, pas moins délirant, il trônait au milieu d'un amas de verres brisés et d'assiettes en miettes, probablement ceux dont nous nous étions servis à notre dernier repas.

Il avait le buste tourné vers le balcon et son attitude m'a paru à la fois impatiente et belliqueuse. Il s'en prenait peut-être aux malfaiteurs qui entre-temps avaient pris ma mère en otage. Ou à lui-même pour être arrivé trop tard. Quant à moi, j'avais du mal à respirer. La terreur se confondait avec l'embarras habituel : l'idée d'être témoin et protagoniste d'un spectacle aussi répugnant, qui probablement nous affecterait pour le restant de nos jours, assénant le coup de grâce à notre réputation déjà bien entamée, m'emplissait de honte jusqu'au vertige. En outre, ma lâcheté de toujours m'empêchait de me pencher en avant ou d'avancer de quelques centimètres pour pouvoir donner une identité aux interlocuteurs silencieux.

« Parle-moi, disait mon père. Je t'en prie, parle-moi. » Alors je n'ai plus eu aucun doute, il était avec ma mère et c'était à elle qu'il s'en prenait. Je ne la voyais pas mais je sentais, je savais qu'elle était là, sur le petit balcon étroit. Aucun malfaiteur. Il n'y avait que nous à la maison, pris dans une mise en scène inouïe et épouvantable. J'aurais voulu attirer son attention, la détourner. Si je l'avais fait, les choses auraient peut-être tourné différemment. Mais j'avais les cordes vocales atrophiées, les pieds enfoncés dans le sol. Il s'est approché prudemment du balcon. Il ne pestait plus. Au contraire il s'était mis à s'excuser; il demandait pardon à la façon mielleuse, hypocrite des hommes ivres. Il allait tout arranger. Il ne demandait qu'à repartir de zéro. Rien que ça, recommencer, réessayer. C'était tout. Rien n'était perdu. Il n'y avait rien d'irréparable, mon amour. Il suffisait de le vouloir. De s'engager. Il était prêt à le faire. Et elle? Il jurait qu'il ne perdrait plus jamais le contrôle. Il ne s'emporterait plus jamais. Il allait s'amender. Malheureusement je n'entendais pas les réponses de ma mère mais d'après son attitude à lui elles ne devaient pas être encourageantes. Si un instant plus tôt il s'était montré contrit et conciliant, il était de nouveau furieux.

Dans les décennies suivantes j'allais me demander des centaines de fois si sa façon d'avancer vers le balcon, face à elle, pour la prise de vue d'un film que je ne verrais jamais, avait vraiment quelque chose de menaçant. La mémoire m'incite à en douter, mais les faits semblent s'exprimer différemment. La seule donnée certaine est que tout s'est terminé avec une extraordinaire, une inexorable rapidité. Un instant, puis rien n'a plus eu d'importance. J'ai vu mon père s'élancer, je l'ai entendu pousser un cri déchirant: peut-être pour la pousser, peut-être pour l'empêcher de sauter, peut-être parce qu'il n'a pas réussi à la sauver, ou peut-être parce qu'il ne l'a pas suffisamment voulu. En tout cas, quoi qu'il se soit passé, j'ai senti que j'y étais pour quelque chose et que rien ni personne ne pourrait jamais me persuader du contraire.

4

Tout s'est passé rapidement et de façon civilisée. Les policiers accourus sur les lieux toutes sirènes hurlantes ont montré une double nature: s'ils m'ont présenté un visage bienveillant, indulgent, voire attentionné, ils ont réservé à mon père, qui gisait épuisé sur le canapé, la gueule sévère des grandes occasions. Peut-être pour éviter que nous nous adressions la parole ils l'ont emmené immédiatement, mais pas assez vite pour m'éviter de le voir menotté, sanglotant comme un bébé.

Je suis resté avec deux policiers en civil : un homme d'une cinquantaine d'années et une jeune femme. C'est elle qui s'est occupée de moi, d'abord en m'envoyant aux toilettes, ensuite en m'aidant à préparer un bagage de fortune : slips, maillots de corps, brosse à dents. Dans l'entrée, avant de sortir, elle m'a ordonné de me concentrer : je n'oubliais rien ? Je suis retourné à l'intérieur chercher le seul ami qui me restait, mon walkman.

Dans la rue, ils ont tout fait pour me tenir à distance de sécurité de la zone où ma mère était tombée, mais là encore pas suffisamment vite pour m'empêcher de jeter un coup d'œil au morceau de trottoir recouvert d'un drap compatissant, de constater que là-dessous il n'y avait rien et de reprendre espoir.

C'était ainsi que je l'avais imaginée, la scène de notre expulsion. Nous traversions la foule de voisins et de curieux : rassemblés devant la porte, ils ne demandaient pas mieux que d'assister au chemin de croix de la famille insolvable, et tant qu'ils y étaient, de nous insulter à voix basse et de nous transpercer de leurs regards chargés de reproches. Et en effet, ils étaient tous là : Mme Albani, son mari musclé, le célibataire du troisième en compagnie d'une de ses petites dames à demi vêtue. Bien qu'ils aient eu l'air consterné, aucun ne m'a paru vraiment surpris. Ça devait arriver tôt ou tard. Pas comme ça, bien sûr. C'était inimaginable. Suicide ou défenestration, qui aurait pu prévoir un épilogue aussi sanglant ? Restait le fait qu'ils s'y attendaient : un jour une famille aussi bizarre, pas du tout intégrée – ce géant blond de père, l'irréprochable mère professeur et le fils maigrelet et taiseux –, allait faire quelque chose de grave. L'unique chose que personne n'était en mesure d'imaginer, ni moi ni eux, était la dynamique dans laquelle la scène aurait lieu. À la suite d'une série de circonstances défavorables, en effet, il n'y avait que le fils maigrelet et taiseux pour s'imposer le petit intermède humiliant. Visiblement égaré, précédé de deux policiers en civil, chargé d'un sac, il marchait péniblement vers une voiture aux sirènes intermittentes qui attendait qu'une météorite ajoute le mot « fin ».

En voiture on m'a étourdi de bavardages. Arrivés à destination, un bâtiment massif à la façade lézardée avec une grande cour à moitié déserte, la marche à suivre est devenue confuse. Il était clair qu'ils ne savaient pas quoi faire de moi : me considérer comme un enfant à protéger ou comme un jeune responsable. Devant le distributeur de boissons la jeune femme m'a demandé si je préférais du café, du chocolat ou un Coca. J'avais l'estomac noué. J'ai marmonné « café, merci ». Puis d'un geste furtif je l'ai jeté presque intact dans la première poubelle disponible.

On parlait beaucoup d'un certain docteur. On l'avait averti ? Il allait arriver ? Naturellement j'ignorais de quel genre de docteur il s'agissait. Finalement on m'a parqué dans une pièce étouffante, nue, au plafond très haut, qui avait une odeur répugnante de mauvais café et de cigarette. On m'a mis dans les mains un album d'images Panini abandonné à la moitié : le fils d'un collègue l'avait oublié.

Penser au pire signifiait supposer que ma mère ne s'en était pas sortie, et que mon père ne pouvait pas s'occuper de moi ; m'habituer à l'idée que je n'entendrais plus jamais sa voix à elle et que rien de ce que lui pourrait me dire n'aurait plus jamais de sens ; effacer la maison où j'avais grandi, l'individu que j'avais cru être, en deux mots, l'existence que pendant longtemps, depuis toujours peut-être et non sans ingénuité, j'avais considérée comme la seule possible.

Penser au pire, c'était comme mettre une sourdine à mon imagination, en l'empêchant de prendre son vol et de préparer de nouveaux scénarios plausibles. L'avenir, même le plus proche, n'avait jamais été aussi impossible à imaginer. Par exemple, où allais-je dormir les prochains jours ? Et dans les mois à venir ? Mais sans aller si loin, où allais-je dormir la nuit suivante ?

Bref, penser au pire signifiait prendre acte que l'espoir, en vieil escroc qu'il est, a tout intérêt à vous tromper pour ensuite vous mettre dos au mur.

Quand on m'avait demandé le nom d'un parent proche le seul qui m'était venu à l'esprit avait été Gianni Sacerdoti. « Ton grand-père ? » « Mon oncle », avais-je marmonné avec embarras.

Il n'avait pas donné de nouvelles depuis un moment ; le connaissant, j'excluais la possibilité qu'il soit en ville. L'idée m'avait même effleuré de donner le numéro de la villa Letizia. Mais la seule pensée de mêler oncle Bob et sa famille à cette sale histoire obscène m'avait donné des frissons.

Je ne l'ai pas entendu entrer. Je l'ai retrouvé assis devant moi comme un fantôme. Un homme entre deux âges, l'air plus indolent qu'affolé, typique de celui qu'on a tiré du lit. Chemise froissée et pantalon tombant, il arborait une épaisse chevelure frisée et une irritante barbiche poivre et sel très négligée. Ses yeux, bien que forcément voilés de somnolence, étaient vifs comme des tisons. Il a marmonné un salut et m'a lancé un nom qui paraissait fait exprès pour être oublié.

« Docteur, voilà votre café, a dit un policier. Il est terrible, celui de la machine. Mais vous savez, à l'heure qu'il est… Pas de sucre, n'est-ce pas ?

– Non, merci, mon cher. Pas de sucre. Des nouvelles de la psychologue ?

– Pas encore.

– Et de son oncle ?

– Non plus.

– OK. Surtout, avertissez-moi dès qu'ils seront là.

– Entendu, docteur.

– Rien de réconfortant pour le garçon ? a-t-il demandé comme si je n'étais pas là.

– Il a pris un café.

– Ah, bien, alors il a déjà eu sa dose d'amertume. »

Il a prononcé ces mots en me souriant. Puis il s'est rendu compte de sa gaffe, il s'est raidi et s'est mis à parcourir le dossier que le policier avait posé sur le bureau à côté du café.

« Pas mal, hé ? »

Je n'ai pas compris immédiatement qu'il parlait de l'album Panini que je serrais contre moi comme une peluche.

J'ai fait le difficile : « Bah. » Comme pour dire : il y a longtemps que je ne m'amuse plus avec certaines choses.

« Comment, tu ne joues plus avec les cartes Panini ? Et dire que ça me plaisait tellement. J'aurais voulu que mon fils m'imite, mais non. Tu le crois si je te dis qu'il aime la danse classique ?

– La danse classique ?

– Ne me dis pas que tu aimes ça toi aussi. »

J'ai haussé les épaules pour montrer que je voyais mal ce que c'était.

« Vraiment, qui aime la danse classique ? Rien que quelques vieilles peaux couvertes de bijoux. Tu es plus du genre stade, non ? Dis-moi un peu : dans quelle équipe es-tu ? »

Je n'ai pas répondu. D'ailleurs, rien de ça n'avait d'importance. Ni ne m'intéressait. Il voulait peut-être me distraire, tentative louable, rien à dire ; malheureusement mon esprit était fixé sur la plus naturelle des pensées : ma mère. J'ai rassemblé mon courage pour demander s'il avait de ses nouvelles.

« Je viens de parler avec l'hôpital. Ils lui font subir une opération très délicate. J'ai demandé à être informé de chaque étape. »

Il n'a rien ajouté. Il ne m'a pas dit : ne t'inquiète pas, elle est en de bonnes mains, c'est une femme jeune, tu verras qu'elle s'en tirera. En y repensant, j'ai été étonné qu'il demande au policier des nouvelles de la « psychologue » et de « l'oncle » et pas de la « patiente sur la table d'opération ».

Je lui ai demandé s'il ne valait pas mieux que je sois près d'elle.

« Et pour quoi faire ? Pour déranger tout le monde ? Et puis, comme tu nous l'as demandé, nous avons appelé ton oncle. Ça n'a pas été simple de le dénicher. Il était en Toscane, en vacances. Il est en route. Il vaut mieux l'attendre, tu ne crois pas ? À propos, tu as un oncle important. Un gros bonnet. Figure-toi que lorsque j'étais à l'université – j'étais un gamin, un peu plus grand que toi – je mettais le réveil à cinq heures et demie pour m'assurer une place au cours du célèbre professeur Sacerdoti. Je me serais attendu à tout sauf à le retrouver quelques années plus tard en tant qu'adversaire. Tu sais, c'est arrivé plus d'une fois. Un dur à cuire. Le meilleur pénaliste auquel j'aie jamais eu affaire. »

Adversaire ? Dans quel sens, adversaire ? Qui était cet homme ? Quel était son métier ? De quelle race de docteur s'agissait-il ? J'ai pensé qu'il n'aurait pas plu à ma mère. À cause de son accent typiquement romain. Moi, il ne me déplaisait pas. C'était comme si j'avais affaire à un camarade de classe. Et c'était peut-être précisément l'intention cachée qu'annonçait cette affabilité confirmée par les inflexions argotiques : me mettre à l'aise.

« Mais si tu veux nous en parlons.

– De quoi ?
– Eh bien, de comment tu te sens.
– Je ne sais pas quoi dire.
– Bien sûr, bien sûr, je le comprends, je ne peux qu'imaginer…
– Écoutez, ai-je dit impatienté en m'armant de courage. Qu'est-ce que nous faisons ici ? Ça ne serait pas mieux…
– Je te l'ai dit. Nous attendons ton oncle. Il a insisté. Il ne veut pas que tu bouges d'ici. Après tout, d'après ce que nous savons, il est ton parent le plus proche. C'est à lui, du moins pour le moment, oui, bref, jusqu'à ce que les choses s'arrangent, du moins nous l'espérons, de s'occuper de toi. Si nous partions (pour aller où ?) je ne saurais pas comment l'avertir. Je sais que c'est terrible, mais pour le moment nous ne pouvons qu'attendre. Crois-moi, nous n'avons pas d'autre choix. »

Il y a eu un bref silence. Pendant qu'il consultait le dossier j'ai sorti mon walkman du sac.

« Je me trompe ou tu joues de la guitare ? » Il l'a lancé comme ça, qui sait, inspiré peut-être par la vue du walkman.

« Comment le savez-vous ?
– Hé, hé, de la magie. C'est mon métier de savoir. Mais non, je plaisante. C'est la policière qui t'a amené qui me l'a dit. Elle a vu la guitare, les médiators, les partitions. Tu sais, nous sommes comme ça, nous autres, toujours à nous mêler des affaires d'autrui. »

C'était ça que contenait le dossier ? Les notes que les policiers avaient prises ? Une espèce de procès-verbal ?

« Bref, tu en joues ?
– Oui.
– Tu t'exerces tous les jours ?
– Tous les jours.
– Donc aujourd'hui aussi ?

– Bien sûr.

– Ce soir ?

– Non, ce matin.

– Tu joues quel genre de musique ?

– Aucun genre en particulier. Je m'exerce, un point c'est tout.

– Alors quel genre d'exercices ?

– Des gammes.

– Voyez-moi ça, un vrai professionnel. Et tes parents ne se fâchent pas ?

– Comment ça ?

– À cause du bruit et tout le reste.

– Ils ne m'ont jamais rien dit.

– Ils t'encouragent, en somme.

– Je dirais que oui.

– Avec qui tu aimes jouer ?

– Je joue seul.

– Seul ? quelle idée. Ça n'est pas plus amusant de jouer dans un groupe ?

– De temps en temps je joue avec papa.

– Bien, c'est une bonne chose. Et vous jouez souvent ensemble ?

– Je vous l'ai dit : de temps en temps.

– Et ce matin aussi vous avez joué ensemble ?

– Non, ce matin non.

– Pourquoi donc ?

– Il n'était pas là.

– Il était à son travail ?

– Pas vraiment.

– Alors où ?

– Je ne sais pas.

– Qu'est-ce que ça veut dire je ne sais pas ? Tu es assez grand et assez intelligent pour savoir où ton père va le matin.

– Il ne vit pas avec nous depuis quelque temps. Mais vous devriez le savoir. Vous savez tout, non ?

– Touché ! Tu vois que tu sais y faire ! En effet je ne le savais pas. Donc tes parents sont séparés.

– Pas vraiment. Il est parti pour quelque temps.

– Mais d'abord, excuse-moi de te le faire remarquer, il était à la maison. C'est là que nous l'avons trouvé.

– Je dormais. Quand je me suis réveillé il était dans le séjour.

– Ainsi tu ne l'avais pas vu depuis quelque temps.

– Je l'ai vu hier après-midi.

– C'était son tour ?

– Qu'est-ce que vous voulez dire ?

– C'était à lui d'être avec toi.

– Je ne dirais pas ça.

– Qu'est-ce que tu dirais alors ?

– Je vous l'ai déjà expliqué. Ce n'est pas une séparation officielle. Il n'y a pas de tours. Je ne l'avais pas vu depuis longtemps.

– Du genre ?

– Je suis allé à l'étranger avec mon oncle. Je n'avais pas vu papa depuis avant mon départ.

– À l'étranger ? Et où ?

– New York.

– Rien que ça. New York. Quel chic ! Mon fils tuerait pour aller à New York. Il faudra que je l'y emmène tôt ou tard. C'est un grand beau voyage, qui coûte cher. Bien, tu reviens de New York et ton père n'est pas là.

– Exact.

– Tu as été très déçu.

– Je m'y attendais un peu.

– Parce que tes parents ne s'entendent pas.

– Pas beaucoup.

– Ah, quel dommage, mais tu sais ce que c'est ; il n'y a rien de plus compliqué que faire tenir un couple. Tu disais donc que tu l'as vu hier après-midi. »

Je lui ai expliqué que j'étais descendu pour aller essayer le nouveau glacier du quartier quand je l'avais trouvé là.

« À la porte ?

– Pas exactement.

– Où alors ?

– De l'autre côté de la rue.

– Donc il t'attendait ? »

Je n'aimais pas le tour qu'avait pris la conversation, ni la teneur de ses questions qui devenaient de plus en plus détaillées. Je n'avais aucune intention de parler de mon père. Je n'avais pas envie non plus de faire un compte rendu de l'épouvantable après-midi passé avec lui. C'était là que nous allions en venir et j'aurais voulu l'éviter. Je ne savais pas comment. Quelque chose dans sa manière de me harceler m'empêchait de m'esquiver. J'étais face à une de ces parties d'échecs minutées si chères à ma mère. Elle disait toujours qu'elles étaient bonnes pour l'esprit, qu'elles aidaient à raisonner. C'était l'unique jeu qu'elle se permettait avec moi. Un jeu difficile parce que le coup devait être en même temps rapide et efficace. Toute indécision pouvait être fatale. J'ai pensé que l'erreur avait été de faire cadeau de l'ouverture à ce type. Ce faisant je lui avais donné un avantage difficile à rattraper. J'aurais voulu relancer, contre-attaquer, le prendre au dépourvu avec une question impertinente : sur son fils, sa femme, sa profession. Ah, si seulement j'avais eu quelques secondes de plus pour élaborer une stratégie. Mais désormais ma bouche fonctionnait toute seule, elle entassait mots sur mots. De surcroît j'étais intimidé par l'idée, qu'il avait suggérée lui-même, qu'il en savait sur moi et nous beaucoup plus que l'on ne pouvait raisonnablement s'y attendre.

Pour tenter de m'esquiver j'ai demandé: «Pourquoi est-ce que tout le monde vous appelle docteur? Quel genre de docteur êtes-vous?

– Tu as raison, tout le monde m'appelle comme ça. Tu es très observateur, félicitations. Plus tard, tu seras un bel exemple de policier. Pas comme ces empotés. Je plaisante. Pour être franc, je n'aime pas vraiment qu'on m'appelle comme ça. Ça me fait me sentir vieux et plus important que je ne le suis. J'imagine qu'ils le font parce que j'ai un diplôme, un peu comme les gardiens de parking qui vous appellent tous "maître".

– Vous ne m'avez encore pas dit quel genre de docteur vous êtes.

– Parce que c'est compliqué et que tu ne comprendrais pas. Disons que je suis dans la même branche que ton oncle, bien que je ne puisse même pas ambitionner de cirer ses chaussures. Tu connais le terme "jurisprudence"? Je fais partie du système judiciaire de ce pays, je suis un des nombreux engrenages de cette machine tentaculaire. Rien d'important. Mais ça me plaît, vraiment, c'est un travail qui me plaît. Il permet d'estimer la situation et en plus il donne l'occasion de rencontrer des types formidables comme toi. Satisfait?»

Je ne l'étais absolument pas. De fait, il ne m'avait pas répondu. Il était resté évasif. Malheureusement, bonne éducation et réserve m'ont empêché d'insister.

«Mais maintenant réponds à ma question.

– Quelle question.

– Tu penses que ton père t'attendait?

– Je pense que oui.

– Et vous êtes allés prendre une glace ensemble, j'imagine.

– Oui.

– Elle était bonne?

– Ma foi… Il n'a pas fini la sienne.

– Pourquoi, elle n'était pas bonne ?

– Il l'a laissée tomber.

– Il l'a fait tomber exprès ?

– Mais non, non, par inattention.

– Zut. Je vois, dommage. Vous en avez pris une autre ?

– Non. Il n'en avait pas envie.

– Et ensuite, qu'est-ce que vous avez fait ?

– Rien. Nous sommes allés nous asseoir un moment sur un banc.

– Sur un banc… Donc vous avez parlé ?

– Bien sûr que nous avons parlé.

– De quoi ?

– Mais qu'est-ce que j'en sais. De beaucoup de choses. Nous ne nous étions pas vus depuis très longtemps.

– Tu ne peux pas être plus précis ?

– Non, je ne peux pas, et je n'en ai pas envie. Je veux aller à l'hôpital. Tout de suite.

– Bien sûr, je comprends. Tu es bouleversé et tu as l'esprit ailleurs. C'est normal. Mais si tu ne veux pas parler de ton père, si c'est à ta mère que tu penses – et ça aussi c'est normal, étant données les circonstances –, eh bien, parlons d'elle alors.

– Qu'est-ce que vous voulez savoir ?

– Quand tu es rentré chez toi, tu lui as parlé de ton père ?

– Non.

– Pourquoi ?

– Je ne parle pas beaucoup avec elle. Et elle ne parle pas beaucoup avec moi.

– Tu veux me faire croire que vous communiquez tellement peu que tu n'as pas senti le besoin de l'informer que ton père traînait en bas de chez vous ? »

J'étais furieux. « Je ne veux rien vous faire croire. Et de toute façon mon père ne traîne pas.

– OK, OK, comme tu voudras. Là n'est pas la question. Mais je n'ai pas compris les raisons de ton silence, mon garçon. Et j'ai vraiment besoin de comprendre. C'est triste à dire mais on me paie pour comprendre.

– Et moi j'ai besoin d'aller aux toilettes et personne ne me paie.

– Encore un instant, finissons-en et nous irons tous nous rafraîchir, promis. Mais d'abord fais-moi mieux comprendre pourquoi tu ne lui as rien dit de ton père.

– Je le répète, nous ne nous parlons pas beaucoup. Et puis…

– Et puis quoi ?

– J'étais fâché contre elle.

– Pourquoi ?

– Bah, je lui avais mal répondu.

– Quand ?

– Avant de sortir.

– Avant de sortir prendre une glace, avant de rencontrer ton père tu lui as mal répondu ?

– Exact.

– D'abord tu lui réponds mal et ensuite tu te fâches », et il lui a échappé un sourire. « Il n'y a rien de mal à ça. De temps en temps mon fils aussi se fâche et répond mal à ma femme. Tous les enfants sont comme ça, surtout les garçons. À partir d'un certain âge ils commencent à se fâcher et à répondre mal. C'est désagréable, bien entendu. Mais c'est un de leurs droits naturels. Une tentative maladroite d'émancipation. Allons, tu ne dois pas te sentir coupable. »

J'ai grogné : « Je ne me sens pas du tout coupable. »

En effet, je ne savais pas si ce que j'éprouvais, qui me coupait le souffle, pouvait se définir comme de la culpabilité. Dans ma vie de fils raté je n'avais jamais été aussi maladivement impliqué dans le sort de mes parents. Depuis que j'avais entendu le hurlement déchirant de mon père et que je l'avais vu s'élancer vers le balcon, des secousses électriques atroces suivies de fourmillements prolongés s'étaient emparées de mes membres ; comme si mes vaisseaux sanguins étaient bourrés de drogues et de poisons. L'idée que ce type, grâce à ses superpouvoirs, en avait identifié le caractère toxicologique et deviné les effets meurtriers m'avait définitivement acculé en me révélant la nature infernale du jeu dans lequel il m'avait coincé.

« Et tu fais bien. Tu ne dois pas te sentir coupable. Mais tu ne m'as pas encore dit la raison de votre dispute.

– Nous ne nous sommes pas disputés.

– Alors pourquoi tu lui as mal répondu ?

– Qu'est-ce que j'en sais. Je l'ai fait, un point c'est tout. »

Ajouter n'eût été qu'une seule syllabe aurait signifié s'avancer sur le terrain miné de la vérité. Quel avantage aurais-je tiré de lui confesser que je m'en étais pris à la première et par ailleurs unique personne à portée de main ? Une telle explication en aurait réclamé d'autres, non moins pénibles et déroutantes. À commencer par un panorama sommaire du film de troisième ordre pour adolescents dans lequel j'étais plongé jusqu'au cou : l'amour pour une cousine lunatique qui m'avait accordé plus que ce que les jeunes filles de la haute n'accordent généralement à des garçons de ma classe. J'aurais dû lui dire que c'était l'impossibilité de joindre la demoiselle capricieuse par téléphone qui m'avait mis de mauvaise humeur ; humeur déjà suffisamment exacerbée à vrai dire par des revendications de type syndical : j'avais du mal à accepter l'idée que pendant que j'étouffais en ville elle se prélassait sur la côte amalfitaine entre agaves, citronniers et couchers de soleil langoureux. À ce stade j'aurais dû m'attarder sur les accusations que mon père avait adressées au Sacerdoti ; « une bande de dépravés… Maudits Juifs !… »

Et ajouter que de tels jugements, bien loin de m'indigner, m'avaient confirmé dans le soupçon d'être arrivé dans la branche la moins vigoureuse de l'arbre généalogique : le rameau sec. Ah, comme la vie aurait été belle si mes parents n'avaient pas existé ! Comme j'aurais été sans souci dans la peau de n'importe quel autre Sacerdoti !

Bref, mieux valait me taire. D'autant plus que de cette sarabande de pensées décousues il en émergeait une réellement dangereuse : le soupçon que le traitement que j'avais réservé à ma mère avant d'aller me coucher, mon manque affiché de loyauté filiale lui avait fourni – outre le motif et l'audace nécessaires – le prétexte pour en finir. Au fond, il lui avait suffi de peu de chose, un saut dans le vide, pour se libérer de l'idée lancinante de l'échec, et pour soustraire son malheureux rejeton au cul-de-sac domestique meurtrier. En supposant que les choses se soient vraiment passées ainsi.

« En tout cas il ne me semble pas que ce soit la peine de se culpabiliser, dit-il en montrant de nouveau d'extraordinaires dons de télépathie. Nous ne sommes pas là pour régler des comptes, pas vrai ? »

Je me suis impatienté. Je n'avais pas encore compris pourquoi nous étions là et de quoi nous parlions.

« C'est normal, tu es fatigué, embrouillé, tu n'en peux plus, mais je t'assure que tout ça est utile.

– Utile à quoi ?

– À faire le point. Je ne sais pas pour toi, mais nous, nous n'y avons encore rien compris.

– Qu'est-ce qu'il y a à comprendre ?

– Eh bien, par exemple, ce que faisait ton père à la maison à trois heures du matin. Tu as dit que tes parents sont séparés, non ? Que leurs rapports sont tendus, compromis, qu'il ne vit pas avec vous… Alors pourquoi était-il là ? »

Ayant pris acte du fait que mon interlocuteur faisait un usage extrêmement incorrect de chacune de mes confidences, je me suis retranché derrière un « *no comment* » angélique.

« C'est pour ça que c'est important de savoir ce que vous vous êtes dit hier après-midi. Dans quel état était-il ? »

Je n'étais pas confus, empoté et crétin au point de ne pas percevoir qu'entre l'état émotionnel de mon père cet après-midi-là et l'état physique dans lequel se trouvait maintenant ma mère il pouvait y avoir un rapport de cause à effet. Et c'était ce qui m'empêchait de fournir à ce flic en civil des informations très importantes et compromettantes. Non que j'aie voulu protéger un assassin potentiel. Je demandais seulement de ne pas être chargé d'un poids qui à la longue aurait pu m'écraser. Ce n'était pas à moi d'accuser mon père ou de le disculper. Au fond, j'avais été élevé ainsi. Le modèle acquis en famille (surtout de ma mère) était typiquement mafieux. D'abord l'omerta, ensuite on verra…

J'ai tergiversé. « Je ne vois pas ce que vous voulez dire.

– Il était ivre ? » Pour la première fois il m'a regardé en face. Il avait l'air de quelqu'un qui est persuadé que pour lire en vous il suffit de ne pas vous quitter des yeux.

J'ai répondu que je n'en étais pas sûr. Puis j'ai persévéré dans le mensonge en expliquant que je ne savais pas à quoi ressemblait un homme ivre, que d'ailleurs je n'en avais jamais vu.

« Il avait une autre odeur que d'habitude ?

– Il avait l'odeur de papa.

– Curieux, a-t-il dit d'un ton sarcastique. Il avait plus d'alcool dans le sang qu'un homme normal ne peut le supporter. Nous lui avons fait le test. C'est incroyable qu'il parvienne encore à tenir debout. Fichtre, c'est un homme fort ton père. »

Tout à coup je me suis rendu compte que je ne pensais pas à lui depuis un bout de temps. Comme si je l'avais confiné dans la partie de mon cerveau réservée aux pensées abstraites, virtuelles, stylisées. Ou comme si mon imagination, aveuglée par les lueurs intermittentes provenant de la salle d'opération où vraisemblablement le corps de ma mère luttait pour ne pas succomber, ne réussissait pas à me fournir un espace aussi lumineux où placer mon père.

Il était peut-être ici lui aussi, hôte récalcitrant dans ce bâtiment massif et tentaculaire. On le soumettait peut-être à un troisième degré dissimulé sous une conversation anodine. Je me suis demandé s'il se sentait à l'étroit dans sa nouvelle vie de suspect numéro un. Excusez-moi, mes notions juridiques de l'époque, irrémédiablement déformées par le jargon hollywoodien, me permettaient tout au plus de distinguer l'innocent calomnié du coupable louche : une dialectique manichéenne qui tout bien réfléchi ne semblait pas convenir à un cas comme le nôtre, tellement chargé de nuances et d'ambiguïtés.

« L'alcool est un animal dangereux. Et ton père était pété comme un coing. Dis-moi au moins s'il t'a paru menaçant.

– Mais non, non, ai-je protesté avec ce qui me restait de souffle. Il n'avait menacé personne. Il était seulement un peu confus, il parlait à tort et à travers. C'est tout.

– Alors tu l'admets, bon Dieu.

– Quoi ?

– Qu'il n'était pas lui-même, qu'il n'avait pas toute sa tête.

– Je n'admets rien.

– Mais comment ça, tu viens de le dire : il était confus, il parlait à tort et à travers. Je n'ose même pas y penser. Un homme de cette stature ivre mort… Eh bien, c'est évident qu'il a perdu le contrôle.

– Il n'a rien perdu du tout. Il était seulement un peu confus. Je vous l'ai dit. Nous avons pris une glace et il allait bien.

– Tellement bien qu'il l'a laissée tomber ?

– Ça peut arriver à tout le monde. Ça ne vous est jamais arrivé ?

– Bien sûr, nous sommes tous un peu maladroits, n'empêche que si tu as un tel taux d'alcoolémie ça t'arrive plus facilement. » Il a tiré un feuillet de ce fichu dossier et l'a jeté sur la table avec le geste de celui qui vient de gagner aux cartes. Le même que ma mère savait si bien dissimuler quand à la fin de nos parties foudroyantes elle murmurait : échec et mat.

« Et maintenant », a-t-il dit ; le ton était devenu grave, ferme, sans fioritures. « Et maintenant tu dois nous dire ce que tu as vu.

– Quand ?

– Cette nuit, avant que nous arrivions. Ce que tu as vu et entendu.

– Rien », ai-je répondu, en sachant que c'était vrai et faux à la fois.

Il a soufflé, il a lancé un regard sévère au tas de feuillets sortis de la chemise. En les parcourant dans le désordre il a dit : « Nous avons été appelés par deux voisins peu avant l'incident. À ce qu'il paraît, des bruits sans équivoque provenaient de votre appartement : cris, vaisselle cassée et ainsi de suite. Tu veux vraiment nous faire croire que tu n'as rien entendu ? »

Depuis quelques minutes déjà il avait remplacé l'affable première personne du singulier par une première personne du pluriel beaucoup plus distante. Comme si, fatigué de s'exprimer à titre personnel, il parlait maintenant au nom d'une communauté non identifiée. Et je me demande encore après tant d'années si ça a un sens d'attribuer au changement de registre de mon interlocuteur le désir qui s'est soudain emparé de moi – impérieux, incontrôlable comme une quinte de toux – de me disculper.

J'ai grogné presque pour moi-même : « Je n'ai rien vu... Je ne sais rien. » Une chose bizarre à se dire, étant donné que personne ne m'avait accusé.

« Bien sûr que non. » Sa voix avait repris son inflexion modeste et rassurante. Contrairement à ses yeux qui brillaient de plus en plus d'un éclat de triomphe. Il devait se sentir comme un général qui après avoir perdu quelques batailles mineures tient enfin sa victoire et écrase l'ennemi sous ses talons. « Pour tout te dire, tu es la victime. La victime innocente. C'est normal que tu veuilles protéger ton père. Mais ton père n'a pas besoin d'être protégé, il a besoin d'être aidé. Toi seul peux l'aider. Et l'aider signifie nous dire ce qui s'est passé, ne rien omettre, faire en sorte que la vérité émerge dans toute sa dureté. Quoi qu'on en dise, à la longue la vérité n'a jamais fait de mal à personne. » Il s'est accordé une brève pause avant de porter le dernier coup. Puis, dans une formule biblique que je n'ai pas oubliée, il a prononcé solennellement les mots suivants : « Et sache une chose, si tu mens maintenant, alors que ta mère se bat entre la vie et la mort, tu mentiras pour toujours. »

J'ai su alors que quelle que soit la direction que prendrait ma vie, et autant de douleurs qu'elle soit prête à me réserver, je ne me sentirais plus jamais le même. On parle de solitude quand une fille ne téléphone pas, quand un parent s'en va, quand la ville se vide et que les amis s'enfuient. Mais ces choses-là, quoique désagréables, sont des contingences. Transitoires et réversibles. Rien à voir avec ce cauchemar éveillé qui à la différence de ceux qui empoisonnent notre sommeil ne promettait pas de réveils libérateurs. Oubliez alors le sentiment d'exclusion qui afflige l'adolescent introverti et le comportement maladif du poète romantique ; oubliez les promenades dans le désert de l'anachorète, les voyages autour du monde de l'explorateur, les excursions interplanétaires de l'astronaute. La solitude n'est pas un choix. C'est un accident qui ne comporte ni rachats intérieurs ni primats moraux. Appelez-la liberté si ça vous chante, mais sachez qu'il s'agit d'une liberté gratuite, vertigineuse, dépourvue d'élans.

Pendant que mon inquisiteur vantait la splendeur de la vérité et les misères du mensonge en me mettant devant le dilemme moral qui allait décider de ma vie, je pensais que la seule personne au monde qui aurait eu le droit de me conseiller et s'y serait intéressée, en m'indiquant la bonne voie, était étendue entre conscience et néant dans une salle d'opérations. Elle seule aurait pu me dire si mon père était à plaindre ou à condamner. Elle seule aurait pu me révéler qui était le coupable. Mais la connaissant plutôt bien, je savais qu'il ne fallait pas toujours attendre la vérité de sa part. Qu'elle était le genre de femme qui considère que la vérité est un des dangers dont les enfants doivent être protégés. Alors ?

La chance a voulu qu'à ce moment précis, alors que je luttais pour conférer une dignité philosophique à mes malheurs, un instant avant de disculper mon père ou de le condamner définitivement, j'ai entendu venir du couloir un remue-ménage suffisant pour rompre l'enchantement menaçant. J'ai remarqué alors, en les interprétant comme de bon augure, les timides lumières matinales qui filtraient à travers les volets tellement hauts, au ras du plafond, qu'elles m'avaient échappé. Le contentieux qui avait éclaté de l'autre côté de la porte n'était pas difficile à interpréter. Une voix disait : « Qu'est-ce que vous faites ? On ne peut pas » ; une autre, à la fois familière et autoritaire, rassurante et irritée protestait : « Bien sûr que je peux, je suis son oncle. Et je vous assure, monsieur l'agent, que je connais suffisamment la loi pour savoir que ce qui se passe là-dedans est illégal. » Toute trace de triomphe a disparu du visage de mon persécuteur. Il a sauté sur ses pieds et s'est élancé vers la porte.

« Professeur, enfin, nous vous attendions. Quelle tragédie, quelle horrible tragédie. »

Bien qu'il me soit arrivé souvent au cours de cette chronique de célébrer l'infinie générosité de Gianni Sacerdoti, je crains de ne l'avoir jamais fait avec la chaleur voulue. Peut-être parce qu'en l'écrivant j'ai encore du mal à me libérer de certaines ombres qui menaçaient parfois l'authenticité de ses sentiments et l'honnêteté de ses actes. Cela en sachant bien que ce n'est certainement pas le moment de s'attarder en civilités ou de faire des manières, laissez-moi vous dire qu'aujourd'hui encore, au bout de tant d'années, rien ne me cause autant de gratitude rétrospective que le souvenir d'oncle Gianni faisant irruption dans la salle de torture armé de son air combatif, son savoir parfait et la plus tendre affection paternelle.

Ni le réveil brutal vraisemblablement dramatique ni le long voyage en voiture pour venir à mon secours n'avaient laissé de trace sur son aspect encore une fois tellement irréprochable qu'il frôlait l'afféterie. Il était là, mon bonze, dans sa plus belle tenue estivale et avec l'énergie implacable du *deus ex machina.* Comme j'ai déjà pu le noter, la colère, au lieu de l'abaisser, nourrissait son génie dialectique.

« Je peux vous demander ce que mon neveu fait ici ? Pourquoi n'est-il pas à l'hôpital près de sa mère ?

– Professeur, nous vous attendions.

– Professeur, des clous. Vous savez que mon neveu est mineur. Vous savez qu'il ne peut pas être entendu sans la présence d'un avocat et d'un tuteur. Vous savez qu'il aurait droit à l'assistance d'un spécialiste, un thérapeute. Mais au-delà de tout ça, un peu d'humanité, pour l'amour de Dieu ! Vous vous rendez compte de ce qui arrive à ce garçon ?

– Je vous assure que...

– Vous m'assurez quoi ? » Puis en s'adressant à moi avec la même solennité biblique, adoucie d'une note tendrement compatissante, il m'a ordonné de prendre mon sac, de ne pas oublier mon walkman et de le suivre.

5

Seul un homme doté d'une assurance insolente pouvait habiter seul de gaieté de cœur dans un appartement de dimensions aussi impressionnantes. À vrai dire, pas vraiment seul ; il le partageait avec un domestique dont la transcription du nom complet mériterait une note en bas de page : Washington Rommel Rodriguez. Difficile d'imaginer quelle équidistance idéologique folle avait poussé les Rodriguez à baptiser leur troisième enfant de deux noms aptes à célébrer simultanément le père de la démocratie américaine et le plus intrépide héros nazi. À propos de noms, l'église baroque de l'autre côté de la rue (comme je l'ai appris par la suite) en portait un encore plus éloquent et qui, vu les circonstances, n'annonçait rien de bon : Santa Maria dell'Orazione e Morte[1].

Je sais, nous aurions dû être à l'hôpital à cette heure, mais oncle Gianni m'avait demandé si ce ne serait pas mieux de passer d'abord chez lui le temps de prendre une douche et de se mettre quelque chose sous la dent. Il attendait des nouvelles d'un vieil ami interniste attaché à l'hôpital où ma

1. Sainte Marie de la Prière et de la Mort.

mère avait été transportée. Afin d'avoir des nouvelles de première main il l'avait tiré du lit en pleine nuit. Cet ami, après lui avoir garanti l'habileté du chirurgien de service, lui avait confirmé que le bilan clinique était sérieux, extrêmement sérieux. Bref, avant de m'infliger le calvaire de la salle d'attente, oncle Gianni s'était mis en tête de parler encore une fois avec lui. Puis, après m'avoir confié aux soins de son domestique équatorien, il avait disparu dans son bureau au fond de la maison.

Il était clair que Washington, bien que beaucoup plus jeune, après un bon bout de sa vie passée ensemble, avait atteint avec son employeur, dont il était aussi le secrétaire, le chauffeur et le barbier, une symbiose quasi conjugale. Il le tutoyait sans oublier de l'appeler professeur. Il exécutait les ordres un peu avant qu'ils ne lui soient donnés.

Le tas de valises dans l'entrée, les meubles protégés par des draps blancs, l'odeur de naphtaline et la poussière cendrée dans l'air vicié indiquaient que la maison était inhabitée depuis des semaines. Doté de plafonds à caissons resplendissants, l'appartement occupait la totalité de l'étage noble d'un édifice patricien de la via Giulia. Les couloirs doublés de livres débouchaient sur le salon du maître plein de consoles anciennes, de chinoiseries et d'œuvres d'art. Les fenêtres imposantes étaient couvertes d'épaisses tentures de velours vert tandis que le parquet qui craquait était enrichi de tapis persans qui vus en perspective formaient un patchwork bariolé. À mi-chemin entre salle de réception et chambre, plongé comme il l'était dans une pénombre spectrale, il ne semblait pas conçu pour satisfaire les exigences bourgeoises du propriétaire mais plutôt ses ambitions mondaines et libertines.

Washington m'a préparé un bain tiède. Il a attendu que je fasse trempette pour courir faire les courses. Ressuscité par la toilette tonifiante je me suis retrouvé dans un monde nouveau. Tour de prestidigitation ou sortilège, c'était comme si la maison, inondée de lumière matinale, avait repris vie comme ces jardins des contes qui sont finalement libérés d'un enchantement funeste. Les canapés débarrassés de leur protection resplendissaient de mille fils dorés. Des fleurs fraîches ornaient la table basse et la cheminée qui lui fait face. On entrevoyait par les fenêtres une vaste terrasse revêtue de tomettes, une grande table en fer forgé et une rangée de pots remplis de plantes parfumées. Dans la salle à manger attendait un buffet de niveau hôtelier : thé, jus d'orange pressée, croissants, pain grillé, beurre et diverses sortes de confiture. L'incongruité de telles attentions ne m'échappait pas, mais c'était manifestement le traitement réservé aux invités.

« Mange donc, m'a encouragé Washington. Ton oncle est encore au téléphone. »

Le gavage m'a laissé une langueur agréable. Pour ne pas la gâter je me suis écroulé sur un des canapés du salon.

Quelqu'un a dit (Primo Levi, si je ne me trompe) que le malheur parfait n'existe pas. Nous sommes d'étranges créatures, peut-être ratées. Et dire que la veille encore j'avais désiré mourir. À cause de quoi ? D'une cinglée qui hésitait à me rappeler. Et me voilà avec une mère en fin de vie, un père qui risque la prison à perpétuité, probablement destiné à passer le reste de mon adolescence dans un foyer, dans un orphelinat en somme, et pourtant rassasié et épuisé au point de m'assoupir bercé par le tintement des cloches et le bruissement monotone de la circulation.

Ici, un narrateur plus consciencieux rapporterait qui sait quel rêve révélateur abstrus. Malheureusement, même les créations oniriques réclament un certain degré de vivacité cérébrale pour se défouler. Il se trouve que mon esprit, affaibli par le calme plat inattendu, se retrouvait là, planté au milieu de la mer, comme une chaloupe à la dérive : où que je tourne le regard l'horizon se présentait monotone, infini, voilé par une irritante brume azurée. Jusqu'à ce que mon prénom répété à plusieurs reprises intervienne dans mon hallucination telle la voix divine venue du haut de ces cieux lointains. Quelqu'un m'appelait.

« Hé, a murmuré oncle Gianni, j'ai l'impression que tu t'es endormi. »

J'ai demandé : « Nous devons y aller ? » Et j'étais prêt à me lever. Ça m'embêtait qu'il m'ait surpris en train de dormir.

« Non, non, sois tranquille. Tu as envie de parler ?

– Oui.

– C'est de ta maman que je voudrais…

– Quoi ?

– Maman, oui, enfin, je veux dire, ta mère… Il n'y a rien eu à faire. »

Ce n'est que beaucoup plus tard, je ne me rappelle encore pas comment et dans quelles circonstances, que j'ai découvert qu'à ce moment-là, quand mon oncle s'est décidé à me le dire – ou, pour être plus précis, à me le grommeler –, ma mère n'était plus depuis pas mal de temps (complications cardiaques) ; pendant des heures j'avais été le seul à ne pas le savoir. J'avais pris un bain, j'avais mangé, j'avais même fait une agréable sieste réparatrice alors qu'elle n'était déjà plus là.

FANTÔMES

1

C'est oncle Gianni qui m'a suggéré d'adopter le nom de famille de ma mère. Maquillage qui allait me permettre d'entrer dans ma nouvelle vie par la grande porte et avec le regard qu'il fallait, en faisant table rase de mon ignoble passé et en m'en inventant un qui soit adapté aux nouvelles conditions. Dorénavant, à qui me le demanderait, je répondrais qu'ayant perdu mes deux parents (j'étais décidé à ne fournir là-dessus que de vagues indications), j'étais allé vivre chez mon tuteur. J'appris avec stupéfaction que pour garantir mon avenir il y avait la prime d'assurance sur la vie de ma mère : une somme considérable qu'oncle Gianni avait déposée sur un fonds dont je pourrais disposer librement à ma majorité.

Ainsi, grâce à *un nom de plume** juif, un Pygmalion et un magot de côté je me suis retrouvé membre de cette bonne société qui en son temps m'avait paru enchantée et inaccessible. Ma nouvelle identité m'a transformé du jour au lendemain en héros de roman victorien, et donc le plus louche des imposteurs.

Que celui d'entre vous qui n'a jamais dû jouer un rôle me jette la première pierre ! La maman qui chante une berceuse à son bébé joue (elle s'observe de l'extérieur, satisfaite de se percevoir en mère modèle). Le fumeur de pipe, le mâcheur de chewing-gum, le mordu de Ray-Bans miroirs jouent. Le juge qui condamne un homme à la prison et même le nouveau prisonnier qui crie son innocence jouent. Le martyr qui se fait exploser sur une place bondée joue, tout comme le clochard couché sur le parvis de l'église.

D'ordinaire les gens sont ravis de porter un masque et accordent aux autres le droit d'en faire autant. Pensez aux baudruches qui mettent fin à un contentieux en vous lançant à la figure leurs qualifications, leurs distinctions ou leurs compétences : « Moi je suis avocat. » « Moi je suis policier. » « Moi je m'occupe de poésie latine depuis trente ans. » Comme ils se prélassent, les pauvres, dans leurs costumes de scène pompeux ! Vous les voyez, vous les entendez parler, vous les laissez s'épancher, se pavaner, et vous commencez à penser que l'impudence est le climat dans lequel pousse drue la plante fumeuse de l'imposture. Ainsi il ne s'agirait pas d'une condition inéluctable ? Plus : c'est la ressource sociale en soi. Révélant une absence pathologique d'estime de lui-même l'imposteur est celui qui veut progresser, l'imaginatif qui risque le tout pour le tout en inventant des passés invraisemblables et en pariant sur un avenir de rachats. Il vit dans l'illusion euphorisante qu'à force de feindre d'être ce qu'il n'est pas, les choses s'arrangeront et ses rêves pourront enfin se réaliser.

Ma nouvelle identité a trouvé une façon de se montrer lors de mes débuts en société, en admettant que l'on puisse désigner ainsi un enterrement. À cause de quelques formalités juridiques byzantines il a fallu attendre la fin de l'été pour ensevelir ma mère. Une fois écarté le soupçon du suicide (oncle Gianni a mis en œuvre toute son influence pour faire taire les ragots qui se répandaient dans le milieu), il n'a pas été difficile de lui trouver le coin qui l'attendait dans le caveau ancestral. Solennel, en piteux état, serré entre deux chapelles jumelles, il se détachait sur le terre-plein du Cimitero Monumentale : marbres noircis, décorations néoclassiques et une inscription sur le fronton commémorant les

Sacerdoti décédés au cours du siècle dernier, à commencer par le patriarche, le vénérable avocat Saul, dont les moustaches caractéristiques étaient sommairement reproduites dans le bas-relief qu'il avait commandé lui-même. C'était là que ma mère allait passer le reste de l'éternité.

Pour un jour de début septembre la matinée était assez fraîche pour permettre aux participants de porter sans trop de désagrément des vêtements de circonstances. J'avais été habillé de neuf de la tête aux pieds.

La peur de passer la fin de mon adolescence dans une sorte d'orphelinat s'était révélée tout à fait infondée. Depuis que ma mère avait été précipitée du balcon et que mon père pourrissait en prison en attente de jugement je vivais avec oncle Gianni. Nous avions passé l'été dans la grande villa toscane. Située au sommet d'un coteau enchanteur face à une vallée agréable, elle était le lieu idéal où il atteignait le recueillement nécessaire pour travailler sur ses ouvrages d'érudition. Ce n'était pas un hasard si les deux salons du premier étage étaient bourrés de livres jusqu'au plafond.

Pendant ce temps il avait chargé une entreprise de rafraîchir la chambre d'amis de la maison romaine qui deviendrait mon nouveau nid à notre retour. Il avait acheté des meubles adaptés à un «jeune homme» (textuel) et, dans la même intention, il avait renouvelé ma garde-robe. Au bout d'un mois passé à ses côtés je pouvais pousser un soupir de soulagement: vivre avec lui était moins compliqué que partager ses vacances. Sa vie était trop pleine, chaotique et affairée pour lui laisser le temps de s'occuper de son nouveau pupille comme il en avait eu imprudemment l'intention. Peut-être parce qu'il était gâté par le célibat et attiré par la bonne société il aimait remplir ses maisons de vacances d'amis. En quelques semaines s'étaient succédé élèves, collègues, jeunes amis et même, un soir, un célèbre cinéaste qui avait montré un intérêt malsain pour mon cas et pour moi (le tendre orphelin) avec des façons tellement inconvenantes qu'il avait mis mon oncle en fureur. « N'aie pas peur. Cette tantouze de pédéraste ne mettra plus les pieds ici ! » Oncle Gianni s'occupait de moi d'une manière à la fois obsessionnelle et confuse. Parmi ses talents j'avais appris à ne pas compter la finesse d'introspection, totalement absente. Ce qui explique pourquoi il se disait tellement inquiet de ne pas m'avoir encore vu verser une larme. Ce n'était pas normal, se désolait-il. Et son ton donnait l'impression d'un reproche. Presque tous les matins au petit déjeuner il me demandait si j'avais pleuré. Il me le demandait de l'air soupçonneux du père qui s'informe sur l'hygiène de son fils : tu t'es lavé les dents ? Tu t'es brossé les ongles ? Tu es allé à la selle ?... Il est revenu à la charge le matin même de l'enterrement. « Alors ? » « Alors quoi ? » « Tu as pleuré ? » « Non. » « Merde. Eh bien, je suis sûr qu'à l'enterrement ça ira mieux. » « Dans quel sens s'il te plaît ? » « Voyons, crétin, tu as besoin de pleurer un bon coup. »

Au-delà de toute autre considération sur le sujet il s'agissait pour moi d'une révolution copernicienne. J'avais grandi dans un contexte que je définirai comme jésuite, enclin au secret et aux dissimulations : les rares choses réellement graves ne devaient pas être montrées. Mieux valait les laisser moisir à la cave dans l'obscurité et l'humidité. De toute évidence oncle Gianni appartenait à une autre école. Pour lui, il n'y avait pas de question délicate qui ne soit exposée au grand jour et décortiquée jusqu'à épuisement. Cette attitude comportait elle aussi de gros inconvénients. À commencer par le fait que, comme je commençais à le comprendre à mes dépens, il n'y a aucun moyen d'affronter rationnellement une douleur sans la banaliser. D'ailleurs, c'est un autre aspect du caractère d'oncle Gianni sur lequel j'allais pouvoir changer d'avis. Lui aussi avait des secrets, et lui aussi, comme n'importe qui, les gardait soigneusement.

Pendant une grande partie de la cérémonie funèbre le seul être sur lequel mes yeux secs aient su s'attarder plus d'une seconde a été le basset invisible de Laura Piperno, tous deux plus dociles que d'habitude. Sinon, qui regarder? Sûrement pas les visages connus: Bob, Tullia, Leone, Francesca, Chiara, Washington, Atal et Cesare Limentani; ces deux derniers savaient vraiment verser des larmes à torrents. Et même pas les nombreux inconnus qui, bien qu'ils aient évité la pauvre exilée pendant vingt ans et plus, n'avaient pas eu envie de la priver d'un dernier adieu.

On lui avait infligé l'horreur de l'autopsie. C'est l'usage dans les circonstances de ce genre. Comment ne pas penser à sa pudeur? À sa façon toute personnelle de se dissimuler jusqu'à disparaître presque. À son austérité, sa discrétion. Je ne parvenais pas à me rappeler l'avoir vue une seule fois en robe de chambre. Qui avait porté la main sur elle? Qui l'avait découpée? Qui avait fouillé dans ses viscères? Qui se l'était permis? Qu'y avait-il dans le cercueil que l'on venait de déposer là d'où plus personne, dans la meilleure des hypothèses, n'oserait la retirer?

Depuis les obsèques de la mère de Demetrio j'avais essayé d'imaginer l'enterrement d'un de mes parents. Cent suppositions, vraiment, mais aucune qui ressemble au spectacle étrange qui se déroulait, rien d'émouvant. Je me suis demandé ce qu'elle en aurait pensé. Qu'aurait pensé l'inflexible mécréante des dix hommes portant la calotte qui constituaient le *minian*[1] dont son *bekhor* était exclu? Ou de la voix dolente avec laquelle le rabbin Perugia récitait le *kaddish*? *Ils* avaient gagné. Et pas parce qu'ils avaient raison,

1. Groupe de dix hommes indispensable pour réciter le *kaddish*.

mais seulement parce qu'ils étaient les plus forts. Les armées de la Restauration intégriste avaient vaincu les troupes dégarnies de cette audacieuse philosophe des Lumières. Ils étaient tous là, beaux, élégants, en bonne santé. Et elle, au contraire ? Et l'homme qu'elle avait épousé envers et contre tout ? On savait seulement de lui qu'il souffrait dans quelque horrible cellule, incertain de son destin. Et c'était comme si elle, lui, moi – avec mon beau nom de famille flambant neuf –, nous tous, finalement, nous n'avions jamais existé. Effacés par chaque syllabe lugubre, monotone, émise par le rabbin barbu.

Il devait bien y avoir un moyen de m'habituer au rôle de plat principal dans ce sinistre banquet mondain. Mais je ne le connaissais pas. Visé par tant de regards je ne pouvais pas éviter de me sentir le fils du Cananéen, de l'assassin, du énième tueur de Juifs, avant même d'être considéré comme l'orphelin de la victime qui venait d'être ensevelie.

Je jure que j'ai tout fait pour pleurer. Ah, comme je regrettais de décevoir mon bienfaiteur anxieux. J'ai fait appel à toutes mes ressources d'acteur... Mais rien, pas une larme.

À la fin de la cérémonie diverses personnes se sont approchées de moi. Elles tenaient à se faire connaître, et me présenter leurs condoléances, et me raconter des anecdotes insipides sur ma mère. Elles avaient toutes l'air en bonne santé et leur attitude était affectueuse ; grâce à de longues vacances elles étaient toutes bronzées. Un type petit aux lèvres gourmandes m'a demandé si moi aussi je jouais aux échecs. Sans me laisser le temps de répondre il s'est mis à chanter les louanges de ma mère : quelle joueuse d'échecs extraordinaire ! Même lui, qui dans cette armée de pièces avait mis sa passion, n'avait jamais réussi à la battre. Leone s'est approché ; malgré sa pâleur habituelle il était bronzé comme une statue. Il avait la cravate dénouée et des lunettes de soleil. Il a dit: «C'est vraiment répugnant.» La seule chose sensée que j'ai entendu prononcer ce matin-là.

C'étaient Bob et Tullia qui avaient été chargés d'organiser la réception de rigueur. La maison baignée dans la lumière douce de septembre s'est révélée encore une fois idéale pour les banquets et les réunions de famille. Selon les lois sévères de la diachronie, il s'était écoulé plus d'une saison depuis Pessah. Mais seuls les imbéciles croient au calendrier. Pendant ce temps j'avais accumulé nombre d'expériences, de compétences et de goûts assez solides et variés pour me permettre d'apprécier la valeur esthétique et patrimoniale de ce grand appartement. Moins solennel que celui dans lequel je m'étais installé, il était, comme disait oncle Gianni, décidément plus cosy. Cette fois j'ai évité de m'attarder sur les photos qui décoraient le demi-queue et me suis dirigé droit vers la salle à manger bondée.

Le buffet offrait le genre de gourmandises que j'allais apprendre à aimer avec le temps: chicorée et boutargue de mulet, mozzarella à l'impériale, gâteau d'amandes au chocolat.

En voyant tant de gens aux prises avec leurs assiettes pleines j'ai repensé à la plaisanterie d'oncle Gianni à notre première rencontre: *voilà ce que signifie être juif.* Il l'avait déclamée devant cette même table servie, mais ce n'était que maintenant que j'étais en mesure d'en saisir le sens. Non pas un éloge de la bombance en général. Tous mangent, tous aiment le faire, pas seulement les Sacerdoti. Ni un panégyrique de la convivialité dont j'avais pu savourer les fruits délicieusement exquis pendant mon séjour new-yorkais. Il parlait de cette chose-là. De cette drôle de chose qui le poussait à s'empiffrer tout en racontant des anecdotes, à discuter plus ou moins aimablement de la politique fiscale engagée par le nouveau gouvernement de centre-gauche.

De la vie, finalement: spontanée et vibrante comme il était juste qu'elle soit. Bien que de manière différente ils en étaient tous pleins. Détail ironique mais instructif, c'était un enterrement qui contribuait à le rendre flagrant. Et pas n'importe quel enterrement. L'enterrement de ma mère. Ces gens-là avaient visiblement un compte à régler avec la mort. L'appétit n'était qu'un parmi les nombreux exorcismes, comme l'hédonisme et le plaisir sexuel. Qui sait, il se peut que l'esprit de tout bon Juif, à défaut d'un au-delà plausible, abrite l'idée que c'est la seule occasion accordée à un individu de se gagner un peu de paradis. Il semble qu'ils profitent des mille délices de Canaan jusqu'à ce que ce soit l'heure. Il s'agissait d'ailleurs du même pragmatisme émotionnel amoral qui me poussait désespérément vers Francesca.

Depuis que la mise en scène funèbre avait commencé elle ne m'avait pas encore adressé la parole. Telle que je la connaissais, il se pouvait qu'elle ait amplement dramatisé une affaire qui au fond la concernait si peu et de loin.

On pourrait croire que la perte cruelle que je venais de subir avait sinon altéré du moins atténué les sentiments amoureux qui me liaient à elle. Pas question. Dans un certain sens elle les avait malheureusement confirmés. J'avais espéré qu'elle vienne me voir en Toscane. Elle ne m'avait même pas téléphoné. Un silence qui devait avoir une signification très précise. Mais laquelle ?

En sortant de la salle à manger avec une assiette inutilement pleine, je l'ai vue assise dans un fauteuil près de la porte-fenêtre. Tout comme Leone elle portait des lunettes noires, mais à la différence de son frère elle n'avait pas trouvé de bonnes raisons de les enlever. Sa peau avait sa pâleur habituelle de princesse vaguement orientale. C'était elle, après tout, la reine des vacances renfermées et sédentaires.

Dépaysée, belle comme je ne l'avais jamais vue, elle portait un pantalon sombre et une chemisette blanche; elle balançait nerveusement un pied chaussé de ballerine. Elle s'obstinait à tourner la cuillère dans son café. En la voyant ainsi on avait l'impression qu'elle avait passé l'été à devenir adulte.

Sans me laisser le temps d'ouvrir la bouche elle s'est levée pour me prendre dans ses bras. J'ai toujours été étonné par la réceptivité de l'odorat, aujourd'hui encore pendant que j'écris, c'est pour moi le sens le plus vigilant et le plus sentimental. J'ai été littéralement envahi par le parfum que je n'avais certainement pas oublié. Dommage que s'y soit mêlé un autre tout nouveau, jusqu'à s'y superposer. Une puanteur avec laquelle j'allais me familiariser au cours des ans: l'odeur des larmes des femmes, forte, écœurante, émouvante.

Elle a dit: « Il faut que nous parlions. »

En fait, après la nuit new-yorkaise, je n'avais pu m'entretenir avec elle que pour les politesses embarrassées du lendemain et les adieux expéditifs à l'aéroport. L'idée qu'elle ait choisi cette occasion pour discuter de ce qui s'était passé alors et qu'elle s'était entêtée à refuser d'affronter au moment voulu me paraissait une folie digne d'elle.

Je l'ai suivie dans sa chambre. Moins grande que celle de son frère, on la voyait habitée, accueillante et personnelle dans le moindre détail. J'ai remarqué l'affiche de *Metropolis* de Fritz Lang au-dessus du lit. Le bureau débordait de livres, ainsi que les étagères au-dessus. Vraiment trop, ai-je pensé. Je n'aurais jamais réussi à en lire autant. Je me suis demandé s'ils suffisaient à expliquer les bizarreries de Francesca, sa maudite imprévisibilité, ou tout au moins mon incapacité de la comprendre. Bien que j'aie été destiné à gagner ma vie en écrivant, je crois avoir développé ce jour-là l'aversion que m'inspirent encore les librairies et les bibliothèques. Mais en même temps, et au risque de me contredire, j'imagine m'être formé dans ces mêmes circonstances l'idée, dont hélas je n'allais plus réussir à me libérer, qu'il n'existe rien au monde de plus sexy qu'une rangée de livres sur une étagère en bois prêts à être convoités.

Elle m'a demandé: «Comment tu te sens chez notre oncle?» Le ton exprimait une solidarité inquiète.

J'ai esquivé la question. «Pas mal, cette vue.» En effet la fenêtre offrait le même panorama privilégié que le salon.

«Je sais. Un cadeau que je ne mérite pas. D'ailleurs, je ne mérite presque rien.»

Je me suis demandé si cette affectation de pénitence était une entrée en matière pour ce qui nous concernait, un geste de solidarité tardive à l'égard de mon malheur ou une façon maladroite de s'excuser des négligences qu'elle m'avait infligées.

J'ai dit: «Personne ne mérite rien», croyant que c'était la remarque intelligente à faire.

«Tu as raison. Personne ne mérite rien.

– J'ai toujours raison.»

D'où sortait ce registre d'autosatisfaction indécente? Le fait est que je trouvais ça très chic, très adulte, très masculin, quoique seulement très stupide.

Quand Francesca m'a demandé des nouvelles de mon père j'ai compris qu'elle était différente de tout le monde, franche et directe jusqu'à l'étourderie. Il y avait quelque temps que personne n'osait prononcer son nom en ma présence. À l'évidence, l'ostracisme garanti par la détention ne leur suffisait pas; pour remettre les choses en ordre il fallait la *damnatio memoriae.* Oncle Gianni, quand il ne pouvait vraiment pas l'éviter, se référait à lui en l'appelant «ce monsieur», sur le ton supérieur et dédaigneux avec lequel il apostrophait les politiciens démocrates-chrétiens pour lesquels il éprouvait une irréductible aversion. Je m'étais fait l'illusion qu'il se serait donné la peine de le défendre *pro bono.* Quelle bêtise. Pourquoi aider l'homme accusé d'avoir assassiné sa nièce préférée ? Au contraire, il m'avait dit qu'il s'était porté partie civile dans le procès qui allait certainement le condamner. Même si je ne connaissais pas le sens de son jargon juridique une chose était claire pour moi : bien qu'à première vue elles m'aient paru opposées, les intentions de mon oncle ne différaient pas de celles de ce type qui m'avait interrogé. S'il n'avait tenu qu'à eux, ils auraient laissé mon père en prison jusqu'à la fin de ses jours.

Francesca m'a demandé si j'allais le voir. Comment lui dire que je ne l'avais pas encore fait, et que je n'avais pas l'intention d'y remédier ? J'avais un peu honte. J'avais aussi un peu de mal à me comprendre. Souvent, surtout la nuit, j'entendais la voix de ma mère qui m'ordonnait, comme elle l'avait fait une fois, de courir lui dire bonjour. « Ne fais pas la tête. Tu sais qu'il y tient. » En d'autres temps il n'y aurait pas eu d'autre moyen de la faire taire que d'obéir. Mais maintenant ? Le problème était de ne pas savoir à quoi s'attendre. Qui allais-je trouver ? L'ancien père libre et tendre ou l'aliéné de la dernière fois ? Il me faisait de la peine. J'éprouvais déjà à cette époque une pitié infinie pour ceux qui même pour des raisons compréhensibles, juridiquement indiscutables, sont privés de liberté. Il y avait aussi la question de la présomption d'innocence menacée par la culpabilité probable. Bien entendu, j'aurais préféré qu'il soit innocent. Mais en même temps rien ne me terrifiait davantage que d'envisager qu'il ne soit pas l'auteur de cet horrible crime, qu'il ait été piégé. Quel était le pire à supporter jusqu'à la fin de mes jours, un père assassin ou une mère qui s'était suicidée ? Et ça ne s'arrêtait pas là. Il y avait pire. Abandonner à son destin un être humain sur lequel pèse une accusation infondée vous met face à des responsabilités morales ingérables, d'autant plus s'il s'agit de votre père. Plutôt le juger sévèrement, plutôt le détester sans hésitation que se sentir responsable de son malheur. C'était déjà suffisamment pénible, mais pas autant que se trouver devant un individu sans tache à l'arrestation injuste duquel j'avais contribué plus ou moins directement.

Et puis il y avait oncle Gianni, qui animé du désir de me faciliter les choses n'arrivait qu'à les compliquer. Par exemple, j'avais remarqué que certains matins un des trois quotidiens qu'il avait l'habitude de dévorer disparaissait du lot sans explication. C'était la preuve incontestable qu'il contenait un entrefilet à propos de notre malheur. Je n'arrivais presque jamais à résister à la tentation de me procurer en secret le journal en question et lire l'article soumis à la censure vigilante d'oncle Gianni. Il n'y en avait pas un pour mettre en question l'hypothèse de l'homicide. À cette époque-là l'hypocrisie avec laquelle le journaliste consciencieux, faisant preuve chaque jour d'un garantisme de façade, accorde même à celui qui a reconnu sa culpabilité la qualification de « présumé assassin » n'était pas encore à la mode. Mais le plus irritant était le fait que pour je ne sais quelle raison déontologique ma mère était appelée par son prénom alors que mon père était cité sous son nom de famille, comme si le statut qui les séparait – l'une était la victime, l'autre le bourreau – méritait un traitement onomastique totalement différent.

J'ai changé de nouveau de sujet. « De quoi tu voulais me parler ? »

Bizarrement, je me sentais à l'aise. C'était comme si ma condition de héros-témoin d'un fait divers sanglant me conférait l'autorité nécessaire pour lui parler d'égal à égal. D'accord, elle avait les livres, la richesse, la beauté, le mystère ; moi j'avais cette chose dégoûtante qui faisait de moi un vieux briscard.

Elle m'a demandé si je savais ce qu'était l'*alya*. Je lui ai répondu que non. Eh bien c'était un mot hébreu. Il signifiait « pèlerinage ». Dans la langue de tous les jours on l'utilisait désormais pour désigner le voyage des Juifs de la diaspora qui choisissaient de s'installer en Israël, retournant ainsi au bercail au bout d'un millénaire. J'ai craint un instant que folle comme elle l'était elle ne me pousse à prendre mon adhésion forcée au judaïsme au sérieux au point d'émigrer avec armes et bagages. Au fond, qui m'en empêchait ?

Impatienté, je lui ai demandé pourquoi diable elle m'en parlait.

« Parce que j'y pense.

– À quoi ? »

Finalement elle a enlevé ses lunettes. Et elle est restée les yeux nus, et le tic s'est fait plus fréquent, plus agaçant, plus irrésistible que jamais.

Elle a repris avec peine. « Ça n'est pas exact. Je n'y pense pas. J'y ai déjà pensé. J'ai pris ma décision. »

Elle allait bénéficier d'un accord entre la communauté juive de Rome et le ministre de l'Éducation israélien qui permettait à certains étudiants juifs méritants de fréquenter un lycée connu de Tel Aviv. Pendant un trimestre au minimum, mais ils pouvaient opter pour l'année scolaire complète. Pour elle c'était plus qu'une magnifique occasion d'étude. C'était la stratégie de sortie inespérée. Elle allait habiter chez le frère de sa mère qui vivait là-bas depuis une vingtaine d'années et s'était affirmé comme producteur de films. Ses parents n'étaient pas contents, son père surtout, mais face à sa détermination ils s'étaient inclinés, convaincus qu'elle en aurait vite assez et qu'elle reviendrait penaude à Rome. Ils pouvaient penser ce qu'ils voulaient. Peu lui importait. Elle désirait seulement vivre en Israël, devenir citoyenne israélienne, servir dans l'armée israélienne, épouser un

Israélien et mettre au monde une nichée d'enfants israéliens. Voilà ce qu'elle désirait. Ici il n'y avait rien pour elle. Tout la dégoûtait, vraiment ; elle regardait autour d'elle et elle avait la nausée.

« C'est de ça que tu voulais me parler ?

– Ça te paraît peu de chose ? »

Tu tenais à m'en informer parce que tu savais à quel point je serais bouleversé. Je l'ai pensé mais je ne l'ai pas dit. Allons, admets-le, ai-je continué de penser. C'est pour ça que tu l'as fait, non ? Pour jouir de la scène où le énième malheureux tombe à tes pieds et te conjure de ne pas partir, d'y réfléchir. Tes parents ne suffisaient pas. Trop impliqués, eux. Le public n'était pas assez vaste. Alors pourquoi ne pas y mêler le lointain cousin auquel tu n'adresses pas la parole depuis que tu l'as mis dans ton lit ? Voyons un peu comment il prend la chose. Voyons si lui aussi se jette par la fenêtre. Il ne serait sûrement pas le premier. C'est comme ça qu'ils font chez eux. Quand ils n'ont plus d'alternative, quand ils sont désespérés ils se jettent du balcon. Oui, c'est ça, il faudra vraiment le lui dire. Et quelle meilleure occasion que celle-ci, l'enterrement de sa mère ? Pas question que l'attention de tous se focalise sur la défunte et sur son marmot apeuré. Il faut frapper, se faire remarquer, inventer une nouvelle connerie. Et la voilà la connerie parfaite : l'*alya* est ce qu'il nous faut. Exotique, romantique, velléitaire, égoïste, comme tout ce qui me concerne.

« Tu ne dis rien ?

– Qu'est-ce que tu veux que je te dise, Francesca ?

– Qu'est-ce que j'en sais. Quelque chose. Que je fais bien, que c'est une bêtise, que je te manquerai comme tu me manqueras.

– Ça fait des mois que tu me manques », ai-je marmonné en veillant bien à ne pas donner à ces mots le ton de la revendication.

Je ne disposais pas encore de l'expérience nécessaire pour savoir que tout affrontement avec une jeune fille se déroule à double sens. Mais disons que grâce à elle je commençais à en avoir l'intuition. Je ne parlerai pas d'hypocrisie, pas même de duplicité. C'est ce je-ne-sais-quoi de subtil et de diffus mêlé à l'indicible. Disons que lorsque la nature s'en mêle la pureté devient vite socialement impraticable. Jusque-là je n'aurais jamais cru possible de désirer une personne avec une telle violence douloureuse. C'est absurde de dire qu'un tel élan était simplement inapproprié dans ces circonstances. C'était quelque chose d'autre. Rien à voir avec le bon ton. C'était très exactement l'indicible sous sa forme la plus obscure et brutale. Si les êtres humains continuaient de se multiplier, infestant la planète de leur arrogance et leur soif de conquête, ça devait dépendre du type de sentiment qui me gonflait la poitrine. Un désir aveugle et violent qui ne connaissait pas de répit.

Comme elle était pâle, émaciée, sans défense ! Mon désir, loin d'en être modéré, était attisé de façon sauvage et perverse. Seule importait la proximité de nos corps. Torturé par son odeur et son tic je me suis assis sur le lit. Je l'ai fait de peur de m'évanouir dans ses bras et dans une tentative maladroite pour cacher ce qui était en train de se passer inexorablement dans mon pantalon sur mesure (en réalité c'était déjà fini). Qu'aurait-elle pensé si j'avais obéi à mon érection et m'étais jeté sur elle ? Ou pire, si j'avais cherché ses lèvres ? Dans un tel moment, en plus. Trop de temps avait passé pour dire que le cadavre de ma mère était encore chaud ; la chaleur c'était celle avec laquelle nous lui avions fait nos derniers adieux ; celle de la maison pleine de gens qui mangeaient, buvaient, fumaient joyeusement en souvenir d'elle ; celle de Francesca plongée jusqu'au cou dans ses nouveaux projets romantiques. Et puis il y avait moi, séparé du reste du monde comme je ne l'avais jamais été : après sa froideur des derniers mois, je bouillonnais de désir.

J'ai tenté une approche maladroite, irrésolue, inefficace. Tout ou rien. Elle a reculé. « Non. » Tandis que je faisais marche arrière tout aussi maladroitement je l'ai entendue dire : « Il n'en est pas question. » Elle n'était pas indignée. Comme si elle s'y attendait. Ce qui contribuait à rendre la scène pénible.

« Alors qu'est-ce que tu veux ? »

Elle a répondu avec douceur : « Je veux parler. Je veux que nous nous expliquions, je veux éclaircir toute cette histoire une fois pour toutes.

– Qu'est-ce qu'il y a à éclaircir ? Tout est clair, non ? Il n'y a pas d'histoire. Point. Tu pars, je reste. Tu continues à déconner, j'essaierai de me faire une raison.

– Tu sais bien que ce qui s'est passé ne devait pas et ne devra plus arriver.

– Parce que je ne te plais pas ? Parce que nous sommes parents ? Parce que tu ne fais pas ça avec les fermés ?

– Ne dis pas de bêtises. Pas toi, pas aujourd'hui, je t'en prie.

– Alors quoi ? Tu veux que nous nous expliquions ? Eh bien, moi je n'ai rien à expliquer. Mais toi…

– Moi quoi ?

– … Tu as un tas de choses à expliquer. Tu as disparu, tu n'as plus donné signe de vie. » Je me suis demandé si ce n'était pas le moment de remplir le *cahier de doléances** de reproches circonstanciés, j'y avais droit au fond. Le malheur que j'incarnais me conférait des privilèges inespérés. Craignant d'épuiser trop vite mes maigres munitions j'ai préféré surseoir.

« Tu as raison. C'est parce que je devais rester seule. Je devais y réfléchir. Et ne crois pas que je ne l'ai pas fait. Je ne pense à rien d'autre depuis des semaines, des mois. J'avais peur que si nous nous parlions, si je venais te voir, si nous étions ensemble je n'aie pas le courage de prendre ma décision.

– Tu appelles ça une décision ?

– La plus grave que j'aie jamais prise.

– Une connerie, Francesca. Rien qu'une connerie. Des tas de conneries. »

Moi aussi j'avais étudié, qu'est-ce qu'elle croyait ? Pendant qu'elle ruminait sur la façon la plus poétique de bouleverser sa vie et de détruire la mienne en compulsant des grammaires d'hébreu, en fuyant les plages et les groupes, en évitant de me téléphoner et de venir me voir, j'avais étudié. Chez oncle Gianni les livres ne manquaient pas. Surtout sur certains sujets particuliers. Pourquoi ne pas m'en servir pour essayer d'y comprendre quelque chose ? Et maintenant je le savais. Je savais que cette affaire de judaïsme ne me plaisait pas. Il n'était pas fait pour moi. C'était une coterie. Comme tant d'autres, d'ailleurs. Vivre en Israël ? Et pourquoi pas au Groenland ou en Papouasie ? Qu'y avait-il en Israël qu'il n'y avait pas ici ? Pourquoi en faire tout un plat ? Pourquoi s'emballer ? C'était un endroit. Le monde était plein d'endroits. Maintenant oui je comprenais ceux qui manifestaient contre le violent chauvinisme sioniste ! Si les orthodoxes qui occupaient illégalement des territoires qui ne leur appartenaient pas partageaient avec Francesca une obstination obtuse, eh bien il n'y avait pas de quoi se réjouir.

À ce stade c'était stupide de s'arrêter à des contingences. Ce qui comptait c'était le cadre. L'histoire qui me concernait, qui me dominait, qui me précédait était toute dans ce cadre hiératique. Ne pas en tenir compte signifiait s'égarer et ne pas saisir le nœud de la question. Si les gens avaient pris la religion moins au sérieux, si même ils ne l'avaient pas prise en considération, le monde aurait été un endroit non seulement plus simple mais aussi bien meilleur. Si le judaïsme n'avait pas résisté avec ténacité aux mille embûches de l'Histoire et s'était éteint comme tant de panthéismes non moins pittoresques avant lui, mes grands-parents et ma mère n'auraient pas ressenti le besoin de prendre leurs distances avec lui. Si le judaïsme avait perdu son poids spécifique, si sectaire et intimidant, tante Nora n'aurait eu aucun intérêt à répudier ma mère. Si le judaïsme n'avait pas représenté un appel de la forêt irrésistible ma mère n'aurait pas senti le besoin de renouer les liens avec les Sacerdoti, d'aplanir des désaccords vieux de plusieurs années, de recommencer à rêver d'une vie différente de celle qu'elle menait depuis des décennies. Si les Juifs obsédés par le fait d'être juifs ne s'étaient pas mis dans la tête de coloniser une terre sur laquelle (parlons clair) ils ne pouvaient alléguer aucune légitimité, et s'ils ne l'avaient pas occupée avec l'opiniâtreté qui les distinguait, Francesca n'aurait pas été là maintenant à délirer sur l'*alya,* et elle aurait probablement trouvé des façons plus savoureuses de me tenir compagnie.

Malheureusement il en était autrement. Je voulais la serrer dans mes bras, l'embrasser, la baiser. Mais je pouvais tout au plus écouter ses raisons qui, soit dit en passant, m'intéressaient moyennement.

« Appelle-les des conneries si ça te plaît. Joue au cynique si tu en as envie. Mais sache que pour moi c'est une chose importante. »

Elle me l'a dit sur un ton peiné, sans ressentiment particulier. Une indulgence qui me mettait encore plus en rage. Dieu sait combien j'aurais voulu l'offenser, l'indigner. Elle a ajouté qu'elle regrettait que ce soit précisément moi qui m'exprime de cette manière, qu'elle aurait attendu une telle attitude de tout le monde sauf de moi.

J'ai demandé d'un air sarcastique: «Je suis tellement spécial?

– Tu le sais très bien.»

Elle m'a expliqué qu'elle n'avait jamais connu quelqu'un comme moi. Que j'avais été la chose la plus belle et la plus intéressante qui lui soit arrivée ces derniers temps. J'étais doux, gentil, bien élevé, curieux, spirituel. Aucun des garçons de sa famille n'était comme ça. Sans parler de tous les autres, amis, camarades de classe: ceux-là n'étaient pas dignes de cirer mes chaussures. Je savais écouter. Je comprenais les plaisanteries. Je ne jugeais pas… Quant à elle, elle n'arrivait même pas à imaginer comme elle se serait sentie en ce moment à ma place. Alors que je suis là à supporter stoïquement cette énième mascarade: un enterrement artificiel, en carton-pâte! Si ça lui était arrivé elle aurait fait un esclandre. Tandis que moi, je me tenais là comme si de rien n'était. Quelle force. Serrer la main à des gens que je ne connaissais pas, sourire, sans faire la tête. Me gaver de ces choses dégoûtantes. Comment j'y arrivais?

Je l'ai interrompue. «Si je suis tellement exceptionnel…», et comme pendant ce temps elle s'était assise à côté de moi je lui ai posé la main sur le genou. Elle s'est éloignée de nouveau mais de façon irrésolue, comme si elle était prête à capituler.

Tout bien considéré il n'y avait rien de séduisant dans le costume qu'elle m'avait taillé, rien de viril dans le portrait qu'elle avait ébauché imprudemment. J'en sortais comme le croisement d'un eunuque et d'un moine tibétain. L'homo classique qui plaît aux dames. Je sais écouter? Comprendre? Pardonner? Non, ma chère, je sais faire mieux. Et pour te le montrer il suffirait de ta collaboration. C'était l'heure de jouer mes atouts. Eh bien oui, pour un peu de bon vieux tripotage antihygiénique j'étais prêt à tout, jusqu'à jouer la carte de la victime !

Si je repense au désir fébrile, bestial qui m'animait à ce moment-là il me revient en tête la sentence de Kenko Hoshi, le moine japonais du XIIIe siècle : « Même un grand éléphant peut être attaché solidement avec une tresse de cheveux féminins. » Il faut dire que dans ma petite bande de lycéens, à presque un millénaire de distance, on utilisait une analogie semblable, bien que les objets de la formule (chars à bœufs et poils pubiens) aient été résolument plus terre à terre, sinon carrément licencieux. D'ailleurs, il faut dire à notre décharge que nous n'étions ni moines ni japonais.

En lisant comme toujours dans mes pensées, Francesca a anticipé mes réactions.

« Tu sais que nous avons parlé.

– Qui, nous ?

– Ta mère et moi. Nous avons parlé. Excuse-moi de te le dire. Je ne devrais pas.

– Ma mère ?

– Oui, ce soir-là. Et je ne parviens pas à me le sortir de la tête. Je t'avais rappelé mais tu n'étais pas là. Alors nous avons parlé. Elle te l'a sûrement dit… »

J'ai menti et je me suis raidi. « Elle ne m'a rien dit. Mais je ne vois pas ce que ça vient faire.

– Ça vient faire que je ne pense qu'à ça. Et maintenant que tu es là c'est encore pire. »

J'ai fait semblant de plaisanter. « Si tu veux je m'en vais.

– Non, je t'en prie. C'est une chose sérieuse, horriblement sérieuse. Je sais que tu es la dernière personne à qui en parler mais je sais aussi que tu es la seule qui puisse me comprendre. Elle a été tellement gentille, tellement sympathique, tellement accueillante. Elle m'a posé un tas de questions sur toi. Elle voulait tout savoir sur New York. Si tu t'étais amusé. Si tu avais été bien avec nous. Mais surtout si tu t'étais bien entendu avec oncle Gianni. Je te jure, c'est ce qu'elle m'a demandé comme si elle savait, comme si elle avait une intuition... Elle a dit que tu ne lui avais presque rien raconté, qu'elle avait peur de te le demander, que tu es un type introverti. Que c'était peut-être sa faute. Et qu'elle n'arrivait vraiment pas à se le pardonner. Quelle voix ! Une très belle voix, calme, mais aussi triste. Pendant qu'elle parlait je pensais : j'aimerais avoir cette voix, mais pas aussi triste.

– Francesca, s'il te plaît.

– C'est alors que j'ai décidé. Je te jure, à ce moment précis. En réalité je ne l'ai pas compris tout de suite, j'y ai beaucoup réfléchi. Mais ensuite j'ai compris en y repensant que je l'avais décidé à ce moment-là à cause de cette voix si belle et si triste. J'ai décidé que je devais changer quelque chose. Que je ne pouvais pas continuer comme ça. Que je ne pouvais pas rester ici. Qu'il fallait que je me secoue. Parce qu'il n'y avait rien de bon pour moi. C'est elle, d'une certaine manière, qui m'a inspirée et convaincue. Sa voix belle et triste. Maintenant tu comprends pourquoi je n'ai pas donné de nouvelles ? Une fois ma décision prise je savais que si nous nous étions parlé, si nous nous étions vus, je n'aurais pas pu éviter de te le dire. Et il semble que j'aie eu raison. »

Maintenant oui j'étais vraiment indigné. Dieu du ciel, il y a une limite à l'égocentrisme. Elle voulait réellement me laisser entendre que le sort de ma mère – qu'il s'agisse d'homicide ou de suicide – lui avait donné une leçon de vie ? Elle cherchait réellement à conférer un sens vertueux à un fait divers sanglant ? Était-ce possible qu'elle le dise réellement ? À moi, en plus ? Qu'est-ce que c'était ? Une façon de me porter le coup de grâce ? Ou de me consoler ? Utiliser ma mère pour me servir son énième lubie de grande bourgeoise oisive. Non, ce n'était pas de la simple insensibilité. Une étourderie inconsidérée. C'était de la méchanceté à l'état pur.

Elles sont arrivées de loin, d'un lieu qui ne paraissait pas en rapport direct avec moi. En tout cas pas avec mon corps. Et pourtant, irrépressibles, c'était là qu'elles pesaient, au coin des yeux. Je n'avais aucune idée de combien de temps encore j'allais pouvoir les retenir, les empêcher de jaillir et de me submerger. C'étaient des larmes : ces larmes qu'oncle Gianni invoquait depuis des semaines. Ni lui ni moi ne nous serions attendus à ce qu'elles arrivent à un moment aussi inopportun. Impossible de déterminer ce qui les avait provoquées. La conscience brûlante du fait qu'après avoir perdu maman et papa j'étais sur le point de perdre aussi Francesca ? Ou le soupçon, imprudemment introduit par Francesca, d'être victime de la machination la plus machiavélique du destin. En effet : là où mon amour pour ma mère avait échoué – m'émouvoir aux larmes – l'humiliation, la haine du soupirant éconduit réussissaient. C'était désormais une certitude, me suis-je dit tout en cherchant à contenir le torrent déchaîné qui ruisselait sur mes joues : je ne lui pardonnerais jamais.

« Non, trésor, ne pleure pas. Ne fais pas ça. J'ai commis une erreur, je ne devais pas, oublie tout ce que j'ai dit. Je n'ai pas changé. Tu le sais, les mots sortent comme ça de ma bouche, sans contrôle. Je t'en prie, pardonne-moi, ne fais pas ça. »

Tandis qu'elle me prenait dans ses bras j'ai pensé que c'était au tour de mes larmes de la dégoûter. Mais ça m'était égal. Il ne me restait qu'à me laisser aller à sangloter. Ne plus m'arrêter. La dernière chose que je me suis demandée avant de me ressaisir, de sortir de sa chambre et de me jurer de ne plus jamais la revoir, a été comment concilier toutes ces larmes et une érection qui ne semblait pas prête à se calmer. C'était peut-être tout ce que je pouvais attendre de moi-même. C'était peut-être le mieux que je pouvais offrir, ma contribution la plus honnête à la société, l'essence poisseuse de mon deuil : pleurer en bandant.

2

J'ai passé les trois années suivantes à essayer de penser le moins possible à mes parents. Un programme ambitieux qui comme tout bon programme ambitieux reposait sur des prémisses irréalistes, branlantes, extrêmement optimistes. Poussé par je ne sais quelle mauvaise foi je m'étais persuadé que pour me protéger de l'influence néfaste que papa et maman continuaient d'exercer sur moi il suffisait de ne pas prononcer leur nom, comme s'ils n'avaient jamais existé. Rien de mieux, alors, et pour me mépriser davantage, que de me laisser aller aux loisirs délicieux que jamais au grand jamais ils n'auraient pu me garantir. Je me disais qu'après des années empoisonnées il ne me restait qu'à vivre l'imposture le plus subtilement possible : comme si ce n'en était pas une. Si le bien-être agit sur le bouillon du temps – en le fluidifiant, pour ainsi dire – quel nom donner au minestrone trouble dans lequel je risquais de me noyer ?

À première vue ma nouvelle vie semblait offrir le rythme frénétique, les dérivatifs, les pauses postprandiales paresseuses typiques de la prospérité bourgeoise. Et pourtant, en dehors du confort inouï garanti par mon bienfaiteur – quoi de mieux pour servir la cause de l'oubli –, les années que j'avais vécues, couronnées par le cruel épilogue, pesaient sur ma psyché avec une malveillance effrayante.

D'une manière générale, nettoyer ma biographie des taches de sang qui l'éclaboussaient s'était révélé moins compliqué que prévu. Tout comme m'accoutumer au train de vie opulent de chez oncle Gianni. Vous auriez dû me voir. Comme si j'y étais né. En parvenu minable que j'étais je n'en avais jamais assez. Depuis que j'avais découvert que grand-père Guido avait renoncé à sa part considérable d'héritage au profit de sa sœur et son frère, je m'étais convaincu de revendiquer une « réserve » sur les biens d'oncle Gianni. Il ne restait qu'à profiter de l'argent de poche reçu en début de semaine pour mes dépenses, de l'abonnement à la tribune Monte Mario du stade olympique à la semaine de ski, rien n'était trop beau pour moi.

La délégation habituelle de fantômes veillait à me gâcher la fête. Naturellement je ne les voyais pas, mais, surtout au milieu de la nuit, quand les rêves se faisaient confus et hachés, j'en sentais la présence menaçante. Ils étaient là ! Comme des hyènes trottinant autour d'une carcasse ils ne me quittaient pas des yeux, décidés à provoquer la méfiance et la circonspection qui allaient caractériser mes longues journées pleines d'obligations. Je savais qu'il suffirait de peu pour que je retombe dans le gouffre dont je m'étais échappé de justesse : un imprévu, une rencontre déplaisante, un tour dans les secteurs écartés de la ville où j'avais passé mon enfance (qu'en effet je préférais éviter). Ou pire encore, que je cède aux illusions temporelles des sens auxquelles un génie du siècle dernier a voulu donner le nom scientifique et nullement approprié de « mémoire involontaire ».

Un après-midi – je vivais chez oncle Gianni depuis déjà presque deux ans – j'ai eu la preuve de comment le passé, pour nous tourmenter, utilise des *coups de théâtre** pour le moins douteux.

La journée n'aurait pas pu être plus radieuse, ni les circonstances plus grisantes. En plein mois de mai, au Foro Italico, finale masculine des Internationaux de tennis : événement capital pour oncle Gianni et sa bande de canoteurs. Le match entre Yannick Noah et le (jeune alors) Miloslav Mečíř s'est révélé un spectacle d'une rare élégance, bien que dénué de l'incertitude qui contribue à rendre une compétition sportive mémorable : le lion de sang camerounais a dompté le matou tchécoslovaque en quatre sets foudroyants et pétillants. Après la remise de prix, avant de rejoindre d'autres amis pour dîner, nous sommes allés nous remettre au Bar du tennis à côté. Malheureusement oncle Gianni n'avait encore une fois pas oublié sa mauvaise humeur. Une chose que je commençais à comprendre sur les riches c'est qu'ils ont tendance à sortir de leurs gonds pour un rien. Rien d'autre ne pouvait expliquer pourquoi il n'avait pas hésité à maltraiter le jeune maître d'hôtel innocent à cause d'une erreur d'emplacement de notre table, à quelques mètres de celui prévu. À cette occasion le professeur Sacerdoti avait dégainé le jargon qu'il servait aux subordonnés en pareilles circonstances : avec le serveur qui se trompait dans la commande ou quand Washington, en repassant, ne marquait pas le pli du pantalon. « C'est une honte », avait-il dit d'une voix indignée et glaciale. Et il n'était plus resté au type qu'à se confondre en excuses. Le plus étonnant c'est que bien que plusieurs heures se soient écoulées depuis ce petit incident logistique oncle Gianni avait du mal à se ressaisir. Assis l'air sombre à la petite table à l'extérieur du bar avec son cocktail sans alcool, il goûtait d'avance le coup de téléphone de protestation qu'il allait passer le lendemain matin au président du CONI, un vieux copain de bringue.

C'est alors que je l'ai vu. Je ne l'ai pas reconnu immédiatement mais j'ai senti, non sans angoisse, que quelque chose de désagréable me liait à lui. Accompagné d'une très jeune fille, à deux tables de la nôtre, il ne cessait de regarder de notre côté. Puis, poussé par qui sait quel élan, il s'est levé et s'est approché de nous.

« Professeur. Quel plaisir de vous voir. » Il m'a suffi d'entendre la voix mielleuse, rendue rauque par l'accent romain, pour reconnaître en lui le type qui m'avait interrogé la nuit fatidique.

« Ah, docteur, a dit oncle Gianni, vous aussi vous êtes ici. »

Il était encore plus mal habillé si possible que la dernière fois : casquette de baseball, jeans, chaussures de sport et un affreux sac porté en bandoulière. « Je peux vous présenter ma fille ? Ah, ces enfants ! Elle n'a pas encore douze ans et le tennis est déjà sa raison de vivre. »

La même rhétorique, le recours récurrent à l'allusion, cette façon indécente d'afficher son orgueil paternel.

Oncle Gianni, sensible à toute présence féminine – même prépubère comme dans ce cas-là –, s'est levé et avec une galanterie excessive a exhibé son sourire séduisant des grandes occasions.

La fillette a rougi en baissant les yeux.

« Allons, Pamela, ne fais pas la timide. Salue comme il convient le professeur Sacerdoti. Ce monsieur est un maître, une célébrité. Tu l'as sûrement vu à la télé. Je te dis seulement qu'il a enseigné à ton père tout ce qu'il faut savoir sur le droit pénal.

– Docteur, ne dites pas cela, vous m'embarrassez », s'est défendu oncle Gianni en se rasseyant. Peut-être parce qu'il était désastreusement sensible à la flatterie, sa bonne humeur était soudain revenue.

Si j'étais frappé par la tendance des riches à la colère, ce qui me surprenait le plus chez les représentants de la soi-disant élite intellectuelle c'était la complicité intéressée qui semblait les lier en dépit des fonctions occupées. Comme si les oppositions qu'ils présentaient – aussi dures qu'elles pussent paraître au commun des mortels – étaient une mise en scène à l'usage du public. Comme si l'esprit de caste était plus fort non seulement que l'antipathie personnelle mais que n'importe quelle incompatibilité politique.

Par ailleurs il m'était difficile de décider ce qui était le plus méprisable. Que le type ne m'ait encore pas accordé un regard ? (M'avait-il reconnu ?) Que les deux hommes que j'avais vus la dernière fois engagés dans un affrontement dur échangent maintenant des salamalecs ? Qu'ils n'aient pas éprouvé le besoin de m'impliquer, comme si je n'étais pas là, comme si je n'existais pas, comme si je n'avais pas droit à un tas de questions restées jusque-là sans réponse ?

Quand le magistrat a pris congé, oncle Gianni s'est bien gardé de me demander si j'avais compris qui il était. D'un geste rapide il a fini son verre d'un trait et a déclaré que nous étions en retard. Même pas une allusion à l'avocaillon qui grâce au témoignage qui m'avait été extorqué malhonnêtement avait obtenu que mon père soit condamné à vingt ans de réclusion.

Quant à moi, je ne parvenais pas à me libérer de la sensation d'irréalité dans laquelle la brève scène s'était déroulée. Je me demandais si la cordialité ridicule entre oncle Gianni et le persécuteur de mon père n'autorisait pas de mauvaises pensées à se manifester. Je m'étonnais aussi que le fils dont il m'avait parlé durant l'interrogatoire ne soit pas là. Je me suis surpris à penser méchamment qu'il n'y en avait peut-être pas. Peut-être n'y avait-il pas un mot dans ce qu'il m'avait dit cette nuit-là qui n'ait été un mensonge.

En tout cas, incidents mis à part, la coexistence avec oncle Gianni s'était révélée plus légère et plus confortable que je n'avais pu l'imaginer. Pour me soustraire au monde embarrassant de mes parents il m'avait inscrit dans une école privée gérée par des Salésiens qui bien qu'en conflit avec l'idéal juif répondait à la nécessité de me plonger dans un milieu nouveau, protégé et aisé.

L'exemption du cours de religion et de la messe du lundi matin, bien loin de me nuire, m'a apporté dès la première année la popularité réservée aux élèves exotiques. Il faut comprendre ceux chez qui j'arrivais : au fond, j'étais le premier Juif (ou soi-disant tel) qu'ils aient jamais vu. D'autres facteurs ont contribué au brusque changement de statut, notamment les transformations bénéfiques subies par mon organisme en révolution : les purges infligées par ma mère, à base de dentistes, oculistes, orthopédistes, donnaient leurs premiers fruits inespérés : d'une semaine à l'autre les dents brillantes et impeccablement rangées ont été adaptées aux cheveux ondulés et au teint vivifié par la pratique sportive. À cause d'une sévère intolérance oculaire j'ai dû renoncer aux seules lentilles de contact capables de corriger mon astigmatisme : rien de grave, au fond les lunettes étaient conformes au personnage que j'étais décidé à interpréter dorénavant.

Compte tenu du contexte, m'affirmer intellectuellement a été un jeu d'enfant. Par rapport au mal que je m'étais donné les années précédentes pour atteindre le minimum exigé dans toutes les matières, je me suis vite rendu compte que dans ma nouvelle école il suffisait de la moitié des efforts pour exceller.

Et c'était un établissement de luxe ? Eh bien, je ne sais pas comment ça fonctionne dans d'autres pays, mais chez nous les classes dominantes non seulement se fichent de l'instruction supérieure, mais en général elles cultivent des intérêts culturels sporadiques et pour ainsi dire ornementaux. Ce qui explique pourquoi cette école avait acquis avec le temps la réputation pas vraiment recommandable de *refugium peccatorum* pour rejetons nobles et analphabètes qui, ayant échoué ailleurs, avaient trouvé un institut où la réussite aux examens était comprise dans le prix scandaleusement exorbitant.

Après de tels préliminaires, certains auraient pu juger guère sage que moi, fidèle à l'exemple fourni par Francesca, je sois toujours vu avec un livre dans la vaste poche de ma veste Barbour. Mais il se serait agi d'un jugement hâtif. Même si pour mes nouveaux camarades le dernier modèle de Porsche Carrera était un sujet de conversation plus passionnant que n'importe quelle discussion politique, littéraire ou philosophique, il était clair que la supériorité intellectuelle provoquait chez eux une timidité dont il aurait été stupide de ne pas profiter. Après tout, les plus riches étaient fils de mécènes et de collectionneurs d'art qui s'ils devaient choisir auraient préféré inviter à dîner Umberto Eco ou Milan Kundera plutôt qu'un champion sportif ou une jeune actrice célèbre. Pour eux la culture n'était indigeste que si elle était minée par l'insuccès social et financier, et le ressentiment de classe qui en découle. Ce qui explique d'une part un mépris diffus à l'égard des enseignants, de l'autre la considération dans laquelle ils tenaient les ambitions artistiques capables de garantir à qui les cultivait célébrité et prospérité.

Naturellement tout ça ne me concernait pas. On pouvait dire de moi que j'étais un étudiant bizarre et intéressant, le énième excentrique sorti d'on ne sait où. Mais il se trouve qu'en dehors des livres dans la poche et de ma retenue dandy je pouvais montrer un niveau de vie égal au leur. Ce qui suffisait à me garantir considération et indulgence. Je n'ai pas tardé à comprendre que la véritable différence entre la bonne école publique d'où je venais et la très mauvaise école privée où j'avais atterri consistait dans le poids différent accordé à la solvabilité et aux patrimoines. Mes anciens camarades de classe se fichaient de l'endroit où vous habitiez ou alliez en vacances, autrement dit des futilités que mon nouveau camarade de banc m'a arrachées dans l'interrogatoire serré du premier jour.

Serait-ce insuffisant pour expliquer le succès rencontré par oncle Gianni ? Tous le connaissaient soit par ses apparitions à la télévision ou par son rôle prééminent dans certains procès faisant l'objet d'une ample couverture médiatique, soit par le prestige académique ou politique qui émanait de chaque fibre de ses costumes sur mesure. Les parents de mes camarades qui avaient eu la chance de suivre ses cours en gardaient un souvenir enthousiaste ; un jour le camarade en question m'a mis sous le nez un entrefilet qui annonçait la énième charge gouvernementale qu'oncle Gianni était sur le point de refuser. Que ce soit lui qui vienne aux réunions trimestrielles où les enseignants chantaient mes louanges avait éveillé la curiosité de beaucoup de parents. Que faisait là le grand homme ? Célibataire endurci, don juan au long cours, de quel chapeau avait-il sorti le garçon dont il s'occupait aussi affectueusement ? Le fils secret qu'il avait eu d'une de ses maîtresses de la haute société ? Un neveu retrouvé ?

Quand j'ai compris ce qui se passait j'ai su répandre habilement des détails sur une autre parenté illustre : eh bien oui, j'étais le neveu de Tullia Del Monte, son neveu préféré, semblait-il. À l'exception de ces vantardises inoffensives, je veillais à ne pas fournir de détails sur ma vie.

Je n'ai pas mis longtemps à comprendre que mon attitude fuyante, loin d'atténuer la curiosité que je pouvais susciter chez les autres, l'excitait. Il y avait là un danger sur lequel il fallait être vigilant. Pour éviter des surprises désagréables il était nécessaire d'exercer un contrôle sur les bruits qui ne cessaient de circuler, même si je devais donner en pâture à cette bande de cancaniers des plats aussi artificiels que succulents. Assuré que mon voisin de banc faisait fonction de caisse de résonance efficace – il avalait n'importe quoi à l'usage de toute l'école – j'ai jugé bon de l'utiliser dans mes manœuvres sournoises pour les égarer tous. Au énième interrogatoire qu'il m'infligeait, feignant une douloureuse réticence, j'ai laissé échapper que mes parents avaient été victimes d'un terrible accident qui m'avait laissé orphelin. C'était un bobard suffisamment proche de la réalité pour me permettre, au cas où je serais démasqué, de me rétracter rapidement. Comment du germe d'une confidence aussi vague aient pu naître des racontars bien plus romanesques et circonstanciés je ne saurais pas le dire. Et je ne dispose pas de preuves suffisantes pour accuser mon voisin de banc indiscret. En tout cas, selon ces nouvelles conclusions, mes parents avaient été victimes d'un accident d'avion au-dessus de la forêt amazonienne. D'après ces ragots délirants, à cette époque-là mon père occupait un poste diplomatique délicat auprès de l'ambassade d'un pays sud-américain en ébullition. Bref, voilà d'où je venais. Voilà pourquoi dans un univers où tout le monde se connaissait depuis toujours personne n'avait entendu parler de moi. Mais surtout voilà qui expliquait les bizarreries et le snobisme dans lesquels je me complaisais. On disait même que je parlais mieux l'espagnol que l'italien.

À quiconque veut entreprendre une brillante carrière d'imposteur je conseille de fournir le minimum de détails sur son passé imaginaire. Par exemple, cette histoire d'espagnol (dont je ne connaissais qu'une poignée de phrases toutes faites) m'a poursuivi longtemps comme une menace. Elle m'a exposé plus d'une fois à des risques mortels. Je me rappelle avec terreur le soir où la mère d'un camarade, une belle dame de Séville, poussée par son fils et pour me mettre à l'aise, a lancé des phrases en castillan. Hésitant entre faire semblant de m'évanouir et inventer un prétexte humiliant pour courir aux toilettes, je m'en suis tiré avec un de ces sourires suffisamment timides et sardoniques pour décourager des échanges ultérieurs.

Comme faire de l'épate ne coûte pas cher, le risque est d'y prendre goût. Le mensonge devient alors un habitat qui n'est que trop confortable, et vous vous retrouvez l'otage de vos balivernes comme il arrive à trop de journalistes malhonnêtes et aux rares excellents romanciers encore en circulation. Alors oui vous pouvez vous exposer à des accidents fâcheux.

À ce propos, la dernière année j'ai fait un numéro qui m'a apporté une notoriété extrêmement éphémère.

Il faut dire que désormais, à la veille de l'examen final, j'étais bien intégré, je n'avais plus besoin ni de me cacher ni de m'exposer, mais à l'évidence tellement gâté par ma longue impunité que je ne craignais pas de la mettre en danger.

Ce matin-là nous avions été rassemblés dans la grande salle pour assister à une conférence sur « Boèce et la scholastique » donnée par un professeur qui enseignait la philosophie théorétique dans une université de province. Je ne devais apprendre que plus tard qu'il était le grand-père d'une camarade de classe et qu'il se vantait d'une vieille amitié avec le proviseur, le machiavélique père Solani.

Pour remplir cette salle ornée de grotesques et bourrée de demi-bustes de marbre toutes les classes avaient été mobilisées. Tout en partageant avec le reste du public un désintérêt considérable pour la conférence, j'étais heureux d'avoir pu remettre le devoir de grec au mardi suivant.

L'apparition du conférencier sur l'estrade a déclenché le mouvement d'hilarité habituel, généralisé encore que maîtrisé. Je parle d'un petit bonhomme dont l'autorité était menacée par la mèche désastreuse rabattue pour dissimuler sa calvitie, et adaptée à ses gestes onctueux et aseptisés. Il portait un costume de flanelle grise élimé aux coudes et fripé aux extrémités. Le père Solani l'a présenté en débitant des titres qui n'auraient pas pu être plus flatteurs.

La première demi-heure s'est passée dans une exhibition de pédanterie ordinaire. Le débit morne de l'orateur était fait pour tuer dans l'œuf toute curiosité et sa voix parfaite pour un petit somme.

J'ai été réveillé par une expression colorée inattendue et tout à fait inappropriée qui s'est échappée soudain des lèvres exsangues du conférencier comme un lièvre apeuré : le « poison juif ». Textuel. Je ne me rappelle pas comment cette expression méprisable, sinistrement emphatique, a été accueillie. Mais je me rappelle qu'après l'avoir prononcée l'orateur qui ne parvenait plus à retrouver le fil et à se dominer a commencé à accumuler des arguments antisémites tellement délirants qu'ils permettaient de soupçonner que le baratin sur Boèce servi jusque-là n'avait été qu'un prélude et un prétexte. La seule chose dont il voulait nous parler, la seule qui lui tenait à cœur, la seule qui justifiait sa présence sur l'estrade et dans le monde était sa hargne inoxydable envers les Juifs. « Je pense que tous les maux de notre temps, le matérialisme, le consumérisme, l'égalitarisme, la promiscuité sexuelle, la pornographie dérivent de *l'immanentisme* du Juif Spinoza. Je vous prie de me croire, mes enfants, quand j'affirme que le Juif Spinoza est le responsable de toute l'horreur qui nous entoure. »

Il n'était nullement nécessaire d'être un fan déclaré de Spinoza pour comprendre que faire précéder son nom du terme « Juif » n'était pas un signe d'estime. Si j'avais entendu quelqu'un dire « la Juive Gabriella Sacerdoti » je n'aurais pas pensé qu'il avait une bonne opinion de ma mère. Oui, ma mère. Tout bien réfléchi je ne l'avais jamais entendue parler de ses origines. Je ne savais pas ce qu'être juive signifiait pour elle. En revanche, j'avais un souvenir plutôt net de quand, en voiture ou dans la salle d'attente d'un médecin, de la manière la plus sournoise et sous des prétextes pédagogiques elle m'obligeait à lire de longs articles sur Israël qui l'intéressait plus que tout autre sujet politique ou d'actualité. Dieu que cette femme était mystérieuse. Ce n'est qu'après sa mort qu'il m'est arrivé d'y repenser. Je me demandais pourquoi elle, précisément elle, qui avait tout fait pour rejeter le judaïsme, en épousant le « Cananéen », en privant son fils unique d'une conscience juive et de pedigree, s'intéressait autant aux questions touchant à un pays étranger avec lequel elle avait peu de contacts. Bonne question. Il devait s'agir d'une contrainte atavique, d'une tare héréditaire inéluctable, la même qui avait poussé Francesca à tout abandonner pour accomplir sa maudite *alya*. En voilà une autre : la Juive Francesca Sacerdoti. Elle aussi, d'après les propos du clown sur l'estrade, s'était réfugiée en Israël pour en finir avec le matérialisme, le consumérisme, l'égalitarisme, la promiscuité sexuelle et la pornographie typiques de toute jeune fille juive ? En écartant la rancœur dont j'avais du mal à me libérer, il me semblait clair qu'aucune des qualités mises en cause par ce salaud d'exalté ne contribuait à une description plausible de la Juive Gabriella Sacerdoti, et encore moins de la Juive Francesca Sacerdoti. Peu importe si l'une avait lutté pour mettre son ascendance entre parenthèses et l'autre, au contraire, avait cherché à lui donner un sens. Restait le fait que leur manière d'être juives n'avait pas grand-chose à voir avec le portrait féroce ébauché par l'orateur.

Depuis que je partageais mes journées avec oncle Gianni j'avais souvent entendu parler du danger antisémite qui pesait sur nous tous, mais c'était la première fois que j'en éprouvais les conséquences personnellement. Je n'aurais jamais cru qu'une chose qui me concernait de loin et aussi superficiellement pouvait me bouleverser autant.

En regardant autour de moi je suis resté stupéfait par l'absence générale de stupéfaction. Personne ne bronchait, ni élèves, ni professeurs, ni même le père Solani. Je me suis demandé comment aurait réagi oncle Gianni devant tant d'indifférence. Avec sa manie de voir des antisémites même là où il n'y en avait pas, il n'aurait certainement pas laissé passer l'occasion de donner une leçon à un type qui en était un sans l'ombre d'un doute. Il faut répéter cependant qu'en dehors de toute idiosyncrasie oncle Gianni était tout sauf un bigot. S'il l'avait été il ne m'aurait pas inscrit dans une école clérico-fasciste rien que parce qu'une de ses maîtresses haut placée la lui avait recommandée. (« Que des garçons convenables et bien habillés ; jamais une grève, jamais une assemblée générale, sans parler de ces horribles occupations des lieux. ») Par ailleurs, les notions assimilées durant mon apprentissage pour ma bar mitzvah tardive à laquelle je ne m'étais soumis que par gratitude n'avaient pas laissé de traces significatives. Que restait-il des interprétations talmudiques, de l'alphabet hébreu ou de la fréquentation d'une divinité aussi vindicative et fuyante ? Rien qui m'inspire assez pour déraciner l'athéisme que mes parents m'avaient si bien inculqué. Au contraire, les livres qui occupaient une section assez considérable de la bibliothèque d'oncle Gianni déployée dans trois vastes pièces au rez-de-chaussée de sa maison de campagne méritent un commentaire à part. C'était sur ces volumes que s'était formée ma sensibilité juive toute nouvelle, et pour le moment encore limitée.

Améry, Levi, Bettelheim, Wiesel et beaucoup d'autres, ce sont eux qui se sont chargés, sinon de me révéler, sûrement de me raconter en détail, avec toutes les terrifiantes implications possibles, ce que certains psychopathes sans scrupules avaient infligé à des masses inimaginables d'individus dont la faute consistait à être nés dans la famille qu'il ne fallait pas. Bien qu'il y ait quelque chose d'insensé dans la façon dont j'absorbais les réflexions douloureuses, indignées et extrêmement lucides de ces délaissés de génie, il s'agissait de la seule chose de la condition de Juifs qui parvenait à me captiver. Non pas les doctrines, les prescriptions alimentaires, les divagations mystiques, les barbes épaisses, le génie artistique, l'utopie sioniste, mais plutôt les vexations, les déportations, les tortures, les massacres subis par mes coreligionnaires pendant des millénaires d'Histoire. Il devait y avoir quelque chose qui ne tournait pas rond chez moi, quelque chose d'assez maladif et mélodramatique pour me pousser à m'identifier avec les humiliations endurées par tant de malheureux qui étaient morts ou s'étaient sauvés de justesse. Au fond de mon cœur je savais bien que c'était injuste, que je ne devais pas me le permettre, que je n'avais pas le droit de m'approprier une souffrance que j'avais du mal à imaginer. Et pourtant je ne pouvais pas m'empêcher de me sentir attiré comme nous nous sentons attirés par ce qui nous dépasse. Ce qui explique peut-être ce qui m'a poussé à surmonter les réticences inhérentes à la honte et à interrompre publiquement le conférencier pour lui demander à brûle-pourpoint de s'expliquer sur ses termes injurieux. Qu'est-ce qui était le plus stupéfiant ? Ma réaction impulsive ou celui qui l'avait provoquée ? Car le type sur l'estrade n'était pas l'antisémite de salon classique mal vu de mon oncle – le journaliste radical qui dénonce les abus de l'armée israélienne, la dame qui traite son mari avare de « rabbin ». Pas du tout ! Celui-là était le genre d'antisémite dont parlaient Améry, Levi, Bettelheim, Wiesel, un type humain (si l'on peut dire) que je croyais éteint, objet archéologique d'une époque barbare qui, selon mes naïves convictions juvéniles, ne reviendrait plus jamais.

Je me suis pris à crier : « Comment vous permettez-vous ? Vous n'avez pas honte ? » J'ai renchéri : « Vous n'avez pas honte ? » J'étais si peu habitué à tempêter que mes exclamations m'étaient sorties plus stridentes que puissantes.

Le silence qui s'est abattu sur la salle était tellement glacial qu'il m'a pétrifié. Il m'était déjà arrivé d'être l'objet de l'attention générale, mais jamais d'une manière aussi spectaculaire. Et voilà que là où les paroles inadmissibles du professeur avaient échoué, les miennes avaient réussi : laisser tout le monde ahuri.

Le seul à ne pas perdre le contrôle a été l'orateur lui-même. Accoutumé aux protestations de certains casse-pieds, il savait comment les remettre à leur place.

« Comment vous permettez-vous, vous, plutôt ? Et ce n'est certainement pas moi ici qui dois avoir honte. »

La leçon de bon ton qu'il m'a donnée ne manquait pas d'éloquence : il se serait attendu à tout sauf à ce que dans une assemblée aussi bien élevée et convenable puisse se cacher un malotru de mon espèce. Comment osais-je l'interrompre ? On ne m'avait pas appris que ce n'était pas une façon de se comporter ? Il n'avait rien contre le débat d'idées, au contraire il avait même un faible pour la contradiction à condition qu'elle soit exprimée de la manière et au moment appropriés.

Pour une fois j'étais tellement convaincu d'avoir raison que je lui ai dit ce que j'en pensais : non seulement ses paroles étaient inqualifiables, mais je trouvais déconcertant d'être le seul, dans cette *assemblée bien élevée et convenable*, à les considérer comme telles.

Il m'a défié : « Expliquez-vous mieux.

– Il n'y a pas grand-chose à expliquer. Vous êtes un nazi ! » lui ai-je crié de toutes mes forces. Et je l'ai de nouveau imité : « *Et de la pire espèce.* »

Tout à coup, la grande salle qui jusque-là, peut-être en raison du spectacle bizarre, avait retenu son souffle a commencé à s'animer. Très vite le bourdonnement a été remplacé par une rumeur obscure et oppressante. Alors, comme venu des fondations de ce vieil édifice, s'est élevé un grondement. Sur le coup il a été difficile de préciser ce qui l'avait provoqué. J'exclurais l'indignation. Dans certaines circonstances la stupeur fait encore plus de dommages. Et celle qui était en train de monter était le genre d'agitation inspirée par la frayeur. Je doute que quelqu'un là-dedans ait jamais entendu un élève apostropher un enseignant de cette manière. Quant à lui, le professeur, indigné comme il l'était, il n'a rien trouvé de mieux que ranger ses notes dans sa serviette, descendre de l'estrade et gagner la sortie en grommelant comme un détraqué.

Le père Solani a dû s'avancer. Il l'a fait d'un pas fatigué. Il s'est approché du micro. On voyait qu'il était contrarié. Il m'en voulait, bien sûr, mais il en voulait aussi et surtout à son ami. Comment cet exalté avait-il pu exposer son école à un tel danger ? Ce sur quoi le père Solani ne transigeait pas c'était la réputation de son institution. Le seul lycée catholique de Rome à ne pas exiger de certificat de baptême ; une tradition de tolérance interreligieuse honorée depuis toujours avec orgueil et rigueur. Et maintenant ? Si cette histoire circulait, si elle arrivait à des oreilles malveillantes ? Imaginez le scandale ! Comment effacer une tache aussi infamante ? D'un point de vue médiatique le père Solani était présent partout. Assisté d'un service de presse digne d'une production cinématographique, il faisait chaque année plusieurs apparitions à la télé pour promouvoir « Le meilleur enfant d'Italie» : la kermesse qu'il avait imaginée dans le but de récompenser des enfants nés dans un environnement difficile et qui s'étaient distingués par une action héroïque et charitable. Son financement était assuré par de riches bienfaiteurs dont les fils (décidément moins vertueux que les récompensés) réussissaient tous les ans aux examens d'une façon quelque peu douteuse.

Comment concilier une récompense aussi méritée et une accusation d'antisémitisme ? L'idée d'apparaître au journal de vingt heures pour se disculper d'un tel dérapage était un cauchemar auquel il ne voulait pas penser. Il savait cependant qu'il ne pouvait pas se déculotter devant tout le monde. S'excuser publiquement signifierait admettre une faute dont honnêtement il ne se sentait pas coupable et en même temps assumer une responsabilité qu'exprimée ainsi, *coram populo*, il ne pouvait pas ravaler. Il avait été imprudent. C'était tout. Rien de grave, rien d'irréparable : avant de se laisser submerger par un déluge d'indignation il allait vendre cher sa peau. D'ailleurs il était trop habile pour ne pas comprendre qu'à ce stade la bonne renommée de l'école était entre les mains d'un élève instable, bagarreur et, comme tous ses coreligionnaires, horriblement susceptible. Il était évident que ce ne serait pas facile de le ramener à la modération. Qu'il soit neveu d'un avocat de renom et d'une célébrité du cinéma, tous deux juifs et très engagés dans la lutte contre la discrimination raciale, qu'il soit le seul Juif de l'école rendait l'affaire encore plus épineuse.

Il s'est adressé à moi avec une suffisance de prêtre, en m'appelant par mon nom. Il a admis que tout était très désagréable : Dieu savait comme il comprenait ma contrariété, sans parler de mon embarras. Mais peut-être, si j'avais essayé de considérer les faits dans leur juste perspective, si je ne m'étais pas laissé aller à mes impulsions, si j'avais réfréné une colère légitime… Il connaissait le conférencier depuis des années, c'était une personnalité académique importante aux idées provocatrices et controversées qui parfois dépassait les bornes. Il n'y avait pas de doute là-dessus et il ne le niait pas. Cela dit, c'était un homme inoffensif qui n'aurait pas fait de mal à une mouche. Nazi ? Par pitié. Un bon chrétien avec une légère tendance à l'exagération rhétorique. Son diagnostic du mal qui frappait notre époque était juste ; sur ses causes et ses antidotes le père Solani avait lui aussi ses doutes. Aussi m'invitait-il à séparer les opinions audacieuses du chercheur de longue date de la personne qui les avait exprimées d'une façon indubitablement imprudente mais en tout cas sincère et courageuse.

« Courageuse ? Vraiment ? » ai-je demandé sur un ton sarcastique.

Après tant d'agitation, on aurait entendu une mouche voler. Jamais en un demi-millénaire d'Histoire, cette salle bondée n'avait connu un silence aussi parfait, jamais un désaccord sur les plus grands systèmes moraux n'avait provoqué autant d'intérêt dans un public aussi frivole et indolent.

« Écoute, a-t-il dit de plus en plus conciliant. C'est presque l'heure de la récréation. Allons tous nous restaurer. Ensuite, si tu en as envie, viens dans mon bureau et nous en parlerons. Ce qu'il faut c'est un échange amical d'opinions. Élever la voix ne sert à rien. Discuter ici devant tout le monde non plus. Il faut baisser le ton. Je te connais. Je t'admire. Tu es un garçon précieux, un élève irréprochable, le fleuron de notre petite famille un peu turbulente. Je voudrais que dans cette école tous aient tes notes et ta conduite digne d'éloges. Je compte sur ta compréhension. Tu verras, devant un bon café nous trouverons le moyen de parler tranquillement de ce qui vient de se passer, sans exagérations. Et si Dieu le veut nous dépasserons cet incident regrettable. »

Il me coinçait. Sans aborder le sujet, sans reconnaître les torts, sans présenter d'excuses il avait fait appel à mon bon cœur en rendant normale une affaire qui ne l'était guère. Avec l'habileté diplomatique qui le distinguait il avait confié la défense de ce qui lui tenait le plus à cœur au bon sens diplomatique, à l'émotion, à la fraternité entre les peuples. Si je l'avais suivi j'aurais fait son jeu en me mettant dans mon tort. J'entendais déjà les commentaires : l'habituel Juif susceptible et vindicatif ; l'habituel Juif impertinent qui joue la victime. Comment les blâmer ? Face à certaines réactions entêtées d'oncle Gianni il m'était arrivé à moi aussi de le penser.

C'est alors que mes lèvres ont articulé la vantardise la plus horrible que j'aie jamais imaginée. Je lui ai dit que j'aurais voulu le voir à ma place. Eh bien, je doutais que si les nazis avaient tué ses grands-parents maternels il aurait trouvé aussi naturel de *dépasser cet incident regrettable.*

Bref, ce n'était pas le bobard de protection habituel mais une énormité aux proportions homériques, une fanfaronnade de Guinness des records capable (si quelqu'un s'était donné la peine de la vérifier) de me discréditer à jamais. Ne restait qu'à comprendre ce qui me l'avait inspirée : l'attitude méprisable du conférencier ? L'hypocrisie du proviseur ? L'indifférence du public ? Ou peut-être pas. Je me trompais peut-être en cherchant des réponses à l'extérieur. Parce qu'en fait elles étaient toutes là à l'intérieur : dans un revanchisme insatiable, dans la double vie que je menais depuis trop longtemps, dans une victimisation tellement enracinée qu'elle virait à la paranoïa. Quelle que soit la manière de la juger, le fait était que ce mensonge, dans la pénible histoire de mon imposture, représentait un saut qualitatif aussi considérable qu'irréversible. Une ignominie déguisée en chantage moral. Il n'y avait pas d'acte plus abject que parler au nom d'Améry, Levi, Bettelheim, Wiesel. Rien n'était plus douteux et plus impudent que s'emparer du malheur atroce qui les réunissait et s'en glorifier à leur place.

Ce n'étaient plus des parents disparus dans le ciel de la forêt amazonienne. Ni une enfance sud-américaine aventureuse ! Personne n'aurait jamais pu m'accuser d'avoir lancé certaines histoires romanesques ; j'avais été suffisamment prudent pour ne pas les débiter publiquement, ma faute était de ne pas les avoir démenties, mais du reste, pourquoi aurais-je dû le faire ? Eh bien, c'était une autre affaire. Cette fois la confession avait eu lieu devant tout le monde : enseignants, camarades de classe et même quelques appariteurs. Qu'il s'agissait d'une pierre milliaire avec laquelle je devrais compter au moins jusqu'au diplôme sinon bien au-delà m'est apparu comme une évidence quand j'ai vu le visage du père Solani devenir livide comme je ne l'avais jamais vu.

Consterné, il a balbutié : « Je me rends compte, mon garçon, d'une chose monstrueuse. Je ne peux même pas imaginer. D'ailleurs, je ne pourrais pas… Mais maintenant que je sais je suis encore plus convaincu de la nécessité d'une conversation seul à seul. Je te renouvelle mon invitation. Libérons tes camarades. Tu entends comme ils piaffent ? Envoyons-les en récréation et viens dans mon bureau. Je suis sûr que nous trouverons la meilleure solution. Pour l'instant laisse-moi te dire que je suis de tout cœur avec toi. Et que pour le peu que cela vaut, je te promets sur mon honneur que tu n'assisteras plus à une exhibition de ce genre. Pas ici, pas sous ma direction. »

Ce n'est que dans son bureau quelques minutes plus tard que j'ai pu constater l'importance de mon ignoble triomphe.

Les flatteries dont j'ai été l'objet n'ont eu d'égal que l'embarras qu'elles ont su me provoquer. Bouleversé par une émotion que mon interlocuteur a attribuée à des sentiments beaucoup plus élevés que ceux qui me secouaient en réalité, je l'ai assuré que je me tairais, que l'affaire en restrait là, que je n'en parlerais ni à mon oncle ni à personne d'autre. Il ignorait naturellement que j'avais des raisons bien plus impérieuses – raisons que même un esprit cynique comme le sien aurait eu du mal à concevoir – pour que cet *incident fâcheux* ne franchisse pas les bastions noirs de l'institut.

3

J'ai compris que ce que je venais de goûter n'était qu'un hors-d'œuvre et que la matinée me réservait bien d'autres gâteries quand, après avoir provoqué la fuite du vieux nazi et embarrassé le proviseur devant tout le monde grâce à une fanfaronnade d'une indécence inégalable, j'ai trouvé dans le couloir, radieuse, excitée, dans sa plus belle pashmina, Sofia Caetani, impatiente, a-t-elle dit, de m'offrir son soutien moral et me déclarer son admiration et sa reconnaissance pour avoir passé un sacré savon à ces deux têtes de nœud arrogantes.

Pris par surprise, ne sachant pas comment m'en sortir, je l'ai remerciée précipitamment : un cours de maths m'attendait.

« Qu'il aille se faire foutre. Pourquoi on n'irait pas faire un tour ? On le mérite. »

C'est-à-dire sortir de l'institut ? Tous les deux ? Sans demander la permission ? Après ce que j'avais fait ?

Non, ce ne sont pas ces questions qui m'ont assailli en l'entendant m'adresser une invitation aussi extravagante, mais plutôt d'autres, bien plus alarmantes : *elle m'a reconnu ? Elle est là pour me démasquer ? Je suis fichu ?*

J'espère que vous vous rappelez où nous l'avons laissée : dans l'ancienne école en train de manifester pour un noble idéal quelconque, suivie de bandes de voyeurs extasiés, tellement habituée à charmer et à briser les cœurs qu'elle n'y faisait même plus attention. Comment avait-elle échoué ici ? Je vous assure que j'avais été le premier à me le demander quand elle était apparue dans le couloir avec son air maussade et soupçonneux de toujours, émissaire de ce petit monde ancien qui ne cessait de réapparaître dans mon horizon. Elle aurait dû être en première année d'université. Évidemment, à force de se dépenser en faveur de causes perdues et de peuples souffrants elle avait fini par négliger ses études. Pour effacer la honte d'avoir été recalée, ses parents l'avaient exilée dans un lycée plus adapté au blason familial : réservé aux classes aisées, sélectif, sensible aux privilèges de la noblesse. J'imagine que pour elle quitter l'école publique pour cet institut privé bourré de fils à papa dignes du plus grand mépris n'avait pas été drôle. Mais ses parents ne lui avaient probablement pas laissé le choix.

Pour l'éviter j'avais changé de parcours plus d'une fois en détournant la tête, en rasant les murs comme un gecko. Grâce au ciel, Sofia purgeait son exil dans le purgatoire des nouveaux venus, la fameuse section C, traditionnellement peu encline à se mêler aux autres. En outre, compte tenu de la mémoire courte des jeunes filles de sa classe, de son charme et surtout de son tempérament, j'en étais venu à exclure qu'elle puisse se souvenir de moi, pas même en m'associant au malheur qui avait fait de moi d'abord un paria, puis un charlatan ; plutôt une espèce de jeune premier, contraint d'endosser toute la sainte journée des costumes de scène criards.

Parfois ils me serraient tellement que je les aurais volontiers échangés contre ceux d'un espion qui risquait sa peau dans un pays communiste : avec une identité certes plus fausse et frauduleuse sur le papier que la mienne, mais au moins au service de causes justes, de patries lointaines, de familles fières et anxieuses. Je n'avais ni cause, ni patrie, ni famille. Jouet d'un passé innommable, d'un présent mensonger, d'un avenir désolant, je devais me contenter de l'oncle qui gérait sa paternité putative avec une attention affectueuse, rien à dire, mais qui n'aurait absolument jamais pu remplacer un véritable père.

Les attentions d'oncle Gianni à mon égard, réconfortantes et approbatrices, prouvaient au moins que le rôle dans lequel je me complaisais depuis des années fonctionnait. Qu'un des rares individus au courant de ma véritable histoire participe à une mise en scène aussi sinistre en disait long sur le sérieux de l'impeccable travail d'acteurs auquel nous nous étions soumis tous les deux.

Nous nous étions promis de dîner ensemble tous les vendredis soir. J'aimais le zèle avec lequel il obéissait à un devoir tellement juif. Je précise que le rite n'était pas sévère : deux bougies allumées, quelques interdictions alimentaires sans gravité, l'engagement à ne pas allumer la télé et ne pas nous enfermer dans nos chambres respectives sans avoir bavardé un moment comme il se doit. C'était surtout lui qui parlait. Encouragé par mes grands dons d'écoute, il trouvait toujours le moyen d'évoquer de vieux fantômes de famille et se laisser émouvoir. Ceux qui le connaissaient assuraient que depuis que nous vivions ensemble il était devenu plus accommodant et plus sentimental, moins enclin aux polémiques et aux mondanités. Il s'était adouci. Il n'avait plus l'air de vivre dans le but de réprimander son prochain ; comme si sa nature compétitive et combative avait cédé en faveur d'exigences affectives inédites et impérieuses. Sa nouvelle passion était le passé. Et je me demande si cette obsession ne me concernait pas : en disposant d'un Sacerdoti flambant neuf, à former et dont il fallait éveiller la conscience, en pouvant enfin goûter aux joies tardives de la paternité, il découvrait les vertus de la transmission dynastique. C'est pourquoi il ne perdait jamais l'occasion de s'abandonner à de brûlantes nostalgies. D'après ce que je pouvais voir, ce à quoi il était le plus attaché était le caractère tribal de la famille : l'hôtel de Castiglioncello réquisitionné pour l'été par une multitude de vacanciers apparentés entre eux : grands-parents, oncles et tantes, cousins... Quel rêve. C'était magnifique !

Ainsi, au seuil de ses soixante-dix ans, Gianni Sacerdoti avait pris acte du rétrécissement vertigineux de son horizon de vie, en devenant plus affable et plus soucieux. Tout avait commencé à se précipiter pendant sa brève convalescence à la suite d'une opération de la vésicule biliaire qu'il avait subie pour obéir à son médecin interniste. Au bout de deux jours de clinique il était rentré à la maison décidé à reprendre sa vie où il l'avait laissée. Un premier coup d'œil superficiel permettait de dire qu'il avait réussi dans sa louable intention, mais il suffisait de le regarder avec un peu plus d'attention pour comprendre que quelque chose en lui avait changé définitivement. Comme si la présomption d'invulnérabilité qui avait fait de lui ce qu'il était avait été entamée. Pas grand-chose. Peut-être ne s'en était-il même pas aperçu, mais cela ne nous avait certainement pas échappé ni à Washington ni à moi. Comme tous les hommes follement amoureux de la vie, maintenant, au moment fatal où se manifestaient les premiers ennuis de la vieillesse il avait commencé à redouter tout aussi follement de ne plus pouvoir en disposer à son gré, ou carrément de la perdre d'un moment à l'autre. Il avait des crises d'hypocondrie. De temps à autre il arrivait à la maison hors d'haleine et demandait à Washington de prendre sa tension ou d'appeler le cardiologue. Il dormait de moins en moins et ses visites aux toilettes se faisaient de plus en plus fréquentes. J'avais l'impression que d'une semaine à l'autre tout en lui s'était réduit : les os, la voix, les conceptions. Au bout de plus d'un demi-siècle de virilité de baryton la voix mythique du professeur Sacerdoti, tellement faite pour instruire des foules d'étudiants, défendre ses clients contre des accusations infamantes et séduire les dames avait perdu sa force ; non qu'il soit devenu aphone, mais il semblait avoir du mal à finir ses longues phrases bien construites. Moi qui l'aimais beaucoup, au point de l'avoir pris pour modèle, je m'étais rendu compte que depuis son opération même sa façon de s'habiller était devenue peu à peu plus maniérée : chaussettes jaunes, pochettes voyantes, chaussures en daim avec semelle de crêpe. Il parlait de s'acheter un basset. Au regard de l'hostilité atavique qu'il professait pour toute forme d'effémination c'était surprenant de le voir s'égarer dans certaines affectations et minauderies. Aussi n'était-il peut-être pas si surprenant qu'à de tels écarts esthétiques ait correspondu un changement émotionnel tout aussi excessif. Il se laissait de plus en plus souvent attaquer par la nostalgie et les regrets. L'obligation de renoncer se manifestait par des comportements routiniers, des idées conservatrices et ce regard vide, son éclat désormais compromis, languissait derrière une cataracte trouble.

« Je ne t'ai jamais raconté comment ton grand-père Guido a disparu pendant une semaine le lendemain de la Libération ? » me demandait-il pendant les dîners du vendredi. Bien sûr il me l'avait raconté. Une demi-douzaine de fois. Mais je faisais comme si ce début était formidable afin de lui permettre de laisser libre cours à ses souvenirs. « Tu ne le croiras pas, mais je n'ai jamais réussi à lui extorquer la vérité sur cette semaine.

Le connaissant, tout est possible. Qu'il se soit enfermé dans une bibliothèque pour lire Hegel, qu'il ait servi d'interprète à un général allié, qu'il soit allé à la chasse aux fascistes, ou même chez les putes. Qui sait. Je veux dire, c'était un être tellement plein de vie et mystérieux. » J'imagine que le combler de questions comme j'en avais l'habitude faisait partie de la comédie. Mais au fond, nous le sentions, il le sentait mais surtout je le sentais moi : aucune de ces histoires lointaines ne me concernait réellement. La seule digne d'être retenue, la seule qui n'allait jamais cesser de me poursuivre aussi longtemps que ma mémoire le permettrait était la seule que ni lui ni moi n'osions aborder. Pas seulement à table le vendredi soir, mais toujours. Elle concernait le cadavre en décomposition d'une femme et le sort du procès et de l'emprisonnement de son assassin présumé. Dommage que tant de réticence inflexible ait eu le résultat paradoxal de rendre le fardeau encore plus encombrant. En fait, me bercer de l'illusion que mes parents n'avaient pas existé, me persuader que leur aventure humaine, couronnée par un épilogue déchirant, n'avait jamais eu lieu signifiait nier l'essence même de ma vie. Du reste, en dehors de tant de bonnes intentions, il n'y avait pas un coin en dehors de moi ou en moi qui ne se révèle hérissé de pièges. C'était comme si le monde qu'oncle Gianni s'était efforcé de remplir de confort et de délices cachait un double-fond qui s'ouvrait grand aux moments les plus inopportuns. Il suffisait de peu – l'apparition à table d'une coupe de glace, l'odeur sauvage d'une plage isolée, une indication routière, un caméo d'Elvis à la télé – pour que la réalité mensongère dans laquelle je languissais montre la corde. Au diable les vieilles histoires de famille arrivées à des individus que je n'avais jamais connus. Au diable Castiglioncello et ses étés lointains. Qui s'intéresse à la Libération et au grand-père Guido ? Les seuls souvenirs significatifs pour moi apparaissaient décidément moins lointains et moins idylliques, tapis comme ils l'étaient là où je n'aurais jamais osé les chercher. Ils surgissaient comme ça, à l'improviste, opaques et percutants comme le poing d'un passant psychotique, dans le seul but de me couper le souffle. Aussi foudroyants dans leur manifestation que résistants à mes tentatives maladroites de les refourrer dans le double-fond sordide où je les avais cachés, ils avaient le pouvoir de rendre mes occupations artificielles et répétitives en me jetant dans un état d'indolence maladive dont il était difficile de me remettre.

Un après-midi en sortant du cinéma j'étais tombé nez à nez avec une collègue de ma mère. Je n'avais pas pu éviter de lui dire bonjour, en courant le risque que l'ami avec qui j'étais n'apprenne des détails dangereux sur mon ancienne vie et ne compromette ma couverture. La gêne de la dame, qui avait limité l'interrogatoire à des questions d'usage générales et embarrassées, avait empêché que la situation ne se complique. Mais depuis ce jour-là ma prudence avait pris de nouveaux aspects paranoïaques. Désormais aucune précaution ne me semblait excessive. Par exemple, j'ai évité de répondre au téléphone pendant quelque temps dans la terreur qu'au bout du fil ce soit mon père, impatient de me donner une nouvelle version des faits. Son souvenir était s'il était possible encore plus ingérable que celui de ma mère. Et pas seulement parce qu'il était le seul encore vivant, mais parce qu'avec le temps son image avait subi diverses transformations, pas toutes favorables à la cause que je m'étais imposée. L'égaré vacillant en proie aux délires éthyliques de notre dernière rencontre avait cédé la place au géant spirituel et indulgent qui égayait les nuits les plus difficiles de mon enfance. De quoi alimenter mes soliloques.

Qu'est-ce qui était le plus indigne ? Faire comme si ceux qui m'avaient mis au monde n'avaient jamais existé ou profiter de l'aisance spirituelle et matérielle que leur disparition m'avait offerte ? Qu'est-ce qui était le plus hypocrite ? Ne pas aller le voir lui ou déposer des fleurs sur sa tombe à elle en sachant bien que ça lui était indifférent ?

Je n'enviais pas que les espions mais aussi les amnésiques. Victimes d'un accident ou d'un trauma, eux, au moins, bien que piégés dans un éternel présent sans issue, réduits à de simples objets dépourvus d'histoire, pouvaient espérer se retrouver. Un mirage qui m'était interdit. Ma mémoire fonctionnait par à-coups, c'est vrai, mais tellement bien et d'une manière tellement capricieuse que pour ne pas qu'elle m'accable je devais la tenir en laisse. Et à propos d'envie, Dieu sait si j'enviais la sottise avec laquelle oncle Gianni traitait ses souvenirs en battant le rappel comme dans un festival de la nostalgie. Les miens avaient une enveloppe résolument plus épaisse. Au risque d'exagérer, j'ai envie de dire que me souvenir était comme entrer prématurément dans le royaume des morts. Dit de cette façon ça peut sembler un exercice noble, une aventure digne d'un héros classique. Pas du tout. Je savais désormais que même si la réserve bourgeoise l'honore avec une certaine solennité hypocrite, même si la superstition populaire la célèbre avec des rites pittoresques et traditionnels, la mort est avant tout une affaire embarrassante. Elle l'est pour celui qui meurt et se trouve livré à des mains et des yeux étrangers ; elle l'est pour celui qui lui survit et ne sait pas regarder son proche en face ; elle l'est pour tous les autres, qui éprouvent de la répugnance pour le mort et de la pitié pour ceux qui restent. Bref, je connaissais trop bien la filière du deuil pour ne pas me tenir à l'écart.

Là au moins j'avais un avantage sur oncle Gianni : rien de ce que j'avais devant moi ne pouvait être pire que ce que j'avais laissé derrière. Mais si c'était vrai, alors pourquoi, dans les moments où ils revenaient m'obséder, maman et papa me manquaient-ils autant? D'une façon tellement déchirante que je priais le ciel qu'une opération chirurgicale m'extirpe leur souvenir du cœur pour toujours?

C'est pourquoi me trouver face à Sofia Caetani m'a violemment secoué. Si d'un côté je tremblais à l'idée qu'elle m'avait reconnu, de l'autre, vu l'état dans lequel j'étais, je ne pouvais pas m'empêcher de la considérer comme une espèce d'émissaire: une de ces créatures semi-divines chères à la mythologie classique qui oscillent entre le monde des vivants et le royaume des morts. L'ironie de la situation ne m'échappait certainement pas. Jamais la Sofia Caetani dont je me souvenais n'aurait adressé la parole au garçon maladroit à peine pubère d'autrefois. Et là résidait toute l'ironie: pour s'intéresser à moi, en supposant que son intérêt soit réel, elle avait dû attendre que je porte un masque. C'était ce vaurien que la fille la plus convoitée de l'école, la séduction incarnée venait de complimenter. C'était à lui qu'elle avait proposé une évasion romantique pendant les heures de cours.

Mais j'étais sur mes gardes. Bien que depuis que ma nouvelle vie avait commencé je me sois découvert plus désinvolte avec les filles que je n'aurais cru possible jusqu'à trois ans plus tôt, j'excluais de l'être assez pour escalader un sommet inaccessible tel que Sofia Caetani. D'ailleurs tout en ayant nettoyé ma réputation des scories de ma vie précédente, je n'étais pas sûr de l'avoir fait assez méticuleusement pour attirer l'attention d'une hors catégorie capricieuse. Cherchant à surmonter la panique, je me suis dit que de toute façon si je voulais vraiment me faire une idée de ses intentions il ne me restait qu'à jouer le jeu.

En faisant semblant d'être amusé j'ai dit: « Tu as raison, qu'il aille se faire foutre le cours de maths! J'imagine que tu as un plan d'évasion? »

En admettant qu'il s'agissait d'un plan, il a fonctionné à merveille. Sofia est passée devant les deux appariteurs surveillant la porte avec une telle assurance royale que personne n'a osé nous arrêter.

Elle m'a demandé où j'habitais. « Là derrière. Et toi ? » Naturellement je le savais très bien. La maison ancestrale qui en matière de solennité et de décrépitude n'avait rien à envier à notre bâtiment scolaire occupait tout un îlot d'une place baroque sur l'autre rive du fleuve : on racontait que l'étage noble ressemblait davantage à une pinacothèque qu'à une résidence privée ; d'après les mêmes rumeurs, la vie qu'on y menait était digne d'une dynastie qui avait donné à la chrétienté un pape, deux vice-rois et une armée de cardinaux.

Théoriquement j'aurais dû tirer un certain soulagement de son embarras. J'aurais dû me dire que ce n'était pas le genre de sentiments qui angoissait des filles comme elle. Dommage que ce qui me préoccupait ait été précisément la dérogation à une règle aussi rassurante. Au fond, le plus gros était fait. Elle m'avait abordé, elle m'avait poussé à enfreindre une interdiction sacrée de l'école, bref, elle m'avait mis dans le pétrin sans hésitation. Pourquoi se laisser démonter par l'embarras précisément maintenant, à mi-chemin ? Qu'est-ce qui lui passait par la tête ?

Soudain, sur le ton de quelqu'un qui en vient au fait, elle a dit : « Je ne sais pas si je peux te le demander… »

Je me suis dit ça y est, nous y sommes.

« Quoi ?

– Comment ta mère a fait pour s'en tirer ? »

Je me suis senti rougir comme si un vent chaud venu de Dieu sait où s'était mis à souffler en détruisant cette journée de fin d'hiver, rude mais ensoleillée. Je me suis planté au milieu de la rue, bouleversé comme si Sofia avait réussi à me mettre tout nu avec une de ses formules maléfiques. Cette fille splendide et méchante était là pour jouer au chat et à la souris. Elle savait tout et voulait me torturer. J'allais être démasqué ? Précisément le jour où j'avais fait faire à mon imposture un saut qualitatif vertigineux ? J'allais encore devoir changer d'école ? Qu'en penserait mon oncle Gianni ? Il me chasserait lui aussi ?

« Dans quel sens ? » Je n'avais qu'un filet de voix.

« Non, rien, excuse-moi. Je vois que ça te met mal à l'aise. Je ne voulais pas, je te jure. » Elle paraissait vraiment désolée, je me suis calmé.

« Allons, changeons de sujet. Ça n'était que de la curiosité crétine. »

J'ai essayé de me ressaisir. « Mais non, penses-tu. C'est seulement que je n'ai pas compris la question.

– Sûr ?

– Tout à fait.

– Je me demandais : étant donné que ta mère a perdu ses parents dans des circonstances aussi horribles et vu que tu es là… Eh bien oui, bon, je me demandais comment elle avait fait pour s'en tirer. Elle devait être toute petite. C'est tout. Ça n'était que de la curiosité malsaine. Mais si tu veux tu peux encore ne pas… »

Voilà ce que j'avais obtenu en violant les principes de base de l'imposture, les consignes auxquelles je m'étais si scrupuleusement tenu pendant toutes ces années : ne jamais m'exposer, ne jamais fournir d'éléments précis, ne jamais donner aux autres l'occasion de me mettre en contradiction avec moi-même.

Encouragé par son embarras – seule une actrice expérimentée ou une psychopathe au stade final aurait pu simuler une consternation aussi réelle –, je lui ai expliqué que oui, en effet, ma mère avait été confiée juste à temps à une certaine tante. C'était curieux comme la vérité offrait une chance inespérée au mensonge : ce que je venais de lui dire n'était faux qu'en partie. Personne n'aurait pu mettre en doute que ma mère, restée très tôt orpheline dans des circonstances épouvantables, avait été recueillie par une tante charitable. Et que ce soit arrivé au seuil de son adolescence, quelques années après le génocide juif, n'avait pas d'importance.

Pour éviter qu'elle me pose d'autres questions embarrassantes en me forçant à de nouveaux mensonges, je lui ai lancé à la figure un fait douloureux en veillant bien à ne pas l'accompagner de détails artificiels qui, comme je l'avais compris, auraient pu engendrer de nouveaux malentendus désagréables. Je lui ai dit qu'entre-temps, *ma mère n'était plus parmi nous.* J'ai sursauté à la pensée que c'était la première fois que je la mentionnais en dehors de mes monologues. Il ne pouvait naturellement pas m'échapper que son fantôme, pour émerger des ténèbres dans lesquelles je l'avais exilé, venait maintenant à la lumière, devant une inconnue, et contraint en outre, le pauvre, à se débrouiller dans une forêt de mystifications tordues. S'il est vrai que mes parents ne m'avaient pas rendu la vie facile, je le leur faisais payer avec les intérêts.

En tout cas ma stratégie s'est révélée efficace. Sofia m'a souri, gênée, et a murmuré un imperceptible « je suis désolée ». Ne jamais sous-évaluer l'énorme pouvoir de séduction du pathétique. Dans des circonstances déterminées et sur certains tempéraments passionnés il peut exercer un enchantement. Sofia Caetani se révélait une créature totalement différente de ce que je m'étais imaginé dans les années où j'en avais fait l'objet privilégié de mes maladroites rêveries érotiques. En résumé, la jeune fille avec laquelle je me promenais – habillée avec la négligence étudiée habituelle, longs cheveux fins couleur caramel, petite bouche et yeux tendres comme ceux d'un bébé lionceau – avait bien peu en commun avec la pasionaria rageuse qui un jour m'avait mis entre les mains un tract contre l'impérialisme sioniste criminel. J'ai remarqué qu'elle avait une drôle de façon de marcher, très exaspérante : elle avançait lentement pour ensuite s'arrêter au milieu de la rue, vous prendre par le bras et raconter tout ce qui lui passait par la tête. Le tout était rendu encore plus particulier par ce bizarre défaut de prononciation : le « r » non roulé. Comme j'allais le déduire par la suite quand j'ai fait la connaissance de sa vieille tante et de sa sœur aînée, c'était le résultat d'un enchevêtrement biologique malsain imprégné de snobismes séculaires et compromis par un nombre déplorable de mariages consanguins.

Je comprenais désormais que le monde se divise en deux grandes catégories : ceux qui aiment parler et ceux (bien plus rares, à vrai dire) qui aiment les écouter. Sofia appartenait fièrement à la première. Quelle oratrice infatigable. Le genre de fille que ma mère aurait définie non sans amusement comme « moulin à paroles ».

Elle m'a dit que la seule chose qu'elle détestait plus que les fascistes c'était les indifférents, ou comme elle aimait les appeler : les amibes. Eh bien, si je ne m'en étais pas aperçu, cette école était bourrée d'amibes. Elle m'a avoué que si je ne l'avais pas fait moi-même elle se serait chargée de ce nazi de merde.

« Tu sais ce qui m'a étonnée le plus ? Pas qu'il dise toutes ces conneries. J'ai l'habitude des gens qui disent des conneries. Chez moi, certaines conneries sont à l'ordre du jour. Non, ce qui m'a vraiment étonnée ç'a été la réaction de tous les autres. Ça ne gênait personne, personne. Et tu sais pourquoi ? Parce que rien ne les touche, rien ne les pousse à vivre, à sentir, à penser. Exactement comme les amibes. »

Je comprenais maintenant pourquoi sa mère avait tant insisté pour l'inscrire dans une école comme la nôtre. Quel autre choix aurait-elle pu approuver, cette princesse des amibes ? L'indifférence, le snobisme, la désertion étaient sa raison de vivre. Je lui ai demandé non sans perfidie ce qui n'allait pas dans son ancienne école. À quoi rimait d'en changer pour la dernière année ?

J'étais convaincu de l'avoir mise en difficulté mais non, comme si de rien n'était, à l'évidence moins encline que moi à la retenue, elle a tout de suite joué carte sur table. « Ils m'ont virée. Non que je ne le méritais pas, mais ç'a été un sacré coup. Un truc humiliant. Je ne sais pas si tu comprends ce que je veux dire. Il n'y a pas de matin où quand je passe cette foutue porte je ne pense pas qu'à cette heure j'aurais pu être à l'université, à des milliers de kilomètres de tout ça. Bref, j'ai décidé depuis d'être sage. C'est pour ça que je t'ai laissé aller en reconnaissance. Si j'avais suivi mon instinct j'aurais foutu le bordel habituel. Comme tu vois, j'ai plus d'une raison de t'être reconnaissante. »

Je me suis demandé comment elle réussissait à concilier un amour aussi affiché pour les Juifs et la haine d'Israël qui quelques années plus tôt semblait occuper toutes ses pensées. Et je me suis demandé aussi si par hasard cette haine avait disparu en même temps que le désir de se montrer, effacé par le coup dur du renvoi. En y repensant, je crains que ma stupeur ne provienne du lavage de cerveau infligé par oncle Gianni depuis mes premiers pas incertains dans le *mare magnum* du judaïsme. C'était lui qui m'avait dit que la haine d'Israël ne pouvait en aucun cas s'accompagner de l'amour pour les Juifs. Que ça n'avait aucun sens de haïr une chose sans haïr aussi l'autre. Quiconque prétendait en être capable mentait ou n'avait rien compris. Naturellement je n'avais pas de raisons de mettre en doute ce qu'oncle Gianni affirmait avec une telle morgue. Après tout, c'était lui le grand homme, lui l'érudit, lui le politologue. Et quant au judaïsme, je ne connaissais personne qui possédait autant de livres sur la question. Par ailleurs, mon désintérêt instinctif pour la politique et les religions me poussait à faire confiance à ceux qui avaient consacré tant de ressources intellectuelles à l'une ou aux autres.

J'ai décidé qu'il était temps de déterminer si Sofia était plus hypocrite ou plus ignorante. Le fait est qu'en l'écoutant parler je ne percevais pas de traces de duplicité. Au contraire, comme elle l'avait admis elle-même, le problème était son incapacité de garder pour elle ce qui lui passait par la tête. Excluant que chez une fille de mon âge puissent coexister sereinement impulsivité et hypocrisie, j'ai conclu qu'elle n'avait rien compris et que comme tous les jeunes de ma génération elle avait la tête farcie de clichés.

C'est alors qu'une troisième option m'a traversé l'esprit : que ce soit oncle Gianni qui se trompait. Parce que trop impliqué, à cause des blessures qu'il portait en lui et de cette habitude de se méfier de tous sauf de lui-même. Par ailleurs je ne pouvais pas savoir si entre-temps Sofia avait changé d'avis sur Israël. D'instinct j'aurais dit que non. Ce qui semblait la motiver le plus, en effet, était une indignation générale face à toute forme de domination. Un élan qui la poussait à aimer et haïr avec un sectarisme que j'avais du mal à comprendre. Et pourtant, en dehors de mes difficultés à la suivre sur ce terrain (je n'avais pas assez de nerf ni pour la haine ni pour l'amour) je trouvais son manichéisme sinon contagieux en tout cas séduisant. Il devait y avoir en moi une force étrange qui me dirigeait vers des filles qui conjuguaient privilèges, intolérance et dysfonctionnements.

Soyons clairs, depuis que Francesca vivait en Israël mes élans amoureux languissaient dans un état léthargique.

Malgré tous mes efforts je ne parvenais pas à me la sortir de la tête. Les rares camarades de classe avec qui j'étais sorti quelquefois avaient fini par subir le poids d'une comparaison qui les dépassait et que de toute façon elles ne méritaient pas. Il s'agissait de jeunes filles trop semblables à moi – polies, appliquées et respectueuses des règles – pour tenir tête à Francesca, et au souvenir sensuel que je conservais d'elle. De temps en temps, surtout par son frère, j'avais des échos qui la décrivaient malheureuse de sa nouvelle vie, ce qui la portait à de nouveaux choix radicaux et velléitaires. Maintenant elle s'était mis en tête de quitter le lycée et de s'inscrire dans une fameuse yeshiva mixte de Jérusalem. En résumé, même si ça me coûtait de l'admettre, les désagréments qui ternissaient l'expérience israélienne de Francesca ne menaçaient pas son rêve d'intégration au point de le compromettre.

Je me demande dans quelle mesure mon attraction précoce pour des types féminins aussi exubérants, tendant vers la recherche d'un sens et de qui sait quels liens secrets entre les choses, dérivait de ma structure morale portée au défaitisme et au désenchantement. De toute évidence les caractères de Francesca et Sofia, fermés sur eux-mêmes tout en étant obsédés par le monde, incarnaient la parfaite opposition dialectique à la personnalité hermétique, ironique et autosuffisante que j'avais réussi à me construire.

En admettant que ce qui se jouait était une espèce de rendez-vous, je n'ai pas mis longtemps à me rendre compte que Sofia, malgré celles qui l'avaient précédée, pouvait rivaliser avec Francesca sur différents fronts. Et pas tellement parce que sa beauté, conventionnelle il est vrai, était remarquable, mais parce que son esprit trahissait une nature indomptée et insatisfaite, hostile par tempérament à tout esprit de famille sectaire. Cette fois la comparaison hâtive avec Francesca, bien loin de me refroidir, favorisait des paradoxes virtuoses.

On prétend que l'amour, surtout quand on le découvre jeune, possède une intégrité obtuse inaccessible aux effondrements et aux révolutions. Il n'en est rien. Au contraire, au contact de ce qui ne lui ressemble pas il peut prendre des contours imprévus et favoriser de nouvelles attirances. Il est vite devenu clair qu'engager Francesca et Sofia dans un duel à leur insu favorisait aussi bien le souvenir lointain de l'une que le surgissement fascinant de l'autre. Aussi absurde que cela paraisse, ma nostalgie de Francesca rendait électrisante cette promenade clandestine avec Sofia.

Soudain, non sans entêtement, je me suis mis à dresser à l'improviste la liste de leurs incompatibilités les plus criantes.

Si au premier abord Francesca apparaissait introvertie, Sofia se montrait aussitôt à l'aise ; mais en même temps si Francesca savait comment vous accueillir, Sofia savait comment vous garder à l'œil ; si Francesca était négligente par distraction Sofia l'était par vocation et par esprit de contradiction ; si Francesca était impatiente de vous écouter, Sofia avait un tas de choses sur lesquelles pontifier ; si Francesca avait une façon délicieusement démodée de s'exprimer, Sofia se complaisait dans des obscénités dignes d'un chauffeur de poids lourd.

Tout bien réfléchi, leur seul trait commun était ce qui les distinguait le mieux de moi : l'assurance que tout finirait par s'arranger ; il suffisait de le vouloir. À partir de là il était naturel de se demander si l'idéalisme n'était pas un apanage dynastique, le énième privilège de caste. Seul peut-être celui qui a trop reçu est autorisé à désirer davantage. De lui-même et de son prochain. Bref je me trompais en m'en prenant à ma mesquinerie ; pour la rendre acceptable il suffisait de lui donner un autre nom tel que « droit au dédommagement ». Ne pouvant pas rêver de mondes meilleurs je me contentais de celui-ci, à condition qu'il me rende ce qu'il m'avait pris injustement. Pour me faire une place dans la vie, pour jouir de quelque bonheur impromptu je n'avais pas besoin d'émigrer en Israël ni de manifester contre les Israéliens. Une constatation qui ne m'empêchait pas d'apprécier l'idéalisme des autres, d'autant plus quand il s'incarnait dans des demoiselles impatientes de bonne famille.

La conversation est revenue sur les amibes de notre école. Sofia m'a demandé comment je m'étais retrouvé dans un endroit comme ça. « Comme quoi ? » « Tellement plein de cons ! » a-t-elle grogné en allumant quelque chose qui ressemblait plus à un mégot qu'à une cigarette. J'ai sursauté à l'idée que ce puisse être une manœuvre, une allusion implicite à l'école d'où nous venions tous les deux (elle le savait très bien !) dont j'avais tout fait pour effacer les traces odieuses et mortifères.

« Allons, elle n'est pas si mal.

– Tu es trop indulgent.

– Et même si elle l'était ? Quel mal y a-t-il à être compréhensifs ?

– Je déteste les gens compréhensifs. Ma mère est compréhensive. Ou du moins elle essaie de l'être. Et je t'assure que ce n'est pas quelqu'un de bien.

– Comme c'est bizarre !

– Quoi ?

– Théoriquement tu devrais te sentir à l'aise dans ce genre de milieu.

– Un milieu comment ?

– Solennel, religieux, aristocrate.

– Alors tu sais qui je suis ?

– Ta réputation te précède.

– La tienne aussi, dans ce cas.

– La mienne ? Vraiment ? » Et j'ai encore tremblé.

« Ne fais pas l'idiot.

– Je ne sais pas de quoi tu parles.

– Tu t'es vu ? Tu ne fais rien pour passer inaperçu. Tu as l'air sorti d'une partie de chasse. J'ai un vieil oncle qui s'habille comme toi, mais il vit dans le Yorkshire, il souffre de la goutte et il a presque quatre-vingt-dix ans. »

J'ai protesté qu'à vue de nez c'était elle la campagnarde, l'amazone, et j'ai ajouté que tandis que mes grands-parents souffraient enfermés dans un ghetto les siens rédigeaient des bulles papales antisémites en se gavant de gibier.

Rien à dire, j'avais bien appris mon rôle. En brave perroquet je savais faire une imitation impeccable du jeune Juif dédaigneux de la haute. J'ai d'ailleurs déjà pu entretenir le lecteur de mes remarquables dons de mimétisme. À force de vivre avec les Sacerdoti, de les entendre parler, de voir les films qu'ils voyaient, manger ce qu'ils mangeaient, j'en avais assimilé les usages, les manières et même les attitudes dédaigneuses, ce je-ne-sais-quoi de léger et de suffisant dans l'autodénigrement qui m'avait tellement séduit à New York. Désormais moi aussi je farcissais mes conversations de mots français, anglais et de blagues yiddish. Moi aussi je pouvais compter sur un répertoire de citations qui s'étendaient de Groucho Marx à Mel Brooks. Estimé dans ces termes, le super bobard lâché dans la grande salle devant toute l'école rassemblée prenait un sens : rien ne donnait autant de lustre à un pedigree juif que deux grands-parents trucidés par les nazis. Quel clown ! Quel falsificateur ! Il n'y a pas d'autres mots pour me définir.

À l'époque lointaine où en brave soupirant je m'installais dans la loge du portier pour attendre que Sofia Caetani passe devant moi en compagnie du ténébreux garçon de dernière année tellement envié, portant Clarks et kéfié, jamais je n'aurais osé espérer qu'un jour le rôle de l'accompagnateur et de l'amoureux transi puisse me revenir. Je répète, afin qu'un tel miracle puisse s'accomplir, trop de choses horribles avaient dû arriver. Ça n'avait aucune importance. Non seulement parce qu'à la longue on se lasse même de se juger trop sévèrement, mais aussi parce que comme tous les adolescents au seuil de la vie adulte je revendiquais un crédit infini auprès de l'univers. D'autant plus si je comparais mon expérience à celle de filles fortunées et insatisfaites comme Francesca et Sofia. Qu'en savaient-elles ? Avaient-elles une idée de ce que signifiait ne pas avoir le choix ? S'étaient-elles jamais trouvées face à une impasse ? Permettez-moi de l'exclure. Alors à quoi bon se fustiger ? Je n'étais qu'un joueur malchanceux qui pour une fois avait de bonnes cartes. Pourquoi ne pas en profiter ? Sofia avait compris qui j'étais ? Elle m'avait reconnu ? Elle me promenait dans la ville rien que pour me cuire à feu lent en goûtant d'avance le moment où elle allait me griller en m'exposant à la risée et à la réprobation d'une école où avec les années j'avais réussi à gagner une réputation enviable ? Libre à elle. Je m'en fichais. J'avais le dos large. Et en tout cas, j'avais sur elle un avantage impossible à rattraper : il n'y avait pas d'oubli que l'on veuille m'infliger qui puisse rivaliser avec ce que j'avais fait supporter à mes parents, et donc à moi-même. Alors pourquoi ne pas essayer de me la couler douce ? Pourquoi ne pas profiter à fond des occasions offertes par l'imposture ? Que les maths aillent se faire foutre ? Non, ma chère Sofia, qu'ils aillent tous se faire foutre, toi y compris !

Ah, si Demetrio m'avait vu ! Comment ne pas penser à lui dans de telles circonstances ? Dommage qu'il soit précisément une des branches sèches que j'avais dû couper afin que la nouvelle plante de serre exotique en laquelle je me transformais puisse prendre racine. L'automne qui avait suivi la mort de ma mère il avait essayé d'être proche de moi, de me réconforter ; il était même venu me voir dans ma nouvelle maison. « Mais regarde un peu dans quel taudis elle est allée se fourrer cette tête de nœud ! » Un samedi je l'avais trouvé à la sortie de l'école, décidé à me montrer sa nouvelle Vespa. « Eh, mon frère, tu ne m'avais pas dit qu'ici il y a plus de chattes que dans les toilettes d'un drive-in. » Sur cette constatation extasiée et par ailleurs, comme d'habitude, aussi imagée qu'indiscutable avait défilé le générique de fin de notre amitié de dix ans. J'avais été frappé par ma facilité à m'éloigner d'abord de lui puis à m'en passer. D'ailleurs, j'étais conscient de pouvoir compter désormais sur le cynisme nécessaire à une telle entreprise : si je désirais vraiment être un autre je devais rompre avec quiconque m'avait connu avant ma défaite et ma renaissance consécutive. Réunir en un seul et même personnage Tartuffe, Rastignac et le comte de Monte-Cristo était un exercice qui ne laissait pas de place aux hésitations.

Mais maintenant comment ne pas repenser à mon vieil ami ? J'étais là avec la fille qui avait colonisé et nourri notre imagination pendant des années. Je lui ai demandé si elle le faisait souvent.

« Quoi ?

– T'échapper.

– Tu ne le fais jamais ?

– Tu plaisantes ? Je suis un garçon bien, moi.

– Et moi je suis majeure. Ils ne peuvent pas m'emmerder. Quand vraiment je n'en peux plus, quand j'en ai par-dessus la tête des amibes, je demande à aller aux toilettes.

– C'est tout ?

– Oui.

– Et aucune amibe ne vient te chercher ?

– Aucune.

– Parce que tu es majeure ?

– Oui.

– Tu te moques de moi ?
– Je suis on ne peut plus sérieuse.
– Je suis toujours frappé par votre capacité de vous la raconter, vous, les filles snobs.
– Va te faire foutre !
– Sans parler de votre susceptibilité.
– Je n'aime pas être jugée de cette façon sommaire. »

J'étais suffisamment futé pour savoir que le mépris fonctionne toujours, surtout avec les filles généralement gâtées. Depuis l'époque du théâtre élisabéthain quel personnage important n'a pas demandé à son fou un peu de vérité ? Non que je lui aie dit exactement la vérité. Encore une fois, fidèle à mon statut de simulateur en série, j'avais fait semblant d'être sincère. En admettant qu'il en existe, je ne connaissais pas d'autre moyen de faire la cour à une fille comme Sofia. Même si, à en juger d'après sa réaction, je n'étais pas sûr d'avoir réussi mon coup.

Visiblement agacée elle m'a demandé : « Tu n'as pas froid ? »

Pour des raisons évidentes j'avais laissé écharpe et manteau à l'école. C'était une journée de mars aussi ensoleillée que possible mais froide et venteuse, de celles où c'est magnifique de se promener avec une fille à condition d'être dûment emmitouflé. Autrement dit, avec ma veste de sport je risquais un bon rhume.

« Pas du tout.
– Maintenant c'est toi qui te moques de moi ? »

Eh non. Cette fois je ne mentais pas. Par un processus métabolique complexe, mon organisme ne pouvant compter sur les protections habituelles tirait la chaleur dont il avait besoin des micro-combustions provoquées par l'interaction de l'euphorie, de l'excitation et de la stupeur, pas moins efficaces qu'un édredon ou un poêle.

À force de bavarder nous avions atteint la place Sant'Ignazio. J'avoue qu'il ne m'est pas facile de retourner dans cette Rome sans constater combien elle était différente de celle d'aujourd'hui que je m'obstine à habiter. À certains égards et bien qu'il me coûte de l'admettre, elle était beaucoup plus laide, usée et croulante : les hôtels particuliers pourrissaient sous des couches séculaires de moisissure et de suie ; il n'y avait pas de fontaine, d'obélisque, de boutique historique qui ne soit assiégé par des hordes de voitures en stationnement interdit ; ni de coin pittoresque épargné par les tas d'ordures. Alors pourquoi si je retourne à cette matinée de mars et à tant d'autres guère différentes, la ville m'éblouit-elle d'une façon aussi particulière et unique ? C'est trop facile d'accuser les fameux pièges de la mémoire, l'œuvre méticuleuse de maquillage par laquelle elle enjolive les souvenirs pour les rendre conformes au bilan indulgent que les gens dressent habituellement de leur vie. Maintenant, on pourra m'accuser de tout sauf d'indulgence pour mon passé : je vous assure qu'il n'y a rien qui puisse l'adoucir, pas même la distance et les caresses de l'oubli. C'est pourquoi j'ai tendance à me fier aux impressions rétrospectives ; disons qu'elles savent être plus sincères et authentiques que moi. Alors croyez-moi si je vous dis que cette Rome-là était plus Rome que celle-ci. Et ce n'était pas parce que j'étais plus jeune mais parce qu'elle était plus vieille.

En tout cas, de toutes les places à notre disposition Sofia avait déniché la seule qui, avec ses couleurs vives XVIIIe, constituait une délicieuse oasis dans la grise dégradation environnante. Les ocres et les oranges des façades aux lignes courbes rayonnaient au point de donner au crépi la consistance poreuse du massepain et à l'atmosphère la suspension métaphysique d'un théâtre de cour.

Le bar dans lequel nous sommes entrés nous restaurer (le but secret de notre *flânerie* depuis le début ?) était pour Sofia une espèce de quartier général. Sombre, enfumé, guère plus qu'une gargote, mais chaleureux et accueillant. Le barman a salué son habituée la plus fidèle avec une familiarité déférente.

« Oh, bonjour, Walter, nous pouvons vous demander du café ? »

Je ne connaissais personne qui aurait fait précéder « café » d'un article partitif. D'ailleurs, c'était aussi à travers ces formules charmantes que l'extraction sociale de Sofia et son éducation – qu'elle faisait tout pour étouffer sous des manières et des montagnes de grossièretés – trouvaient un moyen de ressortir. Sur ce point au moins nous nous ressemblions : elle aussi s'employait à paraître celle qu'elle n'était pas et ne serait jamais. Elle aussi cultivait une honte irrémédiable à l'égard de ses origines. Mais malgré toute l'abnégation qu'elle y mettait elle ne pouvait pas se cacher. Le « r » à la française, un sens esthétique prononcé, la politesse envers les travailleurs et les subordonnés trahissaient – malgré elle, aurais-je envie de dire – une provenance avec laquelle elle ne cesserait jamais de régler des comptes, même si elle s'installait en Nouvelle-Zélande et épousait un chef maori.

J'avais eu tort de croire que seuls les Sacerdoti utilisaient un ton emphatique, propre à un certain milieu. Depuis que j'avais élargi l'éventail de mes connaissances de façon vertigineuse je m'étais rendu compte que chaque milieu, bien que proche d'un autre, mixte et perméable, peut compter sur un vocabulaire dont les adeptes eux-mêmes n'ont pas conscience. L'œcuménisme inauguré par le père Solani au cri de *Pecunia non olet* avait au moins ça de bon : il offrait à tout élève la possibilité d'entrer en contact avec un nombre impressionnant de tribus, et chacune d'elles se caractérisait par un jargon imperceptiblement différent de tous les autres. Par exemple, j'avais remarqué que Sofia aimait bien ajouter le préfixe « super » à des adjectifs très différents les uns des autres. Pour elle tout était « super mignon », « super intéressant », « super stupide ». Quelle drôle de manière, à la fois incorrecte et ironique, d'enlever du poids aux superlatifs dont par ailleurs elle abusait. Par la suite ce préfixe allait coloniser d'autres langues et d'autres milieux. Si je l'ai remarqué chez Sofia c'était parce qu'à l'époque il était l'apanage des rejetons d'une poignée de familles romaines.

Je lui ai dit : « Ainsi tu veux aller étudier à l'étranger. » Après avoir bu son café à petites gorgées elle avait rallumé son mégot : quelques bouffées et le petit local exigu était déjà son fumoir personnel.

« Fais-moi réussir l'examen et tu verras.

– Si tu n'y arrives pas cette fois, avec tous les incapables en circulation, il vaut mieux que tu renonces.

– Je te prie de ne pas sous-estimer mon incapacité.

– Tu as une idée d'où aller ?

– J'ai calculé que le point du globe le plus éloigné de ma mère est une île de Polynésie. Mais j'ai peur qu'il n'y ait pas d'universités là-bas. Et toi ?

– Bof, disons que ça ne me déplairait pas non plus de couper le cordon.

– Où, par exemple ? »

Je lui ai dit que je rêvais d'être admis au Berklee College de Boston. Ma mère m'avait laissé quelques sous. Pourquoi ne pas les investir là ?

« Berkeley n'est pas en Californie ?

– Berkeley, oui, mais Berklee est à Boston.

– Jamais entendu parler.

– C'est une école de musique.

– Et tu serais un musicien ?

– Je joue de la guitare. Et même plutôt bien.
– Sans blague !
– Comment ?
– Tu ne ressembles pas à un guitariste.
– À quoi ressemblent les guitaristes ?
– Pas à ça, merde », et elle a effleuré le col de ma veste.

Encore une fois je ne disais pas la vérité : à elle, bien sûr, mais surtout à moi-même. Ma guitare languissait depuis longtemps dans son étui telle une relique dans sa châsse. Je l'exhumais de temps en temps pour impressionner une fille ou distraire mes amis. Du reste, à l'époque où la guitare était toute ma vie, jamais je n'aurais dit à quelqu'un que je jouais plutôt *bien* ; quelle vanité ! C'était une chose trop importante pour faire de l'épate avec elle, trop privée pour en faire état. Si maintenant je n'avais plus de scrupules à me pavaner c'était parce que tout en n'ayant pas perdu tout intérêt pour la musique, j'avais cessé de désirer me consacrer à elle pour le restant de mes jours. Entre-temps ce rêve s'était éteint, supplanté par une fantaisie non moins déraisonnablement artistique et tout aussi humiliante. Je n'osais pas la nommer, cette fantaisie flambant neuve, pour les raisons que je viens d'exposer. Une forme de pudeur héritée de ma mère. C'était elle qui m'avait appris à cacher ce que j'aimais : les rares choses qui comptent sont protégées bec et ongles, elles ne sont pas jetées en pâture aux loups. Je me rappelle encore mon émotion amusée quand je suis tombé sur cette phrase d'Henry Green (j'étais déjà adulte, avec plusieurs romans derrière moi) : « J'écris des livres mais je n'en suis pas plus fier que n'importe quelle personne qui voit pousser ses ongles. » Quelque chose me disait qu'une telle affirmation, suant le non-dit et l'horreur de soi, aurait beaucoup plu à ma mère. Mais je n'aurais jamais le moyen d'en être sûr.

Par ailleurs, rien ne lie davantage celui qui a beaucoup souffert à celui qui nourrit des ambitions artistiques inavouables comme l'amour des récurrences et des simultanéités du sort. Ce matin-là, en essayant de me regarder de l'extérieur avec le détachement voulu, il ne m'échappait pas que pour la deuxième fois en quelques années je me retrouvais presque par hasard en train de faire la cour à une fille résolument au-dessus de mes possibilités, dans une gargote où j'avais été traîné. Si d'un côté j'étais content de ne plus ressembler au garçon d'alors, de l'autre j'aurais préféré que Sofia ressemble un peu plus à la Francesca new-yorkaise, désormais effacée.

Plus je regardais Sofia, plus j'essayais de me laisser influencer par une présence aussi charmante, plus je suffoquais à cause de la fumée qu'exhalait la petite bouche non moins sensuelle que tout le reste, plus je réalisais combien la beauté est surévaluée. C'est une de ces vérités que l'on comprend malheureusement toujours trop tard. Et c'est peut-être pour cette raison que lorsque vous les saisissez enfin vous vous maudissez de ne pas les avoir assimilées avant, quand elles auraient pu vous être utiles en vous évitant trop de souffrances. Je l'ai compris, soudain, incidemment, dans une épiphanie des perceptions, devant la plus belle fille avec qui j'étais jamais sorti, transfiguré par la cage de fumée dans laquelle elle m'avait emprisonné. Et en dépit de ce que je viens d'écrire, je n'en ai éprouvé aucun soulagement. Il y avait au moins trois ans que j'attendais ma rédemption amoureuse. Qui a dit que l'amour nous rend meilleurs ? En réalité une grande partie de la mesquinerie de qui aime se manifeste par des accès puérils d'hostilité. Depuis le jour où pendant l'enterrement de ma mère Francesca m'avait fait part de son intention de partir en Israël – en me claquant au nez la porte qu'elle m'avait elle-même ouverte toute grande pendant notre dernière nuit new-yorkaise – je m'étais promis que je trouverais le moyen de le lui faire payer. Comme je ne disposais d'aucune arme me permettant de la blesser et que je n'avais pas le cran de me montrer insolent comme je l'aurais voulu, je m'étais mis en tête que la seule manière de prendre la revanche dont je rêvais était de séduire une fille capable de la surpasser. Nous y voilà enfin. Plutôt que Demetrio j'aurais voulu que Francesca puisse me voir : ici, sûr de mon affaire, sachant bien que Sofia n'était pas du genre à accorder certains honneurs à n'importe qui, en train de jouer mon rôle avec le détachement qu'inspire le désintérêt. Et je crains que ce ne soit précisément là le problème : le désintérêt. Si d'un côté, c'était une ressource précieuse, utile étant données les circonstances, de l'autre il privait cette rencontre de toute poésie et mes intentions de tout héroïsme. C'est alors que je l'ai compris, et précisément au moment où je m'apprêtais à la remplacer : aucune fille ne pouvait tenir tête à Francesca. Il était évident que Sofia en chair et en os ne pourrait jamais rivaliser avec le fantôme tremblant de Francesca. Tous les détails intéressants que Sofia pourrait me rapporter sur sa vie princière valaient bien peu de chose à côté des informations que je désirais tant obtenir sur les tourments israéliens de Francesca. Et à propos de fétichisme, j'aurais volontiers troqué n'importe quel détail anatomique excitant de Sofia contre le tic agaçant de Francesca.

Sous l'influence de ce démon confus et comparatif j'ai donc décidé de provoquer Sofia. De la mettre à l'épreuve, en me mettant moi-même à l'épreuve.

« Ou alors, ai-je lancé avec désinvolture, si on ne me prend pas à la Berklee je pourrais toujours aller cultiver des pastèques dans un kibboutz.

– Tu veux dire en Israël ? Ça me paraît une belle idée à la con.

– Vraiment?
– Vraiment.
– Qu'est-ce qui ne te plaît pas dans Israël?
– Qu'il existe.
– Ah, tu es de ceux-là?
– Desquels, s'il te plaît?» Elle avait rougi. Difficile de savoir si à cause de son début de colère ou par embarras. Ce n'était pas la première fois que j'avais affaire à un ennemi d'Israël. Je savais que rien ne les embarrasse autant que devoir exposer leurs motifs sévères devant un Juif, surtout si celui-ci est un civil inoffensif et dûment progressiste. Je me suis demandé si cette rougeur diffuse sur les tempes ne pouvait pas venir d'une gêne de ce genre.

«De ceux qui jugent un pays sans y être jamais allés, qui ne tiennent pas compte de ses difficultés. Je te le dis parce que j'ai différents parents qui y vivent et que je sais que ça n'est pas toujours rose.»

Naturellement, ma supériorité affectée était le énième canular de deuxième main, imitation maladroite de l'attitude qu'adoptait oncle Gianni dans des circonstances analogues avec une tout autre allure. Non seulement je n'avais jamais mis les pieds en Israël (j'allais devoir attendre encore quelques années avant de le faire), mais mon sentiment bienveillant envers ses habitants et ses plantations de pastèques n'était pas moins rhétorique et désinformé que les féroces préjugés qui tourmentaient Sofia. Le seul intérêt qui me liait à ce pays concernait une jeune fille. Et il se trouve que la jeune fille en question ne bénéficiait pas de mes sympathies mais seulement d'une obscure attention amoureuse obstinée.

«Je suis désolée pour tes parents. Je n'ai rien contre eux, c'est évident. Ce sont sûrement des gens très bien. Les premiers à avoir honte des atrocités commises par ceux qui les gouvernent. Ça n'empêche que je considère l'État d'Israël... »

Je vous épargne volontiers le tas d'évidences qu'elle a déversé durant les cinq minutes qui ont suivi. Déjà à cette époque-là, bien que j'aie été beaucoup plus inexpérimenté qu'aujourd'hui, il était clair pour moi que tout idéal politique, aussi sincèrement professé soit-il, cache les misères les plus intimes de celui qui le défend, pas toujours liées à la question elle-même. Aller à la racine du fanatisme idéologique, le réduire à l'essentiel est une expérience vertigineuse, presque jamais agréable, et de surcroît dépourvue de valeur. Il suffit de gratter un peu pour faire apparaître vérités intimes et conflits intérieurs. Du reste il ne suffit même pas de liquider l'idéologie comme simple distorsion caractérielle ou manque de rigueur éthique ; l'idéologie est avant tout un outrage à l'intelligence critique : épouser une idée signifie adapter la vérité à ses propres préjugés et non, ce qui serait beaucoup plus honnête, démonter ses propres préjugés avec le rossignol de la vérité. Étant entendu que vénérer un idéal, ou s'y opposer tout aussi aveuglément, comme Sofia avait coutume de le faire dans ses sermons enflammés, est un excellent moyen d'adoucir les colères en leur assurant une enveloppe présentable et un peu de décence politique. Je ne nie pas que l'hostilité de Sofia envers Israël était authentique ; mais je nie qu'elle ait vraiment eu à voir avec les épreuves du peuple palestinien. Son indignation était un signe du strabisme qui l'empêchait d'atteindre sa cible. Son désir de prendre ses distances avec sa mère et tout ce dont elle l'accusait était résolument plus fascinant que les péroraisons politiques qu'elle avait l'habitude de servir à ses interlocuteurs. De ce point de vue, la haine de Sofia pour Israël apparaissait moins insensée et de mauvaise foi que les raisons qui avaient poussé Francesca à accomplir son destin juif en s'expatriant. C'étaient des coquilles vides, créées expressément pour couvrir des malaises beaucoup plus personnels et profonds.

Il ne me restait plus qu'à en profiter. Son intérêt pour moi une fois tiré au clair, en m'armant de l'audace nécessaire il ne me faudrait pas beaucoup plus longtemps pour entrer définitivement dans ses bonnes grâces. Je serais un hypocrite si je n'admettais pas que rien ne me paraissait plus galvanisant que de me montrer partout avec elle en même temps que je me glissais dans son lit, satisfaisant à la fois vanité sociale et appétits charnels. Je suis certain que Stendhal aurait été fier de moi. Il était désormais évident que malgré mes craintes Sofia n'était pas là pour me démasquer : elle ignorait aussi bien mon véritable nom que la triste histoire qui m'avait marqué. Au moins, elle avait dit la vérité : elle avait été impressionnée par ma performance publique et elle était là pour me le prouver. J'imagine que ma religion – que certainement son aïeul pontife et son oncle anglais auraient autant désapprouvée l'un que l'autre – lui offrait l'occasion de provoquer un nouveau chagrin à sa mère. Bref, il ne tenait qu'à moi de donner suite à l'histoire. J'étais dans cet état propice que seuls connaissent les jeunes, quand vitalité et désespoir se combinent en un tout qui définit leur personnalité et forment le cocktail qui convient pour les pousser à l'action.

Nous sommes sortis encore deux ou trois fois puis, faute d'alternative, nous nous sommes mis ensemble.

4

Comme je n'avais aucun moyen d'évoquer ma mère à la demande, et en tout cas pas de façon systématique et satisfaisante, je devais attendre que ce soit elle qui se manifeste.

Elle le faisait généralement en pleine nuit ou très tôt le matin, pendant mon premier sommeil ou quelques minutes avant que le réveil sonne. Ce qui était surprenant ce n'était pas son comportement imperturbable, tout à fait conforme à la dame réservée dont je me souvenais, mais le naturel avec lequel j'accueillais ses visites, comme si le soupçon ne m'effleurait même pas que de telles apparitions étaient provoquées par Dieu sait quel mystérieux processus neurochimique.

Je ne peux qu'imaginer ce que signifie perdre un parent qui avant de s'en aller pour toujours a dû souffrir d'une longue maladie. Il est évident que dans de telles circonstances il est difficile de se le rappeler à son apogée, libre, dynamique et insouciant. Disons que mon calvaire était de nature tout à fait opposée : ma mère m'avait été enlevée en un instant, à un moment de l'existence où l'on n'envisage pas de perdre quelqu'un aussi précocement. Ainsi s'expliquent peut-être l'attitude prudente de son fantôme et l'accueil sobre que j'avais l'habitude de lui réserver : si elle, mon interlocutrice ectoplasmique, ne disait jamais rien de mémorable pendant nos retrouvailles d'avant l'aube, ne donnait pas de conseils précieux, ne lançait pas d'anathèmes, de mon côté je ne réclamais pas d'éclaircissement sur la dynamique de l'incident qui l'avait transformée en un spectre aussi modeste. Au contraire, le sortilège résidait précisément dans le fait que soudain la mort était absente, abolie par les lois impénétrables du demi-sommeil.

Il faut dire qu'elle montrait sa ténacité habituelle, en m'agaçant avec des remarques qui n'étaient pas vraiment à l'ordre du jour : elle me demandait si j'avais fait mes devoirs de maths, si j'avais lu un certain article, elle m'invitait à ne pas sortir de chez nous sans avoir dit bonjour à papa, considérant comme allant de soi qu'il existait encore un chez nous d'où sortir et un papa à qui dire bonjour. Puis, avec le même naturel et comme si de rien n'était, elle s'en allait en me laissant désemparé, accablé par la tristesse profonde que je n'avais pas été capable d'éprouver à son enterrement quelques années plus tôt.

Il est de fait que, surtout si j'y repensais à tête reposée, nos entrevues me paraissaient extrêmement insatisfaisantes. Une copie exsangue et anachronique de celles que nous avions dans le salon de notre vieil appartement quand elle était encore là. Se pouvait-il que jusque dans le secret de ces rêves son exaspérante omerta n'ait pas été absente ? Que même dans des circonstances aussi particulières sur lesquelles j'aurais dû exercer un contrôle absolu elle ait trouvé le moyen de s'esquiver ? Que la seule chose capable d'y survivre ait été la réticence ? Je me serais attendu à plus de faconde de la part de son spectre, au moins de la sienne. Mais non, toujours la même histoire. Malgré tous mes efforts, il n'y avait pas moyen d'amener la discussion sur des sujets importants et préoccupants. Pour obtenir quelque chose de vraiment utile je devais attendre une de ses improvisations inattendues sur la question.

Une fois, comme ça, de but en blanc, en entamant une barre de chocolat, elle m'a demandé si moi aussi je ne trouvais pas très bizarre que papa aime le chocolat blanc alors qu'elle avait un faible pour le noir. Une considération farfelue qui lorsque je l'ai évaluée parfaitement éveillé et de très mauvaise humeur m'a paru une des plus pertinentes jamais faites sur mes parents. Excluant l'éventualité qu'une analyse aussi précise soit de mon cru, et mettant un instant entre parenthèses mon scepticisme envers toute forme de surnaturel, je me suis convaincu d'avoir réellement été visité par son fantôme.

D'ailleurs, me disais-je, il devait y avoir une relation entre ses rapides sorties du royaume des morts et le fait que de son vivant c'était elle qui me réveillait avec les attentions tendres dont j'ai déjà parlé.

Un dimanche matin il m'a semblé reconnaître son pas. Le voilà, me suis-je pris à penser étrangement soulagé ; le voilà, en effet, feutré et circonspect, qui s'approche de mon lit. La façon de marcher d'un être aimé a un rythme tellement secret et mystérieux que pour en saisir l'essence et le caractère unique il faut attendre que certaines circonstances nous privent de ce réconfort quotidien.

Eh bien, c'était indiscutablement le pas de ma mère. J'en ai éprouvé de nombreuses sensations mais pas de peur. Et pour la raison que j'ai déjà mentionnée : en l'occurrence elle n'était pas morte, ne l'avait jamais été et ne mourrait jamais. À tel point que je n'aurais pas trouvé monstrueux du tout qu'avec un geste qui lui était personnel, clairement lié à ce pas délicat, elle ait fouillé sous mes draps pour me prendre délicatement les pieds et leur mettre des chaussettes tiédies sur le radiateur. Peu importait que je n'aie aucun besoin de ces chaussettes, que l'été soit à notre porte, que l'édredon ait été rangé tout en haut de l'armoire. Tout d'un coup le climat aussi s'était adapté aux circonstances imposées par cette tendre hallucination. Je ne doutais pas que l'hiver sévissait au-dehors et que m'attendait un froid tout à fait semblable à celui des matins gelés de mon enfance.

Je vous laisse imaginer le malaise qui m'a envahi quand j'ai entendu la voix de Washington me rappeler à l'ordre : si je ne voulais pas être en retard pour mon rendez-vous je devais me dépêcher. C'était oncle Gianni qui l'avait envoyé en éclaireur : il m'attendait « par là » pour le petit déjeuner. Washington, de son pas trompeur, est allé ouvrir les volets. Il a suffi que le premier brin de soleil s'insinue dans la pièce, que ses rayons tièdes et rosés éclairent la chambre où je dormais depuis des années pour que ma mère se dissolve en même temps que les ténèbres qui l'avaient générée et rendue vraisemblable.

On ne pouvait pas dire qu'autant de lumière faisait du bien à la migraine. La veille au soir j'avais forcé sur la vodka. Une pratique qui devenait de plus en plus habituelle. J'ignore complètement si ces abus irréguliers d'alcool étaient une des tares héréditaires qui minaient la volonté d'un jeune esprit troublé et impressionnable ou les égarements classiques du débauché de bonne famille. Je sais seulement que dans ma petite bande de dissipés je n'étais pas le seul à me laisser aller à certaines habitudes. Bien qu'elle aussi fasse de temps en temps sa blanche apparition à notre table, nous n'étions pas portés sur la cocaïne : nos vices étaient décidément plus anachroniques, non dépourvus de snobisme décadent tapageur.

Par exemple, Federico Montenuovo, le garçon qui avait remplacé dignement Demetrio Velardi dans le rôle d'ami le plus assidu, faisait un usage immodéré de mescaline diluée dans une tisane répugnante qui au bout de deux heures d'euphorie dionysiaque l'amenait à vomir ses dîners copieux. Le théâtre de ces excès était la maison de campagne de ses parents, une belle ferme dans la Maremma. C'était là que de temps en temps, désormais tous majeurs et détenteurs du permis de conduire, nous passions les week-ends et c'était là que j'aurais dû me rendre aussi ce jour-là. Les cours étaient finis, les épreuves du bac menaçaient.

Oncle Gianni était aux prises avec le tas de journaux parfumé. Il portait un polo bleu, un bermuda de lin jaune canari et des chaussures de bateau sans chaussettes. Un style balnéaire incongru. D'ailleurs ses tenues n'étaient pas toujours appropriées. Et non par négligence mais plutôt par excès de zèle, et à cause de cette impatience qui le poussait à avancer de quelques semaines le soi-disant changement de saison. Le fait est que pour lui l'habillement était d'une importance vitale. Une seconde peau. Plus d'une fois, le soir, je l'ai trouvé dans son dressing occupé à préparer sa tenue du lendemain en l'adaptant à un tout nouvel accessoire : une cravate, un mouchoir, une ceinture de cuir. Disons que ses habitudes vestimentaires capricieuses, loin de tenir compte des conditions météorologiques, obéissaient à un calendrier intérieur pas toujours en accord avec l'officiel, et presque jamais avec la météo. Quand un trench flambant neuf entrait dans sa garde-robe, il s'attendait pour le lendemain à un bel orage qui lui donne l'occasion de l'arborer.

Il a pâli en me voyant ; d'après son expression en me trouvant là on aurait dit qu'il venait d'apercevoir un fantôme. C'était manifestement la matinée des fantômes. Avec un drôle de geste aussi furtif que rapide, comme si je venais de le surprendre pantalon baissé avec une revue pornographique, il a replié le journal dans lequel il était plongé et l'a caché sous les autres encore intacts.

« Dieu du ciel, tu as une de ces têtes ! m'a-t-il dit en guise de bonjour.

– Toi non plus tu ne plaisantes pas.

– C'est que tu m'as pris par surprise. J'étais complètement ailleurs.

– Et moi je me suis levé tard.

– Écoute, mon garçon, a-t-il dit pendant que son visage reprenait sa saine couleur dorée, tu sais que j'ai horreur des semonces. Mais il faut vraiment que je te le dise : ces habitudes commencent à m'inquiéter. D'accord, c'était samedi. Tu es sorti avec ton amie. Tu es majeur et tout le reste. Loin de moi l'idée de juger certains écarts. Mais je veux dire : ça n'est pas une façon de se conduire. À trois heures tu n'étais pas encore là. Je n'ose même pas imaginer à quelle heure tu es rentré. Et maintenant tu te présentes dans cet état. Tu dois prendre le volant. Sur une autoroute, en plus, et les examens commencent dans une quinzaine de jours. Je voudrais que tu gères mieux tes forces. Tu n'es pas invulnérable. Personne ne l'est. »

Parmi les nombreux changements produits chez lui par ses récents ennuis de santé il y avait aussi celui-là : il était devenu anxieux. Ce qui explique pourquoi il aimait m'infliger de plus en plus souvent des réprimandes assaisonnées de tons plaintifs et de peurs apocalyptiques. C'était comme si l'irruption de la vieillesse, et sa conséquence, l'approche de la fin, avaient laissé remonter les angoisses subies un demi-siècle plus tôt, quand sa vie de jeune homme et celle des rares personnes aimées avaient été menacées par le spectre de la déportation. Ou comme si les batailles héroïques qui avaient fait de lui l'homme fort qu'il était – harangues enflammées, honneurs académiques, déchaînements érotiques – lui demandaient des comptes, révélant rétrospectivement la peine dépensée pour les gagner. Ou comme si à la longue le poids des responsabilités paternelles, qu'il avait endossées volontiers au début, avait agi de façon paroxystique sur son naturel d'homme obsédé par le contrôle. Notre lune de miel – les premiers temps de notre vie commune où oncle Gianni avait découvert les plaisirs de façonner à son image et ressemblance un pupille reconnaissant et réceptif, profitant de sa gratitude et se réjouissant de ses succès scolaires et mondains – cédait la place à la fade routine conjugale. Oui, ce temps-là était révolu, remplacé par le long intermède dans lequel nous étions plongés et dont il était impossible de prévoir le terme et les issues, un intermède parsemé d'ambiguïtés, de non-dits et d'histoires en suspens qui, s'ils n'étaient pas pour moi une nouveauté tellement bouleversante, étaient capables de déclencher une crise chez une nature franche comme la sienne.

Sans m'asseoir j'ai attrapé la cafetière Moka bouillante et je me suis versé un peu de café.

« Eh non, mon garçon. Tu dois t'asseoir et manger quelque chose. Je veux dire, on ne vit pas d'alcool et de caféine. Allons, Washington a rapporté des brioches de chez Boccione. Une merveille. Assieds-toi et tiens-moi compagnie.

– J'ai l'estomac noué, mon oncle, vraiment. Et je suis en retard. Théoriquement j'aurais dû être en bas de chez Sofia il y a un quart d'heure. Et j'avais promis à Federico que nous les rejoindrions dans la matinée.

– Et alors ? Appelle-les et dis-leur que tu as eu un contretemps. Je t'autorise à dire que c'est à cause de moi.

– Voir Sofia en colère n'est jamais un joli spectacle.

– Bah, elle se fera une raison. »

Saisi d'une fatigue soudaine je n'ai pas pu m'empêcher d'obéir. Je me suis assis.

« Quoi de neuf ?

– L'habituel.

– Et avec Sofia, comment ça va ?

– Ça va.

– Allons, ne fais pas le cynique. Ça ne te va vraiment pas. Au fond, vous n'êtes ensemble que depuis quelques mois et elle est tellement exquise.

– D'après la façon dont les hommes la regardent ce n'est pas comme ça que je la définirais.

– Et comment, alors ? »

Je lui ai répondu en l'imitant impunément : « Une chatte de première classe.

– Je peux te demander de ne pas t'exprimer avec une telle vulgarité ? Je veux dire, c'est une jeune fille distinguée et comme il faut et elle ne mérite pas... »

Comme tous les anciens libertins, oncle Gianni était devenu puritain et sentimental. Maintenant qu'il ne fréquentait plus trois femmes à la fois et avait cessé de convoiter toutes les filles mignonnes qui passaient à sa portée, il aimait transfigurer l'époque de ses prouesses d'une aura romantique dont il était impossible de ne pas sourire quand on connaissait son passé. À cette modération inédite, rendue hypocrite par la pruderie lexicale, s'en était ajoutée une autre non moins déconcertante. Peut-être à cause des signes de l'âge qui s'étaient faits plus visibles entre-temps, il n'aimait plus se montrer nu.

Bien entendu je me suis bien gardé de lui rappeler que c'était lui qui m'avait appris cette expression sexiste et lubrique, et je me suis contenté de l'avoir irrité. D'ailleurs, j'avais plus d'une raison d'être en colère contre lui moi aussi. J'avais horreur de la retenue mielleuse avec laquelle il parlait de Sofia et de notre relation nouvelle-née. Ne serait-ce que parce qu'en toute logique il aurait dû s'y opposer. Après tout, on m'avait fait comprendre une chose dès le début à propos des flirts amoureux, une obligation qui n'admettait pas d'exception : si vraiment je tenais à être juif, je devais me trouver une jeune fille de notre milieu. Je pouvais sauter toutes les goys que je voulais mais pour l'amour du ciel sans jamais m'engager dans un lien officiel. D'un point de vue romantique, la communauté juive était le seul terrain sur lequel il m'était permis de chasser. Alors pourquoi oncle Gianni n'avait-il rien à redire à propos de Sofia ? Pourquoi concéder une dérogation à une jeune fille au pedigree nullement juif ? Pour les mêmes raisons qui le poussaient à parler avec ferveur du duc de Windsor bien que ce soit un antisémite notoire. C'est qu'oncle Gianni appartenait à cette catégorie de Juifs républicains naturellement attirés par les quartiers de noblesse, d'autant plus si ceux-ci se conjuguaient avec un patrimoine considérable. Comme si la fascination de l'aristocratie, bien que très anachronique, exerçait sur lui un charme tellement ensorcelant qu'il menaçait les liens sentimentaux sacrés imposés à un jeune Juif. Je l'avais compris la première et unique fois où à sa requête j'avais invité Sofia à dîner. Je suis sûr que ni au Premier ministre israélien Yitzhak Shamir, ni à Elie Wiesel fraîchement nobélisé n'auraient été réservés un accueil aussi chaleureux et un traitement aussi recherché. Et je ne parle pas des couverts d'argent et du service Ginori sortis pour l'occasion ni de la veste toute neuve de Washington ou de ses gants en daim que je ne lui avais encore jamais vus mais plutôt de l'attitude geignarde et exhibitionniste du maître de maison. Son habitude d'introduire dans presque chacune de ses phrases le nom d'une connaissance haut placée avait dépassé les limites. Je m'étais senti comme le héros de *L'Ami retrouvé* quand le père du narrateur se présente devant son camarade de classe aristocrate en uniforme flamboyant d'officier prussien. Comment ne pas rougir de honte en voyant ce vieux Juif cérémonieux frétiller, s'humilier, perdre sa dignité avec une gamine élevée depuis sa prime enfance dans le mépris de quiconque accorde trop de poids à son lignage ?

« Je me demande ce qui vous passe par la tête à vous les jeunes, a-t-il dit en goûtant son orange pressée. Je viens de parler avec Bob. Il était hors de lui : tu sais, il est terriblement préoccupé par sa fille. »

C'est toujours étonnant de constater combien des mots lancés par quelqu'un, comme ça, presque par erreur, pour le plaisir d'ouvrir la bouche, peuvent heurter par inadvertance la susceptibilité d'un interlocuteur distrait en le tirant de sa torpeur. Je doute qu'oncle Gianni ait été conscient du gouffre que les siens avaient ouvert dans mon cœur. D'ailleurs, si un instant plus tôt quelqu'un m'avait fait comprendre que mon compagnon de table était sur le point d'affronter un sujet capable de me soustraire aux séquelles de ma cuite de façon plus foudroyante qu'un seau d'eau glacée je ne l'aurais pas cru. Au lieu de quoi, une brève allusion à Francesca m'avait déjà fait oublier que j'étais en retard et que mon intolérante et très belle compagne allait me le faire payer. En veillant à dissimuler mon trouble derrière un air ennuyé et distrait et en picorant la mie moelleuse de la brioche j'ai demandé : « Qu'est-ce que cette plaie a encore fait ? »

J'ai appris ainsi que l'expérience militaire à laquelle Francesca, en brave citoyenne israélienne, n'avait pas pu se soustraire, mettait son stoïcisme à rude épreuve. Dans l'ensemble, rien de vraiment alarmant. Elle avait été assignée à un détachement de Tel Aviv qui s'occupait de l'approvisionnement des troupes : un travail de bureau, exempt de risques, qui lui permettait de rentrer chez elle le soir. Mais suffisamment perturbant pour qu'elle en fasse une maladie, au sens propre : elle s'était déclarée malade dès le troisième jour. Bob et Tullia étaient tellement inquiets qu'ils avaient immédiatement expédié Leone, le frère belliciste, au secours de sa sœur pacifiste.

« Si on y pense bien, a dit oncle Gianni sentencieusement et non sans malice, chacun a ce qu'il mérite. C'est une fille bien étrange. Elle le savait que ce moment viendrait tôt ou tard. Et personne ne pourra m'accuser de ne pas le lui avoir dit. Tout le monde n'est pas fait pour ce genre de vie, et sûrement pas une enfant aussi particulière et gâtée. »

Parmi les rares traits déplaisants de la personnalité d'oncle Gianni il y avait celui-ci : il était de ceux qui aiment répéter « je l'avais bien dit », même si ce n'était pas vrai et seulement quand c'était désormais inutile de le remarquer. Par ailleurs, son jugement sur sa nièce était injustement sévère, et en quelque sorte tendancieusement déséquilibré. Sur l'étrangeté de Francesca, rien à dire. Mais gâtée ? Allons donc, elle ne l'était vraiment pas, certainement moins qu'elle aurait pu l'être compte tenu du monde dans lequel elle avait grandi. Au contraire, si quelque chose la distinguait de la majorité des filles de son milieu c'était son austérité. Cela dit, je n'étais pas mécontent qu'elle ait des difficultés, ni qu'oncle Gianni sanctionne ses comportements de façon aussi sommaire et féroce.

On peut savoir qui diable a dit que celui qui aime est porté par nature à vouloir tout le bien à l'objet de son amour ? Une belle âme, certainement. D'après ma maigre expérience, au fond de moi les choses se passaient différemment. Il n'était pas de sentiment inspiré par Francesca qui ne frôle la rancœur, le désir de vengeance, l'envie de la voir en difficulté. Les dernières années, depuis qu'avait été consommée notre séparation inéluctable et précipitée, je l'avais vue deux fois. Elle était de passage à Rome pour quelque fête d'obligation et je l'avais retrouvée à table dans l'armée de parents : j'avais tout fait, sans d'ailleurs y réussir, pour lui montrer à quel point elle m'importait peu, en me forçant à l'ignorer avec autant de mauvaise grâce que nous ignorons les rares choses qui nous tiennent réellement à cœur. Dans le même laps de temps Francesca m'avait envoyé trois lettres. Pas à la hauteur de son intelligence et de mon bon goût, ces missives verbeuses paraissaient poursuivre de regrettables fins artistiques bourrées comme elles l'étaient d'interjections, de lyrisme, de descriptions des rudes *wadi* israéliens. Les rares choses véritablement intéressantes – sa nouvelle amie de cœur, la librairie française, les *tranches de vie** pittoresques accumulées avec difficulté entre une langueur et une autre – m'avaient été tellement douloureuses que j'avais préféré les oublier avant même de les avoir digérées. Il va de soi que poussé par un mélange d'orgueil et de grossièreté je m'étais bien gardé de lui répondre. Au fond, compte tenu de leur autosuffisance affichée, ses lettres semblaient conçues pour ne pas réclamer de réponse par retour du courrier. Face à une telle démonstration d'avarice épistolaire je m'étais employé à lui faire parvenir (l'intermédiaire était toujours son frère) des nouvelles de mes succès amoureux et littéraires. À un de mes fréquents dîners à la pizzeria avec Leone j'avais demandé à Sofia de nous rejoindre pour le dessert (je voulais qu'ils se rencontrent enfin) dans le but de pouvoir la montrer à mon cousin cancanier, en sachant bien que le lendemain matin Francesca serait déjà informée sur la beauté qui m'accompagnait.

Et puis j'avais eu récemment la satisfaction de publier un récit dans une revue prestigieuse, *Nuovi argomenti.* Il faut dire qu'un tel honneur, comme souvent dans ces cas-là, était le résultat d'une cooptation soutenue par les relations d'oncle Gianni. Comme je l'ai déjà dit, il aimait s'entourer, en les invitant généralement à la campagne, de nombreux représentants du monde culturel, de célébrités du calibre de Bernardo Bertolucci et Alberto Arbasino. Parmi les autres, et parmi les plus assidus et affectueux, il y avait Enzo Siciliano. Gardien de cette société littéraire déjà en décomposition – pour laquelle je n'avais d'ailleurs jamais éprouvé de nostalgie particulière, bien qu'il faille reconnaître qu'elle a produit de meilleurs écrivains que nous –, Enzo dirigeait la revue fondée par Moravia une trentaine d'années plus tôt d'une main sûre et avec un intérêt de plus en plus prononcé pour les voix nouvelles. La mienne devait l'être suffisamment pour l'intriguer. Grâce à oncle Gianni qui lui parlait toujours de mes ébauches littéraires, Enzo avait réussi à m'arracher un récit intitulé « Les noms de villes ». Au-delà de la dette proustienne évidente (dont la graine méphitique avait déjà commencé à porter ses fruits), le titre faisait allusion au grand nombre de noms juifs qui tiraient leur origine de certaines villes du Nord : Padova,

Venezia, Udine. Je ne sortirais pas d'un tiroir un texte aussi négligeable, embarrassant par certains aspects, si le sujet qu'il abordait n'était pas aussi lié aux circonstances. Il mettait en scène les péripéties d'un jeune Juif qui, pendant l'occupation nazie de l'automne 1943, raflé par les fascistes et incarcéré, au bout d'une nuit non moins dense et compliquée que celle de l'Innominato, décide, afin d'avoir la vie sauve, de dénoncer la jeune fille qui l'a repoussé et sa famille, tous cachés dans un couvent de la via Appia antica. Comme on le voit, le récit concernait davantage ma situation d'amoureux rancunier que la déportation tragique des Juifs de Rome. Ce qui explique sans doute le mieux possible pourquoi j'ai mis en œuvre toute mon habileté machiavélique pour que ledit récit atteigne la rive de la Méditerranée où vivait la seule lectrice qui avait un sens pour moi. L'inspiratrice de mes vengeances narratives. Qu'il me soit permis d'ajouter au passage que cette première composition en prose, loin d'inaugurer qui sait quelle carrière artistique radieuse, avait provoqué la énième remontrance d'oncle Gianni. Il était content que j'aie publié quelque chose et qu'à dix-huit ans à peine je fasse mes premières armes dans un monde aussi compliqué ; d'ailleurs il avait bien peu à dire sur l'écriture : compte tenu de mon âge, de mon inexpérience, elle était brillante. Ce qui n'allait pas c'était le contenu qui, quoi qu'il lui coûte de me le faire remarquer, était tout à fait inapproprié. Donner vie à un personnage aussi vil et malveillant, un sale petit délateur, ne rendait pas service à la cause. Il savait bien que les Juifs étaient décrits avec réalisme, sans s'attarder sur leurs qualités morales, mais en mettre en scène un aussi mesquin était un faux pas. « Je veux dire, il y a trop d'antisémites en circulation pour leur servir un prétexte aussi alléchant pour ne pas cesser de nous haïr. »

Cette querelle, consommée pendant un dîner du vendredi, avait laissé des traces désagréables. Ce serait honnête de reconnaître que le coup infligé à ma susceptibilité artistique précoce avait un rapport avec le jugement provisoire, sans enthousiasme, prononcé par un homme habituellement fier de moi et si prodigue en compliments. Ce qui m'avait blessé n'était même pas le sujet de sa réprimande. Que mon personnage soit au-dessous des exigences morales d'oncle Gianni ne me semblait pas en soi un obstacle insurmontable. Au fond, les romans que j'aimais mettaient toujours le lecteur face à des conflits éthiques dont l'écrivain n'était pas tenu de répondre. Par exemple, l'horreur que m'avait inspirée Stavroguine ne m'avait certainement pas empêché de m'attacher à lui, et n'avait pas entamé mon admiration pour Dostoïevski, elle l'avait plutôt renforcée. Alors quoi ? Disons que la couleuvre que j'avais encore du mal à digérer n'était qu'un aspect de la question, dépourvu de considérations esthétiques pompeuses. Ce que j'avais écrit, aussi immature et maladroit que ce soit, rendait compte d'un élan somme toute authentique : le déplorable ressentiment des amoureux malheureux. Pourquoi ne pas l'estimer pour ce qu'il était ? Pourquoi le cacher sous le tapis ? Cette fois, oui, j'étais furieux. Franchement, je me fichais de l'utilisation que les antisémites pouvaient faire de mon récit (pour tout dire, je désespérais de réussir à écrire un jour quelque chose qui puisse pousser un antisémite à se repentir en se débarrassant de ses sinistres préjugés). Ce qui me troublait, à la rigueur, c'était l'usage insidieux qu'en avait fait oncle Gianni, le réflexe conditionné qui l'avait poussé à éluder le noyau dur de la question en insistant sur l'aspect historico-culturel. Ce qui m'empêchait de dormir c'était la nature – inconsciente ou délibérée, je ne le saurais jamais – de son strabisme interprétatif et ce qu'il impliquait.

Du reste, un strabisme tout à fait semblable m'avait amené à l'idée que la disparition de mes parents et le début d'une nouvelle vie bien meilleure que la précédente me permettraient de me libérer de l'omerta dans laquelle j'avais grandi. Je m'étais convaincu que j'allais enfin pouvoir affronter franchement les problèmes les plus pressants, ceux à l'ordre du jour. Ce n'était pas le cas. Apparemment, j'étais tombé de Charybde en Scylla. À commencer par l'usage qui était fait de mon passé. De toute évidence, en effet, il continuait de se profiler comme la forteresse inexpugnable habituelle. Au lieu de s'occuper de la réputation des Juifs (qui n'avaient pas besoin d'avocats zélés pour se défendre), oncle Gianni aurait pu me dire quel rôle il avait eu dans la peine sévère infligée à mon père, en admettant qu'il en ait eu un. Or, rien. On n'en parlait pas. Il était interdit d'aborder le sujet comme il avait été interdit de faire allusion à la jeunesse de ma mère qui entre-temps, comble de l'ironie, était devenue un objet fréquent (et irritant) de conversation. Motif de fierté, prétexte pour la dédommager des épreuves douloureuses qu'elle avait endurées à cause d'un destin cruel : rien n'émouvait autant oncle Gianni que chanter ses louanges et évoquer ses exploits. Comme elle était bonne. Comme elle était belle. Comme elle était spirituelle. Quel talent. Quelle variété de dons. Que de choses merveilleuses elle aurait pu faire si seulement… Ainsi, pauvre femme, il la contraignait à jouer la sainte qu'elle n'avait jamais été : une martyre sacrifiée sur l'autel des vertus familiales.

Et là résidait peut-être le problème : les familles. Je m'étais trompé en me plaignant de la mienne. Elles étaient toutes les mêmes : des écosystèmes étanches, des repaires de duplicités éternelles. Si même une jeune fille privilégiée telle que Francesca Sacerdoti avait éprouvé la nécessité d'émigrer en mettant entre elle et ses parents un bon nombre de kilomètres, alors personne n'était à l'abri de l'influence méphitique des chromosomes aux aguets.

C'était précisément ce brouillard dense d'hypocrisie qui donnait un sens à la vocation que je sentais grandir en moi. Si écrire signifiait inventer mille sottises inutiles, c'était peut-être aussi un bon moyen de se libérer d'une chape aussi assommante. Dieu sait combien j'aurais aimé disposer moi aussi d'une muse à la hauteur de celle de mes idoles littéraires : une Elisa Schlésinger, une Metilde Viscontini Dembowski. Je n'en avais pas. Même Francesca, comme le montrait mon récit maladroit, n'était pas capable de m'inspirer. Ma muse c'était la famille. Une muse noire et récalcitrante avec laquelle je ne pactiserais jamais. Toute la différence entre la vie que je menais et celle que je pourrais écrire était là : la fiction m'offrait une possibilité inespérée sinon de dire la vérité à tout prix du moins de cesser de ne pas la dire. Maintenant que je le savais je n'étais pas disposé à me laisser intimider. Le monde pouvait s'écrouler, je n'allais pas lâcher le morceau.

5

Que nous étions faits l'un pour l'autre, je m'en étais rendu compte immédiatement. Un jour la prof d'italien avait interrompu l'appel et, plus surprise qu'irritée, elle avait levé les yeux du registre.

« Montenuovo est là ? Federico Montenuovo ? »

Je l'avais vu bondir sur ses pieds d'un air martial.

J'étais dans cette nouvelle école depuis un an, lui venait d'y arriver de Dieu sait où. Pour une raison quelconque, comme moi et comme Sofia, il avait dû s'abriter dans ce refuge pour fils à papa.

« C'est toi, Montenuovo ?

– C'est moi, madame. »

Il parlait de cette façon à la fois affectée et traînante très à la mode dans notre lycée, une diction vaguement indolente qui semblait imiter certaines parodies d'aristocrates de comédie.

« Si ça ne t'ennuie pas je préférerais que tu m'appelles professeur.

– Pensez donc. Ça ne m'ennuie pas du tout. »

S'il s'était agi d'un autre professeur, nous nous serions déjà laissés aller à l'hilarité la plus déchaînée ; comme c'était Mme Germani, personne n'avait osé.

« Tu es nouveau ?

– Très nouveau. »

Encore une fois nous avons eu du mal à ne pas éclater de rire.

« Écoute, Montenuovo, il y a un problème.

– Vraiment ?

– Un imbécile a effacé une partie de ton nom dans le registre de classe. »

Alors je l'avais vue rougir : d'embarras ou d'irritation, c'était difficile à déterminer, ses joues déjà assez colorées étaient devenues vermeilles comme des pommes Stark. Sa main torturait une touffe de cheveux d'un blond cuivré comme si elle cherchait le courage de l'arracher.

« C'est assez grave, tu sais. Donne-moi au moins ton nom entier. Pour que nous puissions le rétablir.

– Ce n'est pas nécessaire.

– Bien sûr que si. J'exige de savoir ton nom, tout de suite.

– Federico Montenuovo di Cannelunga.

– Voilà, quelqu'un a effacé di Cannelunga, tu as une idée de qui ce peut être ?

– Oui, bien sûr », avait-il répondu avec la promptitude du délateur qui s'apprête à tout déballer, en commençant par la liste détaillée des conspirateurs.

« Et tu peux aussi nous le dire ? »

Le professeur Germani était la seule enseignante de ce lycée riche et dévalué qui bénéficiait de notre respect ; en raison de deux facteurs voisins et complémentaires : son attitude méprisante et son origine sociale. Tout bien réfléchi, surtout cette dernière : sa coiffure toujours impeccable et ses foulards Hermès noués autour du cou prouvaient qu'elle n'enseignait pas pour gagner sa vie ; du reste, à en juger par ses cours, d'un ennui criminel, j'exclus qu'elle l'ait fait par vocation. Bien qu'honnêtement équitables, ses interrogations se distinguaient par une sévérité exemplaire. Incroyable que quelqu'un ait osé gribouiller sur le registre de l'appel.

« C'est moi.

– Toi ? Mais tu es fou. Tu as idée d'à quel point c'est grave ? C'est un document public. »

Pour une fois elle semblait plus amusée qu'en colère. Quelque chose me dit qu'au fond elle-même était touchée par la hardiesse de son jeune interlocuteur, non exempte d'un air un peu égaré et contrit.

« J'en suis vraiment navré.

– Je peux te demander au moins pourquoi tu l'as fait ?

– C'est trop long.

– Trop long à expliquer ?

– Non, je parle de mon nom. Il est trop long et il est ridicule. »

Alors les rires ont explosé, tellement incontrôlables qu'ils ont entraîné notre très digne enseignante.

Lui seul, le coupable, était resté sérieux, et pas parce qu'il était embarrassé, du moins il ne le paraissait pas, mais en raison d'une sorte de perplexité croissante. Un mètre quatre-vingt-dix, quelques kilos de trop, glabre, affecté d'une légère lordose, il portait un pantalon de coton à pinces, une chemise bleue et des Timberland déformés. Il n'était pas le seul dans la classe à s'exprimer de cette façon, mais il paraissait être l'unique à le faire sans affectation, comme s'il ne pouvait pas parler autrement.

En le voyant là debout, l'air ébahi, il était impossible de ne pas l'interroger sur les raisons de sa bravade. Si son intention avait été de nettoyer son nom de sa désagréable allure aristocrate elle en avait pris un coup : l'idée de génie avait obtenu des effets paradoxaux, en net contraste avec le sous-entendu qui avait dû la lui inspirer.

Ce n'est pas un hasard si à partir de ce jour-là tout le monde (y compris certains professeurs) s'est mis à l'appeler Baron. Un titre qui même s'il convenait à son attitude ironique et joviale avait dû l'agacer. Par ailleurs, qu'il sache s'y prendre avec les gens presque *malgré lui** était confirmé par le traitement indulgent que lui réservait le professeur Germani. Fruit d'une éducation impeccable et d'une amabilité congénitale, il semblait fait pour attirer les autres. Rien n'était plus facile que de l'aimer.

Personne par la suite n'avait plus osé faire allusion à son geste insensé du début ni à lui demander des explications. J'avoue que pour ma part ne pas l'affronter directement, le mettre entre parenthèses s'était révélé un peu plus compliqué. Tout en ne sachant pas quelle obscure lubie le lui avait suggéré, je pensais que derrière un geste pareil devait se cacher quelque chose de beaucoup moins anodin que de la simple bizarrerie : un secret, un malaise profond, une fêlure. Bref, le genre de trouble dont je connaissais les revers méphitiques.

Étant donnés le naturel et la rapidité avec lesquels nous sommes devenus amis, je suis porté à penser que Federico a éprouvé à mon égard quelque chose d'analogue. Manifestement, même sans l'introspection nécessaire pour le discerner, il était suffisamment sensible pour avoir reconnu en moi un pair ou, si vous préférez, un frère d'infortune. Je n'ai pas d'autres éléments pour expliquer une association on ne peut plus mal assortie. Disons qu'il était la personne qu'il fallait pour gérer mes réticences ombrageuses, et que moi je n'avais pas de raisons de lui reprocher ses nombreuses relations mondaines. Du reste, je ne peux pas cacher que j'ai profité de ses bonnes manières pour corriger les miennes. Sans le vouloir, par son seul exemple, Federico m'a enseigné les rudiments de ce qui dans ce milieu était considéré comme la bonne éducation. À force de le fréquenter j'avais appris à éviter les énormités pour lesquelles on pouvait être cruellement jugé. Pour se présenter à quelqu'un il suffisait de dire son propre nom : attention à ne pas dire « enchanté ». Il était tout aussi déplacé de souhaiter bon appétit à ses compagnons de table. Si vous pouviez traiter vos compagnes avec négligence, leur mère, elle, bénéficiait des gestes imposés par la galanterie du XIXe siècle : devant une porte, la laisser passer la première, bondir sur ses pieds quand elle entrait dans une pièce ou s'apprêtait à s'asseoir à table. En outre, Federico savait comment pratiquer le baisemain, comment porter un smoking sans ressembler à un serveur, comment préparer un daïquiri exquis. Reste d'un monde déjà dans un certain état de décomposition, il était la vedette de nombreuses fêtes auxquelles quelqu'un comme moi n'aurait jamais eu accès. Il arrivait souvent en classe dans un état lamentable, et je découvrais qu'il avait fêté jusqu'au petit matin le mariage, dont on avait beaucoup parlé dans les magazines, entre la fille du célèbre entrepreneur et le rejeton d'une vieille famille de l'aristocratie noire. De manière plus générale, en dehors des privilèges mondains dont il jouissait et de ses façons irréprochables on pouvait aussi apprendre de Federico l'art d'être au monde.

Bien que son origine sociale le mette en contact avec des personnalités éminentes, il se gardait bien d'en faire étalage. Au contraire, il parlait toujours de lui et de sa vie sur un ton ironique de vague dénigrement.

Si je ne pouvais pas éviter de l'appeler le Baron, comme tous les autres, lui m'avait surnommé « Professeur », « eh, prof », prononcé de cette voix chaude et amusée. J'imagine que j'avais gagné ce titre grâce au sentiment d'infériorité qu'il éprouvait devant mes résultats scolaires bien meilleurs que les siens, mais aussi à son admiration pour mes prouesses guitaristiques de plus en plus fatiguées, qu'il tendait à préférer à mes récentes velléités littéraires. À propos de musique, qui a été en partie un lien entre nous, ses goûts étaient décidément moins sectaires que les miens, et pour ainsi dire plus authentiques. Son amour immodéré de la soul – surtout Etta James et Sam Cooke – l'amenait souvent, même s'il chantait comme une casserole, à entonner à gorge déployée *At Last* ou *A Change is Gonna Come* sans crainte de casser les pieds à l'assistance.

Quoi qu'il en soit Federico non plus n'appartenait pas du tout à ce monde où il jouait le rôle de l'outsider : son père était un vieux monsieur désœuvré qui pendant des années avait été ambassadeur d'Autriche auprès du Saint-Siège. Quant à sa mère, descendante d'une famille hongroise vaguement apparentée aux Habsbourg, elle avait échappé d'un cheveu aux purges communistes, cachée dans l'autocar de l'équipe nationale hongroise de foot pendant le transfert fratricide contre l'Autriche. Considérant ses origines, je n'étais pas surpris que Federico ne manque jamais la messe du lundi matin, désertée par presque tous mes autres camarades. En mécréant que j'étais, et en tant que tel peu enclin à supporter les contradictions auxquelles la religion contraint le fidèle, je m'étonnais que Federico puisse concilier sa dévotion avec un style de vie aussi hédoniste. Quand je m'amusais à le scandaliser avec une de mes sorties athées il me disait : « Ah, prof, je te prie de ne pas jouer au communiste ! »

Son intérêt pour les filles n'était pas moins fort que celui que montrait n'importe quel autre de nos contemporains de stricte obédience hétérosexuelle. Dommage que son comportement excessivement galant, enclin à la suavité inconsistante, en ait fait une proie sexuellement ambiguë. Il n'y avait pas une fille qui ne soit disposée à devenir instantanément son amie, mais celles qui désiraient aller plus loin étaient vraiment rares. Il y avait quelque chose de l'éphèbe dans ses joues glabres et rubicondes, et dans les manières de curé qu'il prenait en classe ou en société. Par ailleurs, malgré le prestige dont jouissait sa famille, sa situation économique n'avait rien de prospère. En résumé Federico Montenuovo di Cannelunga, avec sa bonne place dans le Gotha, ses illustres aïeux, son éducation irréprochable, était tout sauf le célibataire le plus convoité. Considérant ses très mauvais résultats scolaires, son manque d'aptitudes professionnelles ou universitaires, son absence de vocations et sa paresse extrême, à moins de suivre les traces paternelles et s'enterrer dans une ambassade jusqu'à la fin de sa vie, Federico n'avait pas les qualités indispensables pour entreprendre une carrière qui lui garantisse les moyens de mener une existence à la hauteur de ses goûts raffinés et de ses habitudes ataviques de caste. Il parlait couramment plusieurs langues, mais ne connaissait la grammaire et la syntaxe d'aucune (même pas de l'italien, je le crains). Comment se faire un chemin dans la vie ? Dans une autre période historique, peut-être aurait-il pu viser quelque bon parti, mais malheureusement il était révolu le temps où une riche jeune fille bourgeoise était disposée à épouser un fainéant rien que parce qu'il avait un titre.

La seule propriété survivante du patrimoine considérable joyeusement dilapidé par les aïeux de Federico pendant les deux derniers siècles était le domaine dans la campagne de la Maremma où nous nous rendions Sofia et moi. Entouré d'hectares de vignes et d'oliviers il s'étendait sur le versant d'un coteau face à la côte. La maison coloniale et ses dépendances recouvertes d'un épais manteau de plantes grimpantes formaient grâce à la tonnelle qui les réunissait une structure multicolore, une espèce de H allongé, qui vu d'en haut aurait pu apparaître comme une installation d'artiste contemporain. Par matins clairs, des fenêtres du deuxième étage on apercevait la mer. En voyant le vaste domaine accueillant au comble de sa splendeur on avait du mal à croire que cette merveille était menacée par des hypothèques impitoyables.

J'ai garé la voiture à l'abri d'un auvent rustique. Sofia et moi étions doublement en retard. Les autres étaient là depuis la veille dans l'après-midi. J'avais remis mon départ au dimanche matin en promettant à Federico que nous arriverions assez tôt pour pouvoir nous joindre au groupe, impatient, avait-il dit, d'arriver à la plage le plus tôt possible. Nous sommes arrivés pour le déjeuner.

Sofia était furieuse. Son irritation pour ce retard lui avait fourni un prétexte pour manifester un mécontentement qui grandissait depuis des semaines de façon vague mais implacable. Tout bien réfléchi, Sofia ne me montrait qu'un échantillon de ce que d'autres femmes par la suite allaient exprimer avec des arguments plus matures et circonstanciés : j'étais un partenaire décevant. Mais il faut s'entendre sur cette question de déception. Je me rends bien compte qu'il vaudrait mieux surseoir à certaines questions épineuses : chaque cas est un cas à part. Mais laissez-moi vous dire, au risque de généraliser et de heurter la sensibilité de quelqu'un, qu'il n'y a pas de femme que j'ai fréquentée depuis qui tôt ou tard n'ait pas senti le besoin de m'expliquer en long et en large quelle erreur ç'avait été de s'investir dans une liaison avec un homme tel que moi. S'il est vrai, comme le pensait Flaubert, que les femmes sont toujours à la recherche de l'éternel époux, je peux dire que, lors de mes premiers pas maladroits dans le monde magique des relations adultes, je donnais déjà la preuve de combien il était difficile pour moi d'incarner un idéal romantique aussi exigeant. Sofia a été la première à me le montrer. Du reste, à une fille de sa catégorie – exigeante, gâtée, en proie à des fureurs extrêmes – on pouvait tout demander sauf de se contenter de quelque chose. Je ne cherche pas à fuir mes responsabilités, même si, bon, nous étions si jeunes.

En tout cas, pendant que nous y sommes, disons que son mécontentement se résumait dans la question : qu'était devenu l'audacieux condottiere qui, mettant en danger son parcours scolaire irréprochable, avait osé défier un proviseur puissant et vindicatif ? Je crains que cette prouesse n'ait favorisé un malentendu très commun chez les âmes telles que la sienne, enclines à établir une relation entre sensibilité morale et désobéissance civile, l'entraînant à considérer que j'étais tenu de partager ses intolérances envers le *statu quo* : à savoir, le monde asphyxiant, laxiste et privilégié dont nous étions le produit. Malheureusement pour elle il n'en était rien. Si j'ai déjà pu déclarer ma modeste conscience politique je ne me suis pas assez étendu sur mon profond désir de profiter de l'aisance dont j'avais bénéficié dans des circonstances rocambolesques. Ce n'était pas ma faute si Sofia appartenait à ce genre d'individus convaincus que la vocation artistique, par sa nature même, oblige celui qui paraît prêt à lui consacrer sa vie à éviter toute diversion hédoniste et à se jeter dans l'arène. Elle si ouverte au monde aurait peut-être fini par me pardonner, bien qu'en la désapprouvant, ma réclusion hautaine dans ma tour d'ivoire. Tout, en fin de compte, mais pas la fréquentation de certains débauchés ramollis. En outre, qui sait pourquoi, elle jugeait qu'embrasser une profession intellectuelle signifiait se charger des souffrances du monde et s'engager, sinon à les adoucir, du moins à les dénoncer. Ce n'est pas un hasard si elle aussi, comme oncle Gianni, s'était sentie en droit de chercher la petite bête dans mon récit. Encore plus indifférente que moi à la réputation des Juifs, Sofia avait concentré ses remarques polémiques sur la nature mesquine du protagoniste. « Qui se conduit de cette façon ? » m'avait-elle dit en me rendant avec grossièreté l'exemplaire de la revue contenant le texte que je lui avais amoureusement dédicacé. J'avais essayé de me disculper : « Un amoureux pathologique ? » « À la rigueur un salaud de collaborateur, avait-elle répliqué. Qui fait ses classes de facho. »

En tout cas, ce qu'elle ne réussissait vraiment pas à avaler c'était la compagnie que je lui avais infligée. Elle n'exécrait pas moins nos abus d'alcool que le cynisme et la férocité avec lesquels nous nous tournions mutuellement en dérision. Quant à Federico, Sofia n'était pas insensible à la sympathie qu'il était capable d'inspirer chez les filles. Tout en le méprisant, elle l'aimait bien. Mais les autres ? Que dire des autres ? Une bande d'indolents sans idéal, ni caractère ni rigueur. Ce n'était pas le genre de personnes avec qui elle aurait voulu passer le week-end, ce n'étaient pas les amis auxquels elle s'attendait de la part de son compagnon. J'imagine que me voir à l'aise parmi eux n'a servi qu'à me dévaluer encore davantage et à offrir des prétextes à sa déception grandissante.

Quant à moi, j'étais conscient que le seul reproche à lui faire ne pouvait pas être formulé : à quoi bon l'accuser de ne pas être Francesca? Ceci dit, et bien qu'il s'agisse d'un obstacle insurmontable, je n'avais pas d'autre raison de me plaindre. Surtout pas du sexe: ni elle ni moi n'en avions jamais assez. D'accord, c'était bizarre qu'une fille naturellement portée à s'exprimer, à donner son avis sur tout, fasse preuve dans les moments d'intimité d'un laconisme et d'une discrétion proches du solipsisme. Quelqu'un à ma place aurait peut-être jugé ce comportement érotique offensant (c'était moi, certes, mais d'après son attitude ç'aurait pu être n'importe qui d'autre). Je lui avais dit une fois: « Tu te rends compte que tu te sers de moi comme d'un vibromasseur? » Elle s'était indignée: « Tu te rends compte de combien tu peux être vulgaire et offensant? »

Loin de m'ennuyer, son comportement au lit m'excitait. On dit que le mieux est de partager le plaisir. Notre entente était de nature diamétralement opposée: nous demandions à l'autre tout le plaisir dont nous avions besoin sans nous préoccuper de le rendre. Une syntonie fondée sur l'autarcie, un équilibre précaire, vaguement onaniste, mais finalement satisfaisant pour tous les deux. Ma chambre était le théâtre de rencontres quotidiennes. Profitant des absences d'oncle Gianni et grâce à Washington, qui habitué depuis des années au priapisme de son employeur s'était révélé la combinaison parfaite d'entremetteur et de Leporello, nous ne risquions pas d'être dérangés.

Dieu sait comme j'aurais voulu qu'après le sexe elle respecte la consigne du silence. Douche, café, une ou deux cigarettes et revoilà la pasionaria de toujours. Le nombre de causes pour lesquelles elle était prête à se dépenser ne cessait pas de m'étonner. Son indignation ne connaissait pas de répit, sa haine ne reculait devant rien. Elle passait avec désinvolture des invectives contre les ennemis institutionnels (Craxi, Mitterrand, Thatcher, Reagan, les Afrikanders, le Likoud, le Sénat américain), aux petits cas d'injustice ordinaire. Elle m'a demandé une fois pourquoi je tutoyais Washington.

« Bah, je l'ai toujours fait. Et en tout cas il me semble que ça t'embête plus que ça ne l'embête.

– Je ne crois pas qu'il soit en mesure de protester.

– Ou peut-être il s'en contrefiche.

– Ne fais pas semblant de ne pas comprendre.

– Qu'est-ce qu'il y a à comprendre ?

– Le déséquilibre manifeste : lui te vouvoie et tu le tutoies ; lui est un adulte, un travailleur exploité et toi…

– Et moi, bien sûr, l'exploiteur fainéant. »

Je m'employais depuis à ne pas m'adresser à Washington devant Sofia. Le vouvoyer comme ça, de but en blanc, m'aurait semblé un comportement bizarre au point de pouvoir être mal interprété.

Bref, je crains d'avoir menti quelques lignes plus haut : sexe mis à part, moi aussi j'avais plus d'une raison d'être mécontent de Sofia.

Pour en revenir à ce matin-là, j'étais soulagé que durant le voyage Sofia, visiblement offensée, n'ait pas ouvert la bouche. Je n'avais aucune envie de m'embarquer dans une de nos disputes. Et dire que d'habitude j'aimais bien passer le week-end chez Federico. Ce jour-là, non. J'étais à plat. Plusieurs facteurs contribuaient à mon humeur sombre : les frictions avec oncle Gianni et Sofia, la menace de Federico de nous emmener pique-niquer sur la plage, mais surtout je ne parvenais pas à me débarrasser du trouble provoqué par l'apparition de ma mère. Depuis quelques mois désormais, à peu près depuis que, devenu majeur, j'avais touché son assurance, elle avait pris l'habitude de me rendre visite à la première occasion venue. Comme toutes les natures repliées sur elles-mêmes et maniaques, je me demandais si l'obstination de mon esprit à voir ce qui n'existait plus avait une signification prophétique.

« Finalement, merde », a hurlé Federico en venant à notre rencontre dans l'allée de gravier qui mène au patio.

Pour me disculper j'ai accusé mon pauvre réveil : il n'avait pas sonné.

« Ah, prof, tu ne sais même pas comment est fait un réveil. »

En m'ignorant, mais pour rire, Federico a couru prendre Sofia dans ses bras à sa façon théâtrale. Bien qu'il ne fasse pas tellement chaud, mon ami portait un bermuda beige et une casquette de base-ball. Il avait le front et les mollets rougis par les premiers bains de soleil de la saison.

« Vous êtes arrivés juste à temps. Nous allions partir.

– Ne me dis pas que vous nous avez attendus.

– Mais non, voyons, ces fainéants viennent de finir leur petit déjeuner. L'ambiance est du genre *Délivrance.* » Ils étaient tous là autour de la grande table en pierre, devant les restes du petit déjeuner. L'eau de la piscine était douce et immobile telle une écharpe de soie.

« Heureusement que vous avez pris votre temps, a commenté une fille. Voilà des heures que le Baron meurt d'envie de nous emmener sur une certaine plage. D'après ce que j'ai compris, une petite marche forcée nous attend. »

Celle qui venait de me parler s'appelait Lavinia. Je n'étais pas surpris par son défaitisme : dans notre bande, l'indolence était à l'ordre du jour, surtout parmi la gent féminine. Jamais d'élan, de simple désir de participer ; toujours dans cet état de catalepsie qui les poussait à décliner toute proposition enthousiaste. Je sais aujourd'hui qu'il s'agissait d'une habitude très répandue parmi les filles de ce milieu : une pose qui prenait la forme d'une attitude revêche accompagnée de l'attirail habituel de récriminations et de bouderies. C'était dans ces moments-là que je comprenais le malaise de Sofia : si l'impression que lui faisaient mes amis ressemblait à l'irritation que m'inspiraient ces filles, eh bien il n'y avait pas de quoi se réjouir. À les écouter, à les entendre parler, on aurait dit que la grande bataille pour la parité sexuelle engagée des décennies plus tôt par leurs mères et portée par leurs sœurs aînées à un degré important de conscience identitaire avait subi un brusque coup d'arrêt. Leurs désirs, que du reste elles avaient du mal à exprimer, étaient conformistes et régressifs. Comme si elles venaient à peine de sortir des ténèbres de l'après-guerre, animées d'une soif d'ordre, de discipline et de décorum. Qui sait si leurs prénoms, Lavinia, Flavia, Lucrezia, n'étaient pas un hommage inconscient aux matrones romaines qui des millénaires plus tôt avaient fourni une contribution essentielle à la prospérité à la fois machiste et matriarcale. Est-ce pour cette raison qu'au lieu de se préoccuper de la direction à imprimer à leurs études supérieures pour se faire une place dans la vie, elles étaient toujours en train de discuter de femmes de ménage efficaces, agencement de table, maisons de vacances, design d'intérieur, massages, régimes amaigrissants, dans un destin déjà écrit d'épouses et de mères ? Fausses blondes, menues, tenue recherchée voire androgyne, elles représentaient un néo-puritanisme déplacé et anti-historique. Comme disait Federico, coucher avec elles était une putain de discipline olympique. Soudain, dans ce milieu, la virginité – le châtiment le plus inhumain qu'un individu au sommet de sa capacité sexuelle puisse infliger à lui-même et aux autres – était de nouveau élevée au rang de valeur. On se demande si Sofia n'utilisait pas sa désinhibition comme énième démonstration, un acte d'accusation adressé à la pruderie de ses camarades.

Lavinia était avec le type le plus pomponné, occupé à caresser son épaule nue. Il a suffi à celui-ci de me voir traîner en haletant pour me lancer un de ses regards chargés de dérision satisfaite.

Je sais d'expérience qu'introduire un personnage *in extremis* peut exposer un récit à une chute de tension soudaine qu'un narrateur expérimenté ferait bien d'éviter. Avec Patrizio Airoldi – c'était son nom – je crains de devoir prendre le risque. Je suis sûr qu'en temps voulu l'épilogue imminent de cette histoire, auquel le héros en question fournira une contribution essentielle, pourra donner un sens rétroactif au portrait que je m'apprête à faire de lui.

Patrizio était celui de mes amis que Sofia détestait le plus ardemment. Pour affronter ses fréquentes provocations elle était prête à déployer l'orgueil aristocratique qu'elle mettait généralement de côté. Ainsi, selon les circonstances elle pouvait le traiter de mufle, de parvenu, de pedzouille ou de nouveau riche de mes deux, toujours sur ce ton exaspéré que lui provoquait toute forme de goujaterie masculine. Le tout était rendu encore plus pénible par le fait que Patrizio était visiblement amoureux d'elle et qu'il avait du mal à comprendre qu'une nana de son rang au lieu d'être avec lui couchait avec moi. Et comme au fond de lui il était convaincu d'avoir ce qu'il fallait pour aspirer à une conquête qui lui était interdite, il vivait les refus obstinés et méprisants de Sofia non seulement comme une injustice incompréhensible mais aussi, par certains côtés, comme le plus absurde des outrages. Patrizio était le genre de personne qui bénéficie d'une situation matérielle confortable et a des difficultés à accepter l'idée, si naturelle pour nous tous, que la réalité ne coïncide pas toujours avec nos désirs.

Fils unique d'un torréfacteur de café qui avait colonisé la moitié des bars d'Italie avec un mélange moyen et bon marché provenant surtout du Honduras, Patrizio était le représentant typique d'un monde consacré au culte des montres de marque et des voitures de sport ; une idolâtrie qui s'exprimait chez lui par un gaspillage compulsif que son père finançait sans sourciller. Laissez-moi vous dire que ce n'est que face à des types comme Patrizio (mon école en était pleine) que les ardeurs socialistes de mes parents, auxquelles je n'avais jamais trop prêté foi, ont finalement acquis une logique.

Cependant les accessoires coûteux qu'il exhibait n'étaient certainement pas la première chose que l'on remarquait chez lui mais bien ses cheveux, transformés eux aussi en objets par les soins auxquels il les soumettait. Et je ne parle pas seulement de la détestable habitude de les modeler avec des quantités considérables de gel, mais aussi de la peur de les perdre qui le poussait à les frictionner tous les matins avec un onguent d'un prix astronomique, à l'efficacité discutable et à l'odeur pestilentielle. Ce n'était d'ailleurs pas le seul produit de beauté dont il abusait. À en juger d'après l'éclat étincelant de son front et de ses pommettes saillantes il était clair que Patrizio devait disposer d'une assez belle collection de crèmes hydratantes, alors apanage exclusif de la cosmétologie féminine. L'apparition dans le circuit des soi-disant métrosexuels était encore à venir. Patrizio en a été l'héroïque précurseur. On aurait envie de dire que le seul trait d'authenticité dans une telle démonstration d'artifices était assuré par ses yeux : noirs, surmontés de sourcils soyeux aile de corbeau, non dénués de vivacité et d'intelligence, ils avaient la qualité rare d'exprimer de la façon la plus franche tout le désenchantement dont Patrizio était capable. Et nous parlons d'un sentiment qui ressortait de chaque commentaire salace et désagréable, chaque clin d'œil malveillant, chaque geste suffisant et discriminatoire. Il savait qu'il était désagréable et il s'y complaisait. Il est probable que de nos jours un type comme Patrizio n'aurait pas la vie facile dans la soi-disant société : ses injures classistes, ses doubles sens grossiers, son homophobie affichée trouveraient difficilement l'indulgence que nous étions prêts à lui accorder. Ce que l'on disait sur son compte n'était pas moins cynique que les insinuations qu'il avait coutume de faire au sujet des autres. Il paraît qu'il investissait dans les putes une grosse partie de son abondant argent de poche. Il se vantait (et il en riait volontiers) d'être un des garçons les plus massés de Rome : ça n'est pas donné à tout le monde, disait-il, de passer une bonne partie de la journée en peignoir blanc et babouches. Si le sauna était son royaume, les endroits à la mode (Open Gate, Gilda, Jackie O') lui servaient de réserves de chasse. Du reste, il suffisait de bavarder un peu avec lui pour comprendre que c'était un obsédé sexuel. Ce n'était pas un hasard si après m'avoir ignoré pendant des années il m'avait choisi depuis que j'étais avec Sofia comme objet privilégié de ses provocations odieuses. Il m'avait demandé une fois : « C'est vrai que la princesse au petit pois aime bien le broute-minou ? » Seule la lâcheté, déguisée en indulgence condescendante, peut expliquer pourquoi je ne lui ai pas sauté à la gorge pour lui faire ravaler cet horrible commentaire. Je n'avais rien trouvé de mieux que d'aller me plaindre auprès de Federico : pourquoi diable s'obstinait-il à nous infliger la compagnie de ce fils de pute ? « Mais qui, Patrizio ? Vraiment, il t'ennuie ? Moi, je le trouve sympathique. Salaud, il l'est, mais il est aussi très sympathique. Tu sais, prof, je ne te croyais pas aussi bien-pensant ni aussi susceptible. »

Je savais au fond de moi que le Baron avait raison. Patrizio était plus inoffensif qu'il ne voulait le paraître. Et en fait ses invectives étaient plus auto-dégradantes qu'offensantes. La vérité c'est que je redoutais ses regards qui semblaient lire en vous et vous mettre sur la sellette. Le bruit courait, avait poursuivi Federico, que dans son enfance Patrizio avait surpris sa mère au lit avec le frère de son père, autrement dit son oncle. « Shakespearien, cher professeur ! » J'imagine que pour les maigres rudiments freudiens dont disposait Federico c'était suffisant pour tout justifier : cynisme, mauvaise conscience, et surtout certaines plaisanteries inadmissibles. Ayant derrière moi un traumatisme bien plus substantiel, une affaire que par ailleurs je m'étais imposé de n'avouer à personne, j'avais trouvé cette défense d'office maladroite et, comme aurait dit oncle Gianni dans son jargon juridique, irrecevable. Mais qu'y faire ? Patrizio était toujours là, il faisait partie de la compagnie. Il fallait se faire une raison.

C'est pourquoi je ne me suis pas trop soucié du regard railleur qu'il m'avait adressé. La routine.

Après avoir laissé nos valises dans la chambre et enfilé nos maillots Sofia et moi avons rejoint les autres qui étaient déjà autour de la piscine armés de lunettes de soleil, sacs et gourdes.

Une fois sortis du domaine de Federico, et au-delà de la grand route, le chemin de la mer était un sentier qui traversait une pinède dense. À en juger par l'humidité qui imprégnait les troncs, les feuilles, la terre, on aurait dit que toute l'eau qui était tombée les dernières semaines s'était concentrée là, dans l'immense crypte naturelle plongée dans la pénombre dorée de ce début d'après-midi. L'air était tiède. Des haies de bruyère et de chèvrefeuille émanait une senteur d'été commençant. Pénétrer plus avant dans les fourrés, de plus en plus denses et menaçants à chaque pas, signifiait s'abandonner à la grâce de Dieu. Soudain, les contrariétés évidentes qui avaient rendu la matinée déprimante – le fantôme de ma mère, les frictions avec oncle Gianni, la bouderie de Sofia, sans parler de ma migraine – avaient laissé la place à une vague sensation de sérénité apportée par la nature. Il y avait quelque chose de majestueux dans le silence violé par nos pas prudents. On pouvait difficilement croire que dans une centaine de mètres, comme Federico ne cessait de nous l'annoncer, cette semi-obscurité de couvent allait disparaître. Alors le paysage allait changer radicalement, et avec lui la lumière, pour nous catapulter dans la clairière isolée et étincelante adossée à la mer, ce maquis dont notre guide chantait les louanges et nous annonçait les mille merveilles. Était-ce à cause de ma vieille aversion pour les distractions balnéaires, ou des pressentiments dont cette journée était tellement chargée, ou de cette compagnie qui ne m'avait jamais paru plus agaçante, ou encore de la constatation que rien ne pouvait être plus rassérénant que l'endroit où nous nous trouvions, le fait est que je ne rêvais que d'une chose : que cette forêt ne finisse jamais, comme dans les contes de fées.

Il s'est produit alors quelque chose d'encore plus insolite. Nous marchions depuis plus d'une demi-heure quand à la vue du filet bleu foncé incisé dans le réseau brun du maquis la joie m'a saisi, exactement là, en plein sternum : une réaction pas vraiment étonnante si elle ne s'était pas accompagnée d'un inexplicable sentiment de culpabilité. J'ai ralenti pour laisser à cette sensation le temps d'atteindre la plénitude qu'elle semblait précéder et annoncer. J'ai laissé les autres me dépasser, arriver les premiers à la terre promise. La vérité c'est que j'aurais voulu être seul. Leur expression de soulagement et d'émerveillement m'a agacé, comme s'ils s'interposaient entre moi et quelque ineffable vérité qui exigeait le silence, le respect et la concentration.

« Qu'est-ce que je vous avais dit, pauvres cons ? Un paradis », exultait Federico. « J'ai l'impression que le prof est déjà fatigué. Trop de branlette, commentait Patrizio. Allons, professeur, un dernier effort. Nous sommes presque arrivés. »

C'est avec réticence que j'ai laissé la forêt à ses broussailles, comme si je craignais qu'une fois sorti, cette impression dont j'avais du mal à venir à bout puisse s'évanouir avant de m'avoir révélé sa nature mystérieuse. Quelque chose me disait que son secret était gardé par les arbres séculaires de la pinède. Hélas, j'avais vu juste. Un pas au-delà du maquis, à la lumière du soleil, et la joie avait disparu, et avec elle le sentiment de culpabilité. Mais pas cette piqûre de curiosité insatisfaite que même la beauté toute neuve du paysage qui s'ouvrait devant nous à perte de vue n'a pas réussi à apaiser. À ce stade, la mer était à portée de main, encore que distante. La langue de terre qui nous séparait de la plage paraissait peu sûre, parsemée comme elle l'était de roseaux, de dunes, de trous d'eau, comme si nous étions sur le point d'affronter un marais à peine asséché.

Patrizio faisait une nouvelle tentative. Il venait d'aborder Sofia. Tous les deux, à quelques mètres devant moi, pieds nus et chaussures à la main, s'étaient mis à bavarder. J'ai imaginé qu'il avait trouvé de nouveaux arguments pour m'exécuter. C'est curieux comme ça m'importait peu.

« Autrefois nous venions toujours à bicyclette, disait Federico. C'est un de ces endroits tellement difficiles d'accès qui reste toujours le même, désolé, préservé, même à la mi-août. »

À peine Federico avait-il dit ces mots, à quelques pas du point où la partie marécageuse de la côte devient la plage proprement dite, avec son sable farineux couleur biscuit et la muraille de rochers qui la délimitaient en l'isolant du monde, que tout est devenu clair. Encore une fois, la conscience a été précédée du sentiment de joie et de culpabilité que j'avais cru compromis quand j'avais laissé la forêt derrière moi. Cette fois, il s'y est joint un irrépressible mouvement de nostalgie.

C'était bien elle, non, je ne me trompais pas : la plage où bien des années plus tôt mon père m'avait amené pour me soustraire à la violence d'un instituteur suppléant : la lagune secrète qui avait marqué le sommet de notre camaraderie, le paradis perdu qu'après son arrestation et pendant que durait notre longue séparation j'avais désespéré de retrouver. Elle était là, toujours la même, immuable, miraculeusement intacte, épargnée par les caprices du temps qui avaient fait de moi un imposteur et de ma mère un fantôme. Tout était à sa place. Les mêmes troncs secs (c'est du moins ce qu'il m'a semblé), exactement dans la même position, gisaient à proximité de la même limite des vagues, tels des cadavres sur une scène de crime.

Pendant que les autres se réjouissaient avec Federico – quel paradis, quel endroit dingue –, pendant qu'ils enlevaient T-shirts et bermudas sans perdre de temps, en tirant des sacs nattes et crèmes solaires, moi, pétrifié, j'ai senti mes jambes flageoler et le souffle me manquer comme s'il ne s'agissait pas d'une excursion sur une des nombreuses belles plages de l'Argentario mais d'un voyage, d'un happening, au-delà des confins du temps, d'un premier essai de rencontre trop souvent évitée avec mon père.

6

Nous sommes rentrés au domaine à temps pour profiter au bord de la piscine d'un bel échantillon de crépuscule de la Maremma avec ses violentes couleurs fauves. Nous avons aussitôt attaqué avec l'apéritif. L'alcool ne manquait certainement pas chez les Montenuovo, sans parler de la nourriture. Une table basse préparée sans façons proposait un assortiment d'amuse-gueule autochtones : fougasse, pecorino, finocchiona et les immanquables légumes crus du potager. À la cuisine, Emilia, la domestique qui ne manquait jamais une occasion de détester que Sofia et moi partagions le même lit, s'affairait sur les plats que nous allions bientôt déguster sur la grande table de pierre. Pour l'occasion, et pour satisfaire un désir des filles, Federico avait préparé un gâteau de son invention qu'il avait appelé « Montenuovo torte », une version méditerranéenne de la Sachertorte, sans glaçage, fourrée avec une compote d'agrumes et des fruits confits à la place de la confiture d'abricots austro-hongroise. Après le long après-midi balnéaire éreintant, nous étions prêts à nous étourdir de liqueurs et de sucreries. En fond sonore, une cassette de morceaux divers que Federico ne cessait de nous infliger depuis quelque temps, pot-pourri mièvre à base de Christopher Cross, Gino Vannelli et Gilbert O'Sullivan. La discussion portait sur le sujet à l'ordre du jour : les examens tout proches. Ce n'était pas facile de croire que les résultats obtenus dans les épreuves allaient déterminer notre avenir, la place que nous occuperions dans le monde des adultes. Cette année-là les élèves de la section classique allaient avoir une version grecque. Lavinia se désolait : quelle poisse ! Imagine comme ç'aurait été mieux si c'était le latin qui était sorti comme c'était arrivé à sa sœur ?

« Les latinistes sont arrivées, a commenté Patrizio.

– Très drôle. Contrairement à toi, ma sœur et moi nous nous débrouillons plutôt bien en latin.

– Avec la mère que vous avez, vous devez remercier le ciel de vous débrouiller *plutôt bien* en italien. » Il n'était pas nécessaire de la regarder en face pour savoir qu'elle avait rougi jusqu'à la racine des cheveux : pour elle-même, pour sa sœur, pour la cruauté de son compagnon, mais surtout pour sa mère qui, aussi imprésentable qu'elle puisse être, ne méritait pas une insolence aussi grossière.

Quoi qu'il me coûte de l'admettre, surtout dans ce cas-là, Patrizio pouvait compter sur une intelligence vive et fine, bien que dépourvue de constance et de désintéressement. Son éloquence bénéficiait d'une élégance inaccessible pour ses pairs. S'il avait trouvé la force d'investir ses talents ailleurs il aurait sûrement obtenu des résultats plus encourageants qu'avec les calembours démentiels et les perfidies malsaines auxquels il s'abandonnait sans cesse. D'ailleurs je n'avais aucun droit de le juger avec une sévérité excessive. Certains individus sont portés à voir la pourriture partout. Des tempéraments attirés avec une constance tellement obstinée par la saleté logée en chacun de nous qu'ils ne résistent pas à la tentation de se rouler dedans. J'insiste, qui suis-je pour le juger ?

« Qu'est-ce que ça peut faire, a-t-il poursuivi visiblement fier de l'effet produit par sa dernière méchanceté. Mon père connaît un type au ministère qui lui a promis de nous procurer la version au moins vingt-quatre heures avant l'examen. Les filles, vous êtes prévenues. Maintenant vous savez à qui faire plaisir. »

Qu'aurait pensé ma mère d'un élève qui non seulement s'apprêtait à tricher mais qui ne trouvait rien de mieux que s'en vanter en public, sûr de susciter chez les autres un mélange d'envie et d'admiration ? Qu'aurait-elle pensé de ce garçon qui racontait des histoires sur des paiements en nature en échange d'une épreuve d'examen ?

J'espère que le lecteur saura pardonner cet accès juvénile de moralisme. Mais j'espère surtout qu'il voudra comprendre pourquoi, dans ma tentative d'en finir avec mon indignation, j'ai spontanément fait appel au magistère moral de ma mère. Soyons clairs, les habitudes d'escroc de Patrizio, ses vantardises nihilistes à la Stavroguine m'importaient relativement peu. Ce dont je ne savais vraiment pas me libérer – et je l'esquivais pour cette raison ? – était l'impression qu'avait laissée sur moi cet après-midi sur la plage de mon père, le mélange compliqué de sentiments qu'il avait réveillé. Pendant que les autres s'activaient et prenaient le premier bain glacé de la saison, fidèle au personnage ténébreux que j'aimais interpréter j'étais resté à l'écart avec T-shirt, pantalon et casquette, assis sur un tronc d'arbre, sombre et renfrogné.

C'était étrange comme pendant ces années j'avais tout fait pour oublier que mon père c'était aussi ça : un homme gentil qui avait su trouver une manière vraiment tendre et imaginative de libérer son fils de ses cauchemars enfantins. Je m'étais laissé aller à l'idée de sa culpabilité avec une paresse mesquine. Quelle qu'ait été la nature de son délit, c'était méprisable de ne pas lui avoir accordé le bénéfice du doute en lui offrant la possibilité de s'expliquer et même, si nécessaire, de se disculper. Sans parler de comment j'avais fait cause commune avec oncle Gianni dans l'œuvre de béatification de ma mère. S'il est vrai que toute bienheureuse a son bourreau, il ne restait qu'à déterminer si l'oppresseur en question était vraiment le type qui pourrissait en prison depuis des années dans l'indifférence générale et oublié de la plupart des gens, et non pas ses geôliers ou la victime présumée. Je me suis demandé comment j'étais parvenu à m'en sortir, somme toute sereinement, sans satisfaire la curiosité que sa détention aurait dû éveiller en moi. Comment j'avais pu vivre sans essayer de donner un sens à sa réserve obstinée.

Par ailleurs, s'il l'avait voulu, en dépit des interdictions imposées par la prison, il aurait pu trouver le moyen de prendre contact avec moi : par l'intermédiaire d'un avocat, par une lettre, un coup de téléphone. Mais non, rien. Conformément à une habitude familiale peut-être inspirée par le fantôme encombrant de son épouse, il s'était bien gardé de violer la consigne du silence. Entraîné par je ne sais quels remords – sans parler des souffrances, des humiliations, des contraintes de la prison qui dépassaient largement ma compréhension filiale et mon imagination bourgeoise – il avait tenu pour acquis que je lui inflige de prétendre ne pas le connaître. Il semblait l'accepter stoïquement. Il m'en voulait ? Il m'avait maudit ? Si oui, il aurait eu bien raison. Mon crime, si on peut l'appeler ainsi bien qu'il ne soit pas passible de poursuites judiciaires, impliquait divers domaines de la justice humaine : des strictement intellectuels aux sévèrement moraux. Le déclarer coupable avait été le choix le plus aisé, la seule stratégie d'évitement que mon intelligence sociale ait su s'inventer. Par ailleurs, lui faire porter toutes les responsabilités, sans qu'il n'y ait aucun contradicteur signifiait absoudre les autres héros de cette vilaine histoire : ma mère, oncle Gianni, les juges, la police, la presse et, naturellement, le fils ingrat. Dans de telles conditions il n'était plus aussi surprenant que je me sois complu dans la présomption de sa culpabilité. S'il avait été innocent – et d'après ce que j'en savais, le peu que j'avais vu et le rien que je me rappelais, il était pensable que son cas puisse être inscrit parmi les erreurs qui déjà à l'époque entachaient notre système judiciaire – j'aurais dû remettre en question l'honnêteté de tous les autres. À commencer par la mienne. Si lui était innocent, le rôle que j'avais joué tranquillement les dernières années prenait des aspects encore plus sombres. Toutes les mystifications mises en œuvre – de l'usurpation de mon nom de famille à la contrefaçon de mon arbre généalogique – étaient plus qu'une mascarade : une désertion pure et simple ; une escroquerie qui me plaçait moralement très au-dessous des types comme Patrizio que j'étais toujours en train de juger du haut de je ne sais quelle perfection. Au risque de mettre en cause mon scepticisme je m'étais demandé s'il n'existait pas un lien entre la visite reçue ce matin-là du fantôme maternel et la redécouverte rocambolesque de la plage de mon père. Mais même en volant plus bas, en évitant le petit raccourci spirite, il était évident que la vie m'interpellait et qu'encore une fois j'étais infichu de lui répondre.

Le plat principal du dîner était des lasagnes aux asperges. Sans appétit, indifférent au mal de tête aux aguets, je m'étais accroché désespérément à la bouteille. Ce bon vin toscan produit par les oncles de Federico dans un domaine jouxtant le sien. Il aurait dû calmer, du moins dans mes propos, le dégoût croissant que j'éprouvais pour moi-même. Malheureusement, loin de les mettre en sourdine, il en avait sournoisement accentué les côtés sentimentaux. Quoi qu'on en dise, même l'autodénigrement exige du sérieux et un esprit lucide. Je perdais simplement le contrôle de mes émotions en les revêtant, pour ainsi dire, de costumes de cirque. Je flirtais avec l'idée de me lever de table et de crier ma culpabilité. Mon imagination ne savait aller au-delà de cette scène fondatrice d'un goût douteux. Federico m'a mis en garde. « Vas-y doucement, prof. Tu vas finir par te saouler. Il est encore tôt pour dérailler. Mange au moins quelque chose.

– Je n'ai jamais connu quelqu'un qui tienne plus mal l'alcool que lui, est intervenue Sofia. Je vous jure, quand il est comme ça, mieux vaut ne pas le provoquer. »

J'ai attribué aussi bien le commentaire acide que l'allusion inquiétante à la dispute que nous avions eue dans la chambre en rentrant de la plage. À vrai dire, quelque chose de plus que l'accrochage ordinaire. En la voyant sortir de la douche avec ses longs cheveux mouillés, enveloppée dans une toute petite serviette, je m'étais permis des avances plutôt explicites. Une approche brutale non seulement inadaptée à l'état de notre relation mais contraire à mon tact habituel. « Tu es fou ? » m'avait-elle dit en reculant furieuse. Puis, d'un léger signe de tête, elle m'avait rappelé que nous n'étions pas seuls : les murs étaient fins comme du papier à cigarette. « Qu'est-ce qui te prend, princesse ? Depuis quand tu t'intéresses à ce que pensent les autres », lui ai-je dit en imitant Patrizio. « Mais tu le sais que tu es un vrai con. Tu exagères, et ça ne date pas d'aujourd'hui. » « Tu peux toujours me lâcher et t'enfuir avec Patrizio. Lui ne demande pas mieux. » « Il me dégoûte. » « À vous voir à la plage on ne l'aurait pas cru. » « Si au lieu de rester là collé sur ton foutu tronc d'arbre comme le jeune Werther tu m'avais suivie… » « Allons, ne te plains pas. Il me semble que tu as trouvé le moyen de t'amuser quand même. Je n'ose même pas imaginer ce qu'aurait pensé un de tes Palestiniens lanceurs de pierres en te voyant te livrer à certaines frivolités balnéaires. Sans parler du fier peuple vietnamien. » « Écoute, je ne voulais pas venir dans ce putain d'endroit. Ce sont tes amis, pas les miens. D'accord ? Et maintenant va prendre une douche, tu es dégoûtant, et ils nous attendent. »

« Non, Federico, laissons-le boire en paix, a dit Patrizio. *In vino veritas.*

– Les enfants, s'il vous plaît, on ne touche pas au prof.

– Et qui y touche à ton professeur ? Nous voulions seulement le faire participer. Aujourd'hui il est plus asocial que d'habitude. »

Pendant que les premiers joints circulaient de bouche en bouche la nuit nous a pris par surprise. Le paysage s'est éclipsé en un éclair comme si un lutin sylvestre taquin avait éteint la lumière. Étendus sur les chaises longues, couverts des vieux plaids distribués par Federico pour nous protéger de l'humidité, nous n'avions d'yeux que pour le ciel ; teinté d'une brume miroitante et pure, il semblait être là pour favoriser la plus vieille des questions inutiles : qu'allions-nous devenir ?

Il y avait celui qui était impatient d'aller étudier à l'étranger, celui qui appréciait d'avance un long voyage pour décompresser, celui qui avouait que la seule idée de reprendre des études le faisait avaler de travers et lui bousillait le cerveau, celui qui était franchement démoralisé à l'idée d'hériter l'entreprise familiale ou de succéder à son oncle dans l'étude de notaire centenaire, et il y avait même celui qui se disait persuadé que l'avenir ne pourrait pas être à la hauteur de ce que nous avions du mal à laisser derrière nous. Soyons clairs, je doute qu'aucun d'eux se soit inquiété de l'avenir des autres. Jamais, depuis que je les connaissais, depuis que j'avais commencé à les fréquenter régulièrement, mes amis ne m'avaient paru enfermés dans un égotisme romantique aussi fort. À commencer par moi, qui étais là frissonnant, déprimé, aux prises avec des fantômes et des exorcismes de sorcellerie. Mais il me semblait avoir gagné un avantage sur eux. D'accord, je ne pouvais pas faire valoir, comme Sofia ou Federico, une délicieuse enfance tolstoïenne : demeures décorées de fresques, *grand tour**, patrimoines disputés. En comparaison, mon passé apparaissait résolument plus ordinaire, et le voyage qui m'avait conduit jusque-là bien moins confortable. En revanche, au seuil de l'âge adulte, je pouvais déjà faire état de deux vies pour lesquelles éprouver une certaine honte : j'avais beau me creuser la cervelle, je n'arrivais pas à décider laquelle des deux était la plus embarrassante. Cependant, ma belle collection d'expériences horribles, que soit dit en passant je me serais volontiers épargnées, avait fait de moi pour le moins un acteur expérimenté et un excellent escroc. En fin de compte, il m'était déjà arrivé assez de choses, plus qu'un garçon sorti d'un roman victorien puisse en supporter. Il ne me restait plus qu'à aspirer à une existence sereine, bourgeoise, exempte de crises ou de désastres. Il y en avait de quoi satisfaire n'importe quel psychothérapeute passionné de traumatismes bizarroïdes ou en quête d'archétypes folkloriques. D'après le jugement d'un tribunal j'avais vu mon père commettre un homicide ; comme si ce n'était pas suffisant, j'avais manqué de quelques secondes le massacre du corps de ma mère, immobile comme un mannequin sur le trottoir devant chez nous ; j'avais subi un interrogatoire dostoïevskien de la part du plus sournois représentant du ministère public ; grâce à ce bienfait, et avec l'aide de la nature, j'avais falsifié mes données, changé d'identité, faussé mes souvenirs, et pendant que j'y étais j'avais aimé, ou plutôt je m'obstinais à aimer non sans perversité, une cousine qui, en raison de certaines circonstances désagréables mais tout à fait prévisibles, circulait depuis quelques semaines dans les rues de Tel Aviv en tenue de camouflage. Et pour quoi ? Le projet d'oncle Gianni de faire de moi un gentilhomme et un bon Juif rencontrait des obstacles insurmontables. À commencer par un ressentiment qui n'avait pas grand-chose de distingué. Quant à mon identité, même si ça me déplaisait, le sang que je sentais couler dans mes veines était trouble et métis comme un cocktail à deux sous. Au moins, là, mes parents n'avaient pas failli, faisant de moi ce que les Français appellent un *déraciné**: une jolie façon de désigner les bâtards, les individus sans histoire et sans patrie. Voilà ce que j'étais : une expérience ratée, grâce au ciel non reproductible ; en d'autres termes le fruit avarié de ce genre d'interactions génétiques qu'une société saine devrait interdire.

Comme on le voit, je disposais déjà du matériel suffisant pour me plonger dans le seul livre que j'étais vraiment destiné à écrire : celui-ci. Bien que je sois pourvu d'une dose suffisante de pharisaïsme pour ne pas prendre trop au sérieux l'appel aux armes de ma vocation artistique, je n'étais pas suffisamment expert pour prévoir les difficultés que j'allais rencontrer pour mettre mes souvenirs noir sur blanc. Oui, cette maudite nuit-là je ne savais pas encore que pour me permettre le luxe d'évoquer les fantômes de mon passé, et de le faire avec ferveur mais aussi avec le détachement voulu, j'allais devoir entamer un long apprentissage, une traversée du désert dont je n'aurais pas pu imaginer les tourments dans ma naïveté d'alors. J'ignorais que pour trouver les mots justes on a besoin de plus qu'une vilaine histoire de vie. Et que le seul ingrédient capable de donner un peu de crédibilité à sa voix c'est le temps.

Le cannabis, en agissant sur des métabolismes très jeunes et hyper efficaces, avait de nouveau aiguisé l'appétit. Federico a proposé des spaghetti de minuit. En traînant nos plaids nous nous sommes transférés dans la cuisine, une grande pièce peu éclairée, vaguement médiévale, avec des murs couverts de marmites en terre et de poêles en cuivre, et une cheminée dont l'âtre noir menaçait la grande desserte ancienne et croulante autour de laquelle nous nous sommes installés dans le désordre. Des hortensias séchés et des courges tavelées ornaient le plan de travail en marbre sur lequel Federico avait commencé à émincer des oignons et des carottes pour le *soffritto*.

« Prof, quel dommage que tu n'aies pas apporté ta guitare. J'ai de nouvelles partitions. Nous aurions pu nous amuser. »

Feignant d'être désolé je me suis pelotonné dans mon coin comme un chiot contrit. Il ne manquait plus que la guitare ! En ce qui me concernait, la soirée pouvait être considérée comme terminée. De fait, elle semblait n'avoir jamais commencé. Remise en perspective, toute cette journée avait été un fiasco à effacer du calendrier. Il faut dire à ma décharge que le manque d'appétit mêlé à la soif éthylique rend tout jugement morbidement dramatique.

C'est alors que Patrizio m'a demandé depuis combien de temps je jouais. Depuis plusieurs années, ai-je répondu. Sans les précautions habituelles et avec la pédanterie bavarde des hommes ivres, j'ai expliqué que j'avais désormais oublié mes rêves de gloire : je n'avais pas le physique du rocker.

« Et qui t'a appris ?

– Mon père est un excellent guitariste. » J'avais baissé la garde et, l'esprit de plus en plus troublé, c'était facile de confondre les temps de la conjugaison. Je me suis corrigé. « Ou plus exactement il l'était.

– Il était ambassadeur, non ?

– Quelque chose de ce genre.

– Où exerçait-il ?

– En Amérique du Sud.

– C'est grand l'Amérique du Sud, prof. Où exactement ? »

À l'exception du maître de maison occupé avec la sauce tomate, tous écoutaient attentivement : ils semblaient moins intéressés par les énigmes de mon passé que conquis par l'audace de celui qui me demandait des comptes.

Je me suis secoué, en essayant de sortir de mon coin.

« Pardon, qu'est-ce que ça peut te faire ?

– À moi ? Rien. J'ai demandé comme ça, par curiosité.

– Gaspillage d'effort », est intervenue Sofia en prêtant main forte à l'ennemi. Elle a ajouté que par opposition à ma curiosité malsaine de la vie des autres je faisais preuve d'une omerta digne de Corleone quand il s'agissait de la mienne.

« Je vois que tu ne me connais pas », a dit Patrizio sur le ton mielleux qu'il prenait pour faire le joli cœur avec les filles. « Tu te souviens de Mumbly ? C'est ça, quelque chose dans le genre. Je suis un méchant chien policier. Avec moi, aucun délit ne reste impuni. »

Sofia l'a taquiné. « Dommage qu'il manque le cadavre.

– C'est ce que tu dis. »

Alors seulement, face à l'insinuation de l'inquisiteur, je me suis rendu compte que l'interrogatoire qui se déroulait n'était pas qu'un des simples exercices de perfidie dans lesquels Patrizio avait coutume de se complaire. Vu sous le bon éclairage, ou plus précisément dans la pénombre dense et laiteuse des tribunaux du peuple, il semblait plutôt poursuivre des objectifs précis, circonstanciés, quoiqu'encore imprévisibles. Je me suis dit qu'il savait peut-être, et après me l'être dit, dans un accès de panique foudroyant, j'ai senti mes tempes s'enflammer comme des tisons.

Il est revenu à la charge. « Alors tu es né en Amérique du Sud ?

– À Rome.

– Mais tu y as vécu.

– Quelque temps.

– Vraiment ? a demandé Sofia. Tu ne m'en as jamais parlé. » Puis, s'adressant au magistrat pommadé : « Pas mal, Patrizio, tu as obtenu davantage en deux minutes que moi en quatre mois de questions.

– Je t'en prie, Sofia, ne l'interromps pas. Pas maintenant qu'il commence à s'ouvrir. Tu disais que tu y as vécu quelque temps. Et où exactement ?

– Je te l'ai dit, Patrizio, je n'ai pas envie d'en parler. Ce ne sont pas tes affaires.

– Dis-nous au moins depuis combien de temps tu es avec ton oncle.

– Depuis quelques années.

– C'est trop vague.

– Je n'ai rien à ajouter. »

Federico est venu à mon secours tout en déposant le plat de pâtes fumantes au centre de la table avec une volupté à la Falstaff. « Arrête, laisse-le tranquille. Mon client fait valoir son droit au silence. » Il y avait quelque chose de fordiste et de jouissif dans la dextérité avec laquelle il distribuait les portions abondamment arrosées d'huile, décorées de basilic et parsemées de parmesan.

« Ceci n'a rien d'un procès, a dit Patrizio en attrapant son assiette. Je suis seulement curieux. Et notre professeur est tellement mystérieux. Alors essayons de le dire autrement : ton ancienne vie te manque ? »

Le soleil de l'après-midi, les légers hallucinogènes, la nourriture à base d'apéritifs et de vin rouge avaient mis mon élasticité mentale à rude épreuve. Mes tempes battaient comme un moteur en panne. Un étourdissement profond accompagnait la douleur comme si j'allais perdre ma prudence et mon contrôle en même temps que le nord.

« Je ne vois pas de quoi tu parles.

– Mais si, ton ancienne vie, la vie d'ambassade, la samba, le tango, le bal des débutantes…

– Disons que je n'ai pas de souvenirs précis.

– Ah non ?

– Non, je dirais que non.

– Et ton père ?

– Quoi mon père ?

– À ta façon d'en parler c'était un grand homme, non ? Lui, tu t'en souviens ? »

Federico est intervenu de nouveau, la bouche pleine. « Allons Patrizio, n'exagère pas. »

Je l'ai fait taire avec la légèreté de l'accusé qui ignore les consignes de son sage défenseur. « Non, laisse-le faire si ça l'amuse. »

Un calme malsain, d'autant plus insidieux si l'on considère que des scènes de ce genre, fréquentes dans notre petit cercle, s'accompagnaient toujours d'un arrière-fond indécent de dérision hilare. Pas cette fois. Tous se taisaient, réservés, je ne saurais dire si paralysés par la perplexité de l'accusé ou par l'indignation vis-à-vis de l'enquêteur. Il était clair que Patrizio n'avait aucune intention de lâcher le morceau et que j'étais prêt à me faire décapiter.

« Comment pourrais-je oublier mon père ?

– Alors dis-nous quel type c'était. »

J'ai feint l'indifférence. « Un type bien. Un type beaucoup mieux que toi.

– Vraiment ?

– Tu peux parier, sale fils de pute.

– Oh, inutile de m'injurier. Ils sont tous témoins que je ne l'ai pas fait. Tu conviendras au moins que ce n'est pas très professoral d'insulter les gens. Et tu es notre professeur, n'est-ce pas ?

– Je te prie de ne pas m'appeler comme ça.

– Ah, oui. Et comment je devrais t'appeler alors ?

– Tu peux aussi ne pas le faire.

– Mais disons que je ne puisse vraiment pas l'éviter, que j'aie besoin de t'interpeller, sous quel nom tu préfères être appelé ? Dis-le, comme ça nous essaierons de te satisfaire. »

C'est alors que j'ai compris : *il savait tout.* Et comme ceux qui en savent plus qu'ils n'en disent il aimait jouer au chat et à la souris. Je n'aurais pas su dire par quelles machinations sournoises il y était arrivé – une connaissance commune trop bavarde ? Un de ces nombreux cas fortuits sur lesquels je savais depuis le début ne pouvoir exercer aucun contrôle ? Un détective privé payé pour coincer son rival amoureux ? – mais à l'évidence il était au courant.

Cherchant à me ressaisir j'ai dit : « Visiblement, je ne suis pas le seul à avoir trop bu.

– Tu te trompes, je ne suis pas ivre. Au contraire, je suis parfaitement sobre. Et c'est pourquoi je te dis que le moment est venu de mettre fin à cette pitrerie. Tes conneries ont dépassé les limites.

– Et les tiennes alors?» ai-je répondu dans un accès d'infantilisme regrettable.

Patrizio a mis la main dans la poche de sa chemise avec le geste lent, solennel, théâtral de l'arbitre qui s'apprête à vous expulser. Il en a tiré une coupure de journal dans l'intention claire – dont il se délectait à l'avance depuis qui sait combien de temps – de la livrer en pâture aux hyènes. L'entrefilet chiffonné a mis une trentaine de secondes – un tour complet de la tablée ponctué d'exclamations répugnantes d'étonnement et de consternation – pour atteindre le principal intéressé. Avant même de lire l'article, j'ai consacré ce qui me restait de lucidité à la photo en noir et blanc qui l'accompagnait. Ce n'était d'ailleurs pas la première fois que je la voyais! Apparue dans les quotidiens nationaux dans les jours qui avaient suivi la mort de ma mère, elle représentait la famille du monstre au grand complet: maman, papa et moi; et pour tout dire, pas à notre avantage. Prise par un inconnu à qui papa l'avait gentiment demandé pendant une visite au zoo, quelques jours avant mon départ pour les États-Unis; j'avais du mal à imaginer l'ordure qui l'avait subtilisée sur l'étagère où maman la conservait. Et pourtant, depuis la première fois que je l'avais eue sous le nez, sous cette nouvelle forme, reléguée dans les pages sanglantes des faits divers, il m'avait semblé comprendre pourquoi le choix du voleur s'était porté sur elle parmi tant d'autres: on n'aurait pas pu exprimer mieux la mélancolie d'une famille dysfonctionnelle prête à être bouleversée par l'horreur.

Démasqué, manquant de la force nécessaire pour contre-attaquer, écrasé par l'irréfutabilité des faits et la violence de cette photo, il ne me restait qu'à lire le titre et la légende. C'est ce que j'ai fait sans aller plus loin: apparemment, le procès qui avait fait tomber mon père avait subi une révision. D'après le rédacteur, la vérité judiciaire qui avait clos cette horrible histoire trois ans plus tôt était la énième imposture.

7

Dans le théâtre élisabéthain ce serait l'heure des sorciers, des esprits et des lutins. La nuit claire, les parfums sylvestres de l'été proche, le doux chant paralysant des grillons offrent le cadre idéal pour tramer des enchantements et inventer des sortilèges. Ajoutez-y l'altération éthylique du héros, portée à son comble par son identification publique qui vient d'avoir lieu : quoi de mieux pour donner forme et vraisemblance à un soliloque déguisé en dialogue.

Avec quel plaisir j'entends la voix de ma mère me rappeler à l'ordre et diriger ma fuite : l'au-delà dans lequel d'horribles circonstances l'ont confinée n'a jamais été aussi proche de l'en deçà dans lequel je me débats tout aussi horriblement. Comme toujours, elle tient beaucoup à l'efficacité ; elle me chuchote de ne rien oublier : mon sac, mes clés, un dernier regard tendre à Sofia (l'adieu est inéluctable) et surtout les deux virages qui dans une dizaine de minutes devraient me ramener sur la voie rapide.

Ainsi, pendant qu'elle m'enjoint de ne pas trop appuyer sur l'accélérateur – *tu vois bien que tu n'es pas en état de conduire* – je ne trouve rien de mieux que de lui lancer à la figure toutes les récriminations qui me passent par la tête : un *cahier de doléances** long de toute une vie, et donc bavard, confus et non pertinent. Je commence par le geste d'oncle Gianni : je ne l'ai pas digéré, lui dis-je.

Quel geste ?

Tu le sais très bien, ne fais pas l'innocente. Le geste avec lequel il a caché le journal ce matin. Quand il m'a vu il a failli avoir une attaque.

Il voulait peut-être te protéger ?

Me protéger ? Allons donc. Il est évident qu'il fait partie de la conspiration.

Quelle conspiration ?

Arrête, maman. La conspiration grâce à laquelle vous l'avez enfoncé, et avec laquelle, en fait, vous m'avez roulé moi aussi.

Vraiment ?

Bien sûr. Maintenant je sais, je vois, je comprends tout. Je me demande seulement comment vous avez pu vous le permettre. Ce qui se dit sur vous autres est peut-être vrai : vous savez manipuler les gens pour que les événements tournent à votre avantage.

Qui donc, nous autres ?

Ça aussi tu le sais très bien, ne me fais pas dire des choses désagréables.

Bon, d'accord, disons même qu'il s'agit d'une conspiration (tu ne trouves pas que tu exagères ? Je ne te savais pas conspirationniste), comment se serait-elle passée ? Tu crois vraiment que ton oncle et moi avions un accord ? Et en quoi pouvait-il consister ? Réfléchis. Comment peut-on imaginer un plan de ce genre ? Toi aussi tu étais à la maison cette nuit-là. Comment pouvais-je savoir que papa viendrait ? À cette heure-là et dans cet état physique et psychique ? Je ne suis pas devin. À moins que je lui aie demandé de venir exprès ? Tu me vois tendre des pièges ? Naan, cette histoire de complot ne tient pas.

Pour qui tu m'as pris ? Un con de paumé ?

Je peux te demander de ne pas dire de grossièretés, s'il te plaît. Tu crois qu'elles renforcent ce que tu dis mais c'est faux. Elles ne font qu'enlever l'élégance et la vérité à ce que tu affirmes.

Non, tu ne peux pas me le demander. Non seulement parce que je suis majeur, mais parce qu'en fait tu as perdu tout droit d'ingérence dans ma vie depuis que tu as sauté (oui, sauté) de ce balcon. Tu comprends ? Là est la question. Tu as agi pour conduire les événements sur la voie que tu croyais la plus juste. Et voilà le résultat. Le résultat c'est moi. C'est pourquoi je te prie de ne pas me croire plus naïf que je ne le suis. La conspiration – traite-moi de conspirationniste si ça te fait plaisir – n'a pas été montée comme on planifie un attentat. Ç'a été le résultat de l'interaction entre hasards favorables et intentions communes. Papa m'avait prévenu : c'était la faute du Seder de Pessah. Lui l'avait compris. Et en effet c'est à partir de là que tout a commencé à se précipiter. Vous vouliez vous en débarrasser. Vous avez seulement attendu l'occasion favorable pour réaliser votre plan. Voilà tout.

Nous débarrasser de qui ?

De papa. Qui d'autre ? Vous vouliez me ramener au bercail, ou ce que dans votre arrogance vous considériez comme tel. Disons que vous avez eu de la chance. Que les choses sont allées dans la bonne direction. Qu'elles ont mieux tourné que vous n'auriez pu l'imaginer. Chacun a apporté sa contribution à la cause. Le reste est arrivé tout seul.

Je n'ai pas bien compris. Explique-toi mieux. Quel était ce plan ?

Tu as le courage de me le demander ? Le plan était de me sauver de lui, de me soustraire au seul genre de vie qu'il aurait pu me garantir. Ton sacrifice a servi à ça.

Mon sacrifice ?

Tu as raison, les sacrifices n'existent pas. Les sacrifices sont des gestes d'une suprême vanité. Et tu es l'être le plus vaniteux que j'aie jamais connu. En réalité, j'en ai connu une autre qui est ta digne nièce : c'est la vanité qui l'a amenée à s'enfuir en Israël et à porter le fusil-mitrailleur et la Torah. Mais c'est une autre histoire.

Oui, mais en général les sacrifices se proposent un but, mon trésor. Quiconque se sacrifie le fait en vue d'un objectif supérieur pour lequel, précisément, il est prêt à se sacrifier. C'est là que je ne comprends pas.

Tu comprends, et comment. Tu voulais m'offrir les chances qui sinon m'auraient été interdites. Ce qui explique tout. Par exemple, laisse-moi te demander pourquoi tu as souscrit une assurance sur la vie un an avant de mourir. Nous n'avions pas d'argent à gaspiller et pourtant tu as investi ce que tu n'avais pas dans une affaire pour le moins désespérée, comme jouer à la roulette. Tu étais jeune, très jeune et solide comme un roc.

Comment ? Tu m'accuses aussi de ça ? D'avoir été prévoyante ? J'ai seulement été clairvoyante. C'est tout. Et pour une fois j'ai vu juste. Regarde-toi. Tu es un beau jeune homme, tous ces après-midi chez les dentistes et les orthopédistes ont eu de bons résultats. Tu es instruit, et contrairement à la plupart des jeunes de ton âge tu as un joli petit pécule à investir dans ta formation. Tu peux faire ce que tu veux. La vie est à tes pieds. C'est vrai que tu veux être écrivain ? Une carrière difficile, si tu y réussis j'en serai très heureuse. Je serai fière de toi. Eh bien, tu peux le faire. Tu peux étudier pour devenir écrivain. Tu peux essayer sans mourir de faim. En toute tranquillité. Quel mal à ça ?

Nous y revoilà. Même morte, tu ne penses qu'à l'argent et aux études, dans cet ordre précis.

Ce sont des choses importantes. Pourquoi les mépriser ? Quand l'argent permet d'être libre, c'est une bonne chose. Comme les études quand elles permettent de réaliser ses aspirations intellectuelles. Quoi de plus beau ?

Des conneries !

Ne dis pas ça. Tu veux devenir comme tes amis ? Ce ne sont pas des conneries. Ne sous-estime pas le don que tu as reçu, ne jette pas tes chances aux orties.

Tu ne peux vraiment pas l'éviter, hé ?

Éviter quoi ?

De juger les autres. De les regarder de haut. Tu le faisais aussi quand tu étais vivante ; sous couvert de modestie tu ne pouvais pas t'empêcher de mépriser ton prochain : papa, tes collègues et même tes pauvres élèves. Qu'est-ce qui ne te plaît pas chez mes amis, maman ? En quoi ils ne correspondent pas à ton idéal ? Qu'est-ce qu'ils t'ont fait ?

Mais enfin, tu les as vus ? Ils sont là à traîner, à ne pas vivre, à boire, à fumer, à gaspiller l'argent de papa.

C'est drôle que ce soit toi qui dises ça. Toi qui as contribué à faire de moi un des leurs.

C'est ce que j'ai fait ?

Et personne ne te l'avait demandé.

Tu en es sûr ? Tu es vraiment sûr de ne pas l'avoir désiré de tout ton cœur ? En admettant que ce que tu crois soit vrai, que tu sois victime d'une conspiration, tu es sûr que les conspirateurs n'ont pas exaucé ton désir secret ? Combien de fois tu as pensé que papa et moi n'étions pas à la hauteur de tes critères ? Combien de fois tu nous as vus comme un obstacle ? Combien de fois tu as été tenté de nous rejeter ? Combien de fois tu as rêvé de nous remplacer par des individus plus dignes, moins embarrassants et moins problématiques ? Et surtout bien plus solvables !

Ça, c'est un coup bas, maman. Je ne suis pas le premier enfant, et je ne serai sûrement pas le dernier, à éprouver des sentiments ambivalents pour ses parents. Ce qui ne signifie pas que ce qui s'est passé a exaucé un de mes désirs. Je me suis adapté, c'est tout. Je n'avais pas le choix.

Ce qui s'est passé. Dis-moi : qu'est-ce qui s'est passé ?

Il s'est passé que tu es morte. Il s'est passé qu'à cause de cette mort mystérieuse papa s'est fait coincer.

Coincer ?

Oui, coincer. Il a été accusé de t'avoir assassinée, il a subi une humiliation épouvantable. On l'a jugé et fourré en prison sans l'ombre d'une preuve.

Comment peux-tu l'affirmer ?

Je le sais. Il n'y a plus de doutes. On l'a coincé, vous l'avez coincé. Tous cherchaient un monstre et ils l'ont trouvé. Ce salaud de magistrat était impatient de l'appeler à la barre. Les journaux étaient impatients de le balancer sur la une. Oncle Gianni était impatient de se débarrasser de lui en couronnant son rêve interdit de paternité. Tu as lu l'article toi aussi, non ? Ils sont en train de réviser le procès. Ce qui signifie que des éléments sont apparus qui permettront très probablement à papa d'être réhabilité. Et pour moi c'est très important. Je t'assure. Pendant des années je me suis évertué à essayer de savoir ce qui était le pire : que ma mère se soit suicidée ou que mon père soit un assassin. Tu conviendras que je me suis trouvé face au plus insoluble, au plus déchirant des dilemmes qu'un enfant puisse concevoir et supporter. Eh bien, j'ai finalement compris. J'en suis venu à bout. Maintenant je sais quoi choisir. Il vaut mieux avoir pour mère une femme déprimée qui s'est laissée aller à un instant de faiblesse que vivre avec le poids d'un père qui a assassiné son épouse.

Je m'en félicite, mon cher fils. Je suis heureuse de te voir si sûr de toi. Et ça me fait encore plus de plaisir de constater que tes sentiments à l'égard de ton père sont tendres et fidèles. Je ne m'explique pas son comportement, je parle de papa. D'après ce que tu me dis, bien qu'il soit innocent il n'a rien fait pour se disculper. Ne me dis pas qu'il fait partie du complot lui aussi. Que lui aussi s'est sacrifié.

Je ne nie pas que ce soit le point le plus obscur de l'histoire. Le point faible de ma reconstitution. Qui mieux que lui savait qu'il était innocent ? Alors pourquoi ne pas le crier sur les toits ? Il pressentait probablement qu'il n'y avait pas grand-chose à faire. Que ses ennemis étaient trop forts pour lui : ton spectre justicier, l'indignation de l'opinion publique, les chicanes des magistrats, les machinations d'oncle Gianni. Voilà comment je me l'explique.

Ou plus simplement il ne se souvient de rien.

Allons, ne dis pas de bêtises.

Mais si, voyons. Pourquoi le devrait-il ? Il était saoul comme un Polonais. Il n'était pas lui-même. Oui, ce doit être ça. Il ne se souvient de rien. Lui, le seul témoin de ce qui est arrivé, le seul qui pourrait nous dire ce qui s'est passé sur ce balcon, n'a pas de version des faits digne de foi. Peut-être, à force de se l'entendre dire, s'est-il convaincu de mériter d'être condamné.

Non, non, ça n'est pas ça.

Quoi alors ?

On dirait que comme d'habitude la recherche fiévreuse d'un coupable s'est contentée du premier suspect disponible.

Je peux te poser une question ?

Je peux t'en empêcher peut-être ?

Pourquoi es-tu tellement obsédé par la recherche d'un coupable ? Pourquoi veux-tu savoir à tout prix de qui c'est la faute ?

Je ne sais pas de quoi tu parles. Tu dérailles.

Mais si, voyons, regarde-toi. Tu ne penses qu'à ça. C'est une obsession. Tu y perds le sommeil et l'appétit. Tu t'y complais, tu te roules dedans. C'est ce qui t'empêche de profiter de ce que tu as. Pardonne-moi de te le dire, mais c'est toi qui dérailles, toujours à la recherche de complots et de conspirations. Ce n'est pas une façon intelligente de voir les choses, ni même saine. C'est l'erreur commise par la plupart des gens. Ils se demandent tous : à qui la faute ? Comme si tout ce qui ne va pas, qui ne fonctionne pas bien dans leur vie, toute leur souffrance devait avoir un responsable qui les transcende. Jamais ils ne se disent : c'est peut-être ma faute. Ou mieux encore : ce n'est peut-être la faute de personne. Les choses sont ce qu'elles sont. Il aurait pu en être autrement, mais c'est comme ça. Il n'y a pas grand-chose à faire, rien à ajouter. Non, ils ne le supportent pas. L'idée que les catastrophes arrivent parce qu'elles arrivent leur est intolérable. C'est pourquoi ils sont tous à la recherche effrénée d'un coupable. Tous obsédés par la conspiration. C'est difficile d'accepter d'être le seul responsable de sa propre vie. C'est bien mieux de rejeter la responsabilité sur notre prochain. De nous en prendre à quelque pouvoir mauvais qui nous a désavantagés en nous manipulant. Bien mieux de nous nourrir de notre conscience immaculée.

Pourquoi me dire tout ça ? Je parle d'autre chose. Je parle de la vérité judiciaire.

La vérité judiciaire ? Elle te semble une vérité à prendre en considération ? Tu penses vraiment qu'une peine décidée par un groupe sélectionné de personnes, qui aussi sages et de bonne foi qu'elles puissent être ne sont en tout cas pas impliquées dans les faits qu'elles sont appelées à juger, puisse avoir un poids ou puisse exprimer une quelconque preuve inopposable ? Quelle sottise. Laisse les vérités judiciaires à des gens comme ton oncle, ou aux pharisiens qui infestent les rédactions des journaux. La vérité que tu recherches, la vérité d'un délit est jalousement gardée dans le cœur de l'assassin, et enterrée pour toujours dans la tombe de la victime.

Alors qu'est-ce que tu me conseilles ? D'oublier ? De mettre une pierre par-dessus ? De faire comme si de rien n'était ?

Bien sûr, c'est ce qu'il y a de plus sage. Pense au présent, au futur, pas au passé. À propos, comment va papa ?

Je ne sais pas.

Comment, tu ne sais pas ?

Non, je ne sais pas. Je ne lui ai pas parlé depuis. La dernière fois que je l'ai vu il était par terre les menottes aux poignets.

Comme c'est bizarre. Tu dis penser tellement à lui. Être un fils dévoué et attentionné. Et tu ne sais même pas comment il va ? Autrement dit tu n'es jamais allé le voir ? Tu ne lui as jamais écrit ? Tu l'as laissé moisir dans sa cellule sans une pensée, sans une visite, sans un geste de réconciliation ? Aucune explication ? Vraiment ? Mais comment est-ce possible ? Tu nous accuses de conspirer et tu ne trouves pas le temps d'obéir à tes devoirs filiaux. Ce n'est pas ce que je t'ai appris. Trois ans. C'est beaucoup, trois ans. Qu'as-tu fait pendant tout ce temps ? Je sais que tu es un garçon très occupé, consciencieux, qui s'intéresse à beaucoup de choses. Tu lis des quantités de romans, tu vas beaucoup au cinéma. Ta compagne, tes amis, le foot, tu as même appris à skier. Tu es allé à Londres, à Paris, à Barcelone. Si tu dois vraiment le faire, tu accompagnes ton oncle à la synagogue. Je sais, tu as abandonné la guitare. Je le regrette un peu. Je ne te l'ai jamais dit mais j'adorais quand vous faisiez vos jam sessions du soir, papa et toi. Vous aviez l'air tellement heureux, dans votre élément. Je comprends que tu aies abandonné. En revanche tu as écrit toutes ces histoires. Tu en as même publié une. Tu veux peut-être savoir si je l'ai lue. Je t'avoue que j'ai préféré ne pas le faire. Pourquoi une mère choisit de ne pas lire ce qu'a écrit son fils unique ? Ce n'est pas du tout parce qu'elle craint d'être déçue, encore moins si le fils en question a dix-huit ans et fait ses premières armes, mais parce qu'elle n'a vraiment pas envie de voir exposé tout ce qui l'inquiète et le trouble. Tu me comprends, n'est-ce pas ? Ça ne doit ni te vexer ni t'étonner. Tu sais comment je suis. Je parais forte mais je suis une peureuse. Quelqu'un qui n'aime pas regarder la vérité en face. Mais laisse-moi te dire que je suis contente de toi. Vraiment, même si je ne t'ai pas lu et ne te lirai jamais, je suis fière de toi.

Et de quoi ? Voyons un peu : de quoi tu serais fière ?

Que tu ne sois pas comme tes amis. Que malgré tout tu ne sois pas devenu un fainéant gâté. Tu es respectueux, gentil, discipliné, tu crois dans le travail et le désintéressement.

Tu recommences, maman. Toi et tes conneries. C'est pour ça que je te plais ? Parce que je te ressemble ? Je marche droit, je fais tout comme il faut, armé que je suis du stoïcisme nécessaire et d'un grand sens de la dignité. Donc ça suffit à faire de moi un individu respectable, un honnête citoyen du monde. C'est bien ce que tu me dis ? Et les salades, alors ?

Excuse-moi, quelles salades ?

Les conneries que nous racontons. L'orgueil qui nous pousse à les concevoir. L'hypocrisie qui nous les inspire.

Vivre sans dire la vérité aux autres, en l'omettant. Va savoir pourquoi. Peut-être par honte ? D'ailleurs, tu viens de le dire, tu es quelqu'un qui n'aime pas voir la vérité en face. Dieu, comme nous nous ressemblons. Tu as créé un monstre. Par ailleurs, je te prie de me croire, je n'aime pas le tour qu'a pris cette discussion. Je déteste ce ton assommant et revendicatif. Et pourtant je ne peux pas le garder en moi. Tu as une idée de combien de choses tu m'as cachées depuis le premier jour de ma vie ? Tu as une idée des omissions, de l'omerta, du silence dans lesquels tu m'as fait grandir ? Tu as une idée du nombre ahurissant de questions restées sans réponse qui ont constellé mon enfance ? Pourquoi m'avoir caché que tu étais juive ? Pourquoi m'avoir caché que tu étais riche, ou du moins que tu l'avais été ? Pourquoi ne pas m'avoir dit qui étaient tes parents et comment ils étaient morts ? Quel conformisme, maman. Ça ne te ressemble pas. Pourquoi ne m'avoir jamais parlé de tante Nora et d'oncle Gianni ? Pourquoi m'avoir fait vivre dans un monde sans passé, sans généalogie, sans arrière-plan ? Quelle idéologie absurde t'a inspiré une éducation aussi sectaire ? Que de secrets ! Que de mensonges inutiles ! Tu as fait de moi un digne héritier. Un imposteur, un baratineur, quelqu'un qui exactement comme toi a horreur de regarder la vérité en face. Je voudrais tellement que tu m'expliques tout ça. Mais je sais que tu ne le feras pas. Parce que tu n'es pas là, tu n'existes pas. Tu es une voix dans ma tête, l'incarnation d'un regret, la lueur trompeuse qui éclaire l'obscurité par intermittence.

Bon, si c'est d'hypocrisie que tu veux parler, parlons-en. À t'entendre, tu m'en veux, tu en veux à ton oncle, à tous ces gens-là, pour la façon dont ils ont traité papa. Et toi, alors ? Comment tu l'as traité ? Si ce que tu m'as dit est vrai, tu ne l'as pas accompagné pendant toutes ces années. Et j'imagine qu'il en a fait autant avec toi. Et ça, je te prie de me croire, je ne le comprends vraiment pas. Ça me dépasse. Qu'est-ce que ça vous coûtait après tout ? Sans moi tout aurait dû être plus simple. Vous auriez pu renouer des liens, revenir aux origines, quand tu étais un petit garçon suspendu aux lèvres de ton père.

Ne crois pas que je n'ai pas essayé. Je l'ai fait. Et plus souvent que tu ne peux l'imaginer. J'ai manqué l'école plusieurs fois pour être là le lundi matin à l'heure des visites. J'ai passé plusieurs matinées devant la prison, hésitant à entrer. Comment ça a pu t'échapper? Tu dois m'avoir vu là, assis à la table du bar habituel. Un endroit fréquenté principalement par des parents de détenus. Une population disparate et bruyante, à part à sa manière, mais digne de ma plus grande admiration. Elle te plairait: mères, épouses, sœurs, enfants tout petits, petits-enfants adolescents. Tous en train de prendre un cappuccino en attendant de pouvoir voir quelques minutes le parent privé de liberté. Regarde-les, maman, armés de baluchons, de petits cadeaux, de photos souvenir. Ne crois pas que je me sois senti supérieur à eux. Que je me sois surpris à les regarder de haut. Au contraire. Ils étaient un exemple pour moi. Un exemple inégalable. Quelle dignité, quelle constance, quelle modestie ! J'aurais voulu être capable d'autant de pudeur, d'autant de sincérité. Mais je ne l'ai jamais été. C'est pourquoi je n'ai jamais réussi à entrer. Mais je suis resté là, assis à la table du bar, en attendant que les heures de visites s'écoulent pour la énième fois et que mes compagnons d'infortune entrent tout contents, pour ressortir une heure plus tard, par petits groupes, le visage lourd de tristesse. Dieu sait comme je les ai enviés, comme j'aurais voulu les imiter, comme j'ai imaginé ce qu'ils éprouvaient.

Alors c'est là que tu vas ? Mais bien sûr, c'est lundi jour de visite. Regarde autour de toi. Il fait encore noir. Tu ne crois pas qu'il est un peu tôt ?

Je dirais plutôt qu'il est trop tard, maman.

DROIT AU DÉDOMMAGEMENT

Je l'ai apostrophée grossièrement: «Explique-moi, tu n'en manques pas un, même par erreur.

– Je ne vois pas de quoi tu parles, a-t-elle répondu en feignant de prendre ma remarque au sérieux.

– De cette passion pour les enterrements.»

J'ai compris au sourire qu'elle m'a adressé que non seulement elle avait saisi l'allusion, mais que finalement elle était disposée à me suivre.

Elle a rétorqué: «Je pourrais en dire autant de toi. Nous sommes peut-être deux nécrophiles.»

Il m'a été difficile d'empêcher mon esprit de retourner à cet après-midi de septembre où, juste après l'enterrement de ma mère, elle m'avait annoncé son intention de partir en Israël. Depuis, c'est-à-dire il y a quarante ans, je l'avais revue une douzaine de fois, guère plus, aussi dans des circonstances joyeuses (mariages, fêtes diverses), mais je ne sais pas pourquoi c'étaient ses apparitions fugaces aux enterrements qui m'avaient marqué. Si elle s'était imposé un long voyage pour assister à la cérémonie funèbre d'oncle Gianni, j'avais dû surmonter mon aversion pour les Sacerdoti pour ne pas manquer les obsèques de Bob, son père. J'imagine que c'est ce qui se passe pour les cousins éloignés, surtout à partir d'un certain moment de leur vie. Les seules occasions de se retrouver sont aussi les moins propices.

Comme c'était étrange de la voir parmi le petit groupe de personnes qui un matin d'avril trop glacé, après la cérémonie à l'église, s'étaient réunies autour d'une tombe pour faire leurs adieux à mon père.

Il s'était éteint deux jours plus tôt. Et d'après ce qu'avait dit la dame slave que je payais pour s'occuper de lui, il l'avait fait avec la discrétion joviale qui avait caractérisé ses dernières années paisibles : dans son lit, sur un succès de Buddy Holly, pendant qu'il faisait une petite sieste après un déjeuner copieux et un cigare offert par la maison.

En parcourant ses dernières volontés écrites de sa main et déposées dans le tiroir de sa table de nuit, je n'avais pas été surpris de découvrir qu'il désirait être enterré au Verano auprès de ses parents. « C'est chez moi », avait-il écrit. D'autant moins surpris qu'il avait demandé comme dernier viatique pour l'éternité une cérémonie dans la paroisse près de chez nous qu'il fréquentait depuis des décennies.

Il avait trouvé la foi en prison. J'imagine que la révision de son procès qui l'avait disculpé de l'accusation d'homicide avait donné une impulsion décisive à sa conversion (décidément, oui, le bon Dieu avait acquis un réel crédit en répondant aux prières d'un innocent), en imprimant un élan chaleureux à la renaissance spirituelle commencée la dernière année de sa détention grâce au soutien des Alcooliques Anonymes. Aucune bigoterie, aucun mysticisme, mais cette attitude impassible, fataliste – et s'il m'est permis de le dire un brin irritante – de celui qui, persuadé d'avoir trouvé la vérité, ne ressent pas le besoin de chercher autre chose.

À propos de choses irritantes, je ne sais pas ce qu'il en est pour vous mais moi, je ne m'habituerai jamais aux funérailles catholiques. Dans les enterrements juifs, au moins, je me sens autorisé à être distrait ; entendre psalmodier dans une langue ancienne et austère dont je ne connais en tout et pour tout que quelques mots m'offre un prétexte pour m'occuper de mes affaires. Tandis que la version catholique me heurte parce qu'elle n'a rien de mystérieux. Tout est là, étalé sans retenue. Il n'est pas de mot prononcé par l'officiant, pas de question théologique portée à l'attention des fidèles qui ne semblent puérils, rhétoriques, vaguement abusifs et en tout cas dépourvus de réelle piété : l'idée qu'il faille se réjouir parce que le cher disparu a finalement rejoint le Père me donne des frissons. Sur ce point au moins les Juifs, dans leur pragmatisme biblique atavique exacerbé par leurs tribulations et une dose endémique de désenchantement, font preuve d'un plus grand bon sens. Comment dire, ils ont le bon goût de ne pas se raconter d'histoires.

Quoi qu'il en soit, j'ai suivi les indications de mon père à la lettre. Je lui ai donné l'enterrement qu'il voulait et j'y ai pris part en jouant le rôle du fils affectueux. Bien sûr, j'ai dû résister plus d'une fois à l'envie de sauter à la gorge du prêtre qui radotait sur le parcours de rédemption entrepris par « notre frère bien aimé » (en l'appelant par son nom de baptême parce que, dans la maison du Seigneur, titres et bonne éducation ne sont pas les bienvenus).

Et maintenant j'étais devant sa tombe, entouré de quelques amis, prêt à voir ensevelir un père très encombrant. Eh bien, je me serais attendu à tout sauf à apercevoir dans ce groupe de compagnons affectueux la silhouette de Francesca. Bien que récemment j'aie beaucoup entendu parler d'elle, et pour des raisons extrêmement tristes, je ne l'avais pas vue depuis un certain temps.

Je lui ai demandé : « Blague à part, qu'est-ce que tu fais ici ? Je ne t'ai pas vue à l'église.

– C'est l'avantage de travailler pour le Mossad : je sais comment me fondre parmi les goys. »

Évidemment il ne lui avait pas échappé qu'elle était la seule Sacerdoti présente. En son temps, la plus grande partie de la famille, poussée par oncle Gianni, avait accueilli avec indignation la réhabilitation de mon père. Pour eux il restait l'assassin de la pauvre Gabriella. Réfractaires à l'idée qu'il s'agissait d'un accident ou, pire encore, d'un suicide, ils maudissaient la justice humaine pour son énième aberration. Et en fin de compte je ne me sentais pas l'envie de les blâmer. Maintenant que j'avais compris, je ne m'en étonnais plus. La manie qui afflige chacun de nous de rejeter la faute sur quelqu'un s'était incarnée dans le personnage ambigu de mon père, un fermé, le Cananéen, celui qui avec sa bêtise, ses insuccès fracassants, son éthylisme, avait offert à la pauvre Gabriella une vie de malheur. Par ailleurs, il n'y a pas de désir plus humain que ce que nous appelons le droit au dédommagement. La ténacité avec laquelle ils clamaient à tous vents la culpabilité de mon père n'était pas moins déraisonnable et spécieuse que celle avec laquelle je m'obstinais à protester de son innocence. Un tel entêtement ne cache aucun sens moral, mais seulement un désir violent, un caprice, un instinct de survie très sain. Avec les années je m'étais efforcé de les fréquenter le strict nécessaire, et même si de temps en temps je ne résistais pas à l'envie de le faire, en général je m'imposais de ne pas les regretter.

Pendant que nous y sommes, laissez-moi consacrer encore quelques lignes à cette question de la culpabilité qui influence tellement le comportement de chacun de nous. Les seules tragédies vraiment intolérables sont celles où il n'y a pas de responsables. Rien n'apaise autant la douleur d'une perte ou la fureur d'avoir subi un tort que l'identification du coupable ; faute de quoi une telle douleur et une telle fureur ne trouvent ni soulagement ni répit. « Nous voulons la justice », crient les proches de la victime. Ils ne le font pas par esprit de vengeance, mais pour donner un sens à une souffrance qui n'en a pas.

En tout cas Francesca était là. Différente des autres comme d'habitude, elle était venue soit me voir soit saluer mon père, pour lequel elle m'avait dit une fois qu'elle éprouvait de la sympathie.

De mon côté j'avais pu m'informer par le menu sur la tragédie qui avait bouleversé sa vie. L'été précédent, son plus jeune fils, Kaleb, avait été assassiné à coups de couteau à un arrêt de bus. Il était dans sa deuxième année de service militaire ; d'après ce que m'avait dit Leone, outre que c'était un très beau garçon, son neveu était un dessinateur de bandes dessinées satiriques spirituel et prometteur. Troisième des enfants de Francesca, il était la prunelle de ses yeux. À l'époque de sa mort, Kaleb était en garnison dans une base du Néguev. Ce matin-là il était en permission et rentrait à la maison retrouver maman et papa.

Je m'étais beaucoup interrogé sur l'attitude à adopter. J'avais même été tenté de prendre le premier avion pour Tel Aviv et participer aux énièmes obsèques. Mais ensuite je m'étais dit : dans quel but ? À quel titre ? Comment le prendraient-ils ? J'avais donc fait la seule chose que je sais faire : je lui avais écrit un long message affectueux et nostalgique. Après avoir obtenu son adresse mail par Leone je le lui avais envoyé. Quand j'y repense, étant donné la raison pour laquelle il avait été écrit, j'avais peut-être inséré quelques divagations de trop en m'éloignant souvent du sujet. Mais quelle importance ? Bien entendu, conformément à une vieille habitude entre nous, elle ne m'avait pas répondu.

« J'aimerais te dire que je suis venue à Rome exprès. Ce n'est pas le cas. Je suis de passage pour aider ma mère. Elle ne va pas bien. Pour tout dire, elle est infernale. Mon père avait raison : la vanité des actrices augmente de ride en ride. »

Indifférente aux habitudes regrettables des plus de cinquante ans de son milieu, Francesca n'avait engagé aucune bataille contre le temps et laissait ce sale sournois agir à sa manière : lente, méticuleuse, implacable. Là où il y avait autrefois, exactement entre les tempes et les yeux, une surface lisse, soyeuse, apparaissait un chiffon froissé. Le drôle de bonnet de laine enfilé pour se protéger d'une des dernières gelées de printemps n'empêchait pas de petites mèches traîtresses de s'échapper. Francesca, ma Francesca, avait les cheveux gris. Je me suis demandé si une couleur aussi déplaisante avait à voir avec l'impitoyable acharnement des années ou plutôt avec le malheur qui l'avait frappée les derniers temps.

« Ne me regarde donc pas comme ça. Ne te crois pas mieux loti. »

Bien, au moins elle n'avait pas perdu sa capacité de lire dans mes pensées et se moquer de moi.

C'est alors, après ces moqueries, que ses paupières se sont contractées dans le tic habituel. Un éclair qui m'a donné des frissons. Un choc suffisamment bienfaisant pour me fournir la preuve formelle qu'elle était bien elle, malgré tout. Le frémissement d'éternité que nous demandons au visage aimé, et qui nous est rarement accordé, avait éclairé ses yeux d'une lumière tellement vive et familière qu'elle a réveillé un sentiment caché manifestement dans une part de moi aussi solitaire qu'inaccessible. La voilà, la fille que je n'avais jamais cessé de désirer ; la voilà, celle qui m'avait offert le premier aperçu du peu qu'il suffit aux femmes – une nuit de sexe, le déni et la fuite – pour conditionner le cours de votre vie. Oui, la voilà. Et qu'importe si pour l'occasion elle s'était maquillée en vieille.

Sous prétexte de répondre aux demandes de l'employé des pompes funèbres j'ai détourné les yeux. Peut-être parce que ce qu'elle était encore faisait plus mal que ce qu'elle n'était plus.

Aussitôt après, une fois retrouvé mon calme et histoire de dire quelque chose, je lui ai demandé ce que devenait son frère. Il ne donnait plus de nouvelles depuis quelques mois. En réalité, quoique je l'aie gardé pour moi, je regrettais qu'il ne soit pas venu à l'enterrement. Du reste, le connaissant, il pouvait avoir oublié.

« Un gaspilleur, a-t-elle dit. Avec un cœur grand comme ça, c'est sûr, mais toujours avec l'instinct du gaspillage. Je dois le voir plus tard. Nous avons rendez-vous chez maman pour le déjeuner. »

J'ai fait semblant de ne pas comprendre. « Pourquoi gaspilleur ?

– Il me semble parfois qu'il a passé sa vie à gaspiller sa semence juive et les sous de papa. J'espère seulement qu'il en reste encore assez pour lui garantir une vieillesse à la hauteur de ses trop nombreuses mauvaises habitudes et de son mode de vie koweitien. Avec tous les enfants qu'il entretient et les ex-épouses qui le harcèlent, j'en doute.

– En effet, il ne s'est pas économisé.

– Ce n'est pas comme notre artiste misanthrope, notre Mr. Scrooge renfrogné enfermé dans sa tour d'ivoire plongé dans ses paperasses, loin des tentations de ce monde.

– Tu as une idée trop conventionnelle de son intégrité artistique. Qu'est-ce que tu crois ? La tour d'ivoire peut être un lieu extraordinairement licencieux, sans parler des couloirs de l'université.

– Mais pas de femmes, pas d'enfants à charge, seulement des coucheries occasionnelles et des drames imaginaires.

– Libre à toi de le voir comme ça.

– Comment le voir autrement ?

– Le hasard, les opportunités, quelques circonstances défavorables. Quand j'étais tout jeune je m'étais fixé sur une fille.

– Et comment ça a fini ?

– Comme d'habitude : on dirait que contrairement à la semence de Leone la mienne n'était pas assez juive pour la satisfaire.

– Quelle histoire triste et romantique.

– Très triste, mais je t'assure, pas du tout romantique.

– Eh, ces cousines toutes d'une pièce…

– Qu'est-ce que tu en sais si c'était une cousine ?

– Comment ? Il ne m'est pas permis de faire des hypothèses ? D'ailleurs il paraît que l'art ne permet pas à ceux qui s'y consacrent de perdre leur temps avec des couches et l'école maternelle.

– Va dire ça à Bach ! »

Dieu sait si elles m'avaient manqué ces escarmouches avec Francesca ; ses provocations, mes contre-offensives anodines. Elles aussi, comme son tic, semblaient immuables. Du reste, encore une fois elle avait raison. Si depuis que j'avais obtenu un poste somme toute respectable dans la société les relations que j'avais eues n'avaient rien produit en termes biologiques il y avait une raison très précise. Moi-même, dans les moments d'auto-indulgence, j'aimais bien me répéter la rengaine selon laquelle ces maudits livres, qui, au contraire de ce qui arrivait à tant de mes collègues prolifiques et beaucoup plus doués, m'imposaient une discipline et une abnégation que j'aurais peut-être mieux fait d'employer ailleurs et différemment, m'avaient empêché de procréer. De toute évidence il en était autrement. La vérité c'est que je ne me sentais pas à la hauteur. Une nature irrémédiablement superstitieuse m'avait convaincu que, considérant d'où je venais et de qui j'étais le fils, mettre fin à la lignée était un choix nullement répréhensible. En plus de faire une bonne action pour l'humanité, j'avais évité à un autre malheureux d'errer sur les routes de ce monde insensé. Peut-être n'était-ce pas si étonnant que je ne m'en rende compte que maintenant, devant l'unique femme qui aurait pu me persuader de désobéir à l'obligation sacrée de la stérilité, et à quelques pas de la dépouille mortelle de mon père.

«Je pensais que tu le voyais plus souvent, a dit Francesca.

– Qui?

– Leone.»

J'ai voulu le disculper. «C'est ma faute. Je suis assez occupé. Je travaille sur un livre qui me pose plus de difficultés que d'habitude

– Vraiment? Et sur quoi?

– Toujours les mêmes choses.

– Tu sais, Leone est très fier de son cousin écrivain.

– Mais il ne lit que des magazines de bateaux.

– Oui, mais en ce moment il est avec une dame qui dévore tout ce que tu écris. Encore une goy de la bonne société. Le genre salle de sport et Botox qui aurait plu à oncle Gianni. L'autre soir au dîner elle m'a fait subir le troisième degré. Elle voulait tout savoir sur notre artiste jeune homme.

– Et alors?

– J'ai dû tenir ma langue. Je ne pouvais pas lui dire la vérité, la pauvre. Imagine quelle déception si je lui avais confié que lorsque je l'ai connu, son poète était une bestiole illettrée et qui n'avait jamais entendu parler de George Eliot.

– Tu t'en souviens encore, eh?

– Je ne devrais pas?

– Et depuis quelque temps tu es fière de ton cousin écrivain?

– La vérité?

– Bien sûr.

– J'attendais beaucoup de lui. Disons qu'il n'a pas toujours été à la hauteur.

– Autrement dit, tu n'aimes pas ce qu'il écrit.
– J'aime George Eliot.
– Qui ne l'aime pas ? »

Même si j'avais eu le droit de me sentir blessé, ne serait-ce que parce qu'un jugement aussi expéditif sur mon travail venait de celle qui avait contribué avec ma mère à m'inculquer un amour pour la littérature et un désir encore plus malsain de m'y mettre personnellement, je n'ai pas été offensé. J'aurais pu me plaindre : si ça ne plaît pas à ta muse, c'est que quelque chose est allé de travers. Autrement dit, il y avait de quoi se vexer et faire la tête. Mais grâce au ciel, arrive un âge où la susceptibilité artistique, appelons-la comme ça, laisse la place à des sentiments plus accommodants, moins catégoriques, une sorte de fatalisme tendre et auto-protecteur. Jusqu'à ce que vous compreniez enfin ce qu'en fait vous avez toujours su et avez eu du mal à accepter : on ne peut pas plaire à tout le monde. Et en tout cas il n'y a rien de mal à déplaire à qui vous plaît et inversement.

« Trop de mots recherchés, mon petit, et pas assez de vérité.
– Mince alors, quel coup.
– C'est ce que je pense.
– Alors nous sommes deux.
– Sans parler de l'auto-commisération.
– Celle-là ne manque jamais. C'est la spécialité de la maison. »

Quel meilleur moment pour lui confier que le livre auquel j'avais fait allusion, un informe brouillon empoisonnant, était la tentative la plus audacieuse que j'aie jamais risquée d'aller au cœur de la question ? Je me suis demandé si là-dedans, en admettant que j'aie été en mesure de le mener à terme, et qu'alors je le lui aie montré, elle trouverait enfin ce qui semblait évoquer les trois ou quatre choses dont j'avais le droit de parler : elle, ma mère, mon père et les détours malchanceux qui nous avaient conduits jusque-là, dans ce cimetière. Si ce qui la laissait insatisfaite c'étaient mes romans juifs, les pompeuses sagas d'un monde dans lequel je m'étais faufilé en imposteur, il se pouvait qu'une enquête aussi délicate sur la blessure originelle, la déchirure sanguinolente, puisse l'amener à croire de nouveau dans mes qualités et ma bonne foi.

Mais ensuite j'ai pensé : quelle importance ! Mieux valait remettre la chose à plus tard. Après tout, j'avais commencé à écrire cet énorme mémoire dans l'intention, bien naïve pour le narrateur expérimenté que j'aurais dû être, de le soumettre à l'attention de mon père comme une chose à mi-chemin entre le trophée et le dédommagement. Comme d'habitude je m'étais trompé de temps. Ou peut-être était-ce lui qui l'avait bien choisi, en s'en allant avant que je puisse le lui mettre sous le nez. J'aurais dû savoir qu'on n'écrit pas pour ceux qu'on aime. Et pour qui alors ? C'est un mystère que personne ne pourra jamais percer.

Le rituel touchait à sa fin et les quelques amis réunis s'en allaient par petits groupes. Comme je n'avais pas l'intention de lâcher le morceau en me privant plus tôt que nécessaire de la compagnie de Francesca, je lui ai demandé si par hasard elle n'avait pas envie de faire les cinq cents mètres qui d'après mes calculs nous séparaient de la partie juive du cimetière, et plus précisément du caveau où reposaient, serrés comme des sardines, ma mère, son père et oncle Gianni.

Elle a recommencé à se moquer de moi. « Je croyais revoir un vieil ami, pas Ugo Foscolo. Pourquoi pas ? a-t-elle ajouté conciliante aussitôt après. Il y a un certain temps que je ne suis pas allée voir papa. Et tu ne peux pas savoir à quel point il me manque. »

Nous nous sommes perdus deux fois avant de déboucher dans la bonne allée. Nous avons compris que nous approchions quand la forêt de marbre pleine de croix et d'images sacrées a laissé place à une série de caveaux monumentaux dont le fronton portait l'étoile de David. Alors il est arrivé quelque chose d'insolite. J'ai eu la désagréable sensation d'avoir la tête nue. Non seulement parce que ma pauvre calvitie était exposée au gel d'avril, mais aussi à cause d'un instinct atavique réveillé par la vue de tous ces sépulcres juifs. Pris au dépourvu j'ai défait l'écharpe que j'avais autour du cou et je me suis couvert la tête.

« Si tu veux, prends mon bonnet, a dit Francesca. Tu es affreux à voir. Tu ressembles à une vieille sorcière. »

Ma dernière visite remontait à loin. J'avais été convoqué par l'administration du cimetière : apparemment, la bande d'ordures habituelle avait dégradé plusieurs tombes sans épargner le caveau des Sacerdoti. Depuis, après avoir fait effacer avec l'aide d'un peintre les inscriptions injurieuses à la gloire du massacre nazi, je n'y avais plus mis les pieds.

Francesca s'est plainte en frissonnant. « J'ai perdu l'habitude de ce froid. En avril en plus. » J'avais compris au premier regard qu'elle appartenait au type de femmes sur lesquelles les années agissent de façon paradoxale en les amincissant à l'extrême. Comme si leur fécondité compromise se manifestait dans un aspect à la fois sobre et contrit. En revanche la voix était restée à peu près la même, nullement altérée par les abus des ans, au contraire, singulièrement juvénile et haut perchée. Un paradoxe qui, surtout quand je ne la regardais pas, contribuait à augmenter la confusion dans laquelle je me débattais. Qu'est-ce qui était le plus stupéfiant ? Le fait qu'autour de moi, sur des hectares entiers, au cœur de ma ville, sous des pierres grandiloquentes soient entassées des milliers de carcasses ou que l'obsession sexuelle d'une vie, la boussole qui avait donné corps et couleur à mes désirs les plus inavouables était là, à côté de moi, réduite à un amas de chair chétif et pas vraiment appétissant ? Au risque de passer pour un pervers nostalgique, laissez-moi vous dire qu'il n'est pas d'exercice plus ardu que de se libérer des fétichismes érotiques contractés au début de l'adolescence. Vous passez le reste de votre vie à les garder à distance, et en même temps vous les cherchez dans chaque femme avec qui vous couchez, tel un lycanthrope sous l'effet de la pleine lune. Le souvenir de notre nuit à New York et de l'érection qui avait éclairé l'enterrement de ma mère était tellement vif que parfois, dans les moments d'intimité, il parvenait encore à me déchirer.

J'aurais dû être horrifié par l'état dans lequel se trouvait Francesca. En fait je ne l'étais pas. Décidément moins difficile que le saint patron des hommes qui « ne concluent pas », l'ineffable Frédéric Moreau, je n'aurais eu aucun scrupule à profiter d'elle, même là, séance tenante, devant la tombe qui célébrait un certain Nathan Artom, architecte, dont l'épitaphe annonçait en grosses lettres qu'il allait continuer d'aimer la vie même de là où il était.

Parmi les détails demeurés intacts, de même que son tic et sa voix, tous deux adorables, il y avait sa curiosité, à la limite du sans-gêne. Francesca paraissait en savoir davantage de moi que je n'en savais d'elle, bien qu'en toute logique j'aie été le soupirant éconduit et amer. Elle m'a demandé de lui parler d'oncle Gianni. Des désaccords entre nous qui avaient empoisonné les dernières années de vie de mon bienfaiteur déloyal.

« C'est vrai qu'il t'a déshérité ?

– Visiblement, son intention de laisser la moitié de ce qu'il avait au Likoud et l'autre au cercle des salopes du Parioli était trop forte.

– Il t'a déshérité ou pas ?

– Pourquoi aurais-je dû m'attendre à ce qu'il me laisse quelque chose ?

– Ne dis pas de bêtises. Il se serait jeté dans le feu pour toi. »

Pendant ce temps nous étions arrivés à destination. Le voilà, le buste de Saul Sacerdoti : épargné par les vandales, restauré grâce au financement du même oncle Gianni l'année avant sa mort, il allait plutôt bien. Mon regard s'est aussitôt posé sur sa moustache et son sourire satisfait de bon bourgeois qui a réussi. Le modèle classique qui attend beaucoup de ses descendants. Dans les parages il était de très loin ce qu'il y avait de plus vivant.

Bien qu'en réalité il y ait eu peu de raisons de rire, j'ai soudain été pris d'une hilarité incontrôlable. Vu les circonstances, penser que j'avais dépensé une bonne partie de mon enfance à fantasmer sur mes aïeux avec l'acharnement de l'anthropologue obsédé par l'origine de la civilisation me paraissait amèrement ironique. À ce moment-là, tout ce que j'avais à savoir de mon passé était là, et j'avais beau tout faire pour me convaincre du contraire, ça n'était pas grand-chose.

Je n'aime pas les cimetières. En théorie, ils existent dans le but de nous faire penser ce que les gens là-dessous ont été et ne sont plus. Sur moi, au contraire, ils ont l'effet opposé : ils me font penser à ce que les gens là-dessous sont devenus entre-temps. Une pensée à laquelle j'ai eu du mal à m'opposer quand j'ai vu le nom de ma mère inscrit en relief doré. Près de quarante ans avaient passé depuis la dernière fois que j'avais entendu sa voix. Et malgré toutes mes tentatives pour me rappeler les traits de son visage et le timbre inimitable qu'elle savait donner à ses mots prudents et ironiques, en dépit de tant d'efforts de mémoire démesurés, je me heurtais toujours aux restes muets qui pourrissaient sous la pierre.

Pour dédramatiser la chose, j'ai dit: «J'imagine que le moment est venu de nous recueillir et prier.

– D'abord tu m'emmènes voir mon père, ensuite tu joueras au cynique.

– C'est toi la dévote.

– Je ne le suis pas tellement.

– Que sont devenues tes études rabbiniques?

– Elles sont toujours là, qu'est-ce que tu crois? Et j'en fais bon usage. Tu sais ce que disait le rabbin Mendel de Kotsk?

– Je ne sais même pas qui c'est.

– "Dieu habite là où on le laisse entrer." Depuis quelque temps je ne parviens plus à lui trouver un coin convenable.»

Imaginant qu'elle faisait allusion à la tragédie qui avait bouleversé son existence, je n'ai pas relevé ses mots. Mais je tenais à lui dire une chose. Peut-être parce que je l'avais gardée en moi depuis tellement longtemps, j'ai hésité à trouver les mots justes pour l'exprimer. Et j'ai lancé une phrase un peu elliptique.

J'ai dit sur un ton léger: «En fin de compte, ça n'a pas été une grande idée.»

Alors il s'est passé quelque chose que je n'avais pas prévu. Francesca a semblé se raidir. Pendant un instant, ses paupières saisies par le tic ont paru perdre tout contrôle. Elle me regardait stupéfaite, et avec une telle sévérité que j'avais de la peine à soutenir son regard courroucé.

«Au contraire, c'en a été une, et comment.»

Je ne sais pas comment elle avait fait pour attraper mon allusion au vol. À l'évidence je n'avais pas été le seul à y penser pendant toutes ces années. À son choix, celui de partir, de tout quitter, non seulement sa famille, l'école française et un avenir bourgeois prospère, mais aussi et surtout moi. Voilà de quoi je parlais. Poussé par je ne sais quelle lubie puérile je m'étais mis en tête qu'elle pouvait considérer la longue tranche de vie derrière elle comme une énorme erreur, et toute son existence comme un faux départ. En lui attribuant un sentiment que je ne connaissais que trop bien, j'ai imaginé qu'elle se sentait coupable d'avoir infligé à Kaleb un destin aussi sombrement israélien. Si elle avait bien fait les choses, si elle n'avait pas cédé à une de ses idées de génie, à cette heure peut-être aurions-nous pu être plus heureux qu'il n'est possible d'imaginer.

«Je ne peux pas croire que tu en sois resté là. Je t'en prie, dis-moi que ce n'est pas ce que tu as voulu dire ! Tu as une idée de combien de temps a passé ? Tu as une idée du peu d'avenir qui nous reste ? Je suis une femme adulte qui a fait des choix. Je suis une bibliothécaire proche de la retraite. Une bibliothécaire israélienne. Et j'en suis fière. J'ai une famille. Un mari que j'aime, trois magnifiques garçons. C'est vrai, un n'est plus là. Et Dieu sait combien je me maudis pour n'avoir pas su le protéger. Et tu viens me dire que ça n'a pas été une grande idée. Que tout a été une erreur. Mais tu t'entends ? Pour qui tu te prends ? Je ne peux pas le croire. Comme ce mail que tu as osé m'envoyer : il dégoulinait d'éloquence, de prétendue compréhension, de condescendance intéressée, mais il était aussi dépourvu d'émotion, tellement égotiste, tellement privé d'humanité et de pitié. C'est à ça que condamne la solitude ? Vraiment, rien n'a changé pour toi ? Bon Dieu, nous avions seize ans. Non seulement toutes les personnes là-dessous étaient encore vivantes et en pleine santé, mais elles étaient plus jeunes que nous ne le sommes aujourd'hui. Je suis bouleversée. Qu'est-ce que tu veux de moi ? Tu veux que nous couchions ensemble ? Chez toi ? Ou tu préfères un hôtel à l'heure. Après l'avoir fait, et après un beau dîner romantique, une promenade romantique dans le centre, un ou deux verres, nous pourrons parler de notre avenir. Je quitte mon mari, j'abandonne mes fils, je romps avec mon frère, j'enferme maman dans un hospice pour artistes, comme ça notre héros pourra enfin accomplir son rêve de bonheur. Comment on en arrive là ? Comment se retrouve-t-on coincé dans les dernières pages de *L'Éducation sentimentale* ? Il est évident que tu n'as personne, tu as la maturité d'un nouveau-né. Quand je repense à comment tu étais. Le garçon le plus affectueux, délicat et charmant que j'avais jamais connu. Timide, si doux, plein de curiosité, enthousiaste de tout. Aucun cynisme, aucune récrimination. Rien que toi et New York, toi et ta guitare. Toi et la musique. J'étais littéralement ensorcelée. Je pensais à la chance que tu avais eue de vivre dans une famille qui t'avait protégé des hypocrisies dans lesquelles moi j'ai grandi. Je sais, je me trompais, je le comprends maintenant, ensuite est arrivé tout ce qui est arrivé, ce qui ne devrait jamais arriver, pas à un jeune garçon. Je te jure, je n'ose même pas imaginer l'enfer que tu as traversé. Mais après, qu'est-ce qui s'est passé ? Je me rappelle encore la première fois que je suis revenue de Tel Aviv. Tu étais devenu quelqu'un d'autre. Un dandy snob et chichiteux. Un pauvre type arrogant. Un Sacerdoti de la pire espèce. C'était dû à quoi ? Au lavage de cerveau d'oncle Gianni ? Cet abruti ! Et maintenant te voilà quarante ans plus tard, à l'enterrement de ton père. Tu as tellement perdu la tête que tu en arrives à me dire que ça n'a pas été une grande idée. Comment tu te le permets ? »

Ma seule pensée pendant qu'elle me réglait mon compte, avait été : ne te risque pas à pleurer ! À ton âge les hommes ne pleurent pas, ou du moins pas devant témoins. Même s'il n'y avait rien dans ce qu'elle m'avait dit que je n'aie pas été prêt à admettre, j'étais déconcerté par sa fureur, comme si elle aussi l'avait gardée en elle trop longtemps. J'en suis arrivé à me demander si cet éclat, tout à fait inapproprié au lieu et aux circonstances, n'était pas provoqué par une exaspération qui ne me concernait qu'en partie. Si pour une fois je ne payais pas pour des fautes qui me dépassaient.

J'ai demandé : « Tu as fini ?

– Oui. » Sa voix n'aurait pas pu être plus tendre et plus navrée. « Excuse-moi, je ne voulais pas. Je ne sais pas ce qui m'a pris.

– Ce n'est rien, voyons. Au fond, tu as raison. Je te demande pardon.

– Non, très cher, toi, excuse-moi.

– Et dire que j'avais rêvé que tu me demandes que nous couchions ensemble.

– Pas comme ça, j'imagine.

– En effet, pas comme ça. Je peux au moins t'accompagner chez toi ?

– Non, laisse, je prends un taxi. Je viens de découvrir cette application qui marche très bien. Quand je pense à combien c'était difficile autrefois de trouver un taxi dans cette ville. »

Oui, cette ville.

Nous avions laissé derrière nous les remparts gris du cimetière et le silence qu'ils protégeaient. Et maintenant elle, ma ville, après nous avoir accordé une trêve, avait recommencé à vrombir, frémir, vivre, avec ses klaxons, ses sirènes, ses scooters, son maudit chaos mal élevé. J'ai senti qu'ici au moins, au milieu de tout ce vacarme, il ne pouvait rien m'arriver. Que le pire et le meilleur étaient passés, comme ça, fondus dans un frémissement, et qu'en fin de compte ils n'avaient pas laissé de traces.

CET OUVRAGE A ÉTÉ ACHEVÉ D'IMPRIMER
SUR ROTO-PAGE
PAR L'IMPRIMERIE FLOCH À MAYENNE
EN DÉCEMBRE 2022

N° d'édition : 587. N° d'impression : 101671
Dépôt légal : janvier 2023
Imprimé en France